雪 之 坐 标

秋水 著

Wuhan University Press
武汉大学出版社

目录

罗肖听着伍湘源的讲话，怎么听都不是滋味儿，其用心和目的昭示天下。台上口口声声"三不跑"，台下可是"三送到"呀！

04

040 <<<<<<<<<<<<<<<<<<<<<

"'鬼''道'，不是圣人'道'，不是君子'道'。'鬼'道无德，根本是不能晒在阳光下的'道'，所以，'鬼'不配用老夫子的'道'。"

05

057 <<<<<<<<<<<<<<<<<<<<<

"告诉你，这事儿可没那么简单，要办得利索点儿。'顺胖子'死了，也许还是好事，有些事都是他经手办的。实在不行，就是老钱没按规定办事，谁犯法谁兜着，明白吗？"

06

075 <<<<<<<<<<<<<<<<<<<<<

当一个人的时候，周光磊就会沉浸在回忆里，还会对过去发生的事情进行重新设计，并在设计的场景中生活。这套房子是他内心构筑的与爱人美好生活实实在在的地方。

07

085 <<<<<<<<<<<<<<<<<<<<<

这样的场景在电影电视里经常看到，今天怎么自己成了演员？这不是演戏，这确实是自己坐在警车里。钱贵发以往不可一世的气势荡然无存，感觉天已经塌了下来，脑子里出现了空白，感慨着"这路程怎么这么长呀"。

08

099 <<<<<<<<<<<<<<<<<<<<<

几个月来，关琳一直都被自己的想法支撑着，所以表现出了极其少有的坚强。但是，当和爸爸妈妈说出了这一切时，可以说她一下子垮了。

202 <<<<<<<<<<<<<<<<<<<<<<

原来就是个肥皂泡，刚才那一刻轻轻地一触就破灭了。自己苦苦要改变的，不是已经可以做到了吗？这该死的已经粉碎了的记忆碎片，现在却无法控制纷乱地飘浮在眼前而不肯归位。

235 <<<<<<<<<<<<<<<<<<<<<<

现在，罗肖的出现，他们两人不约而同地又都需要罗肖帮助做同样的一件事。令狐文无奈地努力地让自己笑笑，或许真的能出现似乎希望看到的结局。

249 <<<<<<<<<<<<<<<<<<<<<<

周光磊呀，你为什么让我放不下呀？可是，文哥，为什么你给了我周光磊，又夺去了他，可为什么又给我送来了罗肖？

252 <<<<<<<<<<<<<<<<<<<<<<

"那你得跟我姐说一声。"小舅子嘟囔着。

"说个屁！要不是她跟着瞎掺和把钱都倒腾走了，公司现在能这样吗？"伍湘源来气了，提高了嗓门。

272 <<<<<<<<<<<<<<<<<<<<<<

14

15

16

17

18

01

    在浩瀚的星际，这个星球太不起眼了。亿万年来总是按照自己的速度，重复着光明与黑夜的交替。这个星球上最具智慧的生物，把完成一个黑暗和一个光明叫作了一天。一天，这个星球抖动了一下，或许他只是想舒展一下，不经意地动作大了一些，殊不知带给某一地方的竟是灾难。瞬间就摧毁了那里的一切，精灵的生命体也未幸免地遭到涂炭。

    这一天，注定有太多的人要经历大悲！2008 年 5 月 12 日 14 时 28 分，四川汶川县，让历史、让所有的人永远记住了这一刻，成为历史长河中刺眼的一瞬。八级的地震，四川、甘肃、陕西、重庆、云南、贵州、湖北方圆数万平方公里的土地，遭受到冲击和伤害，而汶川，一瞬间被摧毁了，举世震惊！

    此刻，千里之外的这个人，心灵遭受到的冲击不亚于八级震波，足以击垮他。周光磊怀着兴奋、激动、心悸、渴望、期待、疑惑……五味俱全却又说不清的心情，他觉得自己每分钟的心跳足有两百下。他目送正在驶离的那辆车，忽然想起什么，拿出手机给车上的人发去一条短信"儿子的爸爸想知道儿子的名字、生日"，然后又立即张望那辆已驶去的车辆，好像能看到车上儿子的妈妈回复短信的字字句句飘过来。

远处视线内的那辆车是熟悉的，它不是在逐渐变小消失，而是逐渐变大靠近。可刚才视线里明明不是这辆车，怎么就变了呢？魔术吗？眼神和意识凝固一两秒后，周光磊感觉嗓子一阵咸，剧烈跳动的心脏涌到了嗓子眼。瞬间，刚才那燃烧的躯体如同掉进了冰窟，急速降到了冰点以下，浑身打了个寒战。恰巧这时"月色阑珊"酒吧门口的一个礼宾服务生大声地对另一服务生喊了一句"地震啦"，周光磊如同遭到雷击一样差点儿瘫倒。服务生赶紧过来搀扶住他，问道："先生，您不舒服吗？"周光磊努力摇摇头，无力地又看了一眼那辆再熟悉不过的车，惶恐那辆车向他冲来，可那辆车好像停下了。

"谢谢，我没事儿。"周光磊努力让自己站住，脑海中出现"他在跟踪我"的念头，忽然愤怒到极点，身体再一次地又要软下去，泪水不知不觉地流出。"还跟踪我？懦夫！你想成全我，可为什么又跟踪我？我不想要这样的成全。我想报答你，可也不能用这种方式报答呀。这个儿子我要定了，因为……但这样，我们都会好吗？"

愤怒夹杂着无助、怨恨，周光磊努力地挪动脚步，回到酒吧靠窗的座位，靠在椅背上。周光磊掏出手机，脸本能地靠近窗子向外张望，那辆车和车里的主人还在那儿，平静了的周光磊有点儿可怜车里的人了。周光磊还没意识到自己盼望的短信已收到，而是缓慢地按着数字，然后把拨通的电话放到了耳边。

"哥，是你吗？"

"没事儿，我等你。"一句像来自遥远的寒冷北极，带着回声的微弱声音，冲击着周光磊的耳膜。

他的愤怒一下子又回来了，但又是那样的苍白无力："令狐文，你为什么跟踪我？"

听筒里传来的是沉默。

"为什么要跟踪我呀，啊？你都看到了，是吧？高兴啦，是吧？"

"跟踪？高兴？……好了，我走了……"听筒里传来令狐文无力、无助的声音。

"哥，你别……你别走，我……"周光磊站起身。

"坐那吧，下午没事了。我累了……"

周光磊傻傻地站在那儿。那辆熟悉的车已经调好了头，正在驶离。他想了想，发了个短信"哥，今晚在这儿等你，牛排、鳕鱼，还有红酒，不见不散"。然后他呆呆地注视远处，好一会儿才坐下。

※　※　※　※　※　※　※

令狐文知道是周光磊发来的短信，但是没有马上看，他在努力使自己平静下来。这短短的几分钟完全使他如同大病一场，身子轻飘飘，感觉车子也在飘。待车子驶出一会儿，他在一片空地处停了下来，闭上眼。刚刚发生的一切，如录影带在回放。

熟悉的人，只要在可能的视野里，就能感知存在。令狐文在"月色阑珊"门口看到周光磊在送一女子抱着孩子上车。在周光磊深情亲孩子的一刹那，沮丧一下子袭遍了令狐文全身。"你竟然背着我……"令狐文努力使自己平静下来，不让看到的场景震破自己的心！"周光磊看到我啦？看到了，肯定是看到了。"

电话铃声响起，令狐文知道肯定是周光磊打过来的。

"令狐文，为什么跟踪我？"那声音软弱无力，却充满了挣扎和不满。

"他这明明是在说我龌龊！我龌龊？是呀，我为什么会到这儿来呢，我为什么要来呢？"这一次，令狐文真的不知路在何处。

令狐文就这样迷糊地睡着了，不知过了多长时间，令狐文被惊醒了，有人敲打玻璃请他挪挪车。令狐文挪动着车，看看表，才三点半呢，可仿佛过了几个世纪。去哪儿呢？不愿意回单位也不愿意回家，灵魂自己去游荡了，躯体却找不到落脚之处。

令狐文觉得自己很失败。刚才的事虽然还没弄明白，可是令狐文不敢往下想。"可是，那不是自己想要的和一直在努力的结果吗？可心里为什么这样难受，自己为什么会愤怒？"

令狐文还是开车回了家。妈妈说："地震了，好惨。"令狐文打开电视，电视台已经有了相关的报道。令狐文呆呆地看着电视画面，但是并没有听进去播音员在说什么，顿了顿神，他说道："妈妈，我今晚不在家吃了。"

令狐文从家里出来后，放弃了自己开车，但也没有立刻打出租车，因为他不想应约去太早，就在路上溜达，有点儿像霜打的茄子。电话响起，令狐文估计是周光磊在催他，所以没有看手机。电话第二次响起，他犹豫着，"还是接吧，今天的情景对两个人都是一场灾难。"但是，看了电话才知道是同学罗肖打来的，罗肖说明天不能聚会了，晚上十一点出发去汶川救灾。令狐文反应有点儿迟钝，罗肖以为令狐文不信，急切地说"不开玩笑，是真的"。令狐文的心一下子提到了嗓子眼，提出要去学校看他。罗肖不让令狐文去，但他还是打了出租车直奔罗肖的学校。

※　※　※　※　※　※　※

周光磊疲惫地靠在沙发背上。几年来，这里的服务生已经换了几轮，可"月色阑珊"，还有这个位子，见证了他几年来的痛苦与欢乐。

周光磊嘴角露出一丝不可思议的笑，"究竟是我把你令狐文变成这样，还是你令狐文把我变成这样？要不是你让我陪你去接你妹妹令狐珊珊，然后就此轮回着接、送，再接、再送，再接……就不会有这轮回的痛苦。这痛苦把甜蜜都腐蚀掉了，难道一辈子就陷在这样的轮回中了吗？"

周光磊意识到眼角湿润了，这才动动身子，起身去厕所。那边的电视机前站着几个人在专注地看着报道。周光磊停住脚，看到电视里那惨烈的画面，就如同冲击波冲出了屏幕，使他又一趔趄。仿佛那废墟上只有他一个人还在站立着，可魂儿却凄惨地飘在空中不愿随风而去。惊恐之中，周光磊也忘了要去厕所，回到了座位上。

过了一会儿，他掏出手机，看到令狐文发来的短信"有事儿，不去了"。周光磊感到血流一下冲到头顶，手有些颤抖地回复"今天你不来，就想想后果！"令狐文回了句"有能耐就跟罗肖一起去汶川救灾"。周光磊稍一愣，便结账离去，打出租车赶去罗肖的学校。

学校处在一片紧张准备中。罗肖正要去市里的救灾中心，顺便回家收拾行李，八点前赶回来集合。令狐文跟罗肖商量抽点儿时间去"心之恋"喝杯壮行酒后，给周光磊打电话让他直接去那儿等他们。

令狐文和罗肖赶到"心之恋"，周光磊、连洁、郎嘉驹和大厅里的服务生都过来迎接，关心地询问着，罗肖内心紧张但面儿上却装轻松地和大家打招呼。待几个人坐下后，连洁就去张罗上菜了。

连洁端着东西过来了，说道："肖哥，您可要当心！我告诉关经理一声去。"

罗肖赶紧制止："连洁，不要告诉关经理。"

周光磊心里一震，紧跟了一句："对，先不要告诉她。"

令狐文敏感地看了周光磊一眼，周光磊迅速地低下头，罗肖看此景会心地笑了笑。令狐文说："罗肖，今天不多喝，只喝一杯壮行酒和平安酒，等你顺利回来，我们大家好好为你接风。"

连洁心里不踏实，还是跑到前台偷偷地给关琳拨了电话："喂，姐，肖哥和大哥还有光磊哥都在这儿，说是给肖哥送行。"

关琳不解地问："送什么行？"

"你不知道呀？肖哥一会儿就要去汶川救灾了。他们不让我告诉你，你别说是我告诉你的。"

关琳心里一紧："啊！是吗？好，不说你说的，你去叫肖哥接个电话。"

"姐，那他们不就知道我告诉你了吗？"

"对，对，你别管了，我有办法，你忙吧。"

因为罗肖还要早点儿回去集合，所以大家吃得都很快。大家站起身准备往外走时，周光磊接到信息"光磊，谢谢你！我妈非常感激！方便通个电话吗？关琳"。周光磊赶紧回复着"现在有点儿事，明天给你打电话，好吗？"然后就和大家往外走。但关琳的电话打了过来，周光磊只好接了。

"光磊，有什么事吗？"

周光磊赶紧小声地说："啊，啊，关琳，没事儿的，没事儿的。朋友一会儿要出远门，我送一下，明天打给你。"

关琳抑制着自己的心情，声音保持着平静："什么朋友？中午见面时都不告诉我？是不是……"

令狐文大声地问周光磊还去不去，周光磊答应着"去，去"，然后跟关琳说："关琳，回头打给你，好吗？我得挂了。"

关琳有些急了："你在哪儿？是不是文哥叫你？好，你们忙吧！"

周光磊心想，"坏了，关琳要多心了"，赶紧解释说："关琳，不是的！肖哥有点事儿，我跟文哥送他。"

"肖哥有什么事？要出门吗？有什么不方便的还不告诉我。行，我给肖哥打电话。"

周光磊赶紧制止着："关琳，你先别打！肖哥要去救灾，我和文哥先送他回学校看看再说，好吗？"

"好吧，一会儿一定打电话给我。"

周光磊上了车，犹豫地说："关琳给我发信息我没回，电话就打过来了。"

令狐文口气平平地说了一句："关琳为什么给你打电话，见面说嘛。"

周光磊露出痛苦的表情，罗肖笑着说，"肯定是连洁这小子给关琳打电话啦。"到学校后，罗肖还有事要做，令狐文和周光磊约好十一点来给罗肖送行。

周光磊看看表说："刚才没怎么吃，还有三个来小时，我们先去'月色阑珊'吧。"令狐文看看周光磊没有回答。周光磊强作笑脸："看我干吗，看我就饱了？走吧。"两人各自怀着担心、疑惑、不安上了出租车，一路上谁也没说话。

※ ※ ※ ※ ※ ※ ※

今天，关琳从早上起来就一直沉浸在幸福、喜悦、兴奋之中，盼着中午快点儿到来，她知道周光磊也在急切地等待那一刻快点儿来。关琳不时地哼着喜爱的小曲，就连给儿子洗着小脸、喂奶的时候也要情不自禁地亲一口。嘴里一边叨叨着，"儿子一会儿就去见爸爸啦，你有爸爸啦。"刚说完赶紧看看旁边有没有人，缩缩脖子，吐吐舌头。多年来的艰辛、付出能够有这样一个结果，也算是老天对自己的眷顾了。不仅有了儿子，儿子的今后也总算有了着落，这更激发了她要好好活下去的欲望。其实，关琳的这些举动，没去上班的关妈妈都看在眼里，为女儿高兴，为外孙的担心也稍稍轻了一些。但是，他担心当女儿真的出现状况时，真的能有人守在身边吗，谁会照料外孙……不管怎样，现在女儿高兴、幸福，能过好每一天就知足吧。关妈妈看着周光磊激动的样子，笨手笨脚地抱着外孙，心生感激，又充满惋惜和不解，"本应该是这样的呀"。

回到家，关琳拥抱了妈妈，深深地亲吻了妈妈："妈，谢谢您！"

"好了，都做妈了。累了吧？去，陪儿子睡一会儿吧。你爸今天也回来吃，好好庆祝一下。"

"谢谢妈，一会儿我帮您。"

关琳跟爸爸说起今天带儿子跟周光磊见了面，爸爸心里也为满足了女儿的心愿而高兴。一家人破天荒地喝了一瓶红酒，关琳一边照顾旁边调皮捣蛋的孩子。

七点刚过，关琳的手机响了，是连洁偷偷打来的。当听到罗肖今晚就动身去灾区的那一刻，关琳高兴的心情一扫而光，忽然有被击垮的感觉，意识里有可能要失去最最重要的什么，有些僵直地站在那里。关琳给周光磊打过电话，他坚持要送罗肖，那感觉，如果不去，从此就会再见不到这个重要的人一样。为了避免爸妈多想、为自己担心，关琳尽量控制焦躁的心情。

关妈妈提议让找个伴一起去，关琳自然想到了令狐珊珊，随后关琳给令狐珊珊和金城山夫妇打电话并相约一起去。

他们在开赴灾区的集合地找到了罗肖。罗肖看这么多人都来了有些过意不去："这么晚了还让你们都跑来了，不好意思。"

大家都很关心地询问着情况，关琳没说什么只是关切地看着罗肖。"从目前了解的情况看不乐观，具体的还要到了才知道，不过大家不用担心的。我不能陪你们了，马上就要去机场了，你们就回去吧。"罗肖宽解着大家。

令狐文说："你去忙吧，我们等你们走了再走。到了一定给我们报个平安，需要什么我们给你准备。"

"一定的，只是听说现在通讯还没有恢复，我会及时联系你们的，回去吧。"

关琳有些声音颤抖："文哥，我们送他们去机场吧。"

"不用了，机场你们也进不去。"罗肖送去安慰的目光。

"对了，肖哥，钱带了一些吗？要用的，这有一些你先拿着。"关琳说着把自己来时就准备好的五千块钱递给罗肖。罗肖和大家没想到关琳这样，先是愣了一下。

罗肖笑着："那儿都那样了，哪有花钱的可能，不用了，我们带的东西很齐全。"

"肖哥，你还是带着吧，如果可能替我捐给他们。"关琳见大家也要给罗肖钱，就拦着说："你们就先别给了，要不我该不好意思了，就算我们大家的吧。"其他人表示不同意。

罗肖说服大家："还是听关琳的吧。放心，日后肯定让大家捐款的。"

送行的场面，大家的心情都很紧张，关琳更是有些发抖。金城山告诉罗肖："鬼"今天竟然推翻了市委常委会的任命决定，政界也地震了。罗肖有点儿愕然。

每个人都过去用拥抱祝愿罗肖平安归来。关琳颤抖着最后一个拥抱罗肖，罗肖如同触电一激灵，这一刻关琳泪水涌了出来。罗肖跟大家挥挥手，向集结地跑去。

关琳给罗肖发了一条信息："肖哥保重，每天报个平安！"罗肖回复道："感谢！一定平安回来。"

周光磊悄悄来到关琳身边，有些愧疚地小声说："对不起，我没能守住秘密。我不是故意的，他中午看到我们了，但我保证他不会说的。"

关琳说道："他？哦，我没事，别放心里，我不会怪你，也相信文哥吧。"然后关琳微微一笑，也不在乎其他人是不是注意到他们俩："地震会使我们坚强的，记住我们的约定，好吗？"周光磊心里如压了块石头，但还是点了点头。

那边，车队出发了。

02

今天，2008年5月12日，汶川牵动了世界；今晚，罗肖揪住了所有送行人的心，让每一个人几乎都一夜未眠。这几年，好像命运的驱使，罗肖无意中融入了这些人当中，某种程度上成为了他们的中枢、纽带。这一切的一切，都源自2006年关琳的再次归来。

飞机的橡胶轮与跑道接触那一刻的震动，并没有让关琳完全收回思绪。十几个小时的行程，翻来覆去地、杂乱无章地，关琳把这几年的经历想了七八遍。越是不愿想，迷迷糊糊中不知哪个情节却又回来了。记忆还在，幻想还有，所以希望心存。飞机越接近目的地，越有那么一丝丝期盼，要是能重演2003年SARS爆发那次回国时他们都来接的待遇该多好。可惜，时光不会倒流，自己已不再是那充满幻想的天真女孩。即便还会重复那一场景，此景亦彼景，此人亦彼人，但，此情非彼情。

飞机在跑道上缓缓滑行，并慢慢停了下来。廊桥已经对准了机舱门，旅客们纷纷拿着行李站到了通道上，等待打开舱门。关琳并不急于起身，她知道肯定是令狐珊珊陪同妈妈来接机。关琳心里问过自己"那个人也能来吗"，不祈求重新开始，只期望某种并不可知的关联而继续。

关琳站起身，穿上外套，伸手取下两个随身的包，快步走出机舱。关琳找到大行李箱后，放到小车上，把随身携带的稍大的一个包也放到了车上，推着朝出口走去。远处母亲和身旁一脸欣喜笑容的女孩儿在朝她挥着手示意着，关琳也朝她们挥挥手，推着车加快了脚步。

珊珊跑上前紧紧抱住关琳，亲吻了一下说："可回来了，想死我了。我来推，有车还背着，快搁车上。"

关琳把身上背着的包往珊珊怀里一掖，过去和母亲拥抱："妈，您等了一会儿吧，晚点了。您还好吧？"

"没等一会儿，和珊珊聊天呢。十几个小时，身体还吃得消吗？脸色还行。他们都说来接我没让。"

"不用惊动他们，有您和珊珊就行了。"关琳虽这么说，可是眼睛还是偷偷地往周边看看，并没有熟悉的什么人。终究都过去了，放下了，来更好，不来也还是正常。

令狐珊珊推着小车说："琳琳，身体真的没事儿？不用倒时差？"

"飞机上吃了睡，睡了吃，再说又不是一次两次了。今天你们五点就到了吧？妈，您没事儿吧？"

令狐珊珊推着小车追上来说："伯母，您要是不反对，今晚我们想搞个聚会，给琳琳接风。"

"不反对，不反对。只要琳琳吃得消就行。本来和琳琳她爸商量想请你们几个到家里吃顿饭呢。"

关琳说："就是，叫他们都到我家来吧，我给他们打电话。"

令狐珊珊说："那哪行呀，为你接风。"

"没问题，正好今晚肯定睡不着。我在飞机上就想给你打电话了，好久没有这样的感觉了。"

关妈妈说："你们就尽管玩儿，其他的事我们来办。"

令狐珊珊赶紧拦着："伯母，这次您就别管了，我们做东，琳琳听我的。今晚还要给你个惊喜呢，就这么定啦。"

"妈，那您就别管了。快说呀，什么惊喜？"关琳拉住令狐珊珊追问。

令狐珊珊顺势放开小车，搂着关琳转了一圈，还向远处瞟了一眼。

"你想把我转晕呢，快告诉我。"

"我就是想看你晕不晕，要不要倒时差，能不能经得起惊喜的考验。"

"哟，就一圈就让我晕呢，太小瞧我了。"

"真的不晕？那大厅里的人看得清吗？"

"当然，他们都有鼻子有眼的，哈哈。"

"真的？认识吗？"

"哟，这么多人都是接我的？咱太有人缘儿了，可惜没几个认识的，改天再请这些人吧。"

令狐珊珊见关琳这么说，肯定关琳是没有看到认识的人，心里不免有些失落，但没有再多说。

刚到大厅口，给关琳爸爸开车的司机小刘跑过来接过行李车，带着大家来到一辆奥迪车旁，帮着将行李装好，然后上车启动。

关妈妈说："对了，珊珊，你要不要和送你的人说一声？"

关琳心里一惊，莫非真的希望出现的人来了？"珊珊，你和谁来的？"

令狐珊珊赶紧说："他们到北京来办事儿，我就搭车一起来了，已经说好了不跟他们回去。"

关琳埋怨着："你真行，谁呀？文哥？你还让文哥起那么个大早儿，这才几点，我给文哥打个电话。"

令狐珊珊赶紧拦住关琳，说道："不是我哥，是顺路的。没事儿，都说好了。伯母，我们走吧。"

一路上，关琳和令狐珊珊兴起地聊着。回到了市里，关琳好是兴奋："哎哟，变化太大了！珊珊，你可得带我好好转转，认认道儿，不然我出去会因找不到道而回不了家了。"

"没问题，愿意做向导，肯定还有吃有喝，对了，我还有任务交给你。"

"什么任务？快说！"

令狐珊珊卖着关子："别急嘛，晚上就知道了。琳琳，伯母，一会儿我就在前面下，晚上我来接琳琳。"

※　※　※　※　※　※　※

今天，送令狐珊珊来接关琳的确实还有两个人——令狐珊珊的哥哥令狐文和他的同事周光磊。来的路上，珊珊一个劲儿地动员令狐文："一会儿飞机落地了，你们去帮着关琳取行李呀……"周光磊提醒令狐珊珊，"我们是进不了行李区的"。其实令狐珊珊的目的就是想让关琳第一眼能看到周光磊。但因令狐文心里有些异样，周光磊更是有所顾忌，最终两人没跟前去。进大厅后，这两个人只是在远处看着没靠近。令狐珊珊搂着关琳转了一圈，问关琳是否能看清大厅里的人，就是想让关琳看见远处的令狐文和稍矮一点儿的周光磊。当令狐珊珊将关琳朝这边转过来时，他们都感觉到对方的一愣，可关琳并没有发现他们。

周光磊看着她们就要出大厅了，轻声说："我们还过去吗？"

令狐文没说话，也没动，脸上也没什么表情，周光磊轻轻地晃了晃令狐文的胳膊。

"我们走吧。"看着关琳他们穿过车行道令狐文才说道，但是并没挪动脚步。

"要不要给珊珊打个电话说一声？"周光磊示意往外走。

"不打了，珊珊会告诉我们的，我们也回去吧。"令狐文回过神来也往外走。

周光磊开车驶上了机场高速："时间还早，不如我们到商场转转吧。"

"去那儿干吗，还是趁早赶回去吧。"

"我想给珊珊买件像样的礼物，今天正好赶上就转转吧，来得及。"

"花那钱干吗，愿意送，随便送个什么就行了。"

"人生大事能随便送吗？"

令狐文看了一眼泛着坏笑的周光磊："别开小差儿呀，好好开你的车。"

周光磊知道拧不过令狐文，只好说："好吧，那我也得给珊珊准备个好礼物。"

令狐文没再搭理周光磊，闭上眼睛头靠在了副驾驶靠背上。

周光磊见令狐文不说话："你困了？关琳要是知道晚上我也去，她会不会不高兴？"

"都过了这么长时间了，不会了吧。看情况吧，要不祝贺一下就借口走掉吧。"令狐文还是闭着眼。

"我要是晚上先走了，就去'月色阑珊'等你，好长时间没去了。"

令狐文听周光磊这么一说，睁开眼看着周光磊说道："晚上尽量别先走，要不就早点儿回家睡觉，这些天加班还不累？我可想好好睡一觉了。"

周光磊一听高兴起来："好久没去那儿了，晚上去吧，我告诉我妈不回家了。"

令狐文不置可否地回答："再说吧！送我回家，不去单位了。如果时间还早，你就回去上班，不要说我们一起出来了。"

"知道，这点儿事还用你嘱咐。"周光磊见令狐文还没回答晚上是否去"月色阑珊"，便不死心地接着问道："那晚上怎么办？"

"什么怎么办？"

"你别这样好不好？今天晚上你让我过去帮忙做那烦人的稳控工作，今年又这么紧张，你都没说关心我一下，连续加班一个多月，今天好容易结束了，我们出去玩一会儿不行吗？你不该请我？我可干够了那倒霉的活了。"周光磊有些急了。

"好好开你的车。你说科里就这几个人，你过去又干过，不派你去派谁去，再说也是主任的意思。"令狐文并不急。

"得，得，我可是听你的，你是我哥又是我头儿。主任咱巴结不上，我也不想巴结，有你就够了。"

"少胡说。"令狐文皱着眉头打断周光磊的话，"晚上也别疯玩儿，我们都回家好好睡个懒觉。以后也别去酒吧那些地方了。"

过了一会儿，周光磊用余光瞟了一眼，见令狐文头靠在后背上闭着眼，但他知道令狐文其实没睡着只是打了个盹。

"谁知道你什么心思。"周光磊嘟囔着。

令狐文一听，坐正了身子，睁开眼看着周光磊："你什么意思？"

令狐文这一动，吓了周光磊一跳，出现了一下急打轮："我没说什么，你怎么急了？"

令狐文知道自己的反应过激了点儿，赶紧找了个理由："珊珊觉得让关琳妈妈派车来接不合适，她自己开车来我又不放心，就让你陪我送她一下不行吗？"

周光磊看了令狐文一眼，欲言又止，开着车也就不再说话了。

※　※　※　※　※　※　※

五点钟，令狐珊珊准时按响了关琳家的门铃。关琳家是三百多平方米的跃层，她父母还没回来，关琳一边在楼上自己的卧室里大声应着，一边快步下楼开门。

令狐珊珊瞪大眼睛看着关琳："太漂亮了，好一个冰美人儿！"

"漂亮吧？不对，我怎么感觉着，你好像不是新娘也是伴娘呢。"

令狐珊珊没搭茬，问道："都准备好了吗？快走吧。"

"快进来帮我拿东西。"关琳拉着令狐珊珊上楼进了卧室。

"房间布局没变，更温馨了。"看看摊满床上的东西，和地上两个还敞着盖儿被礼物塞满的行李箱，令狐珊珊问道："这么多东西都带上？”

“把给今天来的人的东西拿上。这些给你的，不能拒绝！对了，珊珊，今天莫不是你们的好日子？为什么不提前告诉我。姐夫的见面礼送什么呢？”关琳一口气说着，一边翻着带回来的礼物。

“行了，今天主要是给你接风，顺便和大家说一声，我要和金城山回老家，就这黄金周来个旅行。”

关琳一听，高兴地跳了起来，在令狐珊珊的脸上亲了一下：“我就琢磨着你的大事儿今年肯定要解决了。看看这些，喜欢吗？”

“太漂亮了，这可是名牌，好贵呢。琳琳，这可不行。”

关琳有些着急了：“珊珊，这是专门为你准备的。是不是嫌弃它在法国是城乡结合部流行的？”

“不是，我相信我们大美女的审美观，只是这太贵重了。”

“今天就让它亮相。我还给你选了一套时装呢，这是在那儿最时尚的，配你最合适了。”

令狐珊珊欣赏着关琳双手展示的时装：“太漂亮了！只是，太时尚了，我都不敢穿了。”

“告诉你吧，这也是我妈嘱咐我的。”

“哟，我都还没谢谢伯母呢！多失礼呀。”

“行了，你就别客气了。赶紧帮我把这些东西分开放。”

“意思一下就可以了。还有你家里人呢。”

“都有的。装在这个袋里，是给我俩哥的，那些是给大家的。这包，等走的时候再给文哥和姐夫。”

令狐珊珊也笑着：“给我哥的我不管了，给金城山的我得检查。”

“放心吧，定情物留着让你给。我们快走吧，别让大家等急了。”关琳一边说着一边就将精美的包捧到令狐珊珊的肩上，“看，感觉不一样了吧？文哥和姐夫的礼物你拿着，我拿其他的。”

令狐珊珊拿过关琳手里的大包说道：“我提这些，给我哥的你拿着，你亲自给他吧。”

"文哥和姐夫在外面啦？你怎么不早说呢，让他们在外面等半天。嘿，我还没见过姐夫呢，帅不帅？见面我说什么呢？"

"凑合吧。他没来，在饭店招呼着呢，就我哥在下面。你怎么没见过？"

"就我们视频聊天时见过，没见真人不算，一会儿见了必须郑重其事地介绍。"

"都那么熟了，没什么新鲜的了。"

关琳一听，像发现新大陆似的，故意惊讶地说道："都没新鲜感了？"

"什么呀，揍你。"

关琳抱住令狐珊珊的胳膊晃着："姐夫肯定很温柔吧？"

"去去去，真的还没有。他就嘴甜点儿，倒还是很传统的。"

关琳松开手，笑着说："现在还真有好孩子。"

令狐珊珊笑着，嘴里叫着"琳琳"，但后面的话又咽下去了，提着东西往外走。其实，当令狐珊珊叫她时，她就意识到了令狐珊珊想说什么了。

关琳边往外走边说："放心，我都放下了，就怕他放不下。我把给他的礼物和文哥的放在一起了，想让文哥给他。想知道是什么吗？"

令狐珊珊故意说："不想！刚才我想看，你又不让看。"

"哈哈，吃醋啦？是男人的最爱。"

"男人的最爱？"

"男人靠什么饰物装饰？不是皮带就是表呗。我让你分开就是怕给弄混了，这两个包里都是两块手表。"

"怎么都是两块，金城山也两块？"

"你想得挺美的。一个包里是两个男人的；一个包里是情侣的，让我姐夫送你的。"

"啊？是不是又花了很多钱？"

"唠叨啥，快走吧，肯定不是劳力士、江士丹顿什么的。"

令狐文看见关琳和令狐珊珊从楼里出来，从车里出来迎了上去。关琳也上前紧跑两步，大声说："文哥，怎么不上去呢？让你等了半天，真不好意思。"

令狐珊珊也小跑着说："哥，快开门，这是琳琳给大家带的礼物。"

令狐文边接东西边说："这么多呀，大家会不好意思的。"

"没关系，这么长时间没见了，一点儿意思。一年多没见文哥，没胖还有点儿瘦了，更帅了。"

关琳和令狐珊珊坐到了后排，关琳问道："珊珊，你还没告诉我今天都有谁呀，礼物带少了多不好。"

"礼物瞅机会再给，不认识的就算了。你是我娘家人，还不许来？"

"今天就举行婚礼了？还娘家人婆家人的。"

"别管那么多了，反正也是给你接风，大家聚聚，谁也不能退场，谁也别喝多了闹事儿就行了。"

关琳凑到令狐珊珊耳边，小声嘀咕："你不高兴？"一边用手捅了令狐珊珊一下。令狐珊珊也捅了关琳一下，两人都会意地笑了。

令狐文听出令狐珊珊是在给关琳打预防针。尽管大家已经说清楚了，还是以好朋友相待，但令狐文心里清楚，在几个人心里还是不可能完全清除干净，在一起时总怕会尴尬。

"哥，你没发现我有什么变化吗？"令狐珊珊岔开话题，问道。

令狐文从反光镜里看了她一眼："这么一会儿就发生变化了？"

"看，这包怎么样？"令狐珊珊朝着反光镜举举包示意，"还有你和金城山、周光磊的呢，都很贵重的。"

令狐文有些过意不去："琳琳，是不是花钱太多了？"

"文哥，珊珊，我还觉得差些什么呢。珊珊，今天这么大事我要是错过了，那我可会遗憾一辈子的。"

十分钟的路程很快就到了。令狐文停好车，三人提着给其他人的礼物下了车。金城山和同事"秀才"苏秀君迎了过来。

金城山喊着："秀才，海外大美人来了，赶紧去把东西接过来，别累着。"

苏秀君笑眯眯地看着关琳，嘴里还念叨着："好个出水芙蓉，哪个君子不好求？！"

金城山捅了苏秀君一下："色鬼，嘟囔什么呢。"

苏秀君点儿头哈腰："失礼，失礼，为美人效劳好不愉悦。"

关琳有点儿不知所措："不重，不重，我自己来吧。"

令狐珊珊在一旁大声说："琳琳，他是金城山的同事，大家都叫他'秀才'，大名叫'苏秀君'。秀才，看一会儿灌你的。"

苏秀君笑嘻嘻哈着腰拉着长音儿："美人好！就叫我'秀才'吧！我喜欢和美女喝酒，越多越好。"

关琳笑着说："你好，秀才哥。"

"嫂子，看到了吗？咱就是人缘好，这就认了个美人妹妹。"

令狐珊珊白了他一眼说，"看一会儿有人管你的"，"金城山，快过来，赶紧向琳琳报道。"

金城山赶紧过来："琳妹好。秀才，我说得对吧？琳琳比视频里更漂亮，大美人！"

几个人愉快地聊着，进了酒店的大厅。

令狐文一直没参与他们的聊天，脸上一直挂着幸福的笑容，为妹妹高兴，好似也了却了一桩心事。

※ ※ ※ ※ ※ ※ ※

酒店大厅里，离门不远处站着几个男士，其中一个看到令狐文几人说笑着进来，犹豫了一下，然后朝他们走来："令狐，令狐。"

令狐文定神看去，也认出对方来了，便对令狐珊珊说道："珊珊，你们先上去。我跟同学去说句话。"随后，令狐文紧走几步与那个男人握手、拥抱。令狐珊珊他们被这情景吸引住了，驻足看着。

令狐文惊喜说道："罗肖，是你？好长时间没见，你不是在国外吗？"

罗肖兴奋回应着："回来时间不长。没想到在这儿遇上，一直想联系你呢。升科长了？今天公务？"

"真是巧。一个朋友刚回国，大家给她接风。"令狐文回头看到令狐珊珊几人还站在那儿看着他们，就介绍道："我同学，罗肖。"

罗肖礼貌地跟大家挥挥手："你们好。"

见罗肖主动打招呼，他们几人尴尬地回应招呼，随后提出先去餐厅了。

令狐文问罗肖："还好吗，做什么了？"

"还好。一句半句说不清，哪天你不忙的时候，我们见个面聊？"

"好呀，看你时间。"

"那好，你先忙，回头联系，回见。"

令狐文回身追上令狐珊珊他们，正好赶上电梯。

令狐珊珊几人边走边议论起这个人，关琳不由自主地回头看了两次。

令狐珊珊问："哥，谁呀？我觉得他特像一个人。"

"我的一个师兄，罗肖。城山，就是我以前跟你说过，原来你们单位的，很有才的，工作两年多就升副主任了。前两年出国了，刚回来。"

"哥，你说过像周光磊，是吧？琳琳，你觉得呢？"令狐珊珊说完，觉得说错话了，便看看关琳。

苏秀君附和着："对，我说刚才就觉得像一个人，没想起是谁。"

金城山拽了苏秀君一下："别瞎掺和。关琳，别理他。"

"没事的，早没感觉了。"

"真的？"令狐珊珊故意问道。

"骗你小狗！文哥，珊珊可唠叨了，是吧？"

正好电梯停了，关琳给自己解围："珊珊，到了，不想下了？"

苏秀君第一个出了电梯，跑到预定的房间推开门嘴里边喊着：

"新人到。"

周光磊过来接过苏秀君手里的东西。令狐珊珊向其他人介绍关琳，又将他们介绍给关琳，有苏秀君的女朋友袁月和令狐珊珊的同学同事。

趁大家相互寒暄着不在意的时候，周光磊来到了关琳跟前。他有些局促地低声问道："你还好吗？"

关琳很自然、大方地笑着说道："哥，我还好，你呢？"

周光磊用自己都觉得假的笑容回应："珊珊说我丑了，不像过去了。别叫我'哥'，还是叫我光磊吧。"

关琳沉吟了一下，点点头，然后回头扫了一眼大家，说道："光磊，我们回头再聊，你去招呼大家吧。"

周光磊点点头忙去了。站在门边的令狐文看到这一幕，也就放下心了。

苏秀君朝令狐文大声喊道："大哥，今天您是老大，您主座入坐，小弟们才好坐。"周光磊、金城山也过来拉令狐文到主座坐下。

待大家坐定了，苏秀君坐在令狐文的对面，站起来说道："大家静一静，今天我自告奋勇当一把主持，大家别见怪！自我介绍一下，我是金城山的同事，被同事封为'秀才'。今天的主角，虽然不领导我，可人家是我们单位最年轻的副主任之一，括号，正科级。坐在我对面主座的，是今天的老大——英俊潇洒的令狐大科长。"苏秀君看着金城山，笑着调侃道，"别看您是主任，大哥比你当官可早多了，您跟大哥平级"，"大哥是珊珊小姐的大哥，也是这位山大副主任的准大哥。大家明白了吧？令狐大哥可厉害了，掌管着两座'大山'哟。"说两座大山时，苏秀君还用手指指令狐珊珊和金城山。

一直没说话的令狐珊珊忍不住了："秀才又开始了，一会儿又不知说啥了。"

"秀才，今天你是回不去了。"金城山故装怒意。

"大主任，真的？真让我去压床！"

大家忍不住地被苏秀君逗笑了，袁月拿眼瞪他。苏秀君做出个没事儿的样子继续说："珊珊，山大主任绝对帅，对吧？"然后好像想起什么，说道："要是把刚才碰上的那个姓罗的帅哥叫上，再加上大哥、大主任、周光磊，可以组成一个更帅气的 F4 团队了。"经苏秀君这么一说，刚才见过罗肖的人也表示赞成这一说法。

苏秀君将其他人都介绍一遍，就剩关琳时，说道："珊大小姐，这位……就委托您来介绍吧，要不然我一夸，山大主任又该说我不怀好意了。"

令狐珊珊笑着回道："你是怕跪搓板儿吧。这是我好朋友关琳，大美人，今天上午刚下飞机。"

关琳站起身："很高兴和大家认识，谢谢大家！"

苏秀君继续着："现在正式进入主题。今天活动的主题是：第一，为珊大小姐的好朋友大美女关琳小姐接风；第二，金城山同志结束光棍儿生活的一个仪式。大家会问，关琳小姐为什么回来呢？答案就是，专程回国参加某人的成人仪式。鼓掌！"其他人被逗得也起哄着鼓起掌，只有金城山和令狐珊珊大叫着"秀才，你今天死定了"。

苏秀君一本正经地接着说道："莫吵嘛，还没完呢。按照西方的做法，应该是明天举行结束光棍儿生活的大庆祝，只是因为后天'五一'两位新人要去度蜜月，所以只好提前一天举行了。因为金大主任猴儿急，剥夺了我压床的权利。"大家又一次被逗得前仰后合的。

金城山也被气笑了："你小子还冒充童子？"

苏秀君挥挥手，大声喊道："好了，静一静，开场结束，现在请令狐大哥讲话。"

令狐文站起来端起酒杯笑着说："秀才的开场白很精彩，现在我们大家举杯，欢迎关琳回国，也感谢大家出席活动！今晚大家吃好玩好，干杯！"

席间，关琳和令狐珊珊甜蜜地私私窃语，关琳也很快和大家熟络了。苏秀君跟金城山两人商量找机会让令狐文约罗肖出来坐坐，了解了解单位过去的情况。

※　　※　　※　　※　　※　　※　　※

　　"五一"黄金周的一天，几个高中同学给关琳接风，在一家较高档次的酒吧聚会，这里有些幽静恬淡，却也温馨。关键是，它有一个好听的名字，是关琳喜爱的——蝶翻飞。从店名看，此地应该是一个热情奔放的舞吧，可环境与店名却形成了鲜明的对比，也许关琳要的就是这种反差。

　　关琳他们五个女生三个男生，选择了一个半封闭的包间聊着，不时地传出笑声。茶几上，摆满了酒水、饮料、食品。话题，自然是大家在一起的快乐时光、现在工作难找、挣的太少、房子买不起，等等。当然，更少不了的还有八卦话题，谁和谁好上了、谁要结婚了、谁离婚了、谁找了个大款儿，等等。这几个人中，关琳刚回国，家境又最好，不愁生活、工作。一个叫"辣妹"的女生，嫁了一个大她八岁自己当老板的男人，准备怀孕做全职太太。其他几个人的工作都不大理想，工资都不够自己一个月花销的。

　　"关琳，什么时候将洋情人带来给我们见识见识，我替你跟他比比酒量。"一个叫"校草"的男同学殷勤地给关琳递上咖啡说。

　　"你个小白脸，少跟人关琳献殷勤。你有能耐傍个富婆，做'鸭'也能碰到'肥猪'婆。"辣妹嘴不饶人地说道。

　　"辣妹，你这张嘴呀。校草，别理她。"关琳赶紧给校草解围。"校草，是不是酒量长啦？看来今天自己能出门了。"

　　一个叫"小黑"的男同学来劲了："对，关琳，今天我们给你做后盾，这几年这小子没少欺负我们。"

　　另一个女生撇着嘴说："没出息，让女生出头。"

　　叫"欢喜佛"的男同学指着校草对关琳说："关琳，他可是有目的的，你要防着点儿。"

　　这时，辣妹像发现了新大陆一样，大声说着："哎，你们都别闹啦！我有个提议，看你们三个大男人，谁能把那边的那个帅哥请过来喝杯酒，我们几个女生有奖。"

几个人起哄着说"你是不是又看上哪个帅哥了"，一边朝着辣妹指的方向看去，问辣妹是哪一个。辣妹说："就是背对着我们的那个。刚才他经过我们这时直朝这儿看，特别看了关琳好几眼呢，看来校草又多了一个竞争对手。对了，刚开始我还以为是关琳休了的那个姓周的小子呢。"

关琳听辣妹拿自己说事儿，虽然心里不舒服，但也没怪她。关琳自那天聚会后，心中似乎不由自主地闪过几次周光磊的名字。

校草不甘心地说："关琳，你说叫不叫他过来？"

小黑笑道："大家看了吗？谁最在乎？"

校草指着欢喜佛道："这事交给他，准能搞定。"

辣妹继续鼓动着："关琳，你一会儿就看他像不像就行了。你们去不去？奖励可都备好了。"

"没问题。"校草凑到欢喜佛耳边嘀咕几句，接着将欢喜佛拉起来推了出去。

欢喜佛过去礼貌地和那边的人打着招呼，然后和目标个体说了几句话。那人朝这边看了看，然后跟着欢喜佛过来了。看着两人过来，辣妹几人小声嬉笑着，还有些幸灾乐祸。

欢喜佛介绍："这是关琳，我们是高中同学。她说是你朋友，可又不好意思过去敬酒，就请你过来敬杯酒。"

关琳和来人相互对视了一下，不认识但又觉得眼熟。对关琳来说，这个眼熟，不仅是好像见过，而且乍一看太像了，连校草和辣妹都不禁互对了一下眼神，嘀咕着"真的太像了"。关琳忽然想到一人——令狐文的同学。

此人正是罗肖。他礼貌地说："对不起，我们不认识。既然来了，我就敬大家一杯，也算认识了。"

校草赶紧说道："对对对，既然来了，就敬您一杯。我们以为是一个朋友的哥哥，所以请您过来敬您杯酒。太像了。"

罗肖说："是吗？我姓罗，叫罗肖。"

关琳试探着问："您认识一个姓令狐的吗？"

罗肖有些惊讶："认识一位，叫令狐文。"

关琳乐道："那就对了。不好意思，太冒昧了，我是令狐文妹妹令狐珊珊的同学。打扰您了，您去忙吧，他们胡闹……"

罗肖笑着说："没关系。我刚才从这过时，看着你也觉得好像见过。正好请你帮个忙，请令狐有时间给我打个电话。一并谢大家了！"罗肖将杯里的酒干了，"那就不打扰了，谢谢"，挥挥手转身走了。

见罗肖走远了，几个人低声叽叽喳喳互相推闹着。欢喜佛闹着："奖励呢？我可等不及了。"

辣妹道："奖励一顿揍，哈哈。"

欢喜佛闹着："别耍赖，这样吧，你就象征性地在咱额头吻一下，还让你沾点儿佛气，将来准能生大胖儿子。当然，你们谁要佛气，咱也不会吝啬，一定不耻下'吻'的。"

辣妹发狠地说："美的你，耍贫该揍两顿。校草、小黑，奖你们俩一人一顿。"

欢喜佛的脸上故意透着无奈和一本正经："唉，虽然没有得到辣妹美女的吻，可咱比他们二位幸福呀。只可惜我们校草又白等了，小黑就更别想了。早知道有这么成熟的帅哥，肯定还有钱，咱关琳就不应见姓周的那小子，甩得对。关琳，要不要我把那小子再叫来？"

关琳突然伸出双臂拉住欢喜佛说："嘘，小声点儿。"

这时，罗肖走过来了，先冲着大家说了声"对不起"，然后递给关琳一张纸条说："我上次忘了告诉令狐我的电话，帮我告诉他，好吗？谢谢！不打扰了，再见。"

欢喜佛戏谑道："这哪是捎电话号码啊，分明是发邀请了，还说'再见'呢。再见，再次见。校草、小黑，你俩真的别指望了，哈哈。"

03

今天，令狐文觉得自己是最凄惨的一个，肉体虽然没有受到像汶川那样毁灭性的冲击，但是心，却经历了同样强度的撞击。回到家时，父母已经睡了，他简单洗洗就躺到了床上，但是久久不能入睡。想到罗肖面临的危险，想到罗肖的勇敢和敢于担当。同时想到有这么多朋友关心罗肖，而自己怎么这样孤独？这不是嫉妒，是羡慕。细想想，这些人能成为罗肖的好朋友也是因为自己，因为关琳。令狐文的记忆回到两年前——关琳让他给罗肖打电话，后来这发生的一切似乎都是因为这个电话。

2006 年，给令狐珊珊和金城山蜜月送行，也是给关琳接风，遇到了罗肖，可那天忘记确认电话，后来也没想太多，也就过去了。直到一天，关琳忽然打来电话。

两人有一句没一句地闲聊着，关琳突然想起一事，说道，抱歉，差点儿忘记告诉你，罗肖让你给他回个电话。令狐文不明白罗肖怎么会让关琳捎电话，在自己的印象中他们并不认识啊。关琳简单说了说那天在"蝶翻飞"酒吧的偶遇。随后两人挂断了电话。令狐文想了想，随即拨通了罗肖的电话。

"喂，罗肖，你好！是我，令狐，对不起现在才给你打电话。"

"别客气，知道你忙，我就没打给你。就是想和你聊聊，顺便请教点儿事。"

"什么请教呀，几年没见还真的想你了！你现在工作怎样？"

"出去两年，回来有半年了吧。工作的事想听听你的意见。见面时间由你定。"

"那定好时间我给你电话。我妹夫金城山在你原来的单位工作，比你去得晚，介意叫他一起吗？"

"没印象。没关系，我们一起聊聊。"

"好，那就这么定了，再见。"

令狐文挂了电话，又给令狐珊珊打电话："珊珊，城山这几天忙不忙？"

"忙！要不是我等他吃饭，他得天天在单位吃。"

"那你怎么不回家吃？妈还问呢。今天回来吧？"

"好，我捎咱爸爱吃的酱牛肉去。"

晚上吃饭的时候，令狐文问金城山哪天有空跟罗肖一起见个面，金城山想了想说"无所谓，听哥的安排，哪天都行"。

令狐珊珊一边吃饭，一边问道："哥，关琳怎么认识罗肖？奇怪。"

令狐文说："关琳说是和同学在酒吧聚会碰到的。"

令狐珊珊笑着说："哪天我得审审这丫头，这才回来两个月呀。哥，哪天你们见面时我们也参加吧，一看就明白了。"

金城山说："你们别瞎掺和。"

令狐珊珊说："嘛叫瞎掺和？你是不是嫉妒人家比你帅？！"

饭桌旁其他人听了这话，一边笑一边摇头，无奈令狐珊珊的"霸道"，可怜金城山的"被虐"。

饭后，令狐珊珊与金城山回到小两口的新房。金城山过去抱住令狐珊珊，沉浸在二人世界的美好中。

令狐珊珊突然推开他，说："老公，等一下，我得给关琳打个电话，乖。"她温柔地拍了拍金城山那充满委屈的脸。

"喂，琳琳，在哪儿这么吵，又在酒吧？"

"和辣妹他们唱歌呢，没敢叫你，怕打扰你们的二人世界。"

"羡慕了？那还闲着干吗，是不是校草也在？"

关琳看了一眼校草说："太奶，太嫩。"

"哦，喜欢成熟的？是不是和成熟大帅哥罗同学秘密联系了？老实交代。"

关琳一听，笑起来说："是同学聚会碰上的，还拿人家找乐呢。"

"那他怎么让你给我哥捎话？肯定有预谋。对了，我哥和金城山约他出来坐坐，我们也去凑凑热闹？"

"那不好吧？他们谈正事儿我们在场不合适。你不会不放心我姐夫吧？"

令狐珊珊看了一眼金城山，恨恨说道："借他个胆儿……"

"哈哈，那听你安排，反正我也闲着没事儿。快去过你们的二人世界吧，赶紧给我整个干儿子出来吧。挂啦！"

待令狐珊珊放下电话，金城山急不可待地黏了过来……

※ ※ ※ ※ ※ ※ ※

这天快下班时，周光磊来到令狐文的办公室，催令狐文去接客人。"领导，时间差不多了，该走了。"

"光磊，我本来约了同学罗肖今天聊会儿天，但我可能要晚点儿到了。我给金城山打个电话，让他先去。"

"边走边打吧，快到下班高峰了，路上不好走，时间有点儿紧。"

令狐文跟着周光磊往外走，锁好门后一边给金城山打电话："城山，我晚上要陪外地客人吃饭，要晚一点儿到。你跟他不认识，你让珊珊把关琳叫上吧，好给你们引荐一下。我不会太晚。"

"哥，那我把秀才也叫上，行吗？我想，第一次见面别让珊珊她们坐在一起了，不方便，分开坐好吗？"金城山提议。

令狐文想了想，说："也好，你安排吧。"

上了车，令狐文对周光磊说："等会儿我八点左右先走，你多陪一会儿，送客人到宾馆后来找我吧，金城山也去。"

周光磊刚才听令狐文给金城山打电话，知道都有谁去，答道："我跟他也不熟，我等你完事再去接你吧。"

"无法面对关琳？那到时再说吧，宾馆离'蝶翻飞'酒吧不远。"

进伏前的天气，是相当湿热的，晚上虽然比白天好一些，但依然闷热。快九点的时候，令狐文赶到了酒吧。

关琳、令狐珊珊，还有袁月，三个女人围在一个小桌旁，不时地窃窃笑语。抛开家庭琐事和烦恼，女人在一起，"男人"自然是主要话题。现在这社会，男人们议论女人就给人一种带有猥琐淫荡的意味，女人们议论男人，当下更应该说是帅哥，则是幻想中带着浪漫。三个女人笑个不停，讨论着罗肖和周光磊的相似度，讨论的答案是：除了罗肖比周光磊高以外，胖瘦、相貌则极其相像，但却又散发着不同的味道，一个成熟的帅，一个阳光的帅。席间，关琳会不由自主地朝罗肖看去。

还有一个话题能让男女沟通更顺畅，就是足球，不是有一句话吗，"男人看的是球技，女人看的是帅哥"。关琳和袁月真心喜欢看，可以说无论多晚每场必看，哪怕半夜起来或通宵；令狐珊珊不怎么爱看，但金城山喜欢，所以常常夜里被拉起来一起看。

令狐文与关琳三人打了招呼后，就在稍远处桌子的罗肖身旁坐下。

"罗肖，不好意思，让你等了这么长时间。"

"没事儿，过去我也干过这行，知道你很忙。我们正在闲聊。今天晚上世界杯有比赛，城山和秀才也是球迷。你看吗？"

令狐文道："以前还凑合，让中国足球闹得不怎么看了，生不起那气。"

"文哥，还轮到你悲观呢？有个不长眼的跑去问上帝，中国足球什么时候进决赛？上帝笑笑说等他死了以后再说吧。"苏秀君抢着说。

"中国人不信上帝。"金城山故意白眼苏秀君。

令狐文笑着说："秀才，那你想个法。"

苏秀君一本正经地说道："文哥，我们也举办世界杯呀，中国队不就直接进决赛了吗？"

金城山撇撇嘴："行了吧，你快省省吧。"

"你看，我就知道你们不认可，其实我还真有个法，保你们想不到。我们派人去当国际足联主席，这事儿就成了。"

令狐文说："秀才，那也不行，在哪儿举办是投票决定的。"

苏秀君振振有词："那是他们当足联主席！要我们当主席就没这问题，我们利用职权呢！国际足联主席那可是老大的官儿呀，为自己国家谋这么点儿小事还不行吗？"

几个人被苏秀君的话逗得乐得不行，令狐文说："罗肖，秀才行吧？"

罗肖笑着答："行，行。"

令狐文收住笑，说道："罗肖，他说的伍湘源就是你说的那个吧？"

金城山也想把话题拉回来："哥，刚才罗哥说了，就是一个人。"

令狐文说："你们俩一个肖哥一个罗哥的，这是怎么叫呢？"

罗肖笑笑说："怎么叫都行，就叫罗肖吧。"

令狐文说："真巧，你和城山竟然干的是一个事儿。"

罗肖说："刚听他说的情况，没怎么变化，那帮死党还在，只是'鬼'不兼任了，郑局长可还没扶正。城山跟'犬'大主任干，秀才跟'革'大主任干，还有'钱大爷'，这三块料还都在。"

令狐文笑着问："'鬼'是谁？"

苏秀君解释道："文哥，肖哥说的'鬼'就是我们局里官称老板的伍湘源，'犬'就是城山他们的一把手权德利，纯粹是条狗，见谁都恨不得咬两口，大家干脆就给他改姓'犬'了。我们那个左佑平同志，无时无刻地表现自己革命者的形象，大家都叫他'革命主任'，后来觉得不顺嘴，又给改成'革主任'了。'钱大爷'就是行政处长钱贵发，不喊爷不办事。"

罗肖点点头说："'鬼'这个外号，还是我说的。"

令狐文笑着说："这几个人的外号多好，挺贴切的。罗肖，你要是不出国，现在也该提了，说不定进班子了。"

罗肖说："咱不是那块料，也搞不了政治，不会玩心术。"

苏秀君说："肖哥是'道不同，不相为谋'的典范。"

罗肖摇摇头说："这句话用在伍湘源头上，玷污了圣人。"

苏秀君不解地问："怎么说？"

罗肖只是笑笑，没再说什么。

金城山说："刚才我们一直听罗哥说国外的事，没有我们想象的那样神秘和浪漫。"

罗肖说："是呀，我们的规定、纪律都很严格。忙起来很紧张，特别是国际上有什么大事，国内有什么事，就很忙，有时持续很多天。平时一般是不随便外出的，业余时间基本上都是同事们打打球、聚会娱乐一下。"

令狐文说："来，我们四个干一个，也算为我们伟大的外交官接风，也为我们几年没见面，为你们仨初次见面干杯。"四人一起干了。令狐文继续说："罗肖，你没想过多干两年，或者换个国家。"

罗肖说："本来可以申请延长两年，但我没有，以后有机会再说吧。主要考虑家里，这两年全靠姥姥帮我老婆一起照顾孩子。外交官也挺难的，两人分居的多，一年也碰不上几面，我们一个同事大姐，快四十了，想要孩子，今年才有机会。"

令狐文说："那你回来有半年了吧？有什么打算呢？"

罗肖说："还没定。关系还在学校，家里希望我还是干点儿专业，外办如果我想去，他们也答应。可是我不想再去。现在有几个朋友想一起干点儿事，哪天可能还有事请你们帮忙呢。"

令狐文说："只要我能做的，肯定全力以赴。你干好了，没准儿我跟你干了。在学校挺自由的，还能干些自己喜欢的事。"

罗肖说："一个地方有一个地方的事儿。比如说在学校，人家都评讲师、教授了，我能争吗？混一辈子能混个副教授就不错了。不过，现在也不太忙，也有资格考中医师了，争取早点儿把医师证考下来，将来会有用的。"

令狐文说："你小孩两岁了吧，嫂子在哪儿上班？"

罗肖说："儿子两岁多了，我老婆在第一医院。令狐，你怎么样？也三十了吧。你们不知道，令狐那时可是我们学校的名草，一群一群的女孩儿追。是不是挑花眼了？哈哈。"

※　※　※　※　※　※　※

关琳叫着令狐珊珊和袁月过来说是敬杯酒时，正好听到令狐文和罗肖的对话。

"罗肖哥，您魅力很足，是标准的帅哥！我家这位连队尾都算不上。我们三个敬您一杯。"令狐珊珊笑着说道。

"客气啦，金主任才是标准的好男人呢！我和你哥有点儿过时了。"

"肖哥，您还是叫我城山吧。我长成这样是让老婆放心。"

"姐夫，别灰心，她不珍惜，接着你的一大堆呢。"关琳说完，自己先笑了，"姐夫，我没别的意思，不是说你没人要。"

"别人不要正好，有老婆要就知足了。是吧，老婆？"

"行了，别逗了。来，我们一起敬罗肖。"令狐文招呼大家。

关琳跟随金城山他们的叫法："肖哥，不好意思，那天我太冒失了，敬您一杯，算是赔罪了。"

"我还要感谢你捎话给令狐呢，我就借这杯谢你。"

几个人一起喝了一杯。随后，令狐珊珊三个人回到另一桌的座位上。

"令狐，这几年过来，我有体会了，什么叫成家立业？还是先成家后立业，老祖宗的话没错。能够做自己想做的事，还做成了，是成功。可如果等到成功了再回过头来，四五十岁了再顾家，不仅人生该拥有的美好没体会到，还更累了。"罗肖说。

"罗肖，我怎么觉得你好像变了一个人，伤感了。"令狐文笑着罗肖。

"不是伤感，是岁数大了，心理有些变化了。"罗肖若有所思。

几个人愉快地聊着，不觉过了两个多小时了。罗肖看看表："令狐，不早了，你们都很忙，我们改天再聚。"

"也好，我先打个电话。"令狐文也看看表，然后拨通了周光磊的电话："喂，光磊，你那完事了吗？都快十一点了，你怎么还没来？怎么你一直在外面？那快进来，见个面就走。"令狐文挂了电话，想起一事儿，对罗肖说道："对了，罗肖，他们都说你们特像是哥俩。"

"是吗？那快叫他进来吧。"罗肖也来了兴趣。

周光磊进来了，金城山说："外面够热吧？来了怎么不进来呢。"

"刚来，文大科长派我陪客人呢。"周光磊显得有些局促。

金城山说："你们看，这两人是不是哥俩？"

罗肖和周光磊互相看看也笑了，都说"那就做兄弟吧"。随后，令狐珊珊三人过来跟周光磊打招呼，顺便招呼大家一起走。令狐珊珊看出来周光磊想跟关琳说话，就有意和袁月往前走。

周光磊小声地对关琳说："琳琳，你还好吗？房子我没卖，钱都准备好了，我听珊珊说你要开公司，你拿去用吧。"

"钱我不缺，你也需要，留着用吧。我妈早就准备好了，她把一部分股份给我了，还有一部分资金。你有什么想法，需要用钱就告诉我，听见了吗？"关琳露出爱怜的神情。

"我不需要用钱，也没有什么想法。琳琳，对不起，让你受苦了。"周光磊低着头，脸上愧疚似的痛苦。

　　"别瞎说。珊珊告诉我你病了，别想太多，我没怪你，你自己要好好的。以后我们自然一点儿，要不大家在一起时会顾忌我们的。他们在等我们了，你快去送文哥。"

　　周光磊点点头，赶紧往前走几步。

　　令狐文对罗肖说："我送你。"

　　"不用，我开车了。"罗肖和大家挥挥手道别，上车走了。

　　"光磊，你送琳琳吧。"令狐文回身叫周光磊。

　　"文哥，还是让他送你吧，我跟珊珊走，我还有事跟珊珊说呢。"

　　"也好，城山，你们送琳琳吧，我和光磊一起。"令狐文跟着周光磊上了车。

　　回去的路上，周光磊一直没说话。令狐文下车时轻轻地拍了拍周光磊的肩膀，说了句"注意安全，晚上看球别太晚了"。

　　金城山开着车，令狐珊珊和关琳聊着。"琳琳，你没事吧？周光磊说什么了？"

　　"我没事儿，倒是周光磊有点儿忧郁。他要把房子的钱给我，我没要。房子他没卖。"关琳说着，心里一动。

　　"琳琳，你也要快点儿吧。城山，琳琳的事你想着点儿。对了，刚才从酒吧出来时，你发现什么事没？"

　　"什么？"关琳不解。

　　"刚才出来路过一些桌台时，他们都看咱们，一个女孩儿还说，'看这几个帅哥，一个赛过一个的'。"令狐珊珊脸上放着光。

　　"老婆，我这老公还行吧？"金城山往自己身上插花。

　　"臭美吧你。"令狐珊珊用手指戳了金城山一下。

※　※　※　※　※　※　※

　　这天，金城山与苏秀君一起去办事，金城山开车。"秀才，好多天没一起吃饭了，今天没事的话一起吃饭？"

　　"哈哈，怎么，想我了吧？！你没结婚时，成天闹着出去吃，天天缠着人家，结婚了这可是你第一次主动提出来呀，重色轻友。这才几个月，就不想回家啦？"

　　"行了，快说今天有没有时间，我请你们俩。"

　　"我现在给袁月打电话。"

　　"嘿嘿，还说我呢，你不是也得请示吗？"

　　"你没提前说呀。看在你请吃饭的份上，我告诉你新鲜事儿。"

　　"又有新鲜事儿？"

　　"你这几天天天忙，可怎么跟傻子一样。你没看见伍湘源这几天天天跟那几个狗腿子扎在小黑屋里不出来，半夜才回家。据说小舅爷干的项目又出事儿了，检察院来人了解情况呢。"

　　"我说呢，前几天'犬'跟我说弄材料，我要帮着写他不让，说是伍湘源让他自己亲自写。他自己哪写过什么材料，但又不能让别人知道。我正好把假请了。"

　　"小舅爷拿局里的钱找个下家干活，又不给人家钱，结果找局里来了，'钱大爷'给人家撺走了，小舅爷给'钱大爷'买了辆汽车，谁知被下家逮了个正着，下家就举报了。"

　　"秀才，你这都从哪儿听来的，别瞎说。"

　　"我瞎说？真的！这次又不知谁是替罪羊呢。"

　　"你哪儿来的消息？我怎么不知道。"

　　"鸡不尿尿，各有各的道儿。我怎么知道的你别管，你不要跟别人说就行了。你自己行事时注意点儿，别触犯了那些人。"

　　"还是哥们儿好。那你呢？"

　　"你放心，他们不敢动我！只能背着我，我不妨碍他们，他们也别惹我。"

"行呀，秀才，背景够深的，还真没看出来。"

"告诉你，这回可能又要折腾几年前将公司卖给小舅爷的事了，有可能伍湘源会逼着郑局长把公司买回来。"

晚上吃饭时，金城山和苏秀君聊着公司面儿上的事情，令狐珊珊和袁月说着女孩的话题。

"秀才，为什么说伍湘源和他老婆方于莉的名字是绝配呢？"

"哎哟，金大主任，您可是大学问呢，我以为您有答案了呢。于丹讲的《论语》您看过吗？"

"没看全，哪有工夫呀。"

"老夫子在《阳货篇》第十三句说的是'乡愿，德之贼也'，在《里仁篇》第十二句说的是'放于利而行，多怨'，没错吧？"

"可能有这两句话。怎么解释的，我想想。"令狐珊珊和袁月也凑过来听。金城山怎么也想不明白，自语道："这两句话和伍湘源、方于莉有什么关系？"

"'乡愿，德之贼也'，就是说伍湘源是道德的贼，说白了就是没德行。"

"不是吧，和伍湘源对不上来呀。"

"怎么对不上？你把伍拿掉，'湘源''乡愿'音对，意思更没错！他爹太有才了，能直接叫儿子'缺德'吗？多有学问，用'湘源'这两个字多好。"苏秀君说完，开心地笑了起来。

"秀才呀秀才，你真行！"金城山也乐了起来。

"说话注意点儿。"令狐珊珊提醒着金城山。

"就是，小声点儿，别没把门儿的。"袁月也冲着苏秀君说。

"那他老婆呢？"金城山笑着问。

"欺世盗名图的是什么？不就是名和利嘛！骗人能当官儿，还不满足。方于莉，娶过来组成了多完美的一对儿。"

"对，那句话叫'放于利而行'，看看人家，就是一心一意地怎么赚钱怎么来。"金城山好像开窍了。

"行，开窍了。不过，那是以单位为家为自己家赚钱。单位任何一点点的权力都能放大到无限大，成为自家赚钱的依据。"

两人好像解出了哥德巴赫猜想一样兴奋起来，令狐珊珊和袁月赶紧制止。

苏秀君忽然想起什么，说道："我们今后能不提人家名字吗？还记得罗肖好像管伍湘源叫'鬼'，是吧？多贴切的称谓呀，干脆今后我们就称呼他为'鬼'吧，即便有人偷听到了也不知道我们说谁。"说完，苏秀君又兴奋起来。

苏秀君和金城山伸出手击掌，还"耶"了一声，然后俩人哈哈大笑起来。

就这样，"鬼"称谓诞生后，俩人既兴奋又调侃地给伍湘源及其小团体的活动也起了名字，叫"鬼出没"。

※　※　※　※　※　※　※

十月金秋中旬，天气凉意渐浓，偶尔已可以见到片片金叶落下。这个城市在这个时节必定会来几次冷空气，夹杂着一场秋雨一场凉。这时屋里的气温感觉比室外还凉，人们纷纷将冬天衣服翻出来穿上，政府的供热部门已经开始加快工作，预备着随时可能的提前供热。

关琳和辣妹在商业中心几家高档的专卖店逛着，两人每人手里都已经拎着几个精美的大服装袋。接近中午，关琳感觉身体很累。关琳心想，也许是黄金周和令狐珊珊他们出去玩了几天，回来后身体还没恢复过来。辣妹看看关琳的脸色，便提议找地方休息一下。

这天中午，是罗肖通过医师资格认证考试后的首次聚会，他与几个朋友相约在商业街的一家饭店吃饭。饭店碰巧紧临关琳和辣妹逛的时装店。

"关琳！你怎么了？关琳，关琳。"罗肖刚要进入饭店，忽然听到前面传来喊声。罗肖一愣，这个名字好像熟悉，不由朝喊声方向看去，一个女孩儿坐在地上，怀里抱着另一个好像昏厥的女孩儿，几个大纸袋散落在地上。罗文猛地想起——是令狐文妹妹的同学。

"她怎么了？"罗肖急切地询问。

辣妹一看是那天见过的帅哥，就像盼到了大救星，焦急地说："我也不知道，她只说太累了想歇一会儿，就这样了。你看怎么办？"

"她有什么病史吗？"

"不知道，没听她说过。"

"别急，你等着，我开车送你们去医院。"罗肖快速地将车开过来，帮助辣妹一起将关琳扶上车，随后拾起地上的衣袋上车，快速发车驶往医院。

罗肖想了想，还是避开了老婆工作的第一医院，驶向了人民医院。急诊室里，大夫帮关琳进行检查，辣妹去挂号、取药，配合护士输液，罗肖在床前配合关注医生的检查。医生说，目前还没有特别的问题，有过度疲劳的现象，先输液观察一下，需要的话做进一步检查。

过了一会，关琳好多了，也清醒过来了。辣妹告诉关琳刚才在商店发生的一切，关琳说好久没出现过这种情况了，现在就是觉得浑身没劲儿。待罗肖进来，关琳表示着感谢。

"不客气。感觉好些吗？我刚问过大夫，没有什么大碍。先好好休息一下，再做个详细检查。你以前有过这种情况吗？"

"前两年有过，好长时间没犯了。可能前几天去玩儿了几天，还没缓过来，没事的。你快忙去吧。"

"那好，我先走了，有时间一定要做个全面检查。"

晚上，罗肖问老婆突然昏厥是什么原因造成的。是内科医生的老婆告诉他，低糖、肾、血的问题都有可能。隔天，罗肖给关琳打了个电话询问，关琳告诉罗肖没事了，已经回家，罗肖建议关琳做个详细检查，特别是肾、血和血糖。

关琳脑海中反复出现每次和罗肖相遇的情景，觉得挺可笑又挺巧合，"也许就是一种机缘"。可最近脑子里总是不由自主地出现周光磊的影子，而自己已经两年没有这种感觉了，难道因为罗肖的出现让自己发现放不下周光磊？为什么他们两人的外表如此相像！如果自己不是令狐珊珊的同学，如果没有在"蝶翻飞"聚会时欢喜佛冒昧地请他过来，那么自己在商店门前晕倒，他会相救吗？

　　可是，这就是命！不仅对于关琳，对罗肖、对其他人也是一样。世上的巧合，其实都是已经安排好了的机缘，往往很多时候是因为我们已在其中而感觉不到。生活不会让你总是光芒四射，也不会总让你沉寂，而会在某一时刻让你的故事继续。

04

现在，飞机的颠簸，精神的高度紧张，罗肖的脑海中竟然还出现跳跃，大学毕业后到今天的经历，此刻一股脑地涌现。此前自己所做的一切，都是值得的，就像是为了今天做出奔赴汶川的决定所做的准备。

罗肖带领第一期学员奔赴灾区救援，就像将军带领将士奔赴战场。而这一刻，最最要感谢的人是郑局长。君子之交，灵魂却似与生俱来地在某一点交集。

那是2000年春节过后，罗肖通过竞争上岗，以最年轻的身份被聘为办公室副主任，正科级。这一年罗肖二十七岁，由于出众的文字能力、英语口语能力，再加上一表人才，深得主管的副局长看好，主要负责文字材料和外事接待工作。很多人羡慕他，更多的是嫉妒，因为主管的副局长是常务副局长，老局长马上就要退下来，常务副局长是局长职位最具竞争力的人选，而此人就是伍湘源。

另一位具有竞争局长实力的是分管干部人事和财务的郑副局长，比伍湘源小四岁，名牌大学毕业。学历这一点，伍湘源一直有点儿心虚，自己的那个在职学位证书，地球人都知道是怎么来的。而且，年龄上伍湘源也没有郑副局长有优势。

罗肖上任一周后的一天，伍湘源副局长将罗肖叫到办公室，交给他两件重要的工作。

"小罗呀，我相信你的为人和能力。最近有人反映局里去年上的局域网有问题，花了八百多万，但系统到现在还不能正常使用。你找几个基层单位的主要领导了解一下情况，但不要找行政处。看看有什么问题，抓紧写个报告给我。"

"局长，您放心，我跟主任报一下马上就去办。"

"哦，就不要跟你们主任说具体办什么事。你也是主任嘛，又分管文字材料，写好后不用报你们主任审，直接报给我，明白吗？"

罗肖被搞糊涂了，心里不明白但嘴上却说着"明白"。伍湘源又指示着："明白那就好，抓紧办吧，越快越好。"

"局长，还有另一件工作，请您指示。"罗肖小心地问道。

"还差点儿忘了。是这样，我读了个经济学研究生，最近我的工作太忙了，没有时间去听课。你呢，周六周日就帮我听听课，然后考虑一下我的毕业论文怎么写。"

"局长，您有什么论文题目了吗？"罗肖有些茫然。

"对了，你去找小冯，告诉他从这周开始不用他去听课了。你把书和以前的笔记要过来熟悉熟悉。论文呢，我建议写经济方面的，你考虑一下。要不写现代企业管理方面吧，你先写着。"

"局长，那这周我先去上课。企业管理我了解得不多，我先拟个提纲请您指教。"罗肖迟疑着。

"好，以后的课你代替上就行了。论文慢慢写，不着急。先集中精力，抓紧时间把第一件事办好。"

罗肖高兴地接受了任务，心想：上课不愁，写论文也没问题，只是自己隶属的行政部门与经济领域离得太远，平时接触企业生产经营管理方面的也不多，不知写出来会不会被笑话，局长不满意就不好了。

罗肖出了伍湘源办公室，先去找小冯，告诉他伍湘源的意思。小冯听完后，脸上露出的表情让罗肖一时愣住了，但罗肖也没多想，拿了书和笔记本就走了。

罗肖集中精力准备去办第一件事。可罗肖不明白，伍湘源为什么不让他跟一把主任说，也不让找行政处。按照伍湘源提供的名单，罗肖找了基层个别的一把手了解了情况，两天后完成了调研报告。罗肖拿着写好的材料来到了伍湘源办公室门外，听到伍湘源在说什么，然后屋里一片笑声。罗肖沉了一下才敲了门，听到喊"进来"才开门进去。屋里的其他几个人，正是伍湘源让他找的那几个基层单位的一把手，罗肖先和他们打了招呼，然后把材料递给伍湘源。

"局长，按照您的指示，调研报告拟写完了，先请您审一下，哪儿不行我再修改。"

"小罗呀，他们几个夸你呢，一表人才，有知识，又能干。"伍湘源坐在办公桌前，接过报告前后来回翻了翻："归纳的几条还可以，再做些修改，特别是第一条，'行政处没经过局长办公会研究同意，处长擅自指定没能力的公司'的问题。再提出如何解决的建议。下班前交我。"

令罗肖没想到的是，他的这份调研报告后来被改头换面，以不同员工的名义，好像也有他自己的名义，分别被寄到了市纪委、市局纪委。半个月后，市局根据市纪委的批示，进驻调查组进行调查，调查的内容主要是行政处长的腐败问题，后来查财务问题。一个月后，伍湘源顺利当上了一把手。

伍湘源成为了一把手后，第一件事就是将三员大将安排到了办公室、人事干部处、行政处。这三员大将，就是罗肖找的基层的那三个一把手。罗肖办公室派来的一把主任，叫权德利，后来慢慢地有人当面就叫"犬主任"，或者直接叫"犬"。人事干部处的一把主任叫左佑平，一天到晚满嘴马列主义，以一副革命者自居，职员们干脆就叫他"革主任"。行政处长正好姓钱，找他办事比找阎王还难，职员们就索性叫他"钱大爷"。罗肖慢慢感到，原来老局长在位时的团结和睦的良好氛围被打乱了，一种摸不着但能感觉到的阴森气氛笼罩下来。

后来有消息传出，查行政处长不是目的，针对的是主管财务的郑副局长，那些诬告信实际就是冲着郑副局长来的。局域网的建设是伍湘源指示原行政处长干的，郑副局长虽然主管财务，但当时伍湘源是常务副局长，又打着老局长同意的名义强制行政处长落实，并指定了那家计算机公司。而实际操纵干活的是伍湘源的爱人方于莉的弟弟，他借用了那家计算机公司的名义。

不久后的一次全局干部大会上，伍湘源做最后讲话，他兴奋、激昂地说道："这次，机关、基层一把手交流，效果很好嘛！是符合中央、市委要求的。我们就是要旗帜鲜明地选那些清廉的干部放到重要岗位，既有利于工作，也有利于廉政嘛，就是要在我们局里树立良好的作风！我向来反对搞小动作，特别是背地里写黑信，我们就是要给干部撑腰。今天，我要严肃地说，不要成天就想着当官，也不是什么人都能当官！我向来是把官儿看得很淡，一不跑中央，二不跑部里，三不跑市里，就是踏踏实实干活嘛。你们也是一样，不要老想着当官儿，只要听党的话，跟党走，是不会吃亏的。具体地说，在我们局就是跟党委走，我是党委书记嘛！"

罗肖听着伍湘源的讲话，怎么听都不是滋味儿，其用心和目的昭示天下。台上口口声声"三不跑"，台下可是"三送到"呀！可是不管心里怎样不舒服，答应周六周日去上课还是要去的，人家是领导得听着，论文的事也不能耽搁了。

※　※　※　※　※　※　※

一晃进入十二月。自从伍湘源当了一把手，每周至少组织一次亲信们聚会，自然是鲍鱼鱼翅，这些亲信们依仗着伍湘源更是不可一世。其中，权德利、左佑平和钱贵发这三人最霸道，看谁不顺眼没两天这个人肯定被整，或者被调离机关。权德利不仅霸道还是个臭嘴，好在对罗肖还算信任，伍湘源召集他们在一起时说了什么，谁又告谁状了，下一步整谁，回来后都会扬扬得意地在罗肖面前炫耀一番，然后还准骂骂咧咧地跟上一句："别你妈的往外瞎说呀！"

一天，因为听说市纪委要来调查乱收费的事，伍湘源便让权德利提前下手编文件。权德利自己很少写东西，最怵头操作计算机写材料，便让罗肖帮他编办公会纪要。纪要内容是，收费是办公会议研究决定，并报市局同意的。伍湘源动用了市领导的力量，市局领导才同意这样写并补签同意的意见。权德利小声地告诉罗肖说："'钱大爷'正在编账，准备报市纪委调查组。这件事是秘密进行的，其他领导都不知道，更不能让主管财务的郑副局长知道。"

刚刚送走纪委调查组，罗肖便接到领导总结的撰写任务。罗肖忙了一天一夜，终于在第二天下班前将总结交到了伍湘源的手上。伍湘源随便翻翻，让罗肖将总结给各单位一把手和各位副局长审议，如果没意见，让他们在表格里签"同意"两个字，然后签个名。

"局长，我去找他们怎么说？"

"你就说是根据要求进行的，提前做准备。必须签！你去落实吧。总结不用给他们，拿着这份就行了。最迟周日上午九点给我。"

"明白，局长，您放心，一定办好。我先走了。"

出了伍湘源的办公室，罗肖一时不明白这样做的用意，寻思着："周日给他，那是十二月三十一号，转天就是元旦了，不用这么急吧。都快七点了，算了，累了，回家吧。"

转天一上班，罗肖拿着伍湘源看过的总结和打好的表格，先找到了权德利，还没等罗肖说话，他看也没看就签了字，还嘱咐罗肖一定别耽搁抓紧办好。这让罗肖感觉到，这可能又是他们有目的策划好的。

罗肖来到郑副局长办公室，说明来意后，请郑副局长签字。

"罗主任，这项工作什么时间安排的？我分管这事还没接到市局的部署，今年的领导班子述职和民主测评工作可能要放到明年一月份，如果时间来不及还有可能放到春节后。你先把总结放这儿，我先看一看。"郑副局长接过总结，翻看着。

"局长，伍局长让我拿着这份材料找每一位领导看后就签字，没让发这稿子，就这一份。"罗肖有些为难了。

"是这样啊。那你先去找别人，好吗？能不能给我一份总结？我看一看。"

"局长，那我去给您打印一份。"罗肖沉吟了一下。

"啊？那就不用了，小罗。这是个人总结，没规定让全体干部审议的，班子的总结要班子成员审议。"

"局长，没关系，我马上回来。"罗肖迅速回到自己办公室，也没在意是否有其他人在，打印了一份便送到了郑副局长办公室。

"罗主任，这样好吗？我抓紧看，需要收回时，你就来找我。我会收好的。"

罗肖出了郑副局长办公室，到处找各单位一把手签字。经常与伍湘源聚会的那几个一把手，看也未看总结便签字了。其他有几个，稍稍费了罗肖一些口舌，但终归迫于伍湘源的面子，也都签了。

下午五点，伍湘源将罗肖叫到办公室："都落实了吗？"

"局长，大部分都签了，还有五六位没签。"

"他们几个为什么不签，什么原因？"

"三位一把手外出，明天回来就签。庞副局长、何副局长现在还没回局，等会儿回来签。还有，郑副局长还没签。"罗肖小心翼翼地说。

"他没签吗？"

罗肖只好说："郑副局长正在处理事儿，没来得及看稿。"

"他有什么不同意见吗？"伍湘源若有所思地问，"他要稿件了吗？"

"没有。"罗肖有些心虚。

"那好！稿子也不要给其他人了，不要等到周日，签完马上给我。还有，签字表存好，不要给其他人看到。"罗肖答应着，出去了。

周六中午，罗肖还没吃饭，伍湘源的电话到了。"局长，是我罗肖，您指示。"

"小罗呀，事情落实得怎么样啦？"

"局长，差不多了，正在等郑副局长签。"

"为什么还没签，他有意见？你现在把总结和表格送到我办公室，然后再去找他，他有什么问题让他直接找我，不要给你出难题。"伍湘源极其不满。

罗肖急中生智地说道："局长，我在局里，马上到您办公室。"

"你在局里呀？那好，等着，我一会儿到了叫你。"

罗肖心想，你没在呀，故意显示局长的权威呢，真是要随叫随到啊。"好的，局长。那我先找郑副局长。"

罗肖给郑副局长打通电话："局长，您好！不好意思，休息时间打搅您，还是想请您签字的事儿。"

"小罗呀，周末还在加班弄这事儿呀，是不是让你马上交呀？只是这个字我不能签，没意义。述职、测评是要按规定做的，你也别为难。就说我有一个建议，稿子太长了，删掉一半，那样更能突出成绩。"罗肖听到的是和蔼带着笑声的话语。

"局长，我明白了，打扰您休息了。"挂了电话，罗肖赶紧又给伍湘源打了电话，说了郑副局长的建议。

伍湘源极其不满，可郑副局长的建议没错，便不好发作。他不耐烦地说道："马上放到我办公室，我这就到。谁手上有这个稿子？"

"谁也没有。"罗肖立马答道。

"将稿子拷在移动盘上，和你手上的纸稿、表格一起放到我办公桌上。把你机器上的稿儿也删掉，不用留着！明白吗？"

罗肖一下子被打蒙了，惶恐地答道："明白，马上删掉。"罗肖心里着实憋得慌，人家不签字跟我有什么关系，是对我不满意还是冲你？罗肖心中窝火，麻利地做好了一切，逃离一般出了机关大楼。

※　※　※　※　※　※　※

罗肖懒懒地回到家，罗妈妈问了句"回来了，在单位吃了？"罗肖只"哦"了一声，便回到房间躺下了。一下午除了喝水、上厕所出了两次屋，其他时间就一直待在屋里。

"老大，饭都做好了，快来吃吧。"罗妈妈在房门外叫着。罗肖这才出来帮着拿碗筷盛饭。

晚上十点，电话响了，是权德利打来的："明天九点机关等我，有个急材料。"

"主任，后天就元旦了，明天写完了也报不出去啊。2号一上班也来得急，非要加班吗？"

"我也不想加班，老板1号就要用。别啰唆，好弄，有两小时就够了。"权德利嘴里骂着。

第二天，罗肖没像往常早早到，是踩点到的。没想到权德利已到了，看见罗肖来了，远远就问"材料是否写完"。

"您还没说写啥呢。"

"你妈的，不知写啥？老板的述职报告！"

罗肖一惊，难道他们知道我没删？不会！"主任，局长昨天让我删了，现写可费劲了。"罗肖肯定他们不知道没删，自己已把文件改了名字又加了密，别人是打不开的，那也不能拿出来呀。就算那份没删，现在拿出来，肯定要改内容的，办公会议纪要就是这样编出来的。

"不是！去把门锁上。老板交代将稿子修改一下，完事抓紧给他。我哪儿会，就在这移动盘上改。我说，你打字。不许对外说呀。"

"放心，我明白。"

权德利口述着，罗肖改着，越改越觉得可怕。原来，述职报告变成了推荐材料，而且一箭双雕，将郑副局长给告了。材料以全局处级以上干部联名的名义，推荐伍湘源当市局副局长，罗列了伍湘源的丰功伟绩，还列举了市纪委调查乱收费的事例，表示坚决纠正了由于主管领导的失职，致使乱收费得来的部分资金用于个人使用等问题。虽然没点名，实际就是指郑副局长。

改好后，权德利很得意，也不忘炫耀自己掌握的秘密，说春节后市局要提一位副局长，前几天让大家签名就是为了这事，用联名推荐就是给市里施加压力。但伍湘源上去了，也不能让郑副局长做一把手。罗肖一想，伍湘源当正局长过了春节才一年，怎么能再提呢？

"主任，局长任职时间没问题吧？"罗肖故意问，是怀着复杂的心情。

"要不是老板上半年的局长位置扶正了，这次就没戏了。老板已经得到可靠消息，现在只差我们这个东风了。"权德利得意扬扬。"快打印，一会儿听老板的，看什么时间要。"

见权德利出去了，罗肖心里忽然有了应该留一份的想法，干脆把重要的几页打印了下来。"我们全体处级以上领导干部一致推荐伍湘源同志担任市局副局长……；伍湘源同志立场坚定，坚决与腐败做斗争，不怕得罪人，今年我局发生了因主管财务的领导失职和纵容，导致公款被个人侵占，伍湘源同志坚决予以纠正和处理，为国家挽回了重大经济损失……"然后罗肖退出移动盘放在桌上，关了计算机，将私自打印的三页揣进了口袋。一想，还不行，得给权德利打个电话，免得他起疑心。"主任，计算机我关了，移动盘给您放哪儿？"

权德利不敢让伍湘源知道罗肖参与了改稿，趁伍湘源专注看纸稿的时候赶紧跑着回到办公室，咬着牙说："你拿着盘干吗？给我！你手里有纸稿吗？"

罗肖一下子憋了一肚子气，可又不敢表现出来："您不是刚才跑得快没拿嘛，您一走我就给您送来了。我手里可没有，是让再打一份吗？"

"放你妈屁，谁让你再打一份！你不能存，更不能说出去！知道吗？！"

"主任，您放心吧！我先走了。"

"走吧，走吧，随叫随到啊！"

权德利不耐烦地说着，急忙返身回到伍湘源的办公室。罗肖也气哼哼地回到办公室，决定把打印的东西拿回家。

※　※　※　※　※　※　※

罗肖的担心是多余的，元旦也算好好地和家人、朋友玩了两天。2日一上班，部门几个小青年嚷着让罗肖请吃饭。

这时，权德利一脚迈进来："没一个好东西，哪天得让你们这帮王八蛋好好交代假期都干了什么坏事。走走走，有急事儿。"罗肖和那几个小青年挤挤眼。

一个小青年说道："主任是不是疲软了，想听听我们的好事提提神呀！"坏小子们哈哈大笑起来。

"看你带的这帮……"权德利一听，也笑着对罗肖骂道。

"行了，大主任，有您这么强的主任，咱能有弱兵吗？"

"你也不是什么好东西。拿钥匙，车里等我。"权德利打了一下罗肖的头。

一会，权德利提着个大兜儿上了车，拿出一个大档案袋和一沓信封递给罗肖："把这些卡分一下，看看是不是十份，弄好了我们走。"

"这么多，给谁呀？"

"给你？！这还多？你知道纪委查小金库时退回来多少？这就是那个钱。老板说拿它送礼正好，也快过年了。"

"今天才腊八，早不早？"

"早个屁，市里节前要研究副局长的事，晚了不赶趟儿了。别磨蹭，快点儿。"

罗肖没再问什么。还真是，"鬼"要出手，拦不住，中招就得做鬼差，这也便成了伍湘源后来"鬼"的称号。

车上，权德利接了伍湘源的一个电话，挂断后，问罗肖："今晚老板请吃饭，知道都请谁吗？是市领导的几个秘书。上次写的那个材料晚上给秘书带回去给领导，估计很快就有消息了。"

几天后的一天刚上班，权德利就将罗肖叫到了办公室，兴高采烈地说："这两天老板太高兴了。市领导已经打过招呼了，很快组织部门就会来推荐了，这回老板十拿九稳当上市局副局长了。老板说了，不能让姓郑的上来当局长。妈的，姓郑的还想上来，没门！"权德利无所顾忌地说着。

"看来送的卡，请秘书们吃的饭，管事了。"罗肖像是对自己说。

"我们送的那点儿只是面上的，礼貌性的。这两天晚上老板还要亲自登门拜访领导呢。前几天我在老板屋里看见一块玉，巴掌大的一块，你知道多少钱？"

"一万？"

"一万？加个零也不给你。老板说领导看后，那个高兴！我们局有公司经营珠宝，那里可有好东西。不过，那只是个象征，进来的东西不会真的对外卖。哪天我带你去看看。"

"不卖？公司赚什么钱。局长不说？还有那么多副局长呢。"

"老板亲自抓的，不让姓郑的管，缺钱了'钱大爷'直接拨。再说了，公司雇的是老板的小舅子当经理。老板说了，干一段时间如果经营不好，就将公司卖了。"

"公司亏损谁买。"罗肖又是一惊。

"不行就低价卖。让老板的小舅子接着。"

罗肖想，这分明是侵吞国家财产嘛，明目张胆地将国家财产据为己有！还理直气壮。"能卖给个人吗？手续上会不会有问题？"

"说你书呆子。先搞股份制，社会企业投资占股份，然后再卖股份。这样就可以花小钱办大事，我弟在那儿当副总帮着小舅爷呢。"

为什么权德利死心塌地地为伍湘源卖命？原来搞的是"政治经济学"呀！或者经济根本没离开过政治？！

权德利又没把门儿了："你个王八蛋，大年底的享清闲去了。"

"主任，我去哪儿享清闲呀？"罗肖被搞糊涂了。

"王八蛋，还跟我装傻，没通知你？"

"通知？没人说什么呀。"罗肖更是一头雾水。

"市局外办调你去帮忙，有个外事接待。"

"什么时候？真没人说。您不知道，市局这帮人可能使唤人了，每次去不仅担当翻译，还负责接待呢，都回不了家。您要是不同意，正好，我也不想去，几个大材料还没弄完呢，亏了局长的论文弄完了。"

"行了，你还有功啦？这是局长看得起你。别装积极了，没少偷懒耍滑的，去吧。明天报到呀，赶紧把手里的活交代一下。"

"明天就去？那我赶紧把工作跟他们办理一下交接。"说完，罗肖赶紧溜出了权德利的办公室。

※　※　※　※　※　※　※

转天，罗肖到市局外办报到。外办主任告诉罗肖，除了外事接待外，年底了外办也有很多需要对外联络的事要办，因为罗肖之前也干过，与市外办和北京有关单位熟，所以要忙到大年三十才能让他回去。然后，外办主任立即就派罗肖陪同市局领导接待来访团。交谈中，涉及市局要提拔一位副局长的话题，据说可能的话春节前到位，基本就是伍湘源了。这次还需推荐一位正职局长接替伍湘源，都传推荐了郑副局长，但可能没戏，因为伍湘源还想兼任这个局长，市领导也跟市局打过招呼了。

听到这个消息，罗肖觉得浑身不自在。罗肖感到单位变得陌生了，自己这个人也变了。自己的变化，是心灵的变化，也使得青春的肉体在变化。以前，自认为青春的欲望散发着成熟，精神的渴望浸透着快乐，心灵的蓝天云朵衬托着纯净。现在，虽然还是青春的肉体，却已带着疲惫，年轻的精神夹杂丝丝颓废，心灵的天空遇上了惊雷。自己落入了根本搞不清楚的旋涡中，想停下都难，被旋涡的惯性拖着旋转。

自己改变不了他们的事儿，但最起码可以不再帮着他们继续害人。不能帮正直的领导与腐败斗争，选择离开是对的吧！？这时，离开的念头出现了，并逐渐增强。

一年来的经历，有意无意地在促使罗肖此后每年都会去给无意间伤害了的郑副局长拜年。那虽是无意间的伤害，但罗肖内心还是负有内疚感的。

2001年春节大年初二，罗肖来到郑副局长家。郑副局长笑着将罗肖迎进屋，郑副局长的爱人给倒了茶，茶几上摆着小吃。

"局长，给您拜年了！总想来看您，今天没有提前说就来了，您不会怪罪吧。"

"不怪，不怪。打个电话就行了，你这一年太忙了，春节好好在家休息休息。"郑副局长亲切地笑着。

"您更忙。平时您分管的工作，我也帮不上什么，我们工作也有不到位，您多批评。"

"你们这个部门很难，更多的是平衡，要处理好方方面面的关系，还要替我们把关。"

"谢谢您的理解和对我的关心、帮助。您别介意，我今天只提了一兜水果来。局长，我还有一个想法，我想辞职，调动一下工作。"

"怎么要辞职？有什么困难需要我帮忙的吗？"

"谢谢局长，没什么困难。只是，我们家是中医世家，我爷爷和我爸他们一直希望我从医，我自己也喜欢。"罗肖有些激动。

"对，听说过你懂中医。不过，小罗，你可要慎重考虑，你年轻、能干、有前途，放弃了是否值得。"平常郑副局长大多数时间称罗肖为"罗主任"，这次叫"小罗"更觉得亲切。

"谢谢您夸奖。我爸他们年前就帮我找好了单位，只是我还没想好。局长，听市局人说推荐您了，真希望您当局长，这样我们局就会好点儿了。"

"是吗？当不当局长都一样，大家一起把工作干好最重要。谁当局长也得靠大家。"

"不一样，大家还是希望您当一把手，觉得局里才有希望，有好些事您可能不知道……"罗肖脑子里琢磨着要不要说，不说，觉得对不起郑副局长；说吧，郑副局长会不会以为我来要官儿呢？不管了，反正自己过一段时间要辞职。

"局长，市局好多人传伍局长还要兼任局长，是真的吗？上次让您签字的事，不好意思。"罗肖犹豫着说。

"我还忘记了，那份总结我没来得及给你，没给你带来麻烦吧？"郑副局长忽然想起来了。

"局长，瞧您说的，怎么会有麻烦呢。后来也没用那份总结，只用了签字的名单。"

"是吧？对了，小罗，听市局同志说你干得不错，老外都夸你口语不错，又懂点儿中医，老外跟你挺谈得来的，是吗？"郑副局长欣喜地看着罗肖。

"局长，现在有些老外对我们中医越来越感兴趣，只是普及得不够，我们自己都有些忽略了……"这时，门铃响了，罗肖赶紧说："局长，那我不多打扰您了，改天再来看您。阿姨，我先走了。"

郑副局长的爱人说："没关系，再坐一会儿吧，是他外甥女两口子来拜年的。"

"不了，不了。"罗肖站起身往外走。在门口时，罗肖和来人打了个对面，三个人都同时愣住了，又都有些惊讶。

"孔令雪、郎嘉驹，怎么是你们俩？"罗肖惊讶地叫道。

郑副局长的外甥女孔令雪和爱人郎嘉驹也同时说道："怎么是你？"

三个人向郑副局长解释道："我们是中学同班同学。"

"太巧了，罗主任，再坐一会儿吧。"郑副局长的爱人招呼着。

"不了，不了。"罗肖冲着孔令雪和郎嘉驹说，"好久未见了，改天我们聚聚。"随后先告别离去了。

出了郑副局长家，罗肖还没回过神来。世界太小了，怎么会碰到这两个人。罗肖心里不知是什么滋味，这是不是轮回呀？冥冥之中就该如此？你走得再远，到头来还是一个圈。孔令雪和郑副局长竟然有这层关系。都好几年没联系了，如果再聚会是不是有些尴尬？忽然一个念头掠过罗肖的脑海，自己都二十八了还没交女朋友会不会是因为她吧？罗肖自嘲地笑了笑。

罗肖早就知道郑副局长的爱人是一家保险公司的副总，年薪挺令人向往的。没来以前觉得郑副局长家一定很豪华，今天看到不知怎么有些失望。不过，忽然间觉得与郑副局长之间有了一种亲切感，好像没有了上下级那种距离。想起发生的一切，罗肖莫名地想拥抱一下郑副局长，说声"对不起"。

※　※　※　※　※　※　※

伍湘源如愿以偿地当上了市局副局长，并且继续兼任原来的局长之位。郑副局长没有扶正，但级别提为副局级，任党委副书记、常务副局长。伍湘源没想到的是，虽然姓郑的还是副局长，但是级别提了，还明确了副书记、常务副局长的职位，并主持工作。绊脚石不仅没踢开，还给摆到脚跟前儿了，这就进一步加剧了伍湘源一定要牢牢控制这里的意识。

虽然伍湘源已经到市局去办公了，可每天无论多晚多忙都要来局里一趟，不是吃一顿午餐就是晚餐。有时伍湘源还要在局里住上一两宿。伍湘源提出说自己原来用的大办公室应该腾出来给郑副局长用，另给自己准备一间简单一点儿的就行。虽然郑副局长坚持不用调整办公室，但是钱贵发和左佑平却立即帮着郑副局长调整了办公室，并重新给伍湘源装修了一套办公室。钱贵发更是把装修做到了极致，不仅加大了房间，更将室内的卫生间改造成了桑拿室，当然这间办公室装修成什么样子，仅少有的几个人知道。

伍湘源天天不回家吃饭了，方于莉也乐得清闲，孩子在国外读书，省了每天还要伺候伍湘源的吃喝。自此，方于莉也和款儿姐们、官太太们吃吃饭，打打牌，美美容，做美体，也解决了伍湘源每天都很晚才回来或不回来的寂寞。据说，方于莉和伍湘源好像形成了一种默契，只要伍湘源帮着小舅爷把钱挣了，她也就不问其他事，伍湘源一个礼拜住外面都行。

不知从什么时候开始，方于莉和三四个最要好的女人在一起的时候，身边就会多三四个帅哥。其中两个帅哥，后来成了方于莉和另一个女老总的司机，这倒使伍湘源的烦恼来了。因为伍湘源听到一些人夸奖说方于莉精明干练，选的司机很帅很能干，连秘书都省了，不像有些女老总的司机、秘书一大堆。后来伍湘源见到了这个司机兼秘书，心里也着实一震，这小伙子让男人都会嫉妒。后来，伍湘源自己对外说，他老婆喜欢研究如何按摩保健好长时间了，现在每天晚上睡觉前都会给他按摩一会儿，手法还真不错。好像以此要给人们传达出一些什么内容。

春节一过，罗肖给自己定下了目标，年内一定要把中医助理医师资格考下。考试还真的通过了，罗肖顺利取得中医助理医师资格。全家人甚是高兴。因为罗肖的英语还不错，特别是擅长口语，罗爸爸联系的医科大学同意接收罗肖，并将他安排在学校对外交流部门。

罗肖要离职自然要经过伍湘源的同意，罗肖费了很大的心思才过了伍湘源这一关。有一次在干部会上，罗肖感觉伍湘源在炫耀他自己的同时，在发泄对罗肖的不满。

伍湘源说："作为一名领导干部就是要不断地学习，学习各种知识。我们虽然是行政部门，但是也要懂得经济。我已经取得了经济学硕士学位，你们也要多学习。小罗呀，你们年轻干部，知识面窄，又没什么实际经验，更要学习才能进步。当然了，作为一名领导也应该开明，小罗喜欢中医，最近就要调走了，我就支持他！中医博大精深更要下功夫努力呀，不然就会被淘汰的！再想回机关，就回不来了！"

伍湘源的话让罗肖心里极其不舒服，论文明明你只是把结构前后变动一下，你反倒成专家了。敢把别人的东西堂而皇之地说成自己的，这种人还真是具备"魄力"，当然，这种"魄力"有脸皮的厚度做基础。不过，现在把自己要走的事给公布了出来，也好，这倒也帮了自己，手续能办得快了。

罗肖到了新单位，很快得到了大家的认可，做起事来有使不完的劲儿。由于取得了助理资格，他对中医的兴趣越来越浓，经常抽出业余时间跟爷爷等老中医把脉开方子。和外事部门打交道多了，又引发了罗肖对外交工作的兴趣，两年后他又跑去北京取得了可以做外交工作的资格，此后期待着自己也能被派到国外工作。罗妈妈告诉罗肖，很多人就是常年在外，交朋友很难，过了最好的年纪就成难题了。罗肖最后和父母达成协议"未结婚以前不出去"，而且向父母保证，利用三年时间提高自己，力争取得中医师资格。在父母的催促下，罗肖结婚了，爱人也是个医生，可在爱人怀孕四个月的时候罗肖的外派任务来了。罗肖父母想让罗肖放弃，最后还是爱人支持他才做通了父母的工作。按规定外派的两年时间是不能回国的，因为孩子出生，又借着一次回国的任务，领导特批他顺便回家一天。在孩子出生后，大多数由罗妈妈帮着他的爱人一起带。2005年底罗肖回国时，小孩都已经一岁半了。

回国后，罗肖做了简单的休整，便回学校上班了，同时整理着这两年来的一些想法和思路，考虑着今后要做些什么。2006年的春节期间，罗肖联系了一个最要好的同事，和两个医务界的朋友，以及一个其他领域的朋友一起谋划今后的打算，几人基本形成了一个方案，具体分工后边着手各项准备工作。

正是这一天，罗肖与这几个朋友约在饭店议事，恰巧与给关琳接风的令狐文相逢。

05

　　令狐珊珊两口子和大家一起送走罗肖后，准备把关琳送回家。一路上，关琳情绪低落，令狐珊珊和她并坐在后排，搂着她，安慰她。令狐珊珊知道罗肖给了关琳巨大的帮助，也多多少少地又把周光磊牵到了关琳的视线内。

　　令狐珊珊和金城山回到家，怕吵醒已经睡了的老人和孩子，轻手轻脚地进了两人自己的房间。两人相拥在床上，聊起了与罗肖的交往，都觉得挺有缘的。

　　罗肖登上奔赴灾区的飞机的那一刻，除了紧张外，更多的是感动。今天，能有那么多朋友来送，应该感谢令狐文，因为他才有了这些好朋友，以及他们给自己的帮助。但此刻，更让罗肖不能安静下来的，是关琳最后那紧张、颤抖的拥抱。这是与这个女孩认识以来，整两年时间，这个女孩给自己的第三次拥抱。不，应该是第五次……不能想！罗肖像戒毒一样，坚决清除留下的哪怕是一个细胞的记忆。但是，似乎又在不由自主地要唤醒什么……

　　罗肖没想到令狐文的妹夫金城山在自己原来的工作单位，又恰恰干着自己原来干的活。回想起在局里那一年多的经历，只能久远却不能淡忘。这两年驻外，没能亲自去郑副局长家拜年，都只是打个电话问候一声。郑副局长三四年了还没扶正，不过也没派新人来，说明市局还是相信郑副局长的。可伍湘源他们还占据着主要部门，还在想方设法地暗中控制着这个单位。本来已经离开，尽管与郑副局长还保持着联系，但那里应该与自己毫不相干了。可是因为令狐文，因为金城山，生活在意想不到的时候出现转折点，好像有意改变要走的路线。

不知是什么理由的冲动，促使罗肖拿起电话。"喂，令狐，没睡吧？不好意思这么晚给你打电话。"

"罗肖，你好。有事吗？我还在单位呢。你还没休息？"

"还在加班？辛苦了。我没什么事儿，老婆上夜班去了，孩子在姥姥家，就想着约你出来坐会儿，要不改天吧？"

"不用，最多再有半小时。反正回家也晚了，正兴奋着不想回去，我们去坐一会儿吧。去哪儿？我去找你。"

"那好，就到我家门口新开的那家咖啡厅，好吗？"

两人约好地点后，令狐文加快了工作节奏，半小时就完成了。

路上车辆不是很多，令狐文开车很快就到了。罗肖已等在那里，开了一瓶红酒，斟了一杯端着靠在嘴边一边看着窗外。令狐文从车上下来，穿着修长的风衣，透着帅气快步往咖啡厅里走。

两人从上学开始聊起，聊到毕业、工作、婚姻，聊到那些刚刚春心萌动时做出的各种傻事儿，现在都让他俩充满了留恋。

令狐文羡慕罗肖的勇气，干什么都能干出个样儿，忧忧说道，自己这几年虽然忙忙碌碌，可细细回味起来却是空空荡荡的感觉，青春时代的激情没有了。罗肖则说，自己只是个不安分的人，不能静下心来真正地干一件事，总有一种漂泊的感觉。

令狐文问罗肖有什么打算。罗肖说，现在总的感觉全社会的重视程度不够，政府的力度也还不够强劲，这从医疗改革中就体现出来了，应该将中医中药方面列出单章来。发展中医一定要抱着科学的态度和精神，因为中医本身就是科学，只是它的博大精深，一般人难于精通，有时还和西医发生隔阂，容易使人不是迷信了就是怀疑了。那天你问我有什么想法，我想做一个既有培训性质也有对外交流性质，还能为中医学生提供就业或创业的一个平台。

罗肖忽然觉得有些忽略了令狐文。"令狐，不好意思，就听我瞎说了。你呢，还没打算结婚？"

"急也没用，好像总把握不住。"令狐文有些茫然地笑笑，"好像时间长了，反倒不知自己想要什么了。你呢，三十结婚什么感觉？"

"也有你说的那样，有时激情不知哪里去了，根本不像小说、电影里那样。"

"罗肖，你三十才结婚，是不是因为放不下那个女孩儿？"

"自从在郑局长家见她后，确实觉得自己心中有一抹残雪未化净。"罗肖若有所思，轻轻地摇摇头。

"什么残雪？"令狐文不解地问道。

"她叫孔令雪。那时候，自己真的没有珍惜，当意识到时，她就像一片雪花飘落到我手心上，还没等我看清它的模样，体会它的存在和温度就融化了，风干逝去了。"罗肖笑笑自嘲。

令狐文被罗肖这伤感又富有浪漫的描绘感染了，一种比罗肖还茫然还期待的滋味涌在心头。"好伤感，不说了。你真的要自己干？是不是又要离开学校了？"

"一会儿再说我的事。令狐，不会拒绝我给你帮忙吧？"

令狐文笑着说："给我帮忙？那敢情好，那就拜托你了。"

"我可是说真的，我们学校有，不会在意比你小几岁吧？大学老师不坐班又有寒暑假，多好。你们单位还有单身的男孩儿吗？我同事让帮忙，就想找机关的。"

令狐文本能地想到了周光磊，"啊，有！啊，再说吧。说说你吧"。刚说出，但又吞了回去。

"这次不一样。上次跳槽，除了家里的原因外，必须离开。这次我不想离开学校，一个不错的领导也支持我。有些事还可以依托学校，比如，将来学生愿意的话，还可以去我那儿实习。对了，不知金城山和秀才跟他们局里那帮人的关系怎么样，最好提醒他们留点儿心，别上那帮人的当就行了。"

"金城山有时也念叨单位的一些事，还经常加班。"

"现在郑局长主持工作，还是那样子吗？"

"金城山说没大变化，很多事郑局长不知道，实际上还是伍湘源控制着。有些件儿要报他批准才行。那个'钱大爷'直接对伍湘源，主管财务的副局长都不能过问，别说郑局长了。伍湘源还不让调整、提拔干部。"

"你妹夫金城山干得怎样？"

"马马虎虎，小破科主任。最近听说不知什么事儿紧张了。对了，城山还说你哪天有时间一起再坐坐。"

"好呀，看他时间。"罗肖高兴起来。

两人又聊了一会，不知不觉都一点过了，都觉得挺开心，意犹未尽，约好下次再聚后，干了最后半杯酒就都离开了。

※　※　※　※　※　※　※

周末，令狐珊珊和金城山回到了父母家，令狐文与金城山说起和罗肖聊天的事。

"最近单位的事儿还多吗？"令狐文问金城山。

"最近市里又来调查什么事了。一个多礼拜了，伍湘源天天来，来了就和权德利那几个人在他们专用的地方研究对策。其他人也好像不知道什么事。"

"郑局长不参与？"令狐文不解，"那将来调查报告、账目什么的，也要经过郑局长啊。"

"这类事从来不找他，都是伍湘源亲自审，有的还亲自写，然后让我们打出来。"

"你也参与了？"

"只是一般资料，重要的不找我。急活儿也是权德利在跟前守着或口授，监督我打印完后删除。"

"权德利就是罗肖在时的那个？"

"是，还是那三块料霸占着办公室、人事处、行政处，其实就是伍湘源的代言人、打手，伍湘源坚决不许调动这三个人。郑局长指挥起来，是挺难的。"

"你呢？"

金城山明白令狐文的意思："哥，你放心，我不会给自己找麻烦的，也会把握好的。我有自己的原则，不会做违法的事。"

"郑局长那儿呢？"

"我感觉对我还可以，他交办的事我都尽力办好，不给他找麻烦。干我们这活儿，不就搞平衡吗？'犬'对我也还凑合，知道我不掺和事儿，有时倒也不防备我。"

"那就好，罗肖让我提醒你点儿。要不哪天再跟他见一面聊聊？"

"哥，他是不是担心我跟'犬'他们一伙的？他们很多的事最好别知道，只是干这活儿没办法。罗肖是不是跟郑局长挺好的？"

"他没说太多，但肯定跟辞职有关系。"

"我其实也想听听。哥，你跟他联系吧，让他有事儿就晚上往家里打，尽量别打我手机。"

转天一上班，令狐文就和罗肖联系，约定周末聚聚。

罗肖这两天是在为关琳的事忙。关琳身体恢复一段时间后，又出现过一次昏厥的症状。那天，关琳试着给罗肖打了一个电话，问了一些如何用中医中药调整的知识。罗肖判断是关琳的身体不太舒服，给了关琳一些建议，并答应去学校请教教授。就这样，罗肖和关琳见了几次面。

两人见面次数多了自然就会聊到各自的情况。罗肖了解到关琳的父母都有公司，家境很不错，但关琳自己想开一间酒吧。那种优雅幽静的酒吧，轻柔的乐曲让人心荡神怡，还要专为那些恋人们设置一个温馨浪漫、谈情说爱的专区，自己还可以坐在吧台前，静静地欣赏那些场景。听得罗肖都有些陶醉了。

但关琳不让罗肖告诉令狐文、令狐珊珊他们有关自己的身体情况，主要是担心他们告诉周光磊，关琳觉得自己心中还有周光磊并不模糊的影子。

周末，罗肖、令狐文、金城山、苏秀君四个人一起吃涮羊肉。第二次见面了也就不陌生了，加上苏秀君天生能活跃氛围，四个人尽兴的气氛就像热腾腾的火锅。

"肖哥，你自己干其实难度不小，场地、资金、人员是三个大问题。上次听你说外办要去也能去，你没想过？"苏秀君问道。

"我主要不想再回政府部门了。"

"还耿耿于怀呢？那就进个大医院，不好吗？"令狐文笑着说。

"进大医院？就是有医师资格，没接触过临床，也根本干不了。要想让人家说你行，是要靠多年付出时间、精力、体力积累的，有我老婆一个人在医院就够了，我干干推广、培训什么的，又不脱离这一行就行了。"

苏秀君想起什么说："对了，肖哥，上次你说了一句'鬼'，我和金大主任都觉得这个称呼太合适了，您不介意借用吧？"

罗肖跟苏秀君也熟了："秀才就是秀才，本人虽然原创但没申请专利，可以用。"

令狐文就势道："你们俩平时说话一定要小心，尽量少在单位议论什么事儿。"

"肖哥，你知道吗，'犬'现在又朝着市局正局长的位子狂奔呢。"苏秀君说。

"郑局长常务主持了三年，级别提了可就是不扶正，据说'鬼'

一直想把郑局长调走，但市局党委没通过。不自量力，人家和他平级。"金城山说。

"郑局长还好吧？"罗肖关切地问。

"挺难的，不过看郑局长还能对付。人家没乱七八糟的事，自己不贪，家里又没有'好老婆'帮着敛财。"金城山答道。

"这也是我离开的一个原因。接触这些人知道了一些事后，知道了什么是伴君如伴虎，高处不胜寒。你不想害人，别人帮你害，还把'成绩'让给你，实在不行，干脆亲自以你的名义替你害人做坏事。"

"肖哥是'道不同，不相为谋'。"苏秀君赞赏着。

"我只是做自己，没有那么高尚。秀才，第一次见面时你就说过'道不同，不相为谋'，我说用在'鬼'身上，玷污了圣人。我不知道你们了解'鬼'的情况有多深。'鬼''道'，不是圣人'道'，不是君子'道'。'鬼'道无德，根本是不能晒在阳光下的'道'，所以，'鬼'不配用老夫子的'道'。"

"哇，肖哥一套一套的。"苏秀君拍手称赞。

"秀才，说明你还没找着'道'。"金城山对着苏秀君道。

"不是我没找着'道'，应该说'鬼'差'道'！"

"这是需要经历的。"令狐文说。

这时，周光磊给令狐文打来电话。令狐文问："光磊，在家吗？我和城山、秀才，还有罗肖，你见过的，在吃涮羊肉。你吃了吗？我们刚吃，你过来吧。"

"没事，下雪了，夜里会上冻，车子要不要换防冻液？一会儿用我接你吗？"

"对呀，你不说我还忘了，那明天赶紧换了吧，辛苦啊。你过来吗？"

"不知道。"

令狐文一听周光磊说不知道，心想，得，又不高兴了，便起身离开，来到远一点儿的地方："不高兴了？我看下雪了，离得又远，就没叫你了。下次我请你，单独请，行了吧？"

"谁不高兴了。我现在在房子这儿，好长时间没过来了。要不吃完了你过来，我不回去了，就顶你请我了。"

"太晚了，改天一定请你。别忘了换防冻液。早点儿回去，注意安全。"

"知道了，快去吧。"刚要挂电话，周光磊忽然想起什么，说道，"对了，罗肖说没说他和关琳在一起的事？"

"没说呀。他俩在一起？吃醋了？逗你呢！我一会儿问问。别瞎想，罗肖有家室。"

"那天我看见罗肖开车进了人民医院，关琳好像在车上，要不看错了？也许看错了，别问啊？！快去吃吧，挂了。"

令狐文挂了电话回到餐桌前，罗肖他们三人正喝得上兴，见令狐文回来叫着罚酒。令狐文一时便没提周光磊刚才说的事。

　　　　　※　※　※　※　※　※　※

转天一上班，令狐文和周光磊都踩着上班的铃声进了办公室。令狐文将周光磊叫到自己办公室。

"今年的'先进个人'还想给你，总结写得怎么样了？"令狐文边整理桌子边说。

"总结写得差不多了。'先进个人'是你争取的？那我不要，不想让人说闲话。"周光磊坐在对面的椅子上。

"也是头的意思，也征求了大家的意见。"

"也是你的意思？"

"年后又要竞聘了，有什么想法吗？"令狐文没有直接回答。

"要竞聘就必须离开这个科，是吧？"周光磊看令狐文没说话又说，"我不稀罕这个官，没准儿哪天就不干了。"

令狐文继续收拾桌上的东西，看似随意地说："是呀，你老爸的财产等着你呢，他还等着抱孙子呢。昨天吃饭，罗肖还说给你介绍对象呢。"

"单位，莫谈私事。"周光磊立马煞有介事地制止。

令狐文瞪了他一眼，说道："臭小子还来劲儿，跟你说正事儿！我问你，你确实看到罗肖和关琳在一起？"

周光磊"嗯"了一声。令狐文问："你怎么想？"

"我没怎么想。你别逼我，我也不想想。"周光磊停顿了一下，又说，"你是不是恨不得赶紧把我处理出去？"

令狐文反倒被逗笑了。"'先进个人'的事，听着就行了，给就要，不给也无所谓，啊？总结抓紧，这周搞完。"

"知道，那我先忙去了。"

周光磊走后，令狐文坐在办公桌前想着周光磊与关琳的事，寻思着周光磊说罗肖与关琳一起去医院的事。令狐文给自己解释道，也许有其他原因或许碰巧呢，过几天再说吧。

周光磊回到办公桌前打开电脑，打开年终总结的文档想继续写，可眼睛盯着屏幕，脑子还停留在刚才的谈话中。令狐文默默地为自己做了那么多事，心生感激。平时一脸阳光，给同事感觉就没有愁事儿的周光磊，此时心里也有两个难题：一个是父母希望他辞职，帮忙一起经营公司；另一个是赶紧结婚生子。

周光磊觉得自己没有经商的头脑，心里也不喜欢，所以没答应父母辞职，说再过几年。至于结婚生子之事让他最头疼，周光磊有时在想，如果当初孩子保住了，今天会是什么样？那又如何，可能比现在还糟糕，连朋友都没得做了。关琳喜欢罗肖？罗肖到底是一个什么样的人呢？可他有家呀。罗肖不免为关琳担起心来，可自己没资格再过问关琳的事。直到同事叫他，周光磊这才回过神来。

关琳经过多次与罗肖的接触，觉得这个人在吸引着她，但有时候心里的那个影像是周光磊还是罗肖，连关琳自己也分不清了。关琳心里清楚，过去那段刻骨铭心的恋情自己并没有完全放下，这段恋情的结束没有恨，她有时还沉浸在一丝美好的回忆中。她渴望与爱人共建爱巢，却不忍心爱人痛苦，她会放手，让心爱的人更幸福，内心的爱巢远比物质的爱巢更让她陶醉。罗肖的出现，让两个影子在交替变换着，有时甚至重叠成了一个。关琳心底那种想用实实在在的东西去爱的魔念，又蠢蠢欲动了。

在家人的催促和罗肖的建议下，关琳做了一个全面检查。看到父母比自己还紧张，关琳也有些害怕起来，怀疑自己得了什么大病，对爱的渴求也逐渐强烈起来。有时，她会幻想着周光磊陪她在那幽幽的乐曲中述说着心声。幻想过后，关琳又会告诉自己那个人不是周光磊，更不会是罗肖，罗肖是有家室的，可关琳感觉罗肖似乎需要一个心灵空间。关琳自己想要的东西在心中逐渐清晰，决定开一家在心中呈现的那种酒吧，为恋人们，为那些心灵提供一个空间的人们。

西方的圣诞夜快到了，关琳提前几天预订了一家比较高档的酒吧聚会。关琳觉得趁这个机会正好跟妈妈沟通一下，利用两三个月时间考察学习一下，还要到北京、上海去看一看。

这时，关琳的电话响了起来，关琳乐了，自语道"真是心有灵犀啊"。关琳把开酒吧的想法告诉了令狐珊珊，让她帮忙参谋参谋。令狐珊珊建议先做个计划，至于帮手和地点的选择可以考虑听听令狐文他们的意见。

关琳戏谑道："赶紧去睡吧，不然姐夫该骂我了。"临放电话，还不忘又提示一句："快点儿，我想抱干儿子了，哈哈。"

※　※　※　※　※　※　※

圣诞夜，关琳早早来到约定的酒吧，趁大家还没到，正好溜达着考察下，其实这家应该说是西餐厅更合适。令狐珊珊和金城山一起来了，令狐文和周光磊一起开车也到了，就是苏秀君和袁月还没到。

金城山正要打电话，苏秀君的短信来了。"秀才真行。听着，

'我用二尺小花布，做了一件开裆裤，迈着快乐的模特步，露着性感的小屁股，虽然冷点儿却觉得自己嗷嗷酷，圣诞驾到，带来礼物平安和祝福！'"大家都被逗乐了。

这时苏秀君和袁月进来了，令狐珊珊挥着手："走猫步，走猫步。"

周光磊跑过去将苏秀君转过身去。苏秀君抬起双臂任由周光磊转："检查呀？没带违禁品，都是成年人用的。"

周光磊煞有介事地在苏秀君的屁股上摸摸，点点头说："嗯，是成年人的。还好没冻坏。"其他人鼓掌笑着。

"光天化日之下，竟然明目张胆地非礼帅哥，老婆，我没脸活了，你要给我做主。"苏秀君一边说着一边做出要昏过去的样子靠在袁月身上。

"行了，别要贫了。"袁月两手推着秀才往前走。

几个人三三两两地说着话，不时地有人提议喝杯酒。周光磊和其他人说着话，却一直留意关琳和令狐珊珊小声说的话。

"珊珊，开酒吧的事还只是个想法，需要有人帮我，你要能一起干就好了。"

"要干就得辞职。我没那脑子，大主意还得你拿，先跟你爸妈商量商量。"

"我们电话聊完后，我就和他们说了。我爸总体上还是支持我的，我妈有点儿担心。场地，实在不行就用我爸原来的一个商铺，但我要好好考虑下是否适合开酒吧。"

"可以做个备用。关键是你想搞成什么样的。"

"我不想搞加盟店，要有自己特色的。你什么时间放假？陪我到上海、北京去看看。"

"好呀，还要一个月才放假。"

周光磊招呼着："别总顾着聊天，大家喝一个。"苏秀君首先附和着。

"文大科长，罗肖不是说找你有事吗？你们一起吃饭，还欠我一顿呢，什么时候补上？"周光磊有意问起。

关琳不知周光磊为什么提起了罗肖，他们以前不认识啊，但令狐文明白周光磊的意思。

"谁要那天我们聚会让你来，你不来！他啊，想要干些培训的事儿。我给他打个电话。"令狐文故意生气地说道。

罗肖告诉令狐文，老婆上夜班，刚把孩子送到姥姥家。罗肖听说关琳也在，有点儿迟疑了。令狐文一再邀请，罗肖犹豫了一下最后答应过来。关琳听罗肖要过来，一方面担心他会不会把自己身体的情况说漏嘴，另一方面又希望见到罗肖，希望罗肖能帮她出出主意。令狐文小声提醒周光磊别乱说话，周光磊"嗯"了一声，便没再理令狐文，自顾招呼大家喝酒。

过了一会儿，着装儒雅的罗肖进来了，引起了酒吧内不少顾客的注意力。令狐文问罗肖，事情进展如何？罗肖说，现在一是跑手续，二是再对场地、资金等方面做些工作，想尽可能地在资金方面多筹集一点儿。周光磊和关琳听了罗肖的话，都在心里思量着什么。其间，罗肖趁大家说笑喝酒间，小声问道"身体还好吧"，关琳点点头。这些，周光磊看在了眼里。

大家一起交流着社会上流行的笑话，诙谐、讽刺、灰色的短信笑话逗得大家笑个不停。

不觉中，到了深夜十二点，大家干了最后一杯酒，便开始往店外走。罗肖与关琳四目相视时只是挥挥手没说话，关琳也挥挥手，眼中却充满了期待。

※　※　※　※　※　※　※

转天就是 2007 年元旦了，尽管因为短信的提示音不断有点儿烦了，可关琳还是期盼一个人能发个信息过来，这样就有理由打个电话或者约一下，主动联系又怕被误解引起不必要的麻烦。关琳逐渐形成了一个大胆的想法，自己需要有一个人帮助或者说合作者，这个人应该是可信赖的。想想自己身边的人，强烈的直觉告诉她，罗肖是个最合适的人选。

关琳将罗肖、令狐文、周光磊三人比较过，罗肖与周光磊相貌像哥儿俩，可性格气质罗肖与令狐文相近，都有大哥哥的风范。

眼看2007年的新年钟声就要敲响了，关琳决定主动联系，给罗肖发去一条短信，"2007年的钟声响起，祝新年快乐，衷心感谢过去对我的帮助，希望你快乐幸福！关琳祝"。

很快罗肖回了信息，"谢谢你的祝福，也祝你在新的一年身体健康、平安快乐，梦想成真！罗肖"关琳心想，何不约他见个面，也许他愿意帮助我呢？就又发了一条信息。罗肖回复"过几天见"。

罗肖对关琳，是出于她是令狐文妹妹的同学，同时感觉比较单纯，没有现在富二代的娇蛮气息。特别是关琳的身体状况，罗肖产生不好的直觉，不免生出一丝怜惜，只是不便说出。

周末，两人约着见了面。罗肖说一会儿还要和朋友研究培训的事，关琳就顺着罗肖的话表达了愿意合作的想法，并说仅限于投资，其他事要靠罗肖处理，同时，也把想开酒吧的事，并请罗肖帮忙的想法说了出来。

"肖哥，我真的希望你能帮我。你跑的地方多，可以给我一些建议什么的。"关琳进一步试探罗肖，"肖哥，你先忙，别让你朋友等急了。我的想法你一定要考虑一下。我送你，我再待一会儿。"

"那不好意思，我先走了。不用送。"罗肖说着，往外走。两人在门口挥手道别后，罗肖朝右手边走了，关琳转身回到店里。

这工夫，恰巧周光磊开车经过，感觉心里有说不出的滋味。这回周光磊断定，关琳确实与罗肖在交往。周光磊不免有些担心，心生冲动要和罗肖谈一谈，又想马上给令狐文打电话，但拿起电话又放下了。周光磊控制着自己的情绪回到了单位，刚好办公室同事找他说事儿，一忙活就把刚才的想法给岔过去了。

※　※　※　※　※　※　※

金城山局里一年一度的审计工作又开始了，这次是提前到春节前进行了，听说市里派来的审计组很认真。罗肖曾让令狐文嘱咐过金城山小心点儿，金城山心里自然有了一个大概的轮廓。

这天中午，苏秀君在食堂，眼看快过十二点，金城山还没来，便拨通了金城山的电话。"喂，金大主任，饭都买好了，再不来都凉了。"

"钱、卡，'犬'逼着放回去，马上就来。"金城山小跑着上楼梯快步地进了办公室，将手里的背包放进柜子里锁好，又急急地去了趟厕所，才一脸轻松地去了食堂。

"是不是又送礼去了？"金城山吃着，点点头"嗯"一声。苏秀君继续说道："前几天中央、中纪委、市委都发文件，禁止利用春节互送钱、物、代金券、银行卡什么的，市局不是还发文提要求了吗？又是'鬼'让去的？！都是市局领导了，这几年还年年从咱局要钱。不知道郑局长是否知道，每年都得百八十万的。'钱大爷'和'犬'也没少搭车吧？"

"还有你们'革主任'，别说年货早备齐了，连手纸也够用一年的了。'犬'口袋里的卡一把一把的，说是给'鬼'准备的。上次我跟他买过一次衣服，是当时特流行的新款，一次就买了两件，每件都过半万，说是给'鬼'一件。"

"'鬼'是不是又有想法了？"

"你小子说对了。'犬'嘴可是没闲着，听话音市局刘书记明年退，只当书记，局长的位子空出来了，'鬼'正信心十足呢。只是，明年下半年'鬼'的年龄就过线了，他现在正在找关系改岁数呢。"

"争市局副局长时改过一次了，是'革主任'亲自跑的。还改？早知道岁数这玩意儿这么管用，告他妈晚生两年。"

"怨他爸！"两人笑出了声。

金城山想想道："'鬼'本来就比老婆小一岁，上次改了岁数小两岁了，再改就比他老婆小三岁了，小女婿了。"

"你不懂，不是有句老话吗，女大三抱金砖。"

"是啊，人家方总不就是抱了个金砖吗！听说这次连方总的岁数一起改，不然漏洞太大了。你说那些证明材料是真的吗？"

"全是假的！笔迹模仿那是下了功夫的。我听一个朋友说，是一个老师帮着的，一切落字的东西老师统统包了，这个老师肯定没少得'鬼'的'香火'钱。"

"再加上这礼送得这么广，看样子势在必得了。"金城山停下筷子，自语道。

"都送谁了？"

金城山摇摇头："名字说不上来，我只在外面等。反正市里、各区局都有，有的给卡，有的给现金。刚才我包里还有些，所以我得先放回去。"

"真不少。对了，没去他相好的那儿吗？据说相好的小孩在香港，给相好的哥哥带着。"

"孩子真是'鬼'的吗？前几天听'犬'说去香港看过孩子，'鬼'让'钱大爷'负责送'犬'到深圳。人家老婆都不管，我们管得着吗？我们说的事别跟别人说。"

"我傻？我们俩的事跟别人讲？找死呢。放心，被窝放屁，只有我们俩吞。"苏秀君刚说完，便遭了金城山一个白眼。

"对了，我跟珊珊商量好了，春节想早点儿回老家过年，我妈催了。你带袁月到我家去玩儿吧。"

"你妈那是催你给她生孙子。开车回去？"

"文哥不让，说还是火车安全。我妈打了好多次电话，总是问肚子有动静了吗。你说，哪那么容易说有就有的。"

"那是你小子没本事！回家赶紧'种'上吧，我这干爹也等着呢。"

"什么话到你嘴里就变味儿。我说真的，春节到我家来，带你们好好玩儿玩儿。"两人一边聊着，一边离开了食堂。

周光磊、罗肖和令狐文三人约在饭店吃饭，一边谈着罗肖公司的进展情况。周光磊思量着为关琳做些事，也好了却自己的心愿，罗肖的出现使他看到了希望，下定决心一定要与罗肖单独见一面谈一谈，了解一下他们的交往程度，特别是罗肖的具体想法。

事后，周光磊给罗肖打了个电话，提出春节期间再聚聚。罗肖表示可以。

"对了，肖哥，我想和你单独见一面可以吗？"

"怎么了，光磊？有什么事吗？这么客气。"

"我想见面说。这事就我们两个人知道就好。"

"那好，听你的。初二后，咱们约见，可以吗？"

"谢谢肖哥，初二打电话再确定。"周光磊高兴得差点儿蹦起来。

※　※　※　※　※　※　※

初二一大早，周光磊随父母到了姥姥家，他的婚事自然是一个话题，周光磊敷衍着说，"不急，再等两年"。周光磊与罗肖约定第二天晚上见。

罗肖赶到时，周光磊已经点好了酒和菜。罗肖不明白周光磊为什么要避开令狐文和关琳他们，心里寻思着：莫不是想投资？

"肖哥，你要做的行业市场需求怎么样？"

"确实不是个热门，也不会挣很多钱，甚至会血本无回。它更多面对的是想从事相关工作的群体，但是受众者是老百姓。我不会搞成按摩房足疗店，应该类似于文化产业但又不是娱乐场所。像针灸、拔罐儿、中医的经络学说都挺好的，一些认识的老外来北京时还让我帮着介绍好的中医呢。"

"肖哥，我也相信中医。我姑姑还学过针灸。另外，我想请教你一点儿事。"周光磊考虑了一下，犹豫地说着。

罗肖笑了："光磊，怎么客气了，你就说吧。"

"肖哥，我听说关琳请你帮忙，是吗？"

罗肖不知周光磊这样问的目的是什么，想知道什么，便流露出询问的神情："关琳是说过这事儿，不过我还没想过，你怎么看？也许是开个玩笑吧。"

"肖哥，我没别的意思，只要嫂子不反对，我希望你帮她。"

罗肖没想到周光磊会这样说。与他们的几次相处，让罗肖感觉到周光磊和关琳之间存在一种特殊的关系。既然周光磊这样说了，正好也证实一下，这也涉及要不要帮关琳。"光磊，有些事没跟你说。关琳病了两次，她不让说，我也就没告诉你们。"

周光磊心想，这就对了，在医院看见的就是他俩。"肖哥，你帮了不少忙，谢谢了。不过，还真不知道她病了，连珊珊也不知道。什么病？严重吗？"周光磊关心地问道。

"我觉得是血液、肾或是心脏方面的吧。她做检查了，可她没告诉我结果，但我觉得她有些害怕。我觉得关琳挺单纯的，不是浮躁的女孩，可我觉得她内心有事。光磊，我想问你一句，你别介意。有几次说到你，关琳好像有话说却不想说，我是不是影响到你们了？"

周光磊听罗肖这样一问，心里不是滋味："肖哥，你也别介意，我觉得你是好人。我想请你帮助关琳，也想请你帮我个忙。只是，这是我们俩的约定，不要告诉别人，特别是关琳和文哥。我不想让关琳知道我也想让你帮她的事。"

罗肖感觉周光磊今天说话不像过去，有些不自然，说明他和关琳确实有关系。是恋人？可为什么两人说到对方时都吞吞吐吐的，而又好像都关心对方，难道是自己某些表现让他俩产生了误解？

"肖哥，有些事我会告诉你的，我先说请你帮忙的事吧。肖哥，如果关琳再说让你帮她，你就答应，好吗？可以说投资合作，但钱由我负责，不让她知道实情就好。你自己的事，我可以在资金上帮忙的。"

罗肖笑了起来："我是不是中大奖了？被天上的馅饼砸到了。光磊，这事有些突然，我得好好想想。"

"肖哥，我和关琳有些事你不会明白。我请你帮忙做的事，是想给自己一个交代，当然可能会给你添麻烦。你千万不能让关琳知道我跟你说过这些。"

周光磊在大脑中过滤着，简要地将他和关琳相识、相恋、分手的情况告诉了罗肖。周光磊尽量不去说容易引起罗肖猜疑的事，更主要的是，自己不愿意再碰那常人无法理解的心痛。

罗肖听着，心想：这是一个怎样的故事，自己怎么似乎成了其中一个角色在延续这个故事呢？罗肖感觉自己有些被感动了，更多的是激起了好奇，只是克制着不再深问，不再去触动周光磊那敏感又忧伤的心，可自己是不是要答应他呢？

两人不知不觉聊到了很晚，"肖哥，不好意思，今天占你这么长时间。其实我考虑了很久是否跟你说这事，我很自私地把你拉了进来。"

"没有。我祝福你们俩，不是祝福你们分开，是祝福你们俩今后都能幸福。"

"那正月十五过后，我们就把具体的事办了，好吗？"

"不用那么急吧？！你放心，我会认真考虑你的想法，好吗？"

周光磊又一次表示感谢。尽管心里还有些顾及，但轻松了许多。好像与关琳的事终于理出个头绪，只是不知道算不算是一个交代。

06

　　金城山带着令狐珊珊回老家过年，大年初六苏秀君打来电话，两人互相逗乐着。

　　金城山问苏秀君什么时候过去玩。苏秀君抱怨道："哪还有时间去呀，我这两天可被'老革命'叫单位两次了。"

　　"他怎么会叫你去写东西？"金城山有些不解，"什么内容？"

　　"不知道什么东西，神经病。后来又让新来的小张写的。还问你什么时候回来。"苏秀君不满地说。

　　"我请假到十五以后了，什么事这么急？"

　　"还不是年前调查组来的事。告诉你，那可不是一般的审计，你不回来正好。不过你别美，说不定一会儿就叫你回来呢。差点儿忘了告诉你一件新鲜事。行政处那个挂名的副处长，派去帮着小舅爷挣钱的'顺胖子'死啦。"苏秀君神秘地说。

　　"什么时候的事？他才多大，猝死？"

　　"初四早晨。可把'钱大爷'忙坏了，'鬼'也去了，当场说给报因公，说是在单位值班突发脑溢血。"

　　"他在局里值班死的？他可从来不值班也不来局呀，又瞎编了吧？"

"什么公司还值班？就是瞎编！昨天老'革'气得大骂'顺胖子'该死，一天到晚吃喝嫖赌，给'鬼'找麻烦了。"

"还不定是什么事呢，'革'主任没说到底怎么死的？"

"我从来没见过老马列骂街，前天算是开眼了。听老马列的意思，好像是他们几个先一天晚上在'鬼'家里打了一宿麻将，初四一大早'顺胖子'跑小妍那快活去了，结果光着屁股就死了。"

"哈哈，我说呢。我昨天还接着一个短信呢，说的就是一个当官的突然猝死，官老婆赶到医院问什么病什么时间死的，大夫说我们赶到你们家时，你丈夫就已经死了。官老婆大怒，放屁，你什么时候到我家了，我在家，我丈夫不在家。大夫一听不好，原来死者不是死在自己家，忙说对不起。官老婆不依不饶，一定让大夫说出死因，你猜大夫怎么说？"

"猝死？"

"哈哈，这回秀才也不行了吧。大夫非常沉痛地说，您丈夫是舒服死了。"

"哈哈。看来'顺胖子'不是原创，只是模仿秀呀。"苏秀君大笑着。

两个人调侃着"顺胖子"如何为伍湘源一家不择手段地赚钱，还不忘近水楼台，满足自己不断亢奋的原动力，两人忽然间好像明白了什么，都哈哈笑着。两人又为伍湘源惋惜了好一会儿，这么一个钱靶子损失了，绝对是物质生活和精神生活的巨大损失。金城山庆幸自己回老家过年了，要不这个春节是没的歇了。两人就这样聊了快一小时，临挂电话，金城山提醒苏秀君听着点儿"顺胖子"的奇闻逸事。

果不其然，转天金城山就接到权德利的电话，让他初九就回去上班。金城山只好答应。令狐珊珊本来有些不高兴，但转念想想：也好，就趁这个时间跟关琳去玩两天也挺好。便试着给关琳打电话，两人一拍即合，确定初九上海见。

金城山初九一到局里，就立马到权德利办公室拜年。权德利破口骂道："这他妈年过的。这死胖子该死，这个时候给老板找事儿。我三天没歇，全他妈为他了。你兔崽子可好图清闲去了。"

"主任辛苦，您给我打电话呀，那我不早就回来了。"金城山陪着笑。

"是想让你兔崽子马上回来，可来不及呀。死胖子的媳妇又到局里来闹，要人，老板让我处理，这哪做得通呀。"

"胖处长怎么了？他老婆干吗找我们要人？"金城山假装不知情地问道。

"你小子装蒜！'顺胖子'死了，你不知道？！"权德利发着狠。

"主任呀，您就说让我回来上班有急事儿，没说他死了。怎么死的？猝死？"金城山装出冤枉的样子。

权德利更是咬牙切齿大骂起："他妈的一天都不闲着，玩儿了一夜牌，早上还不忘去找小妍快活，事儿没办完，光着屁股一头栽在小妍身上死啦。"权德利忽然意识到说多了，对着金城山说："去，一会儿再说，别跟别人说呀！"金城山点点头出去了，差一点儿没憋住笑出来了。

没一会儿，权德利又急急将金城山叫进办公室："老板叫我过去，你就在我这儿写一个死胖子因公死亡的情况报告，字不要多，要快。说明在单位值班猝死就行了，我去研究怎么处理这事。"

"要跟郑局长说吗？不要报他签发吗？"金城山问道。

"老板一手办，不能让王八蛋知道。"

"主任，因公死亡将来还要报一些情况，应该左主任他们办，我们办公室不管这事。"

"哪那么多事儿，老板就让我办了。"

"那我先拟个初稿，等您回来审。"

"就在这儿写，别让人知道。"权德利急急地往外走，又回头喊着。

※　※　※　※　※　※　※

伍湘源召集权德利、左佑平、钱贵发三员大将到办公室，不仅仅是研究"顺胖子"的事，还因为年前审计组里有检察院的人。本来可以平息一下，结果"顺胖子"的死又引起了临时撤走的审计组注意，有消息说马上再进驻，很可能从"顺胖子"经营的公司入手。三员大将进门没等坐稳，伍湘源就一脸怒气，没鼻子没脸地发起火来。

伍湘源冲着钱贵发："看看你的人，一天到晚就知道吃喝嫖赌，不惹出大事来不算完。"然后又对着左佑平："你们是怎么选的干部？政治工作怎么做的，怎么用这样的人。"接着冲权德利说道："你弟在那干吗了？钱，钱亏；人，人管不住。胖子他媳妇的工作做得怎样了？还有他父母那儿呢？"

"还是天天闹，非要知道死在谁家了，还说如果解决不满意，就把'顺胖子'在家说的事都兜出来，谁也别好受。"权德利这会儿有些低声下气了。

伍湘源一听，更是气炸了，大骂道："你们这帮都是饭桶？干什么吃的。这芝麻大点儿的事都摆不平，多给点儿钱不就解决了吗？！再说了，这都是你弟他们干的事，我什么都不知道，平常都是你们几人操持的，有事你们要担着！"

在这三人中，只有左佑平得到的利益最少，对伍湘源小舅爷公司的事、对"顺胖子"外面的事、对权德利弟弟帮着伍湘源小舅爷公司干的事，等等，了解得极少。伍湘源好像也有意不让他知道太多，左佑平心里对此早就极其不平衡了。伍湘源刚才的话使左佑平产生了更大的不满：这些事都是为你家办的，钱也进了你家，"顺胖子"也是你违反程序强烈要求提干的，什么事都是你们三人私下策划的，跟我有什么关系？要担也得这俩王八蛋担。但三个人谁也没搭话。

伍湘源对着钱贵发继续着："你那儿的钱干吗用的？不就干这用的吗！今天就送去，五十万，这点儿钱不多。你们要讲政治，这件事要抓紧。否则工作组再进驻，你们几个顶得住吗？那个王八蛋还不看笑话！"三个人知道伍湘源骂的是谁。

伍湘源继续说："我也不多说了，你们都知道怎么办，赶紧办。我担心的是公司别有问题，你们仨别出事儿……"

三个人出了伍湘源的办公室，在楼道里就互相骂开了。

钱贵发冲着权德利："老板这么信你弟，可倒好，一天到晚就知道跟'顺胖子'几个吃喝嫖赌，出事关我屁事儿。"

"人家可是皇子，老板宠。我们管得了吗！每次出大事，都是'犬'大主任亲自出马替老板处理。这么重大的事儿，'犬'大主任不出马谁能摆得平。"左佑平趁机发泄。

权德利也不示弱地骂道："你们两个狗娘养的，当着老板怎么不敢说？有能耐咱回去同老板说去。"

电梯来了，权德利还是第一个进去了，因为他也心虚。他弟弟和小舅爷、"顺胖子"三人整天混在一起，捞了多少钱，都去哪儿鬼混，都有几个相好的，权德利自然心知肚明。

刚出电梯，权德利的电话又响了，一看赶紧接："好的，我马上上去。"然后对着左佑平和钱贵发两个人说："你们两个王八蛋先走吧，老板叫我回去。"

上楼后，权德利没敲门就直接进了伍湘源的办公室。

伍湘源恨恨说道："这回你们要特别认真地办！他妈的，又想背后整我。你这两天专门把1998年以来反映过的事，再一件一件地仔细捋捋，过去的事一定要有纪要，缺什么就要补什么。还有，盯着老钱赶紧把财务、公司的事弄好。'十五'一过，调查组可能又要来，这回老钱可能顶不住。这次可是很严峻的政治斗争，只你一个人知道就行了。当然咱也不怕，不是哪次都过去了吗？关键是要早下手，不能留有把柄，当然了，他们是得不到把柄的。告诉你弟弟，公司可别因'顺胖子'的死坏了事儿，赶紧把钱给家属送过去就没事儿了。以公司名义不好，这两天赶紧把因公批下来，我亲自去慰问。"

伍湘源一口气说着，权德利也没敢插嘴，心想，这回是不是有点儿悬？等伍湘源一说完，权德利立马赶回自己办公室，看见金城山还在，就急了："兔崽子，磨蹭什么！这点屁事儿还没写完？"

"您别急，写完了，您审审。"

"操，这不成烈士了？还应该宣传宣传！？报走，报走，老板等着呢。"权德利到电脑跟前，小声读完后说道。

"主任，您得签字，文号您得跟他们说一声，要不他们肯定不给。"

"你跟他们说老板交代的不就行了吗？！这点屁事儿还得我说！"

"主任，这事儿应该左主任他们负责，要不让他们去办？"

"对！让他办，就说老板交代的，还不能让别人过问。去吧，去吧！"权德利不耐烦地挥着手。

金城山小跑着进了左佑平的办公室，左佑平正在召集干部开会，见金城山匆匆小跑着进来，问道："金主任有事？"

"左主任，我们主任让给您的，说是老板交代让您负责报上去，今天就得报。"金城山将打印好的材料递过去，凑到左佑平耳边说道。

"老板是让他亲自办，又他妈的要滑头，你告诉他，这是他的事。"左佑平本来就不满，这会儿更来气了。

金城山有些为难道："主任，要不，我给我们主任打个电话，您跟他说？"没等金城山拨号，电话先就响了，金城山一看："正好，是我们主任。哎，主任我在这儿，马上回去，要不您跟左主任说一声，好，好。"金城山把电话递给左佑平："主任您接一下？"

左佑平接过电话，提高了嗓门："你妈真是个'犬'，又在玩儿什么坏门儿！老板说的？谁信呢！你一撅屁股，我就知道你拉什么屎，就你那点玩意儿？行，你别骂，你也别请，就把前天跟老板吃饭时显摆的手机拿过来就行了。你买的？谁信？！"屋里的科长们都愣住了，因为左佑平一贯马列的，他这个样子很少见。

电话里传来权德利的骂声："那是老板给我的，你敢要？赶紧让金城山回来，老板交代有急事。"

"那有什么不敢要的，就辛苦'犬'主任一下，要不就把你柜子里的新手机给我？就这么定了，看着办。"左佑平说完，把电话递给金城山，"金主任辛苦一趟。这个春节，你们主任没少收东西，有的是人家让他帮着给老板的，老板看他那期待的样儿就给他了，这回得让他出血。"

"左主任，那我先过去了。"金城山接过电话，心想得赶紧走，别让他再把件退回来。一溜小跑，进了权德利的办公室。

"主任，您真的要把手机给他？"

"小意思，还有两个新的没用呢。节前老板让'钱大爷'买了十部现在最好的双卡手机，一部就七千多块，我和老钱一人也带了一部。那天在老板办公室时，有人给老板送了两部，老板又给了我一个，他们都不知道。"权德利一脸的得意。

权德利边说边从柜子里拿出一个新手机给金城山看，随后坐那儿倒腾起电话号码来。"憋憋他，弄完再给他。你这几天跟我加班整理点儿东西，其他事安排别人去干，这事儿不能让别人知道。节前的那帮王八蛋又要回来查账，老板说'钱大爷'这回可能兜不住。你别出去瞎说呀？！"

"主任，您放心。那在哪儿干？"

"得找个地方，别让别人看到。你先去吃饭，我一点钟来找你。"权德利继续弄着新手机。

※　※　※　※　※　※　※

金城山本来说好今天回去吃的，看来去不成了，只好给令狐文打电话。

"哥，今天不能回去吃饭了，主任让加班，你跟爸妈说一声吧。"

"刚上班就加班，有这么忙吗？"

"就是上次跟你说的那事儿，又得赶紧编点儿东西，看来挺紧张。"

"那你自己把握好，不该问的别问，不该知道的不知道最好。少参与他们的事，少说话，脑子灵活一点儿。"令狐文嘱咐着。

"哥，我知道，我会把握好。"

放下电话，金城山琢磨着：是啊，肯定有许多自己不知道的事，要认真地做好记录，不然出事了自己说不清楚。那条狗可是逮着谁就卖谁的，有时伍湘源都因某种原因也会让着这条狗三分。

中午吃完饭，权德利照例要睡午觉的，可刚躺下，电话就响了："你妈可真是革命的主任，原来索贿也迫不及待！等着！文件报走了，手机就给你。"

"谁跟你一般见识。真的要出事儿了，快过来！"左佑平有些急了。"刚才姓郑的可把我叫过去了，'顺胖子'老婆带着孩子在他那儿闹呢，姓郑的让我接待，还让我把情况搞清然后报给他。这事老板可是叫你办的。"

"那你还不快点儿过来？！"权德利也急了。

没一会儿，左佑平过来了。待他一进门，权德利就把手机丢了过去："给你！逼命。"

左佑平接住："你用嘛？"

"咱有的用。"权德利拿起手里的又一台新手机显摆。

"好啊你，旧的给我了。换过来。"左佑平一看，就上去抢。

"什么旧的，刚用没一个月，新的，知足吧。"权德利躲着，"快说，姓郑的王八蛋说什么了？"

"让我接待，把情况搞清再报他。"

"我先给老板打个电话。"权德利拨通了伍湘源的电话："老板，刚才'顺胖子'老婆带孩子到姓郑的那儿闹去了，姓郑的要情况。"

伍湘源立马就急了："怎么搞的，这点破事儿都办不好！把钱送过去不就行了，马上送！"

"老板，因公还没批下来，能送吗？"

"件呢？我没见到！"电话里伍湘源大声地喊道，连左佑平都能听到。

"报了，可能在政工口了，市局会报您吗？"权德利也忘记问左佑平是否已报件。

"别管它了。一定要压下去。"

"那姓郑的问，怎么说？"

"给钱不就不闹了吗？他再问，就说办完了。一定要把'顺胖子'老婆压住，再多点儿也行，不然就会牵扯很多事儿，你们兜不住的。"

"马上办，马上办。"伍湘源没等权德利说完就挂了电话。

"文件你报走了吗？"这会权德利才回过头来问左佑平。

"还没报，刚才给你打手势，你没理会。"

"我敢说没报吗？你赶紧报市局，爱批不批没咱事了，有人问就让老板对付去吧。我马上找'钱大爷'送钱去。"说着便一边拉着左佑平往外走。这时，电话又响了，权德利骂了一句："大中午的催命呀？"

电话里传来伍湘源的骂声，权德利赶紧嬉皮笑脸地回道："老板，我没看电话号码，您别生气，您说。"

"告诉你，这事儿可没那么简单，要办得利索点儿。'顺胖子'死了，也许还是好事，有些事都是他经手办的。实在不行，就是老钱没按规定办事，谁犯法谁兜着，明白吗？"

"老板，您放心，我知道怎么办。"权德利心里跟明镜一样。

"告诉你弟他们，别磨蹭，快点儿处理好公司那点事，那可不能再出事！"

"您还跟小舅爷说一声吗？"权德利试探着问。

伍湘源一本正经的口气道："家里的事我从来不参与，不能搅合在一起。别落个以权谋私，这事儿你能处理好的。"

"对，公私分明。再说小舅爷的事是他自己的事。这事，我明白了。"

"你再弄个手机号码，说这事儿别用这个号。"

"明白，也给您弄一个吧？"

"我让方于莉去办了，回来告诉你。"

放了电话，权德利赶紧去找钱贵发，一个下午都没再找金城山。快下班了，金城山接到权德利的电话，告诉他跟伍湘源他们一起在吃饭，今天就不加班了。

接下来的一个礼拜，金城山就跟着权德利将过去几年已归档的所有文件翻出来，查找所有的办公会记录、纪要、请示、报告。金城山和权德利足足干了一个星期，不算会议记录，起码编了二十五个请示、报告、会议纪要，等等。

正常编二十五个小件，对金城山来说，三天就够了，之所以干了一周，连周六周日都搭进去了，每天还要干到深夜，是因为全靠权德利回忆口述每件事情的当时情况，谁参加的，怎么讨论的，最后如何决定的，等等。有的还要编请示，可请示没有上级领导批示也干不了，那么干脆就编个报告吧，反正报告了领导批不批就不知道了，出了事也是市局的问题。

尽管这些材料是按权德利的口述整理出来的，但是否真实，金城山在心里打了个问号。究竟每件事的背后都是怎么操作的，还有没有不可知的东西，不得而知。

07

关琳和令狐珊珊两人有几年没到过上海了。两人用了四天的时间尽兴地游玩儿，马不停蹄地逛南京路老商业街、城隍庙、外滩，很兴奋地游遍了浦东，上了东方之珠，登了几座摩天大楼，特别是考察了新老酒吧街。两人愉快地聊着，令狐珊珊发表着对关琳的酒吧的设想意见。

令狐珊珊更是关心关琳与周光磊重新开始的可能性，关琳有些失落地摇摇头。令狐珊珊问关琳是不是有新目标了？关琳岔开话题，把话题又拉回到开酒吧上，令狐珊珊建议关琳最好找一个帮手。关琳则表示希望令狐珊珊帮她一起干。

两人选择了一家有着意大利情调的酒吧，欣赏着璀璨的夜景，一边品尝着精美的牛排和红酒。

"姗姗，我爸已经把商铺腾出来了，我想十五一过就动工。"

"我觉得你不能急于动工，都说正月不动土。风格定了吗？"

"我已经请了一家设计公司，他们说十五以后提供两到三个方案。"

"还真要提前确定。你一个人忙不过来的，装修可不是一件轻松事，没听人家说吗，不仅花钱如流水，还会让你减肥成功。"

"哈哈，可不是。我一直没想好请谁帮我，关键是人家会不会帮我，要不要请个不相干的人？"

"你有目标人了？谁呀？快说！"

关琳有些犹豫："我想请文哥的同学肖哥帮忙，这是我自己瞎想，也不知道怎么和人家说，再说让他帮忙大家会不会觉得我有问题。"

令狐珊珊怎么也没想到会是罗肖，真是个不相干的人！这两个不相干的人怎么连在一起的？想想关琳和罗肖两个人，从认识到现在有这么多的巧合。"这人不错，我哥总夸他。就是不知道这事儿他是否做得来。你跟他说了？"令狐珊珊慢慢地说。

"没有，只是瞎想。"关琳不想说有过这样的想法。

令狐珊珊想想："也许这个不相干的人还就行了。这样，下次聚会时，你拿出初步方案征求大家的意见，看看罗肖的反应，你说呢？"

"嗯，也行！"关琳高兴起来。

两个人一边聊着，一边欣赏上海的夜景。虽然时间已经很晚，但正是夜生活的开始。

正月十二，关琳和令狐珊珊回到家。转天关琳跟罗肖通了电话。"肖哥，不好意思，打扰了吧？"

"没有，有事吗？关琳。"

"就是那件事想听听你的意见，希望你能帮我。就算你搞培训前的一次尝试练习吧。对了，肖哥，你的事情准备得怎么样了，什么时候启动？"

"我这事儿要复杂些，最快也得五一以后。"

关琳心里一喜，说道："那这段时间帮我吧，我想五一开业。临时帮忙也可以的。我想邀请文哥、珊珊你们几个聚会，先帮我参谋方案。要是他们问我是否找到帮忙的人选，我就说你；他们要是不问，我就不说。肖哥，你先别推辞了。"

尽管周光磊已经跟他说定了这事儿，罗肖还是觉得有些不妥，特别是两个人都在找他却都瞒着令狐文，罗肖还是觉得不合适。

"那他们不会误会吧？"罗肖说。

"我和珊珊去上海时，跟她透露了一下，但没有明确跟她说。肖哥，要是你帮我忙，嫂子不会有什么想法吧？"

"不会，我会跟她说的。"

罗肖放了电话，想着和周光磊单独见面的情景。不觉摇摇头，心想：看来我是逃脱不了这两个人的纠缠了，自己可别成为他们俩的障碍了，或许，这两个人就是想通过自己来维系某种关系？

※　※　※　※　※　※　※

七个人要了一个 KTV 包间，点了一瓶红酒和一些饮品小吃。

"琳琳，你说设计出来了，跟我们大家说说。"令狐珊珊先将话题引了出来。

"搞能唱歌的，今后就不来这玩儿了，去你那儿了。"苏秀君一边喊。

"秀才，别总是周杰伦的好不好，唱着别的吧。"周光磊提高了嗓门道。

"你也别老是《化蝶》好不好，其他几首也别唱了，行吗？"苏秀君回应着。

大家不明白周光磊为什么每次必唱《化蝶》，但是令狐文明白，可每次令狐文都试图不让周光磊唱这首歌。周光磊还喜欢唱《涛声依旧》和《再回到从前》，但是自从关琳这次回来以后，周光磊就不再唱这两首歌了，他担心关琳理解成暗示。

关琳这次回来后，就喜欢听、喜欢唱《比我幸福》，关琳坚信这首歌会让几个人明白其中含义的。

周光磊继续在点歌机旁点着歌。关琳和令狐珊珊几人就在他身后，尽管他们说话声音很大，但音乐声也很大，周光磊听得还是不太清，但能确信是在说关琳的事。

"设计差不多了，还有些具体的在调整。"关琳说。

"琳琳，你不能只考虑装修的问题，还要考虑今后的经营问题，酒吧一般以西餐为主，厨师是最主要的，吧台是不是还有调酒师，还要招什么样的服务生，日常事务还要有一个经理操持，可不少事儿呢。"令狐文说出自己的想法。

罗肖接着说："我也不懂，令狐说的是，要提前好好考虑。"

"服务生好找，大学生找不到工作的有的是，研究生都争着去火葬场上班呢。"金城山说。

"我想文化气息浓一些，没准儿还会有老外来消费呢，服务生应该有点儿知识。"关琳说。

令狐珊珊正愁没话题呢，赶紧顺着关琳的话说："找肖哥帮忙。肖哥见识广，有能力，还结识不少老外，再来点儿饮食养生什么的。"

"珊珊说得对呀。肖哥不是想搞培训吗？那我就先跟肖哥签个约，帮我把队伍培训出来吧。"关琳满脸喜悦。

"哈哈，那不是把酒吧改医院了吗？"罗肖玩笑道。

"你们还有完没完，秀才都成麦霸了。我们大家喝一杯，行吗？"这时周光磊又喊上了。

金城山起哄着，令狐文和罗肖也附和着大家一起干了一杯。

金城山将苏秀君拽到沙发上："麦霸，歇会儿吧，让人家唱一会儿吧。咱们说点儿正经事，秀才，我看要出事儿。"

"对了，这几天你忙啥了，没见人，神神秘秘的。"

"我一个礼拜把这五年的事儿都翻腾了一个遍。不，不是五年，还有罗肖在时的那些事儿呢。"

"是不是'鬼'的事儿？"

"你说对了！节前审计组里面有检察院的人，好像在查什么事。'顺胖子'一死又勾起'鬼'家公司的事儿了。你知道这几天我补了多少个会议纪要，还有请示报告？二十五个！"金城山比划着。

"补件？这么多。文号怎么办？谁签发？"苏秀君真的有些惊讶。

"编呗，是备查用的。根本就没有记录，说白了根本就没研究过，都是'鬼'一人操办的。还涉及肖哥那时的一个事儿。"说着金城山将罗肖叫了过来。

"肖哥，你是哪年走的？"

"2001年下半年吧，怎么了？"罗肖看着金城山，有些不解。

"肖哥，那年是不是局里搞了局域网，后来还有调查组调查过？"

罗肖轻蔑地一笑，这件事太深刻了。"有，怎么又翻出来了？那时我刚上任，那个'鬼'就让我去搞调研，还让我写了个调研报告。"

"没见你的调研报告，有一个当时调查组的报告，'犬'让编了个当时研究这事的会议纪要。"

"有那个报告就怪了。又编一个？那时老局长还没退呀。"罗肖愤愤地说。

"是，那时老局长还在任。就编了一个老局长组织研究的，由行政处负责组织的纪要。"

"正常！不止编一个吧？"罗肖说。

"是。一共写了类似的二十五个件，刚才还跟秀才说呢。"

"城山，现在你比我清楚了吧？"

"够黑。年前审计组就进驻了一个月，没结论就撤了。大年初四，我们局里死了一个人，可能把工作组又招来。现在，'鬼'天天跟'犬'着急。"

令狐文听着金城山鬼的犬的挺有意思的："你们这都是说的什么，鬼呀犬呀的，'鬼'跟狗着急白天还是晚上？"

"'鬼'跟'犬'着急，白天是闹狗，晚上是闹鬼。"苏秀君说完，大家笑了。

"对了，肖哥，今年你去郑局长家拜年，郑局长没说什么吗？"金城山问道。

"今年我初六去的。我跟郑局长说，社会上传局里可能有人要出事儿，是从检察院传出来的，有人举报。你们猜郑局长说什么？"

"说什么？"

"郑局长告诉我'顺胖子'死了，很蹊跷。"

"肖哥，你跟'顺胖子'很熟吗？"金城山问。

"接触不多，也接触不到，绝对是人见人腻歪的主儿，垃圾。不知怎的，竟被人家视为宝贝了。死了挺可惜的吧？！"

"你看会影响到郑局长吗？"金城山关心地问。

"应该不会有问题。但这事儿够难处理的，弄不好又会将屎盆子扣在郑局长身上。"

周光磊一直瞅着这边，想单独和罗肖说话，干脆就过来叫了："你们别只顾说话了，不唱了？喝酒！来来来，肖哥，我们干一个。"

苏秀君拉着金城山唱歌去了，周光磊趁机坐到了罗肖跟前："肖哥，我请你帮忙的事，你就别推了，我看关琳也有意请你帮忙，这两天我办好了给你打电话。"

"光磊，我还是觉得不妥，你完全可以自己办，或者让令狐或他妹妹做。"

"我不想让他们知道，更不想……"周光磊沉了一下，继续说："肖哥，这件事对我很重要，真的很希望你帮我。"

"要不要跟令狐说一声，我想这样好，他应该替你保密的吧。"罗肖若有所思地说。

"如果肖哥觉得跟他说好，我不知怎么跟你说。"

周光磊与罗肖的聊天，引起了关琳和令狐文的注意。等周光磊两人意识到这个问题时，只好都不再说话，自顾唱歌去了。

※　※　※　※　※　※　※

聚会结束后，因周光磊没有开车，令狐文对他说："我送你，珊珊他们送秀才和关琳。"

"不麻烦你了，我自己打车走。"

令狐文若无其事地跟其他人说着话，同时拉着周光磊说"我们上车"，周光磊只好快快地跟着令狐文上了车。

"你这是去哪儿？"周光磊问道。

"明天还要上班，回家啊！"

"我知道明天还要上班，我不会在外面游荡的。你知道送我去哪儿。"

"还是回家吧，一个人……"令狐文知道劝也没用，无奈地将车开进了小区，停在靠近楼洞的地方，抬手轻轻地抚在周光磊的头上"明天七点半，我来接你"。

周光磊将令狐文的手拿下来，摇摇头："不用接，还是我自己去吧。"然后他打开车门，什么也没说，一头扎进了楼栋。

周光磊有一段时间没来这房子了，今天这特别的日子，就是不聚会也会来这里的。这套房子给自己的回忆太多了。当一个人的时候，周光磊就会沉浸在回忆里，还会对过去发生的事情进行重新设计，并在设计的场景中生活。这套房子是他内心构筑的与爱人美好生活实实在在的地方。

这套房子倾注了关琳的全部心血。2004年关琳回国后，跑遍了全市的楼盘最后买下了这套房子，一手操持了装修，最后留给了周光磊。周光磊进了屋，打开灯。看着好像陌生得再熟悉不过的，没有一丝改变的地方，心里空荡荡的。他走到窗前拉开窗帘，扫了窗外一眼，愣住了，令狐文的车还开着车灯停在那儿。

周光磊猛地转身去拿手机，好像车里的人也正在等着这个电话。

"下雪了。"

"是"，电话里传来一个字。

"别走了……"

"不！我在车里等你。"

"为什么？"

"我要消灭这个日子，也要消灭你心里的魔鬼。"

"你真的消灭了？"周光磊沉默一会儿说。"正月十五雪打灯，前半句是什么？"

"八月十五云遮月。"车里人答道。"正月十五也是欢乐的，但我不想'要'雪打灯。以后永远不想'要'啊。"

周光磊听出了话里话，猛地转身跑到门边，抓起衣服和围巾，蹬上鞋，关灯，锁门，快速冲下楼。

令狐文看着有些激动的周光磊坐到了副驾驶位子，有些心疼地说道："想通了？"

"嗯，哥。不会再让你担心了。"

"想跟我说点儿什么吗？"令狐文这会儿内心是复杂的。

周光磊自语道："风掠过，还会柳枝摇曳，还会满地叶落，多么希望我能享受风的猛烈。"

令狐文这时想起办公桌上玻璃板下压着的有些泛黄了的那几张纸，心想，他还是没放下。"有什么事明天再说，回去赶紧睡觉。防控工作又要开始了，又该忙了，不能掉链子。"

周光磊阳光的样子又回来了，嘴里说着"放心，没问题，身体好着呢，保准顶住"。可令狐文却感觉，周光磊那是装给自己看的。

※　※　※　※　※　※　※

转天一上班，周光磊处理好手头的事，就跟令狐文说出去一会儿，来到离单位不远的建设银行，以罗肖的名义存了二十万元的一张卡，以自己的名义存了一张十万元的卡，设好了密码。然后给罗肖打通了电话："喂，肖哥，我，周光磊。不打扰你吗？想问你今天有时间见个面吗？"

"光磊，昨天我们不是刚见过面吗，可不可以过两天再说？"

"肖哥，你带孩子一起来吧，不会耽误你太多的时间。"

"好吧，我把孩子送他姥姥家去，晚上六点吧。"罗肖听周光磊很急切的语气，想想也就同意了。"光磊，还有别人吗？"

"我没有，肖哥你带朋友没关系的。"

"我原来和朋友约好了。那我们先见，然后我再去找他们。"

周光磊没等下班就跟令狐文请假，来到了约好的西餐厅，这是一个靠街的小单间，给罗肖他们订了另一个大单间，并把牛排等三道主餐和酒点了，其他菜等罗肖和他的朋友来了再点就行。

服务生打开红葡萄酒为周光磊斟上，周光磊端着高脚杯靠近嘴边，看着窗外霓虹灯照亮的街面和一家家店铺。

"对不起，来一会儿了吧？"罗肖过来。

"肖哥，你快坐，没经你同意我就点了这几道菜，其他的你再点。我给你朋友他们也点了牛排等三道菜，其他的你们再点。"

"我们就这些吧，太多了，他们的一会儿让他们自己点吧。"

"肖哥，今天你别和我争，我请，等你们干好了再请我，行吗？"周光磊叫服务生给罗肖斟上酒。

"好，恭敬不如从命。酒，我们就少喝点儿，好吧？"

"肖哥，我们就干这一杯，是我敬你的，也是谢你的，后面就随意了。"

两个人干了，服务生又分别给斟上。周光磊道："一会儿是你们一起干的几个人吗？"罗肖点点头。"肖哥，那我就做你的支持者吧，就是上次跟你说的，纯粹地支持你十万元，你也好在工作中有个主导。"

"光磊，这不是一件小事儿。压力真的很大，干不好就回不来了，十万可不是个小数目。"

"对呀，肖哥，就是要给你压力才能干好的，'开弓没有回头箭'，肖哥你就只能干好了。现在全民炒股，我就买你这支潜力股吧。你不放心的话，我们订个协议不就行啦？还有关琳的事你也别推辞了，我用你的名义存了二十万，你不要我也取不了了。"

罗肖一时还没反应过来，没想到周光磊这样说这样做了。周光磊确实没有玩世不恭、眼高手低的气息，更多的是谦卑，不是那种家境好就极具优越感的孩子，而要比同龄人心理成熟。想到他与关琳分手还为关琳做这么大的事，真的为他俩感到惋惜，又为他俩较好地相处高兴。罗肖心中闪过，也许通过这种方式还能使他们俩重新走到一起。

"好！光磊。既然你这么坚决，我接受，但我们必须搞个协议，让你也放心。另外，我会和令狐说这事，不过你放心，我会把握的，不会引起他有别的想法的，你不反对吧？"

"肖哥，我做这件事其实很自私，不考虑你的感受。我不是不相信令狐文，他是我哥，我是他妈干儿，但这件事真的不能让他办。令狐文那儿，我只能听你的了。可绝对不能让关琳知道，你代我嘱咐令狐文仅限于我们俩，好吗？"

"这你放心。我不放心的是，这件事你父母真的同意？"

"我不是小孩了！再说，这事我必须做的，只是给你找麻烦了。"

"好，我也谢谢你，让我得到天上这么大的馅饼，一下子前途光明了。来，我们干了，我就去那边了。"

"太好了！干！"这会儿周光磊心情真的舒畅，高兴得一仰脖儿干了。

罗肖站起来，周光磊忽然想到："肖哥，等一下，正事儿还没办呢。"说着从包里取出两张银行卡递给罗肖，并把密码告诉了罗肖。

"那我真的就收下了？协议的事我来办，我先去了。"

周光磊心里几年来的压抑好像一下子卸掉了。一个人坐在那儿若有所思，沉浸在回忆里又好像在一种期待中。

※　※　※　※　※　※　※

这天下午五点，关琳、令狐珊珊和辣妹三人到了北京，在工人体育场附近的宾馆住下。然后去逛国贸，各自买了些时装。三里屯和工体一带的酒吧，要到夜晚十一二点才真正开始。三人商量又去了798这个世界文明的潮流文化区，这里的酒吧不是太多，但也和世界文化思潮在这里交汇一样地呈现出多样性。辣妹像孩子一样新奇兴奋。令狐珊珊和关琳虽然在国外生活了多年，在这里更深深感到中国的发展。

关琳想，自己在国外生活的经历，开放的东西接触不少，越是这样越是觉得还是中华民族的血脉所传承下来的东西更吸引着自己。尽管还搞不懂老祖宗的东西精髓、真谛所在，而潜意识告诉自己，我的酒吧要具有中华民族气息。欢迎各种肤色的人前来品尝填饱肚子，更可以在此进行心灵的交流。它是心灵的驿站，是灯红酒绿人头攒动的水泥城里的一片绿洲，更是中华文化的一个传播站！

三人来到工人体育场，俗称"工体"。这里的酒吧大多是那种比较疯狂的闹吧，可以自由地疯狂、舞动、喝酒，这里能让你的心脏一刻也得不到安宁，这里太符合辣妹的口味了。不管你是什么口味，不管是你用心，还是那个人用心，或许都能碰上今晚中意的人。

玩了一会儿，三人商量去后海吃饭，那里的酒吧靠着"海"，人头攒动却还是属于慢吧。在后海的一家酒吧，三人点了红酒和牛排。关琳偷偷地给罗肖发了信息，罗肖回了信息，关琳没想到他跟朋友也在后海这边。罗肖将电话打过来，关琳起身到了"海"边，靠着冰凉的栏杆接听。这会儿说话和呼吸，可见的寒气好像都被火热的心情烘干了。

"喂，肖哥，我们过去方便吗？"

"关琳，我和几个朋友在一起谈点儿事，还是不方便。"

"也好。那你多留意些帮我考察考察，看看是否有可以借鉴的。"

"好的。"

关琳感觉罗肖不像想象的那么热情，心想，他是不是还是不想帮忙呢？"肖哥，你明天回去吗？有些事要抓紧时间定下来，'五一'开业时间有些紧。"

"不会那么紧张吧？！有些事还是要你拿主意的。我即使帮你，也只是参谋，决定事情还是由你的。再过两天吧，我要在这边待两天，怎么帮你我需要考虑一下。"

"只要你肯帮，你出智力股就行了，智力股很高的，50%以上的。"

"先这样，回头再说，好吗？"

关琳想着两人的通话，一脸快乐幸福地回到座位上，参与孩子的话题。

"你，还有辣妹，努力，我们一起生，多好玩儿。"令狐珊珊说道。

关琳瞪大眼睛："你说什么时候生就什么时候生？够厉害。"

"我倒想呢！唉！"辣妹有些灰心道。

"不对，珊珊，是不是发生情况了？"关琳忽然明白了什么。

"不确定，想过几天再去检查。"令狐珊珊点点头。

"太棒了！"关琳叫了起来。

"小声点儿，别人看我们呢。"令狐珊珊赶紧拉住快要跳起来的关琳。

"那你还喝酒，从现在起，不许喝酒啦，我负责监督。"

※　※　※　※　※　※　※

自从和周光磊见面后，罗肖就一直琢磨着怎么和令狐文说，再加上关琳又逼得这样紧，有时觉得自己成了主角。罗肖给令狐文打了电话，约周六见个面。随后约关琳周日中午见面。

周六晚上，罗肖和令狐文相约吃涮羊肉，点了一些蔬菜、冻豆腐、山药什么的，另点了一盘肥牛，一人一个小火锅，另加四瓶啤酒。

"令狐，你和周光磊不错，我想和你说件事儿。"

令狐文一直觉得周光磊和罗肖有事瞒着他："他出了什么事吗？"

"前些天，他找我帮忙。开始我没答应，他很拧，很坚决，我就答应了，但我说有个条件，就是要和你商量一下。我觉得这事儿和你说最合适。"

令狐文心里不免有些不安，周光磊和罗肖说了过去的事了？不应该的！"他没跟我说找过你。"

"他开始坚决不让告诉你，我以为你们有矛盾，后来我发现他非常在乎你，有一种不想让你多担心的意思。他后来坚决要求我们不要对外讲这事儿。"

令狐文听着觉得是个大事儿，不会是……，但还是装作一脸轻松地说："什么大事儿？这么神秘，好像地下党了。"

"周光磊让我答应帮关琳，而且他给了我二十万，让以我的名义参与，还给了十万帮我。我不知道他为什么这样做，这不是小事儿，所以我必须和你商量。"

令狐文脑子有些乱，没想到周光磊这样做。以往什么事他都会跟自己说，这件事却瞒着自己。令狐文思量着罗肖为什么要和他说这事儿，罗肖感觉到什么了吗？应该不会。周光磊这么多年连父母都没说过一个字，所以不会跟罗肖说半个字的。

罗肖看着令狐文有些走神，就问了一句："令狐，你怎么看这事？"

令狐文尴尬地笑笑，说道："我没想到周光磊这么做，我想……"他沉了沉又说："既然他这样坚决，罗肖，你就帮他一下吧。周光磊说了他和关琳的事吧？"令狐文试探着罗肖知道多少，问出这样的话后又觉得多余，将来关琳肯定或多或少要说的。

"也没说多少。只是说两人好过，后来分手了，现在是好朋友。我想，周光磊这样做，也许是使自己安心吧，可他帮我的十万，是不是你和他说过什么？"

"那他也可能是使自己安心吧。"令狐文心中充满了别样的惆怅。

"令狐，他俩到底怎么回事儿呀？"

令狐文心里一惊，幽幽说道："关琳和我妹一起在加拿大读书，

2003年放假回国和周光磊相识，关琳非常喜欢周光磊，我和我妹也觉得不错，就尽力撮合。2004年她们毕业回国，关琳非常幸福地计划着未来，跑遍了全市的楼盘最后订下了一套房子，以两个人的名义买下了。周光磊知道后不同意，最后两家都出了点儿钱，也装修好了。原定2005年'五一'结婚的，后来关琳又想出国一段时间，不知两人怎么就又分开了……"令狐文不想往下说了。

罗肖听着也出了神，见令狐文停下，便说："看着挺好的一对，往往不能走到一起。"

"想到自己了？上学时那个女孩，是郑局长的侄女吗？"令狐文听出话里的话。

"那年我第一次去领导家拜年，这就是天意。要是早点儿认识郑局长就好了。她叫孔令雪，跟我最要好的同学郎嘉驹结婚了。听郑局长说他们两人现在挺困难的，都下岗了……不说了，都这么多年了。周光磊的事儿你千万不能让关琳知道。"

"放心，我没想问他。那你怎么跟关琳说？"令狐文愣愣地说。

"明天跟关琳见面再说吧。令狐，你怎么样了？"

令狐文知道罗肖指的什么事："看来还得几年。"

"别跟我一样了。对了，上次说了帮你找我们学校的。"

令狐文浅笑道："那我就等着啦？"

"那天还说给周光磊介绍女孩呢。没准儿我帮他俩，是不是……？"罗肖忽然停住了。

令狐文异样地看了一眼罗肖。罗肖的嘴角挂着一丝令狐文觉得无奈的笑，令狐文觉得这笑容好像也挂在了自己的脸上。

08

    金城山挂了令狐珊珊的电话赶紧回到电脑前，一旁的权德利骂骂咧咧："兔崽子，一天不见老婆就猴儿急，是不是每天都不闲着。"

    "主任，哪能天天呀。您现在老了，年轻时肯定比我们还厉害吧？"金城山嘻嘻笑。

    权德利一副天老大他老二的样子炫耀着："那是，咱年轻时一天两次当玩儿。"

    "主任有什么高招？教教我。"

    "别一说这就来神，快写，告诉你呀，我们弄的可是绝密的，不能泄露半点儿东西出去，否则就会坏大事的。"权德利又骂着。

    "主任，您放心，我可什么都不知道。"金城山心想还是快点儿弄吧，"主任，是调查组又来了吗？"

    "今天上午就来了。找郑王八蛋谈了，明天正式进驻。我们几天前搞的那些东西太及时了。"

    "那伍局长知道调查组来吗？"金城山询问。

    "知道。上午就将我们几个叫到办公室了，研究……"权德利忽然停住不说了，然后说道，"你不懂，快写。困死我了，差不多了，就快打印出来吧，明天早上八点前送给老板。你明天早上七点到这儿，等我看看还有什么要改的。"

金城山对照权德利口述的内容看了一下，就打印出来递给权德利。权德利这会儿已经困得不行了，喊着"行了，行了，不看了，明天老板让改再说吧，你送我回家，我不开车了，明天七点半接我"。

金城山心想又改七点半接："那我不用七点到办公室等您了？"

权德利不耐烦道："七点到我家门口等就行了。"

转天一大早，金城山接权德利去单位的路上，伍湘源打来电话，让他们直接去市局办公室找他。挂了电话，权德利先回办公室拿上前一晚写好的东西，没再让金城山送，自己去了市局伍湘源的办公室。

权德利走后，金城山去食堂吃早点，正好碰到郑局长从食堂出来。金城山一愣，心想"这么早郑副局长都吃完早点了，肯定有事儿"，便快步上前打招呼："局长，您来这么早，有什么事需要做吗？"

郑副局长停下，问道："权主任昨天值班了？"

金城山一听，郑局长肯定知道昨晚加班的事了，立马上前暗示道："局长，昨晚权主任让加班搞个材料，权主任刚去市局给伍局长报那个件了。"

郑副局长意味深长地拍拍金城山的肩膀："最近工作很紧张吧？你们这个部门很重要，要把握好。我也正要去市局，我们再聊。快去吃早饭吧。"

"明白，局长有事就请指示。"

郑副局长点点头，朝门外走去。金城山买了云吞、烧饼吃着，脑子过电影一样想着这几天的事。手机响了，金城山赶紧咽了嘴里的东西答道："喂，是我，郑局长您指示。"

"金主任，刚才忘了和值班人员说了，今天上午九点市局行政处和局纪委组织个会，关于去年财务审计工作部署，你就帮着通知一下行政处钱处长和纪检审计科长去参加，好吧？"

"局长，您放心，我这就通知他们按时参加。"金城山快速地答着。

"告诉他们务必参加，如果不能参加，让他们直接跟我请假。"郑副局长又叮嘱。

"明白，您放心，我当面告诉他们。"

金城山放了电话思量，郑局长这么早去市局就为了财务审计的事？金城山想不明白，赶紧吃完回到办公室通知这两个人。先给钱贵发打电话，手机通了没接，又给办公室打电话没人接，这不奇怪，钱贵发从来就不会早过八点半进办公室的。金城山赶紧通知了审计科长。等到八点半，金城山准时来到钱贵发办公室，没想到今天这位"大爷"倒是来得挺准时。

"钱处长，郑局长通知市局九点有一个审计工作会请您参加，是行政处和纪委组织的。"

"知道了，老板给我打电话了。"钱贵发锁上门又走了。

钱贵发赶到市局已经九点过了，没直接去行政处的会议室，而先去了伍湘源的办公室。一进门，看见权德利一个人在，两人就斗起磕儿来。

逗乐一会儿，权德利说道："别又你妈在这儿胡说八道了，快开会去，一会儿又要找骂了。"

钱贵发来到行政处的会议室，轻轻推开一道缝往里看了一下。

这时屋里有人说话了："是钱处长吗？进来吧。"

钱贵发这才推门进来。屋里一共六个人，除了纪委书记和一个纪检干部外，其余四个都不认识。"书记，您在说事儿呀，是在这儿开会吗？"

纪委书记招呼着："没错，是在这儿，进来坐吧。钱处长，我来介绍一下，这几位是检察院的同志，有些事需要你配合调查。刚才检察院的同志已向市局领导通报了相关情况。你是党员，懂得纪律，要积极配合检察院同志的工作，你的家属一会儿由你们局安排通知。"说完，纪委书记与检察院同志握手就出去了。

钱贵发越听越不对劲，开始恍惚了，等发现身边两侧都站着一位检察院的同志时，立即站起身来高声叫道："你们凭什么抓我，我有什么问题，伍老板知道吗……"

检察院的同志警告钱贵发不要吵闹，否则引来其他人员观看影响更大。钱贵发这才放低声音，还在重复"为什么抓我"，可是腿已经软得迈不开步了。

出了大楼门，钱贵发才发现大楼前的高台阶前已经停着两辆警车，可进楼时怎么没发现呢？钱贵发被两位检察院的同志夹在了后排中间。这样的场景在电影电视里经常看到，今天怎么自己成了演员？这不是演戏，这确实是自己坐在警车里。钱贵发以往不可一世的气势荡然无存，感觉天已经塌了下来，脑子里出现了空白，感慨着"这路程怎么这么长呀"。

※　※　※　※　※　※　※

八点钟的时候，市局值班员通知伍湘源有关部门的审计工作会，刘书记问是否有时间参加。这时碰巧权德利进屋，伍湘源告诉值班员说，"有其他事，就不参加了"。值班员又告诉伍湘源，刘书记八点四十请他到书记办公室研究审计部署的事。伍湘源不情愿地答应着。

伍湘源问权德利："老钱那儿怎么样？这回奇怪了，还问我参加吗，关我屁事儿，我又不主管，不参加！你们那儿没事儿吧？"

"老钱不是按您的要求把账做好了吗？应该没问题。"

"现在给他打电话。"伍湘源有不好的预感。

"哎，别你妈又胡说。老板找你。"权德利拨通了钱贵发的电话。

伍湘源接过电话："老钱，账弄好了吧？别说应该没问题，要真的没问题，不能再出事儿了。一会儿九点在行政处会议室开会部署审计工作，你亲自过来听一下，千万不能出事儿。"钱贵发答应着，伍湘源继续说："'顺胖子'的钱送去了吗？我听说还不能稳住，这事儿要是再闹出点事儿你们谁兜得起？"

"老板，小妍那儿也还要闹。可能'顺胖子'老婆找到小妍了，问房子的事儿了。"钱贵发怯生生的，都不敢大声说话了。

"你们干什么吃的？！我不管！你们立马给我摆平。不就是钱的事吗？我告诉你们，这事儿办不好，你们看着办！出事儿你们兜着。"伍湘源有些暴跳如雷了，没等钱贵发再说话，就把电话甩给了权德利。

权德利听出了他们说的事，看伍湘源着急也更明白了。这回权德利没敢再说话，因为这事儿伍湘源是交给他去摆平的，他推脱说钱没到位，所以伍湘源跟钱贵发发火。

"让你亲自处理这事儿，盯着他们落实，你怎么弄的！调查报告写完了吗？'顺胖子'的事，姓刘的说有举报，说你们私自给'顺胖子'家一百万！"伍湘源又冲着权德利发起火来。

"老板，我昨天连夜加班把报告写完了，您审一下。"权德利赶紧递上报告。

"等着！我先去刘办公室，回来研究。让老钱完事儿也等着。"伍湘源没好气地说完，就出去了。

钱贵发进来后两人只顾斗嘴了，权德利忘了告诉钱贵发完事儿再过来。想起这事后，他赶紧给钱贵发打电话，关机，就发信息说，散会到伍湘源办公室研究"顺胖子"的事儿。然后仰在沙发上闭目养神。

"砰"的一声，门像是被踢开的，又狠狠地被关上。权德利吓了一跳，睁开眼惊呆地看着伍湘源气冲冲进来。伍湘源一屁股坐在椅子上，破口大骂起来："告诉你们别出事儿别出事儿，这下子好了，看你们怎么收拾！站着干吗，赶紧把他们几个找来！"

伍湘源没好气地说了几个人名，但没说"钱贵发"的名字，权德利也没敢再问，就出来打电话。权德利还真没见伍湘源这么气急败坏的样子，赶紧给金城山打电话让通知左佑平他们几个马上到市局伍湘源办公室。金城山告诉权德利："郑局长通知九点半开会，请您也参加。"

"不参加，不参加。你告诉他，老板召集开会参加不了。你去参加，有什么事回来告诉我。"权德利不耐烦地说道。

"主任，郑局长没说什么事，也没说让我参加，让纪委监察人员参加。"

"你回头抓紧打听再告诉我。"不等金城山再说话，权德利就挂了电话。

金城山向郑局长报告，权德利和左佑平都到市局去了，是伍湘源召集开会，不能参加会议了。

"那就让他们去吧。通知一下财务科长和审计科长参加，你也参加，让人事处来一位副主任参加。"郑局长微笑着说完。

九点半准时开会，局领导及四个处室的处长科长参加，由郑局长主持。郑局长说，临时开个紧急会，通报一个重要事情。我刚从市局回来。7点45分，刘书记找我谈话，局长、纪委书记参加。先听了检察院同志通报情况，然后对我们提出要求。主要是行政处钱处长涉及的一些问题。9点钟，检察院的同志已将钱处长从市局正式带走，可能涉及受贿等问题。刘书记要求我们先做好几件事，待检察院进一步调查后，我们再做相应的处理。目前我们需要做的有这几件事：第一，由纪委书记负责，纪检监察部门配合检察院进行必要的调查，组成一个班子，财务科长参加，对我局财务进行全面的审计，涉及公司的问题随时报告；第二，行政处暂时由二把手主持工作；第三，办公室做好原有文件档案的清理工作，听工作组安排；第四，由纪委书记负责，组织纪委监察部门负责通知钱处长家属，做好稳定工作。

会议最后，郑局长提要求，到目前就掌握这些情况，今天会后大家立即开展工作。但只限于今天这个范围，不要扩大，不要引起全局的不稳定，影响正常工作，当然这件事本身就不是好事儿。

郑局长征求了其他几位局领导意见后散会，将纪委书记和纪委监察的同志留下，小范围研究下一步相关工作。

从会议室出来，纪检主任叫住金城山："金主任，等一下，有些文件已经存档，那些东西你们多帮忙。"

"主任，别客气，有什么具体事儿吩咐，我一会儿跟权主任汇报，什么时候要？"金城山站住脚。

"这样，我们先听听调查组的意见，然后再去请你们帮忙。"纪检主任想想说。

"也好。"金城山赶上办公室的二把手主任说："主任，您想着跟权主任汇报一下，刚才纪检主任想要些东西。"

"你也是主任，你跟权主任汇报吧。"二把手不情愿地给权德利打电话，第一次通了不接，第二次又挂了，随后就关机了。

"你先打着电话，我先准备东西去啦。"金城山不等二把手发话，赶紧走了。

※　※　※　※　※　※　※

金城山回到办公室给苏秀君发了个短信，让他一会儿有空过来一下，然后一边处理着压下的文件。苏秀君回信息说在外面，中午约见一起吃饭。

金城山一上午没见权德利回来，郑局长召开会后局里还没有什么反应，可能钱贵发被抓的事知道的人还不多。中午，金城山与苏秀君一边吃饭一边分析钱贵发被抓的原因，最有可能的就是经济问题。两人交流着仅有的信息，预计着还会有什么事。金城山告诉苏秀君，这次是纪检牵头，还不知道要了解什么东西调查什么内容。苏秀君肯定地说，既然检察院已经将人带走，就说明已经掌握了一定的事实，基本就已定性了，接下来要做的就是进一步调查核实，收集证据和新的东西，看看还有没有更多的问题，刑事拘留只是初步的。

"那，不是要判刑了？"金城山自语道，"你说，会有人保'钱大爷'吗？"

"你傻呀？！有着急的，就有保的！"

"'鬼'着急，就肯定保他？不怕牵连到自己？"

"你说对了。正是为了不牵连自己才保他。别忘了，小舅爷的公司可都是'钱大爷'喂的钱，不保行吗？！不封住'钱大爷'的嘴，小舅爷的公司可咋办呢。"

"真是。可是，谁又会认为跟头没关系呢？"金城山摇摇头。

"亏你还天天跟着'犬'跑，怎么不知道这里的猫腻？"

"这些事儿，就是'犬'臭嘴，也不会说太多的。他弟弟在那儿干，不是'鬼'吃饺子'犬'喝汤，不过'犬'至少要吃皮的。"

"行呀，金大主任也知道人家不是喝汤的。告诉你，'顺胖子'的事儿没完，小妍说给'顺胖子'老婆的一百万，应该给她儿子的，小妍要那钱呢。这回'顺胖子'老婆知道了小妍给生了个小崽子。哈哈，热闹了。"

"怎么听'犬'说'鬼'让给五十万，改一百万了？"

"听市局人说的，小妍告到市局去了。不过这钱肯定给不到小妍手里的。哈哈，这玩儿给那些小三们提醒啦，一定要牢牢把住经济命脉，否则淫棍们一蹬腿，那可是真的撒手闭眼没人管了。"

"秀才，你不会也留了一手吧？嘿嘿，当然了，就是有，你也不瞒我的，是吧？我可是干保密工作的。行了，说正事。昨天'犬'让我连夜写了一个关于处理'顺胖子'事儿的情况报告，今天一大早就去市局了，可报告里写的是我局研究决定给一定的经济补助，没说给多少钱。"

"没写就对了。你不是补了那么多件吗？这是基本套路，将来好推卸责任呢。"

"推给谁，郑局长？'顺胖子'的死都没跟郑局长正式汇报过。"金城山还是有些不解。

"你看着吧，这次不知谁又倒霉了。"

回到单位，金城山一下午还是没见权德利回来。金城山琢磨，也难得有这样清闲的时候。"不管这么多了，打电话报告晚上回家吃饭"。

09

　　令狐文疲惫地躺在床上，脑海中不断出现电视里汶川那恐怖的画面。从发生地震的那一刻起，各电视台源源不断的信息冲击着每一个人。现况着实让令狐文为罗肖担心。

　　这担心，不仅仅是因为这次赴灾区的危险性大，还在于，罗肖的出现让自己一直担忧但无法继续的事似乎有了转机，还可能朝着某个希望的方向推进了；可也勾起了令狐文不愿意再提及，又无法抹净的一些往事，那些事对自己的将来造成什么结果也无法预知。

　　令狐文清楚地记得，当罗肖告诉自己有关周光磊和关琳的事情时，自己神情似乎有些恍惚游离，有些不愿意想的东西在涌现。令狐文念叨着：罗肖，你知道吗，我原本以为能把这两个人拴在一起的，结果呢？现在是我们都被拴在一起啦……也许你的出现，能让我真的走出过去。

　　在令狐文想着这一切的同时，周光磊同样思绪万千，不能入眠。关琳呀，是罗肖使我对你的愧疚得以少许的缓解，心甘情愿地为你做些什么。令狐文，罗肖真的不愧是你的好哥们儿，或许罗肖就是你令狐文找来的……周光磊一激灵，不对，原本以为这样做可以解决和关琳的问题，但等到将来这个秘密保不住了，现在这样做无形中是自己找了根绳子，让人家把我们又继续拴在了一起。而这一切都源自你令狐文，还有你妹妹，2003年的鹊桥错搭了岸，这边的岸应该是你令狐文。

有几次，关琳想跟罗肖倾诉自己的过去，自己的心情，自己的渴望，甚至自己的挣扎。但是，每每开了头，又总是提醒自己结束这样的交流，一种莫名的恐惧涌上心头，担心着什么的发生。关琳有时觉得罗肖在试图了解什么，可又并不是有意强迫自己告诉他什么，难免有些怀疑令狐文他们会告诉罗肖一些事情。可只有她和周光磊清楚，令狐文并不知道真相，令狐珊珊应该更不会知道。

关琳与令狐珊珊偶然聊起六人定律时，想到了罗肖的出现，觉得自己又要落入命运的螺旋中。这个世界再大，你只要想找一个人，不出六个人次，愿望就会实现。"可这个定律并不适合爱情呀，我并没有目标呀。难道，那个连自己也还不知道是谁的人，已经闯进了我的生活？！"

关琳想，就是这个千万年来搭建起来的，水晶般的摩天大厦，时间这个轴引导着盘旋的阶梯不断延伸，将不想要的抛在了身后、脚下，又在某一时刻回到同一个位置，只是时间的高度不同。要不，不会有欧洲的文艺复兴、建筑的复古、时装几年风格的轮回。与周光磊的相识，与罗肖的相遇，竟然惊人的相似。关琳无奈地笑笑，因为她知道自己喜欢上罗肖了。这就是命，还是一种期待？！

那年与周光磊相识，是周光磊陪令狐文来接令狐珊珊，在机场只是礼貌性打了招呼。

因为"非典"流行，国际航班入境人员更是被关注体温，一旦有一个旅客出现异常，就要对密切接触者进行相应的观察。所以尽管北京机场客流还是很多，但与以往相比明显减少了。

这场景惊呆了令狐珊珊："琳琳，我现在才感觉真的恐怖。"

"是呀，生怕我们有什么问题。"关琳搂着令狐珊珊，忽然像发现新大陆一样兴奋起来，贴近令狐珊珊的脸小声说道，"嘿嘿，珊珊，帅哥都接来了，莫不是名花有主了？"

"咱可没那福分，那棵草还在茁壮成长呢。莫不是我们的小美人动凡心了？要不要我牵线呢？"

"我喜欢文哥那样的，清秀中透着成熟、帅气的，他太嫩。"

"你才多大，还嫌人家嫩。告诉你，他比我还大两岁呢。想做我嫂子？我这小姑子可凶着呢。"两人嘀咕着笑出了声，引起了周光磊和令狐文的好奇。

周光磊回头看着她们说："这么开心，让我们也听听。"

令狐珊珊指着关琳打趣道："想听吗？告诉你，本小姐的这个姐妹相中你了，怎么着，敢接招吗？"

令狐珊珊没想到这句话一出，一下子触动了旁边这三个人。周光磊不由得看了令狐文一眼，似乎感觉到令狐文表情有些微妙的变化。而关琳没想到令狐珊珊拿她开涮，捶了令狐珊珊一下，嗔怪着："珊珊瞎说啥啊。文哥，看见了吗？珊珊总欺负我。自己喜欢还不敢说，拿我当挡箭牌。"

尽管关琳这么说，心里还真的有一丝丝的兴奋与甜蜜，一种要和周光磊交往的冲动猛生。关妈妈听到他们的聊天，看看周光磊，也露出一种满意的表情。周光磊的脸红到了脖子根。

"看来帅哥就是吃香，人见人爱。琳妹，这事儿有我和珊珊，准成。"令狐文心底掠过莫名的感觉，说的话都有些酸溜溜的老醋味儿。

"琳琳，这次回来可是双喜临门呀。"令狐珊珊打趣着。

"没错。我们联手把这小子搞定。"令狐文指着周光磊说。

令狐珊珊和关琳兴奋地跑到了前面，周光磊故意拖着令狐文拉下一段距离。"哥，生气啦？说正经的，我怎么觉得珊珊的话让你不高兴了。你喜欢那个女孩吧？要不……我说？"

"胡说什么？别胡来呀！"

"要不这样，让她做我嫂子，我做你妹夫得了，成一家人不用分开，多好！嘻嘻。"

"你有病？！"令狐文没想到周光磊说出这样的话，狠狠地瞪着周光磊，声音都提高了。周光磊被吓了一跳，呆呆地看着令狐文。

"哥，干什么啦，快点儿。"令狐珊珊在前面回头喊道。

"来啦，来啦。"周光磊回过神来应着，拉着令狐文往前走。

"文哥跟姓周的还挺好的。"关琳小声问着令狐珊珊。

"听我妈说，认他做干儿了。"

几个人来到停车场，相互道别后各自上了车。

这次见面，无意中取得了一个好的开头，冥冥之中大家好像事先形成了默契，取得了预想的效果。对于令狐文来说，尽管自己有些不快和有些意想不到，想想还是有心栽花的；对于关琳和令狐珊珊来说，则是无意中插柳；对于周光磊来说，心生快意。

后来在不同的场合，关琳与周光磊见过数次，关琳对周光磊的好感渐增。令狐珊珊也产生了撮合他们俩的想法，便问哥哥令狐文周光磊对关琳的感觉如何。听到这话的时候，令狐文已经意识到令狐珊珊的想法了，张张嘴，却没说出什么。

一天，令狐珊珊试探关琳："周光磊怎么样？哪天给你们创造个机会聊聊？看好了别犹豫，过这村没这店了。"

关琳心里高兴，嘴上却说："他比我大五六岁，周围美女又那么多，再说我们又要走了。"

"怎么那么没自信，这事包在我和我哥身上。"

"包办？你还是想想你自己吧，你不会带个洋老公回来吧？"

"去你的。说定啦，走前一定要挑明了，不能让周光磊再有别的想法了。"

"我们离得那么远，我一走就是半年一载的，我可没把握，这样一个大帅哥……"

"有办法，一定成。这边有我哥看着他，他听我哥的。"

"这还真不是包办，是逼婚。"

"我们这是在帮社会解决大龄青年婚姻问题呢。"

"看来我还是舍身救人，不然社会又多了一个光棍儿。"

假期虽然短暂，却有了意外的收获。由于国内"非典"的流行，给令狐珊珊和令狐文兄妹创造小聚会的机会，让关琳和周光磊在一起的机会也多了。在令狐珊珊和令狐文眼里，这俩人更亲近了。

※　　※　　※　　※　　※　　※　　※

眼看假期就要结束了，这天晚饭后令狐珊珊跟令狐文说："哥，关琳喜欢周光磊，我看她有些担心分开时间长了怕还没开始又耽搁了，你看要不要给他们俩挑明了以进一步交往。"

"哪天你跟他说吧，我说的话他回绝了就不好再说了。"令狐文心里苦苦的滋味。

"我们走后，你要督促周光磊和关琳联系。要不然每周把周光磊叫咱家来，就说和我们聊天，省得我们想家。"

"那他巴不得呢。"令狐文低着头翻着手里的书。

令狐珊珊听令狐文这么说，觉得令狐文不高兴了："哥，不高兴了？"

"就按你说的，给他们挑明了。"令狐文掩饰着。

"我说的是让周光磊上咱家来。"令狐珊珊回头冲着妈妈说，"妈，您看我哥，跟他说话不理我"。

"珊珊，你哥他最近忙，脑子不在这儿。这俩孩子挺般配，好！光磊这孩子挺好，你不在家时常来的。"令狐妈妈说道。

"妈，您认的这个干儿子还行吧？"

"太行啦！你哥忙起来总不着家，还不如光磊常来看看，比儿子强。嘴里叫'干妈'那个亲，这孩子多乖呀。"妈妈乐得合不上嘴。

"那就让他给您做儿子，天天陪着您，有您烦的时候。"令狐文丢出一句。

"那也比你快三十了我还没抱上孙子强。再过几年，我岁数大了，腿脚不利索了，就没法帮你们了。珊珊，你别学你哥。"令狐妈妈冲着令狐珊珊责怪着令狐文。

"妈，三十的男人最讨小姑娘喜欢，再过一两年还行。"令狐珊珊笑着安抚着妈妈。

令狐文从沙发上站起来说："我先去上会儿网，珊珊要睡觉就告诉我。"令狐珊珊回来后，令狐文就把房间让给妹妹睡，自己和父母挤在一屋睡。

经历了一个夏天，病毒好像也怕热，不知哪天不再是新闻关注的焦点，忽然间在人们的话题中消失了，一切恢复了正常。

关琳和令狐珊珊决定过了中秋节再走，便向学校请了几天假。这天中秋节，令狐珊珊帮着妈妈做饭，令狐文也早早地回来了。饭后令狐文和令狐珊珊一起帮着妈妈收拾。

"哥，周日我们就走了，明天叫着周光磊和关琳他们一起吃顿饭吧，就说是为我们送行。给他们挑明了，好不好？"

"好！你有什么打算？"令狐文把声音拉得老长。

"我准不让妈着急，你少让妈操心就行了。"

转天四个人聚会，说是为令狐珊珊和关琳送行，实际只有周光磊不知道另一个目的。因为关琳知道今天的话题，所以说起话来自己都感觉有点儿不自然。

"关琳，今天不说话了？人家磊哥专门为我们饯行的，人家磊哥可是喜欢你的。"令狐珊珊趁之前约好的暗号令狐文接电话的空隙引出话题。

"关琳，别听珊珊瞎说。你们都是文哥的妹妹，当然也是我妹了。以后有什么事，文哥忙就找我。"周光磊的脸红了。

令狐珊珊一听正中下怀，她知道周光磊有时不太多想别人说话的意思，热情的性格，只要找到他就愉快地帮忙。

"那好，这可是你说的，说话要算数，有事找你可不能推啦。"

"当然算数，文哥监督。哎，一个破电话这么长时间，有什么背人的话。"周光磊以为令狐珊珊开玩笑，便当着关琳的面赶紧表态。

"那就这么定了，我们走后，你一周至少两次到我们家，跟我们视频聊天。"

周光磊高兴起来。以前一说去令狐家，令狐文还拦着，这回令狐珊珊倒是帮了忙，说不定还能住宿呢，看你令狐文怎么挡。周光磊满脸笑容道："就这事儿？保证完成任务！"

"别急，还有任务。"令狐珊珊见周光磊上钩儿了，笑眯眯地与关琳对眼神。"放心，这是一个幸福的任务。那边有人急着追，我们俩都说已经有朋友了，所以要有人充当一下男朋友的角色。经过本小姐考察，你是最佳人选之一。琳琳，有磊哥这样的帅哥做你男朋友，那边的人也就罢了。磊哥，没准儿你还真的能得到一位好媳妇，对吧？"

这会儿周光磊有些惊讶了，指着她们说："你们俩……"

"怎么着？不满意？琳琳可是学校有名的大美人。你做我的男朋友不合适，你是我妈的干儿子，你就做琳琳的男朋友，我的男朋友由你和我哥替我找。"

这下周光磊卡壳了，原来不是自己理解的那个意思。

周光磊还有点儿没回过神来，令狐珊珊喊他："光磊哥，就这么说定了，不许反悔啊！"

周光磊傻傻地"啊"了两声。令狐文在令狐珊珊的暗示下，回到了餐桌旁，故意问："说什么好事了？还不许反悔。是不是应该喝口酒，来。"

周光磊喝也不是，不喝也不是。令狐文怕周光磊尴尬就岔开了话题，安排起令狐珊珊她们周日走的事。饭后，令狐文开车将关琳和周光磊各自送回了家。

周日，在机场周光磊与关琳父母打了招呼。因为事先说好了不能说关琳和周光磊的事，所以在等待出关的时候，令狐珊珊只是趁大家不注意的时候，提醒周光磊联系关琳。周光磊应着。

回去的路上，坐在副驾驶的周光磊一直没有说话。令狐文问了一句："想什么呢？"

"明天去你家。"

"为什么？"

"那就是我自作多情，瞎想了。"

"光磊，你要说什么？"

"你安全驾驶吧，我睡一会儿。"周光磊说完，闭上眼头靠在椅背上不再说话了。

周光磊的脑子里反反复复地在琢磨这件事的来龙去脉，是关琳真的喜欢自己让令狐文兄妹牵线的，还是他们兄妹觉得我们合适主动牵线的？真的要和关琳交朋友吗？这是自己本意吗？为什么自己不表明态度，是怕关琳难堪？那旁边这个人呢？周光磊已经明显感觉令狐文对关琳的好感是强烈的，但表象超乎寻常地平静。怎么办？这个人对自己是有恩的。周光磊的心情顿时沉重起来。

令狐文一边开车一边寻思这件事。这件事做得是不是太自私了？自己到底想要什么？

※　※　※　※　※　※　※

进入十一月，又到了寒冷的季节，气温不是最低而是还没供暖，屋里比外面还冷。一天周末，令狐文对周光磊说："光磊，你干妈想你了，说让你来吃饭，今天有时间吗？"

"啊？对不起啊。今天就去，行吗？"令狐文主动提出让周光磊有点儿措手不及。

晚上，令狐文和周光磊提着买的东西到了令狐文的家。

"干妈，好长时间没来看您了，想吃您做的菜了。"

"是呀，可好长时间没来了。是不是小文对你不好了，干妈说他。快坐吧。"

"我哪敢对他不好，有您老撑着呢，他现在是亲的我是干的。人家现在是有重要事情要忙。"

"干妈，文哥对我挺好的，是我自己瞎忙。"周光磊冲着令狐文发狠。

"光磊，听说关琳挺喜欢你的，关琳可是个好女孩，聪明漂亮，抓紧点儿。"

尽管周光磊来以前想到了干妈会问这事，但还是抱着侥幸的心理。周光磊看了令狐文一眼，脸上露着不大自然的笑容："干妈，其实文哥也……"

"停，你的事别扯我，赶紧汇报进展吧。"令狐文知道周光磊要说什么，赶紧把话拦住。

"光磊，别理他，这么大人了不知好歹。光磊不是关心你吗？"

吃完晚饭，周光磊帮着收拾，冷不丁地说："干妈，我想今天不走了，住这儿行吗？"

令狐文刚要拦住，令狐妈妈先开口了："住吧，小文带着把床弄好，把电暖气拿过去。"

令狐文发狠地瞪了周光磊一眼，周光磊故意不看他，笑眯眯地看着电视跟令狐爸爸说话。

"现在正是凉的时候，小文，再拿床被子压脚。"

"干妈，您不用担心，夜里凉了再盖。我上网去了。"

周光磊在屋里上网，看看表快十二点了，令狐文还在客厅看电视。这会儿，周光磊犹像着要不要与关琳和令狐珊珊联系，可是如果令狐文进来，似乎还会觉得尴尬，于是放弃了和关琳联系的念头。周光磊不由自主地回头向门口张望着，若有所思地起身出来小声地叫令狐文睡觉。令狐文爸妈已回房睡了，令狐文只好不情愿地关了电视进屋上床睡觉。

"想说啥？你说吧。"令狐文控制着自己的情绪，用冷冷的语气说道。

"你们都希望我赶紧找个女孩儿结婚，对吧？行，我就找个女孩结婚，行了吧？"

"你在赌气。"

"我没赌气。我爸妈高兴了，你也安心了，我还能得到双份的爱，何乐不为呢。"

令狐文明白周光磊说的"双份的爱"指的是什么，但不想触及。令狐文嘱咐周光磊："不能当儿戏，既然答应了就要认真，我们不能害了人家，关琳可是个好女孩。"周光磊听了不服气地说道："关琳是挺讨人喜欢的，会有一大帮人追的。我们不能害人家？我们？你为什么让给我？"

周光磊的话一下子触动了令狐文："去，人家关琳喜欢的是你，扯我干什么。累了，不说了，睡吧。对了，这些天看你总趴在桌子上写东西，是论文吗？"

"论文？早写完了。是写给一个人的。"

"情书？"

黑暗中，周光磊苦苦地一笑，摇摇头，嘴里说着："是吧？！"

※　※　※　※　※　※　※

时间过得真快，一晃 2004 年了，关琳和令狐珊珊就要毕业归来了。关琳告诉周光磊，到北京的时间大约是晚上。周光磊一本正经地问道，晚上太晚了再往回走不安全，是不是在北京住一宿？令狐文想想，让周光磊和关琳商量一下，再征求一下关琳父母的意见。周光磊点点头。

令狐文嘱咐周光磊把活儿提前做好，周五那天跟头请个假，早点儿到北京，先转转。周光磊把几张不知从什么杂志上撕下来的纸递给了令狐文，令狐文不解地看着他。"愿意保存就存，不喜欢就撕掉。"

"什么？"

"你不是想知道我这些日子在写什么吗？就是一点儿个人感受，写了不少但只发了这点。也算给了自己一个交代，以后没这个心情了。"周光磊补了一句："对了，不是俞伯牙的无弦琴，能看得懂。"

令狐文接过来看了一下，纸上面有用红笔做了记号的四篇短诗，题目分别是:《你》、《画皮》、《路者》、《风颂》，作者叫文之光。令狐文呆呆地站在那儿愣了一会儿，似乎嗓子眼里有涩涩的滋味。

《画皮》？什么意思？令狐文拿起剪刀将四篇小诗剪了下来，压到了办公桌的玻璃板下。

《你》

作者：文之光

常常地
痴痴的灵魂抛开呆呆的躯体
沉浸在虚幻的你的世界里
总希冀
星星亮起，你会来到梦里共嘻嘻
醒来时，却记不起你的痕迹
痴痴的思绪又飞进你的世界里
常常的

明明你就在我的生活里
却总不能触及切肤的你
总希冀
心灵一体，满怀激情拥抱你
伸出魔鬼的双臂，触到心底却还没有抓住你

给我一生的希冀
让我一生地寻觅
寻觅，忧伤
寻觅，希望

寻觅，寻觅

神舟已经飞天，希望依然遥远
纵然还在浩瀚的星际也是我的希冀
纵然化作一颗灰粒也将遨游太空去寻觅
感受你的存在
品味忧伤的甜蜜

《画皮》

作者：文之光

上苍恩赐，享受渴望中的忧伤

寻觅，让爱的雨露共享

幻想，进入你的现实

我的画皮你的魂，身心相融为一人

总哀怨，魂皮两分各为半

却不见，你我已化彩蝶两翼

翩翩起舞在蝶恋

《路者》

作者：文之光

匆匆前行的你

是否注意到掠过的身影

还是全当路者

不屑炙热目光的邀请

难道雕刻的脸颊没有被灼伤

还是皇帝的新衣在遮挡

发出，四十字短信

回收，信息两字

路者。为什么

你说

光芒驱不开雾看不清花

满目星光捞不起月水莲花

我说

不是你的路者

是托稳你脚跟前行的路

不在乎把踏过的抛在身后

还在脚下，为前行的你默默地

继续在那未来张开宽阔胸怀

等待你的投入

《风颂》

作者：文之光

风姿

疾奔的野马，天际飞沙走石

跳跃的骏马，人间万花飘落

盛装的舞马，柳枝婀娜摇曳

闲庭的宝马，溪水涟涟月夜

风韵

袅袅而来，芳香唤醒万物

欢快而来，蜂蝶花蕊交错

欣喜而来，姹紫嫣红争艳

狂舞而来，世间殷实硕硕

风采

你的狂野，助燃我这一团烈火腾升

你的热情，助兴我这舞者肢体尽展
你的清爽，助醒我这青春勃发理性
你的温柔，助静我这思者蓄势待发

风格
鬼斧神工，辟出千姿雕出百态
激情奔放，蔚蓝腾起青天浪白
挥毫泼墨，人间赤橙黄绿满色
委婉荡气，春夏秋冬乐章不息

风享
享受你的狂野猛烈，爱得我体无完肤
伪装撕成碎片让灵魂呈现，淋漓畅快
享受你的温暖欢畅，爱得我尽散春欲
滋润山川大地，让灵魂得以升华
享受你的徐徐抚慰，爱得我心荡神怡
感受着你我身心一体，让漂泊的灵魂回归肉体
享受你多姿的每一次，爱得我青春永驻
喜怒哀乐同是你，我的生命因你绚丽而泣

令狐文多次整理过办公桌玻璃板下的东西，犹豫过几次，这几页已经有些泛黄的纸张最终没有动，依然压在那里。直到 2006 年 4 月底，令狐珊珊让他一起去北京机场接关琳再次回国，令狐文把周光磊叫到办公室，当着周光磊的面，将这几张纸放进了 2004 年春节周光磊寄送的贺年卡里，然后装进了自己的挎包。

周光磊有些吃惊地看着令狐文。令狐文意味深长，又像是自语："不能放在这儿了，一起珍藏起来吧。"

10

　　"顺胖子"的死，刚开始时是大家茶余饭后的话题，但随着火葬场高高的烟囱冒出的白烟，烟消云散了，没事儿了。真是"英雄"销魂不复返，"救"得"家人"一片。可是，钱贵发被抓，犹如投下了一枚震波翻滚、惊雷远远追来的炸弹。

　　好几天，金城山没见到权德利的身影。慢慢地发现，除了郑局长和另一位副局长，还有个别处室和基层个别单位一把手外，其余的人都去过市局了，待他们回来后，每个人都好像变得透着阴气的严肃，有了心事。

　　金城山找到苏秀君问："秀才，你发现没有，这几天很多人去了市局，回来后都有些不自然了，知道什么事吗？"

　　"金大主任，你不知道？我还以为你跟着忙活呢。这两天，我们'革'大主任可忙坏了，不停地给基层一把手们打电话，通知去市局，说'鬼'找谈话。'革'大主任大发牢骚，不愿意干这得罪人的事，不像你们那个傻'犬叉'。"

　　"我好几天没见'犬叉'的影儿了。"

　　"你就跟傻子一样，在办公室这么一个重要的地方，怎么什么都不知道？”

“你知道怎么不告诉我呢。”

苏秀君看金城山有些急，就说道：“总长不大似的，老婆那点儿事，会吗？我忙完再去找你。”

周五快下班时，权德利将金城山叫到办公室。金城山进屋便关切地问道：“主任，好几天没见您，身体不舒服了？”

“哪你妈有工夫生病。都快让那钱王八蛋给折腾死了，把老板都急坏了。没一件事屁股擦干净的，干的都是撅着屁眼让人操的事。”权德利平常说话就是骂骂咧咧，小圈子的人在一起时嘴里只剩下“下三路”了。“二十年都便宜他王八蛋了，全靠老板保他了。”

金城山加了小心地问：“保他？那会不会影响局长啊！”

“肯定有影响。这不正在找人吗，看运气怎样吧，要是影响老板扶正了，就该杀了钱王八蛋。我你妈这不刚跑了趟山西，这才进门。这几天你小兔崽子可美了吧。没工夫跟你说，我得先跟老板汇报去。”权德利因为有气也没多想。

金城山忙站起身往外走故意说：“您出门啦？那主任您先忙，有事叫我。”

“兔崽子比我还急，又猴儿急着办大事是吧？”权德利提高嗓门叫道。

金城山站住脚：“嘻嘻，主任，我不是怕耽误您向局长汇报去嘛。”

“让你赶得差点儿忘了正事。明天老板来主持党委扩大会，你也要参加，好写材料，别忘啦？”树德利说着抓起电话和钥匙包往外走。

“主任去市局？我送您。”金城山跟着出来。

“不用。不去市局。老板找我们几个吃饭，还要说说明天党委会的事呢。”

“主任，您有事叫我”，权德利没搭理就走了，金城山也回了办公室，脑子里还是着刚才权德利的话。果不其然还真去了五台山。扶正是什么意思？又想当市局局长？明天伍湘源亲自主持下级党委的党委扩大会，还让这么多人参加，不可思议。这里有党委有书记，权德利他们几个不是党委成员，伍湘源为什么要找这几个死党研究开党委会的事呢？这是什么事呀！市局党委知道吗？刘书记知道吗？真的乱了……又是"鬼出没"！

※　※　※　※　※　※　※

转天，金城山到会议室时，会议室里已经坐了不少处室、基层的一把手。大家神情严肃，个别人的交谈也很谨慎，低着头，眼睛却向周围瞭着，发现有人注视立即停止说话，装作看别处。不一会儿，郑副局长和其他副局长来了，金城山看看郑副局长觉得挺平静的。权德利和左佑平高声说着进来了。权德利一脸得意扬扬又幸灾乐祸地说着，有好戏看了，辞了算了。左佑平附和着，就是真不知趣。两人一唱一和地说着，坐到了座位上。权德利骂骂咧咧地和旁边的处长逗着，旁边的处长谨慎地点头哈腰地陪着笑。伍湘源没带市局任何人来，阴沉着脸进来了，一屁股坐到了单独为他设置的，第一排桌子中间的座位上，没理会在座的郑副局长等局党委成员，就气势汹汹开口了。

"今天我亲自主持开这个会，指望着你们自己召开是不可能的了。虽然事先没给你们任何人打招呼，但是，你们应该想到为什么要开这个会。今天的会我先开场，然后到会的每人都要表态，先处长后局长。主要是看你们有没有头脑，讲不讲政治，跟不跟党走。什么叫跟党走？就是跟党保持一致。你们离中央太远，离市委也远，那么怎么跟党走？就是跟局党委走，我是市局党委委员，又主管你们，一个有头脑有水平的领导，自然就知道怎么走，跟谁走……"

金城山听着，做着笔记。听着伍湘源的讲话，越听越觉得走味

· 123 ·

儿，这话什么意思，分明是凌驾于党委之上，是市局单位的意见？你能代表党吗？虽然没有威胁的字眼，可明明就是在威胁，施淫威。看看郑副局长，依然平静地坐在那儿，平视着。

"我过去做这个局长，那么多年没出过一例违法乱纪的事，取得了辉煌的成绩。这才几年，这才几年，让你们给糟蹋成什么样了！一把手不像一把手，班子不像班子。一天到晚不干正事儿，却想方设法地怎么能当上官，当了小官还想当大官。当头的只想捞好处，兵能不出事吗？当兵的出事不怨当兵的，责任在领导，在你们班子，是班子的问题。班子的问题就是一把手的问题。你们的钱处长出了问题，一个处长出了问题，班子没责任？一把手你还坐得住？所以今天要开这个会，针对你们钱大处长的问题谈你们的想法。我也不多说了，你们应该也明白了，说什么，怎么说。谁先说？"伍湘源说完用手指着。

伍湘源看没人说话，本来越说越有气，就更有些上火。拿眼示意权德利，权德利却故意当作没看见，假装在本上做笔记。

"由权主任开头，然后你们依次说，别等我点名。"伍湘源不耐烦地说道。

权德利听点名让他先说，无奈地抬起头，情绪激昂地开了口："我先说，老板说得对，是班子问题，一把手的问题，我认为现在的一把手带不了这个单位……"

"停，停，我要批评你，我们这是机关，不是公司企业，哪能叫老板。"伍湘源看权德利把要说出的话直接说了，就装作很生气的样子插话，会场出现嘻嘻的笑声，权德利回头没出声地骂了一句，赶紧纠正说："马上改，马上改。我认为……"

伍副局长挥着手道："你就说到这儿，下面接着。"

紧挨着权德利的左佑平赶紧搭话："我说。我局发生了严重的违法犯罪问题，作为管干部部门领导来说，自己很内疚，认识到负有责任。但是，我认为党委有问题，局班子有问题，责任在主要领导……我认为，现阶段应该请伍副局长直接管理我局的工作……"

伍湘源脸上露出喜悦的神色："不愧是做政治工作的，管干部的，认识很高嘛。好了，下面人接着讲。"

……

一位处长说："钱处长发生了违法乱纪的问题，说明腐败问题依然存在，警示我们每一个人要时刻保持清醒头脑。"

伍湘源立马不满意地问讲完了，发言的处长说讲完了，伍湘源想发火却克制住了，但提高了声调："这就是你的思想认识？我看有些人真的不够格！糊弄你们一把手行，因为他没那个能力，没那个水平。想糊弄我？今天你也别说了，你要深刻反思、检讨。下面接着。"

……

等处长们全部说了，时间也快中午一点了，伍湘源看看表："处长们都说了，我看时间也不早了，其他局长就不说了，我先说几句然后请郑局长表个态。"一低头，伍湘源看见桌上有录音笔，气愤地说："拿走，拿走，把刚才的删掉，还想留证据吗，什么居心！啊？"停顿了一下又继续道："刚才有三十几位发言。我已经在有些人发言时插话了，就不再重复了。你们的表态，有政治觉悟高的，思想认识到位的，也有很差的，认识还不到位。说我说得对，同意权主任、左主任的意见，这是要滑头，玩儿这点小把戏你们还嫩点儿。左主任，你们要找这些人单个谈话，必须提高认识。今天会后你们各单位也要组织班子开会，一周内完成，将每个人的发言记录报我。要原话记录。我向来主张老老实实做人，干干净净干事，不要老想着当官，不要搞请客送礼那些乱七八糟的事。我从来不想这些，一不跑中央，二不跑部里，三不跑市里；从来不请客送礼。没有意思嘛，靠能耐干事就行了。也希望你们这样做。今天就讲这些，郑副局长你表个态吧。"

郑副局长停顿了一下，不紧不慢地说道："今天，伍副局长亲自主持召开我局党委扩大会议，非常重要。表明市局党委非常关心我局，钱处长问题发生后，市局陈书记和纪委书记专门找我谈话，会前我还专门向陈书记和局纪委做了报告，表示不辜负市局党委、局领导和伍副局长的期望，我们将认真吸取教训，认真抓好整改，坚决将腐败清除，我就讲这些。"

"散会。"伍湘源的脸有些铁青地难看，站起身气哼哼地走了。"真他妈的王八蛋……"权德利急忙跟了出去，追上伍湘源。

"哼，连姓陈的一起整……，他可以提前下了……"伍湘源像是自语又像是告诉权德利，然后上了车，猛地关上车门走了。

大家一看，伍湘源气冲冲走了，只有权德利追了出去，郑局长和其他几位副局长并没有赶着送的意思，也就纷纷快速离去。

金城山哪遇到过这种架势，原本散会后想问问权德利还要做些什么的，心想别惹事了。回到办公室放下笔记，放好录音笔，给苏秀君打了个电话，知道苏秀君在外吃饭，问了都有谁，知道是苏秀君的朋友，自己也认识就说赶过去，然后像躲瘟神似的急忙出了单位。

权德利回到办公室，正要找金城山，手机响了，嘴里骂了一句，一看是伍湘源的电话，赶忙接听："老板，还没走，别生气。对，得给这帮王八蛋一点儿颜色看看。哎，哎，您说，我马上叫左佑平一起过去。"

权德利一边听着电话一边赶紧去找左佑平，放了电话就喊，没人答话，急忙拨通了左佑平的电话大声喊道："你妈的比兔子跑得还快，老板让现在过去，还是那儿，快点儿，别找骂。"他放了电话又大声叫着："金城山，金城山，操，都他妈的比兔子快。"只好自己进屋拿了汽车钥匙往外跑。赶到了他们经常聚会的地点，看见左佑平也正在下车。

"'犬'大主任就是跑得快，赶了半天才追上您呢，我以为您都领到旨意了。"左佑平看见权德利后挖苦着。

权德利没好气地连推带搡着左佑平："少你妈的废话，快进去吧。"

伍湘源见他们进来，不等他俩坐下就说："不能等了，他妈的想依靠姓陈的，连姓陈的一起告。一会儿你们俩商量一下怎么做，不要扩大，你们亲自动手。吃完就回去弄，连夜找每一个一、二把手谈话，让他们揭发郑的问题，郑与陈之间有什么勾当，说完让他们写出来，要签名。明天中午还在这儿见，把整理好的材料带来。材料怎么写你们研究，怎么写都不为过。吃完抓紧干。"

听着伍湘源恶狠狠又得意地说，两人也不敢插话，赶紧抄起筷子紧着吃，不到十分钟两人就说吃完了，伍湘源就示意抓紧办。两人回到办公室商定，由权德利负责打电话，找每一个人主谈，左佑平负责记录整理，打开了三个会议室供这些人写东西。从下午开始一直到晚上十一点，周日上午又谈了五六个，共找了五十多人，十二点两人整理好，然后与伍湘源见面。因为有每个人的签名，伍湘源看后相当高兴："好，好！马上给首长秘书打电话，当面跟领导汇报。这次一定拿下姓郑的，让姓陈的也早点儿下台。这样，'十一'前咱就能到位了。"然后他又看了看问："怎么没有其他几位副局长的签名？应该让他们也签，还来得及吗？"

"老板，您没说，我们也就没找他们，这帮王八蛋油着呢，不一定听话。"权德利低声答道。

"敢不听！不听话让他们全滚蛋。"伍湘源恶狠狠地说，想想又说，"算了，有这五十人也行了。赶紧吃，吃完了去休息休息。"

"老板，这几天您也累了，一起去吧。"左佑平献殷勤。

"不了，我就在这待会儿，你们去吧。"

两人出来后，权德利冲着左佑平不满地说："拍马蹄上了吧？！"

"抢你行事了？！你王八蛋请客。"

"请就请，又不掏自己钱，不花白不花，今天让你美。"权德利不屑一顾撇着嘴，还伸出中指。

这时，一位衣着光鲜华丽的年轻女士从刚停下来的车上下来，左佑平说了句："歌舞团小……"想上前打招呼，被权德利一把拉住。

"不长眼，找骂？快走，一会儿给你叫一个。"左佑平冲权德利嘴里发着狠地骂了一句，两人各自开车走了。

※　※　※　※　※　※　※

金城山和令狐珊珊两人在外吃过午饭，来到商业街逛着，行政处管会议室的临时工打来电话，问会议室还用吗。金城山被问蒙了，问怎么回事，临时工告诉他是犬主任昨天下午，夜里，到今天上午一直在用，不知下午还用不用，现在找不到犬主任，只有问金主任是否知道。金城山跟令狐珊珊说，听见了吗，连临时工都管权德利叫"犬主任"。金城山告诉临时工不知道犬主任是否还用，试探着问用会议室干吗，临时工告诉金城山，好多处长和犬主任、左主任他俩说完话，然后在会议室写东西。放了电话，金城山琢磨伍湘源昨天不是让各单位回去开会，然后报发言原始记录吗？又让这两个人找所有人谈话写东西是什么意思？又搞什么名堂，得给秀才打个电话。

一旁的令狐珊珊有些不高兴了，责备道："好容易今天有时间陪我出来，你又有什么事？要不你回去吧，住单位吧别回来了。"

"老婆别生气，行，行，我不打还不行吗？走，给我老婆买衣服去。"金城山赶紧哄。

"别一说你就拿买衣服哄我，就好像我买了多少衣服似的。你也别给我买，看谁好给谁买去。"

"老婆，也就你要我吧，谁还能看上我。"金城山笑嘻嘻在令狐珊珊脸上亲了一下，想起苏秀君说他有问题扑哧笑出了声。

"说！笑啥？"令狐珊珊停下脚步抓着金城山追问。

金城山赶紧挽住令狐珊珊的胳膊往前走，故意贴近了脸说："好老婆，别人看着呢。"

"我才不怕人看呢，谁看着好谁就领走。"

"真的？"金城山逗令狐珊珊。

"真的。你爱跟谁走跟谁走，看我能活不能活。"令狐珊珊赌气着自己往前走。

金城山赶紧跟着，说道："真的？那我有个条件，要能带着老婆才行。"

"美的你。"令狐珊珊被逗笑了，抽出手打了金城山的头一下。

"哎哟，老婆，打傻了，这秀才就说我傻呢。"

"对了，秀才说啥了？还没告诉我呢，快说。"

金城山心想，不能如实地说苏秀君说的话，可想个什么词儿呢，磨蹭着说"他说只有你才要我。"

"才不是呢，肯定不是好话，是不是又教你坏了？秀才死定了。"

金城山趁机说："要不，晚上让秀才请咱？"

"你请我，让人家请干吗！是不是你又想和秀才见面？在单位还没见够。行，让他带袁月一起来，他死定了。"

"真的？"

"傻样，真的。也好长时间没见袁月了，春节你还邀人家去玩也没去成。不知琳琳最近怎么样，问问她晚上有事吗，一起吧，行吗？"

"听老婆的。"

令狐珊珊边给关琳打电话边说："就嘴好使。喂，琳琳，是我，你在哪儿？是吗，你自己？噢，晚上有空吗？聚一下吗？行，就算祝贺你们开工，你定地点？好，好，秀才他们俩也去行吗？就这么定，一会儿见。"

令狐珊珊放了电话对金城山说："琳琳跟罗肖在房子说装修的事，今天进场，进展够快，晚上她叫罗肖一起去，好吗？"

"叫哥吗？"

令狐珊珊高兴地拽着金城山的胳膊往前走，一边说："一会儿再说，也许罗肖会叫呢。"

"那我赶紧给秀才打电话。"金城山说着抽出胳膊，掏出手机拨通了苏秀君的电话："喂，秀才，在哪儿了？正好，晚上一起吃饭吧。我老婆说好长时间没见你老婆了，请你们，但你埋单，不然你过不了我老婆这一关。"金城山哈哈笑着，令狐珊珊捶了他一拳喊："秀才，别听他的。"

"我说呢，眼皮跳谁又干坏事呢，肯定你小子又在你老婆面前埋汰我了。行，有你好受的。老婆，金子说晚上请咱，吃他们去。喂，你等着，现在就找你们去。"

金城山冲着电话喊："哎，哎，也跟老婆请示了吧？告诉你眼皮跳就对啦，见面告诉你，等你啊。"

※　※　※　※　※　※　※

晚上，金城山和令狐珊珊到时，关琳和罗肖、令狐文、周光磊已经在那儿了，金城山见苏秀君两人还没到就打电话催，没一会儿苏秀君和袁月到了。

关琳见都到齐了，拿起斟好的酒站起来："今天我做东，请大家一起祝贺我们一下。嘿嘿，哪有要祝贺的，不过今天你们真的要祝贺，是对我的鼓励嘛。"

"琳琳，今天这是怎么了？快说吧。"令狐珊珊闹着。

关琳郑重其事地说道："本小姐代表自己和合伙人向大家宣布，你们未来既能谈情说爱又能品尝美味佳肴的某某某，今天正式开工啦。来，来，我们一起，我干了，你们随意。"说完一仰头干了。

关琳说合伙人，罗肖心里一动，想阻止不想让更多的人知道他在帮忙；周光磊心里一惊，是不是关琳知道了？心想"不会吧"；令狐珊珊心里一喜，当听到下午罗肖与关琳在房子那儿，就觉得有戏；令狐文则微微一笑，知道关琳指的是谁，但清楚关琳又不想挑明是谁。只有金城山、苏秀君和袁月那一刻想听听是谁的用心。令狐文赶紧招呼大家共同祝贺，"来来来，一起干一个"，罗肖和周光磊才都松了口气。

金城山看袁月有些为难，便说道："秀才，看你的了。表现好，将来全免单。"

苏秀君站起来，满不在乎地将袁月的酒拿过来说："你又不是东家，倒大方。不就一杯酒吗，没问题，不过金大主任你得陪一个。"

周光磊就势与苏秀君换了个座，让他与金城山挨着。令狐珊珊和关琳、袁月聊着装修的事。

金城山叫着苏秀君、令狐文和罗肖，小声地将周六上午伍副局长来局开会的情景说了一遍，几个人听得也都觉得有些吃惊，罗肖露出鄙视的神情。金城山继续说道："下午临时工问我还用不用会议室，我还纳闷呢，我问谁用了。你猜他告诉我什么？从昨天下午到今天上午，晚上也没闲着，你们'革主任'和我们'犬主任'一直在找处长们谈话，还让每人写东西。"

"是吗？这两天有这么多事，真不是好事。"苏秀君眼睛瞪得老大。

"肖哥，你好像说过他们也搞过签名这样的名堂，是吧？"金城山见罗肖沉了一下，又说，"可能又故伎重演了。"罗肖这回点点头。

"什么故伎重演？"苏秀君不解地问。

"就是刚才说的，过去他们就这样干过。肖哥也遇到过。"

令狐文听了一会儿，插话："城山、秀才，你俩要长点儿心眼，少说话，不要介入进去，更不能害人。"

金城山和苏秀君答应着，苏秀君想起什么："这位'老板'不简单，得好好总结总结。是吧，肖哥？"

"秀才，又有什么词儿啦？"

"我呀，以前好像归纳过，看来了解得不全面，今天应该是个升级版，我得再给总结总结，不全面肖哥指教。台上三不要……"苏秀君像是若有所思，然后装腔作势着。

金城山见他又开始有点儿摇头晃脑，便拉长声逗他："要不要摔个碟子？"

苏秀君抬手戳了一下金城山的头："小瞧我？给'鬼'用，我放屁震出点词儿就足够了。"

"行呀，有绝活，两头都有词儿。"金城山坏坏地笑道，几个人都笑了起来，周围其他人都好奇地看他们。

苏秀君也被逗乐了，然后一本正经地说："别闹。听着。台上马列三不跑，台下忙着三送到；嘴边挂着三不要，双手紧抓三不放；明里只做三件事，暗里害人三阴招；出事保己三人替，对付检查三假造；为官三条道，为钱三只手，为名三索要。嘿嘿，肖哥、文哥，还有金大主任，你们再给修改修改。"

"新三字经。"罗肖细细地品着，笑着点点头。

"形象。"令狐文点头说。

"秀才就是秀才，一套一套的。"

"还得填词呢，金大主任，我这是小一套，后面的大一套交给你了。

"你这可是大学问，涵义太深，我可没你那本事。"

"金主任你是恭维我还是表扬自己。这样，我给你出个法儿，准行。回家吃点黄豆再喝杯凉水，保你够用。"几个人又笑起来。苏秀君继续说："其实我这还有点儿剽窃行为，好多都是肖哥总结出来的呢。是吧，肖哥？"

"对了，肖哥，你好像也说过'三不跑'、'三送到'什么的。"金城山看着罗肖问。

罗肖不无感慨："我没秀才那么大的学问，只能说此人太有能耐，做得'到位'。"

"肖哥，我有什么学问，是圣人有学问，孔子曰：此人乃是名副其实的'乡愿'。哈哈。"

令狐文问"什么乡愿"，金城山告诉令狐文，秀才说的是《论语》里话，老夫子说"鬼"是"乡愿"。罗肖也不解地问："孔老夫子提到他了？神了，怎么说的？"

金城山说："老夫子说'乡愿，德之贼也'。秀才的意思，这就是说'鬼'的。"

罗肖问:"怎么就是说他呢?"

"肖哥,你说他叫啥?伍湘源,'乡愿'嘛,音一样,也是那德性。"苏秀君用手写着这两个词儿。

"是呀,音相同的。意思说他是贼吗?"罗肖说着好像又回到了过去。

"这可不是简单的贼,是说他这路人道德败坏,是道德的贼。贼,再加上是头,搞政治的,就不是一般的贼了。贼是偷偷摸摸的,人家是公开的政治流氓。"

令狐文也若有所思地说,看来这类人古而有之。金城山让苏秀君接着说,苏秀君问还说啥,金城山说他老婆呀。罗肖说道:"他老婆?好像叫方于莉,对就叫方于莉。也有讲头?"

"对,对,还是金大主任记性好。孔子说'放于利而行,多怨'。就是说,他老婆方于莉一门心思不顾一切地靠他抓钱,哪怕一片骂声也义无反顾。所以说,伍大老板与方总是天下第一绝配。"

"秀才呀秀才,你真能整。"令狐文笑着拍拍得意的苏秀君。

苏秀君一本正经道:"文哥,你别笑,真的就是这么说的,还就是说他的!"

……

一旁的周光磊看着他们四个人说话,知道又说金城山单位的事,也就没有凑近听,心里想着关琳刚才说的话。心想,今天肯定罗肖和她在一起,要是罗肖没有结婚该多好,心里隐隐地有一种期望,可又觉得荒唐可笑,甚至觉得自己有点儿龌龊,进而希望和担心夹杂在了一起。关琳说的合伙人应该是罗肖。钱的事,不会多于罗肖和令狐文两人知道,这倒让周光磊心有所安。几个人说话的过程中,周光磊一个人在那沉思,罗肖看看他,见令狐文也不时看周光磊,罗肖拿起手机只写了"放心"两字给他发了过去,周光磊坐在那愣愣地看着短信。

时间一长,周光磊也注意听他们四人说话,苏秀君正说孔老夫子的话，苏秀君的话音一落周光磊就接上了话茬："文大科长，我说什么来着，世界就是一座螺旋的、不停延伸的、水晶般透明的摩天大厦，所有的生命都前呼后应拼命向上爬，无论站在哪一级台阶向下看，总能清清楚楚看到一个相似的你在那里，不管是好人坏人都一样，只有老夫子没停脚步地一直走到现在。"

令狐文见话说得差不多了，正好周光磊答话，这话是他曾经说过，就说："我们说什么了就瞎打岔，喝酒吧。"

周光磊坏坏地冲令狐文笑，其实他领会令狐文的用意，周光磊就端起了酒杯："你们别只顾说单位的事啦。来，琳琳，我祝贺一下，需要我们做什么只管吩咐。我干了。肖哥、文大科长陪一个吧。"

"罗肖，这小子敬酒还捎上我们。"

"令狐，既然光磊叫我们了，干脆大家一起来一个吧。"罗肖明白周光磊的用意，也招呼大家一起干一个。

"等一下，说好了，开业时要大庆一下。不过今天要给几位哥哥姐姐留个作业，本人店名还没起，每人至少要帮着起两个，咱是有奖征集。"

令狐珊珊和袁月齐声问什么奖励，关琳神秘地说现在保密。令狐珊珊和周光磊闹着说着一定要拿到大奖，然后一起干了。

关琳见令狐珊珊也干了，就凑到令狐珊珊耳边小声责怪着："怎么又干了？肚子怎么样了？"

"不是。可能春节赶了的不规律了。"令狐珊珊撇撇嘴摇摇头。

"白高兴了，快点儿吧。"关琳失望起来。

"琳琳，什么事儿白高兴了？"金城山凑过来问。

"去，去，没你事儿。琳琳，看他傻吧？"苏秀君听见令狐珊珊说金城山傻，就接上话说："嫂子，你也发现了？得了，凑合吧。"

几个人都笑了。

※　※　※　※　※　※　※

　　周一上班，金城山心里还想着周六周日的事，就借机到权德利办公室，权德利正得意扬扬地，嘴里哼哼地唱着什么。金城山就有意识地问是不是中彩了，权德利脖子一扬，晃着肩膀说道，王八蛋高兴不了几天了，走，一会儿没事出去逛逛，轻松轻松。金城山试探着问周六您不是说整理材料吗？权德利一副长者的样子："傻小子不能傻干，大事干完了，其他让左佑平他们干去吧。"

　　金城山心想，你玩我也落个清闲。说了一会儿话，金城山见权德利接电话，好像是伍湘源打来的，不知说什么了，权德利兴奋起来。

　　权德利说："真的？那王八蛋快滚了？您说备什么东西？老板，是不是太多了？那一块就几万，行，行，那我马上就办，三块四块？四块？好，用不了二十万也得小十六七万，没问题，中午办好了就给您送过去。知道，马上办。"

　　金城山听着权德利的答话，已经基本明白了什么意思，为了不想让权德利看出来他在听，听到一半时就挪动身子像是往外走，却被权德利看见了，还示意等一下，也就听全了他们的对话。

　　金城山见权德利放下电话问："主任，有事吗？"

　　权德利想了想还是说："没事了，还是我自己去办吧。"

　　金城山故意说："主任，是老板叫您吗？您去吧，别的事我去办。"

　　权德利得意地说："现在什么事都不用干，就干好这件事儿就行了，干别的没用。这事你办不了，别管了，你走吧。"

　　金城山恨不得走了，听权德利不用他，赶紧说了声我先走了就出了权德利办公室，只听得权德利骂了一声，就偷偷笑着说了句："有事您喊我。"一溜烟地跑开了。

　　因为权德利没交代什么事，现在局里实际是在推着走，权德利把持着办公室也不怎么买郑副局长的账，所以工作倒比以前清闲了。金城山昨天与罗肖他们聚会很晚了，回到家又美美地享受了爱的风暴，今天有点儿疲乏了。金城山不知迷瞪了多长时间，电话铃声惊醒了他，赶紧接电话，是一个手下的问他中午有没有事，科里几个人想到外面去吃请他一起去，金城山说你们想去就跟你们去，一会儿叫我就行了。放了电话，他又琢磨起刚才权德利和伍湘源的通话来，心想这么快就起作用了？跟市里的关系真是不一般。

伍湘源将举报材料递上去不久，市里很快就有了动作。因为涉及陈书记，市领导责成组织部门专门与陈书记进行了谈话，具体的谈话内容，伍湘源想方设法打听，也没打听出什么结果，很是着急。就在伍湘源召集权德利等人连续几天碰面的时间，以市纪律检查委员会人员牵头，组织部门人员参加组成的工作组进驻了市局。伍湘源看到这个人员组成名单，心中揣摩可能有戏了，凭他多年的领导经验，这次工作组极有可能既调查他们的事又可能考核干部。

工作组先分别找包括伍湘源在内的市局领导班子人员谈话，即核实调查举报的内容，也考核陈书记、郑副局长。然后在市局召开全局领导处级以上干部会，进行民主测评和市局、郑副局长单位的正职推荐。然后分若干组进行谈话，市局和其他单位找单位一把手谈话，却通知郑副局长内设的副处级以上领导全部谈话。这样的谈话范围开始伍湘源不知道，谈话进行了四天后发现有副处长也都来市局谈话，立即问左佑平怎么回事，左佑平说是郑副局长通知的，具体的是市局组织部门安排，伍湘源开始很生气，组织部门竟没告诉他一声，又一想也无大碍，也就没再多问，心中寄予了极大的期望。

工作组走了快一个月了，伍湘源终于得到了消息要将郑副局长调走，只是不知道姓陈的是不是下台。所以，伍湘源又开始组织权德利、左佑平等一帮人研究谁来接郑副局长做一把手，同时又研究如何快点儿让陈书记下台。但是，"顺胖子"的事还没完，他老婆还有小姘都在闹，成了伍湘源的心病，只要一提这事又会勾起钱贵发的事来，伍湘源就会大骂一通。据打听来的情况说，钱贵发在里面表现挺好，放出话来说：领导不会见死不救的，哪能让他坐这么长时间的大牢，那样领导也会"不安心"的。所以，这一阶段，伍湘源也是揪心这两件事，不能在工作组在的这个阶段出纰漏。既要把官弄到手，还必须不惜一切保钱贵发。调查组了解相关情况时，权德利等一伙人，就将钱贵发的问题，无中生有地全扣在了郑副局长头上，他们感觉着调查组还是相信了他们的话。

但是，调走还是免去郑副局长的职务，确切的文件迟迟没下来，伍湘源心里没着没落的。他思量着，应该采取动作催促一下，最好"五一"前搞定，过一个好节，还可以趁放假亲自去趟五台山。

伍湘源拨通权德利电话："'五一'准备什么了？上次送的那些有一个月了？无所谓，过节了嘛。再说，也是为了提醒他们一下别再拖了。送什么好？不行，拿不出手。你考虑是卡好还是什么东西好？金条可以，不能少于一百克。抓紧办，上次几份？这次十份。另外，考虑去五台山带多少。办好了明天就送去，就能知道结果了，再定'五一'去五台山的事。明天送时，顺便问一下首长还出去吗，如果出去是否还让歌舞团小焦陪，还是别人。估计这两天市里就定了，别理他王八蛋，待不了几天了。抓紧办，别出问题。"

放了电话，伍湘源琢磨着当局长后第一件事就是要换哪几个人。市局这边，几个主要部门好像都不太听话的。那边姓郑的走了，还真没一个能拿得起来的。唉，现在有几个能信任的？都他妈的为自己，有几个像我这样为单位的事睡不着觉的！伍湘源叹息着。

11

2008 年 5 月 12 日，对关琳来说真是大喜大悲的日子，有两件事都使关琳感到无比地幸福：一是和周光磊见面，儿子的问题解决了，冥冥之中心里其实还有某些奢望；另一个，是罗肖的事业今天终于得到了可喜可贺的成绩，那里也有自己的努力，尽管十万块起不了多大作用，但是意义深远非凡，因为其中实际是承载了自己终生的某些东西。本来今天想去给罗肖祝贺一下，但还是没有，大家约定明天晚上要好好地为罗肖庆祝。在关琳心里，今晚的庆祝应该是一家人的庆祝。这一"家"，有她，有周光磊，有罗肖，还有，还有令狐文……这是一个有爱、友爱的大"家"。爸妈以为关琳和周光磊见了面，就有了重新在一起的机会了，也在心里期盼着。

可就在关琳与周光磊从酒吧分开的那一刻，发生了汶川大地震。当关琳得知，罗肖今晚就要带领学员奔赴灾区的一刹那，心提到了嗓子眼，有些天旋地转的感觉，如同就要失去罗肖失去世界。所以关琳决定晚上一定要去送罗肖，但没有告诉爸妈要送谁……

送走罗肖，回到家进门的时候，关琳觉得好累好累，都不想迈步了。可想看儿子的冲动又使她精神起来。妈妈还在等她，告诉她儿子睡了，看关琳疲惫的样子，也没多问什么便催着她赶紧洗洗歇了。关琳答应着妈妈，却是急忙进屋看儿子，亲着熟睡的儿子，儿子一激灵躲闪着胖乎乎的小脸，关琳的眼泪差点儿掉下来。关琳没有让妈妈看到自己眼眶里的泪珠。

关琳躺到床上生怕儿子跑掉一样搂着，新闻的画面又使她担心着罗肖。今天自己的这一切，都是因为遇到了他，自己的穷追不舍有了今天，脑海中涌出了这两年来的情景，特别是……

从北京回来后的第一个周六，罗肖跟关琳建议，让令狐文和令狐珊珊一起来。但关琳想先和罗肖两人将事情确定了，所以还是没叫其他人来。

关琳有些不好意思，微笑着说："肖哥，今天请你喝咖啡了，喝酒晕了就说不了事了。"

"在北京这几天喝的太多了，今天还有些不舒服呢。"

"肖哥，没事吧？设计我搞完了，回头你给些意见，看看怎么改好。我想先进场，水电管线改造得先进行着。我们分分工行吧？"

罗肖看着关琳，笑了出来："怎么？我还没答应，这就上班了？"

"肖哥，我都想好了，我们这是股份制。我出财、物股，你出人力股。场地、资金我包，折合百分之五十一，你的人力股折合为百分之四十九。"关琳急不可待地说出了想法，罗肖听了有些吃惊："我只临时出出人力，就占百分之四十九？不行。你让我帮忙我答应，但不能占股份，到时给我临时补贴就行了。哈哈。""补贴？那不行。不仅工资，股份也是要有，不然就不能叫股份制了。别推了，你是合伙人。"

"我成合伙人啦？那让我想想，这样更会引起别人的议论。"

"别人议论什么？我们是正当的合作做生意呀。"关琳提高了声调，罗肖心里早就盘算着，这倒是个可以说出自己想法的话题，要办的事可以顺理成章地办了。罗肖故意说："人力不能算股，要是公务员很可能就是受贿了，多少应该投入一些，才名正言顺。"

"这怎么叫受贿，我们是在搞经营，要是让你出资，这不成了我强行索贿吗？那我这不是大白天无缘无故地找人家要钱嘛，强迫人家做买卖。"关琳的头摇得像拨浪鼓似的，一个劲说"不行"。

罗肖故意严肃起来："关琳，你要听我说，既然我答应了，你就要尊重我的意见。我们合作干，我出一部分资金理所当然，这样既合情又合理，一旦有什么问题也不会遭致别人的议论，你要接受。你的好意我领了，但这是经营，这是规矩。"

关琳看罗肖的样子，心里有些害怕又有些急，一时倒不知说什么好了，沉了一会儿问罗肖觉得怎么办为好。

水到渠成，罗肖轻松起来："这样，一会儿我们先把装修和今后经营的事简单说一说，然后你回家算一算如果我出二十万，能占多少就占多少。"关琳瞪大了眼睛："肖哥，你搞培训还缺钱呢，从哪儿弄来二十万呀，不行，不行。"罗肖道："关琳，别急嘛。这样，你就按二十万算，我呢，早弄来早投，晚弄来就先欠着，行了吧？"关琳这才又高兴起来："行，行。那肖哥，你不用着急借钱啊，我的资金没问题，马上就能干。"

与关琳见面后，罗肖也考虑着把那二十万抓紧时间给关琳。罗肖没两天就办好了，借着两人再次见面敲定有关装修、请人等事时，将以关琳名义存的折子给了关琳。在罗肖一再坚持下，关琳就收下了，但脑子有点儿蒙，一个劲儿表示培训的事一定要出力。

关琳还让罗肖忙着物色人员，特别是大厨人员，一定要选一个好的厨师长。罗肖经历了一番思想斗争，最后还是确定叫这个人——中学生时代最要好的、可以睡一被窝的，后来抢走自己初恋的郎嘉驹。郎嘉驹思考后接受了，并答应做厨师长。

关琳开始装修后，罗肖干脆就把郎嘉驹请来了。有了郎嘉驹的帮忙，罗肖卸了不少载，关琳也多了一个好帮手，郎嘉驹毕竟干过很多活，社会上的一些事，包括怎么与装修公司打交道，怎么指挥工人干活，从哪些细节监督工程质量，甚至是不是偷工减料或者多计算工程量，等等，郎嘉驹应付起来还是得心应手的。

※　※　※　※　※　※　※

这样复杂的专业装修，还有后期经营必需的设备，桌椅餐具、人员，等等，五十天是相当紧张的，好在前期准备得充分，没有多少返工。关琳明显的消瘦了，好在有罗肖和郎嘉驹帮忙。

上次一起吃饭后，大家对起店名的事都很上心。有不少名字，关琳觉得都挺好，想听听罗肖的意见，关琳觉得这对她和罗肖意义重大。4月20日，装修已经收尾，这天上午关琳和罗肖都来了，关琳提议中午一起吃饭，正好商量一下开业前的一些事。当关琳把分成几种类型的店名摆出来时，罗肖不禁惊讶道，"啊，这么多，真能想，都是谁出的"。关琳很是得意地自夸自己的号召力强，然后才说："玩笑，群众的力量。都挺好，哪个都不舍得舍弃，这可怎么办？"罗肖说，没关系，不是有好几个分区和好几个单间吗？给每个区和单间都取一个名，要与分区的性质一致，既有意境，还有品位，还是对大家的智慧的认可，多有意义。关琳听了心里像吃了蜜，兴奋得滔滔不绝道："那太好了，那我们选选。这是秀才的，最有意思了，这是《千字文》、《唐诗三百首》、《红楼梦》里面的词儿，这是用梅兰竹菊起的，这是用琴棋书画起的。秀才还提议来点儿上档次的，用国学方面的，《论语》、国粹方面的京剧啦……对了，肖哥，秀才说，这里一定要有中医养生方面的……"

关琳指着另一行说："这是周光磊的，听雨、赏雪、观海这是一组，竹韵、书香、诗赋这是一组，蝶舞动、心之缘、蝶之恋这是一组。"

罗肖眼睛盯着文字，点着头，自言自语说道"有诗意"。关琳继续着："这是珊珊的，都是四个字的。高山流水、千年之恋、心灵驿站、花好月圆。不少吧？对了，肖哥，你的呢？"

罗肖被关琳问得一愣，随即笑着指着关琳刚刚念叨的名字，说"在这里啊"。关琳兴奋地说道："肖哥，我还有个想法，29号请他们几个过来搞个试营业，那天我们将名字揭牌，也让他们提提意见，'五一'正式开业。"

罗肖听得有些直眼："啊，好，好。是应该请他们先体验一下，先让大家尽尽兴，再提提意见。"

"好呀，我想好好谢谢他们。肖哥，也要好好谢谢你。"这是关琳一直以来最想说的话，今天正好说了出来。

"肖哥，说好了培训中心的事我也要参与的。不过我是不出人力的啊。"

"关琳，真的不需要你再去费心了，要是实在揭不开锅了，我一定找你的。你自己要多注意身体，开弓没有回头箭，一开业可就停不下了。"罗肖的话，让关琳心里热乎乎的。

"肖哥，放心，不会让你失望的，再说还有你啦。我可是发自内心的，真心地谢你。"关琳也不知怎么说了。

其实，罗肖已经被触动了，隐隐地感觉着关琳要做些什么事。担心吗？也不是。好像这些人只知道他结婚了，但很少有人关注他的家庭生活，可关琳的话里应该有话，是什么呢？

※　※　※　※　※　※　※

大家有说有笑地下楼，令狐珊珊拉住金城山落到后边，小声说："今天少喝点儿。"

"老婆，没事的。"金城山扶着令狐珊珊凑近了答道。

"你看着办，要不就不要。"

"老婆，你说今天能不喝吗？我保证从'五一'开始戒酒一个月。"

"一个月？戒酒半年。禁闭一个月。"

"好老婆，别这样，保证戒酒半年。禁闭就免了吧，会把老公憋坏的。今天喝酒回去后好好休息，明天老公一定好好表现，让老婆满意。"

"美的你。"

"姐夫，挨罚了？"关琳打趣道。

"嘻嘻，在跟珊珊商量我们的宝贝什么时候出来。"

"去，去，自己生去。"令狐珊珊捶了金城山一下。

"今天为琳琳庆贺酒一定喝。老婆，我保证从'五一'开始正式戒酒。"

"看在琳琳的面，行，就奖励这一次。"

金城山高兴得有些忘了关琳了，又在令狐珊珊脸上亲了一下。

"好温柔哟。不过珊珊，得从'五二'开始才能让我姐夫戒酒呢。"关琳羡慕地搂着令狐珊珊。

"好，好。琳琳，你又让他得逞一天。"

看大家都已经下楼了，三个人也就赶紧追了下去。大家回到了楼下坐定，关琳告诉郎嘉驹正式起菜，然后招呼大家倒酒。

"关琳，大家喝了不少了，先歇一会儿，也好议论一下名字。"大家响应罗肖的提议，议论起来，说到哪个名字都舍不得放弃。令狐文挨着罗肖，听罗肖与关琳两人比较认可心缘、蝶恋、舞动，关琳又舍不得听雨、赏雪、观海，便提议道："干脆就起两组名字，可以同时用，也可以分开用，定期换。"

"对呀！文哥这个提议好，这样都能留下。"关琳甚是高兴。

"是个法儿。"罗肖赞同。

"那就都起两套，大家提出的都能用上。"然后关琳冲着大家说："每个地方起两套名字，可以同时用也可以分开用，定期换。这样呢，大家的智慧就会流传下去了。"说完，关琳自己也觉得怎么说出"流传下去"几个字，然后又接了一句说："好像要流芳百世呢。"自己哈哈笑了起来，大家也笑着说关琳今天的词儿多得往外涌，也都赞同这个主意好。周光磊听出令狐文这主意中的意思，心里感激关琳，更感激令狐文和罗肖，就趁机说："还是两位大哥水平高，刚才说敬两位大哥酒还没敬了，那我就敬两杯行吗？"其他人都说可以。周光磊过去给两人斟满酒，表示自己先干一个，然后三个人一起干。令狐文和罗肖说好，周光磊先喝了一个，然后与两人碰杯，三人一起干"谢两位哥。"周光磊一手拿酒瓶一手拿酒杯，架着两手拥抱罗肖。

"我做得还行吧？任务完成了。"罗肖也紧紧拥抱了周光磊，轻轻拍拍背小声说。

"谢谢哥！"

大家不知他俩在嘀咕啥，看着。关琳问："两人说啥哪？"

"没事儿，我说肖哥太棒了。"周光磊尴尬地赶紧松开，转身走开。

"唉，还有我呢，看来帅哥就是有人缘。好失落哟。"令狐文赶紧圆场说。其实周光磊非常想借机拥抱令狐文，可让关琳一问不好再过去拥抱令狐文，就往回走。听令狐文这样一说，罗肖几个人也打趣着，周光磊就坡下，兴高采烈地小跑着回来，嘴里还说："赶紧安慰一下吧，不然要出人命了。"跑过去将令狐文竟抱了起来转了一圈。

"臭小子快放下。"

"你得听我的。"周光磊贴着令狐文耳边一语双关地说。

令狐文落到地上，在周光磊的屁股上掐了一把，周光磊并没躲，转身哈哈回到座位上。

关琳又重复问了一句，"大家同意不同意，好，一致通过。喝酒。"苏秀君立马站起身来拿着酒瓶："我来，我来，斟满，斟满。"斟到关琳时，"老板今天可没少喝，半杯吧。"

"不行，不行，一定倒满。你们这么出力，多亏有你们帮着，当时为了名字愁死我了。现在好了，每个名字都有了，我就不累了。"

"那我们不就都成形象代言人了吗？"

"你这形象寒碜了点儿，你的大头一贴，准黄。"

袁月一句大家笑起来，金城山摇头晃脑地说："唉，地位呀！"

"怎么了，怎么了，我老婆就是喜欢咱这样有型的，要不怎么衬托三位大帅哥。"

"看，把我们秀才都气成什么样了，都不识数了。"周光磊比画着四个。

"咱脑子可清楚了。识数，也很有点儿审美水平了，那位比我还寒碜，我说珊珊嫂子，您就将就吧。"说完苏秀君自己哈哈笑了起来，然后跑到金城山身边搂着，"金大主任您别生气，小弟敬一杯酒行吗？"

金城山故意不和他喝这杯酒，苏秀君软磨硬泡，金城山没办法只有喝了。大家兴奋地，说着笑着喝着。关琳没少喝，今天或许高兴或许还有想要做的事，酒量出奇地大，却没有醉意。大家都喝了不少，从六点钟开始，现在已经十一点了。这时金城山发现有三个电话没接，一看全是权德利，赶紧站起身出去打电话，好一会儿才回来。

"谁的电话，有事？"令狐珊珊问。

"'犬'的，本来想让今晚加班，说有急材料。没听见正好，明天再说了。"

"什么材料这么急，明天最后一天，后天'五一'都歇班儿报给谁去。"苏秀君问。

"听话音还是那点事儿。"

令狐文借机说："琳琳、罗肖，不早了，明天你们还有不少事要做，今天就到这吧。"

关琳本来还想再让大家多得一会儿，罗肖也说差不多了，关琳也就同意了"好吧，那今天先到这儿，也不知大家感觉怎么样。不过要求你们经常来壮门面呀。"大家说没问题，关琳继续说："我还有一个请求，后天你们一定要来，'五一'黄金周就在我这儿开始吧。我的黄金周就此没有了，就算安慰一下我吧。不过说好了，我明年一定要请大家集体旅游一次。"

令狐珊珊道："琳琳，不至于吧，你就当好你的头就是了，他们会干好的，有的是时间的。"

"你们走吧，我还要和师傅们交代一下。"

"琳琳，你喝了这么多酒，一个人留下不行。城山，我们陪琳琳吧。"金城山同意令狐珊珊的主意，可关琳不让。

周光磊看看令狐文又看看罗肖："琳琳，我和令狐留下陪你吧？"

关琳听了似乎酒劲更浓，心里热乎乎，希望又矛盾，因为关琳期望今天完成自己一件重要的事："不用，我没事的，今天也许就住这儿了，有办公室的。"

"城山，你自己回去吧，我留下陪琳琳。"令狐珊珊说。

这时，罗肖看着令狐文说："还是你们都回去吧，我留下正好和师傅们再交代交代。"

令狐文看看罗肖："那也好，有些事也好定，光磊、城山我们先走了。罗肖，关琳你就负责送回家了，别太晚啦。"

"放心吧。"见罗肖主动留下，关琳本来就加快跳动的心，就更加抑制不住了。

※　※　※　※　※　※　※

大家陆续离开了。郎嘉驹也带着服务生去忙了，只剩下关琳和罗肖。罗肖劝关琳今天不早了，又很累了，不要太晚了，简单交代一下，让大家也早休息，明天还要全面地过一下，别有遗漏。关琳真的高兴罗肖留下来陪她，只是这会儿又有些犹豫，自己计划好了的事要不要今晚做，在那愣神。罗肖又叫了她一声，关琳有些慌乱"好的，你先在办公室等会儿，我去和他们说一下"。说完，便去了操作间。

罗肖来到了楼上最里面的一间关琳的办公室，与员工用房相邻。原来关琳还要给罗肖设一间办公室，罗肖没让设。忙了一天了，终于一个人坐下来，脑子里重复着这一晚上的场景，周光磊交代的事总算顺利完成了，也该想一想自己的事了。想起关琳说的要做一件事，不会是她要帮着搞培训吧？其实，罗肖不想让关琳参与，因为还有其他几个人，只是还没想好如何回绝关琳，要是今天关琳再提起这事儿就干脆表明态度，以免关琳还惦记着。不一会儿关琳回来了。

"交代完了？我送你回去吧，好好睡个懒觉，明天我先过来，应该不会有大问题了，就是将定好的房间名字挂好就行了。"

关琳进来，坐到了罗肖对面，沉吟一下："肖哥，我想……今天不回去了。"

"出什么问题了？"罗肖也生怕有问题，担心地问。

"没有，今天想住在这里。嫂子在家了吧？！"关琳掩饰着，说出不沾边的话。罗肖也是一干愣，没明白关琳怎么说起他老婆来，不像问像是肯定地说。交往这么长时间，关琳只是偶尔提及过罗肖的老婆，关琳倒是开过玩笑地说过，要认他儿子做干儿子，当时罗肖也玩笑着说，好呀，哪天带过来见见。后来关琳还问过，罗肖打岔就过去了。今天是关琳担心自己回去太晚了老婆不高兴吗？

"没事儿，我跟她说了今天聚会，晚回去的，一会儿我送完你再回去没问题的。"

"嫂子还不知道吗？"

"啊？啊，她不知道。"罗肖最初一愣，但立即明白了关琳什么意思。

关琳愣愣地在那儿，"呃呃"了两声，然后说道："肖哥，你回去吧，我不走了，太晚了。不然还想我们两人聊一会儿。"

"还有什么事吗？要不，等后天正式开业了，好吗？明天的活也不少呢。"罗肖揣摩着关琳要说什么。

关琳点点头，然后又高兴地说："肖哥，你答应的事不许反悔呀？！"

"我不是已经很好地做了吗？反悔也来不及了。"尽管罗肖不解，但还是玩笑地说道。

"嘿嘿，反正你答应的不能变了。"

罗肖心想，看来她还是在想培训的事："关琳，你的想法我知道，但是因为我还有几个朋友一起干，你资助，我怕引起他们误解。还是那句话，我揭不开锅的时候，你跑不了的。"

"肖哥你放心，我有我的办法，不会给你找麻烦的。你答应的不仅是这事儿啊，你还答应给我一个儿子呢，礼物我都准备好了。"关琳故意将"干"字省了，为了不让罗肖感到突然和尴尬，自己就像开玩笑一样笑起来了。

"啊？我都忘了，好，我答应过些天就带贝贝来玩儿。"

"肖哥，你们怎么不再要一个呢？"

"一个都养不活，还养俩。"

"不会吧？！肖哥，你们负责生我负责养，要不把老大给我。"

"哈哈。别逗了，还是回家吧。"

"等等，肖哥，今天最应该的一件事还没干。"

被关琳这么一说，罗肖用愣愣的目光询问着"什么事？"关琳上前一步，紧紧拥抱住罗肖："肖哥，本应谢你的。"

"啊，都拥抱过了，奖励已经很高了。关琳，你这是在给我压力呀！好了，早点儿走，好吧。"罗肖回过神来，故作轻松。

"肖哥，你放心。我要做的事绝对不会给你找麻烦，也不会害你的。"关琳一字一句地说，不知罗肖是否明白，也想看看罗肖的反应。

罗肖轻描淡写地笑笑："这怎么说的，我没想你会害我的。不过，关琳，我有个要求你别介意。"

关琳心中一喜，赶紧追问："肖哥，你提吧，什么要求我都答应。"

"那好，就是——今后我们不要再拥抱了，让大家看到不好，会多想的。"

"我只是觉得遇上你好幸运，想谢谢你又不知怎么好。其实，不应该是谢的，是应该做些什么的。不仅为你，也为我自己。可能我太自私了，但是我真的想做些什么，我会尽量避免给你造成麻烦的。我真的希望你接受，哪怕我强制你接受……"

罗肖感觉到关琳有些激动，想快点儿送关琳回家，也想快点儿结束话题："关琳，对不起，我刚才没别的意思。"

这时罗肖的电话响了，是令狐文。

"喂，令狐，还没睡呢？今天喝得不少，已经出来了，好，好，谢谢。到家就不给你打电话了，好，回见。"罗肖放了电话，回头对关琳说："我们还是各自早点回去吧，不然令狐都饶不了我的。"两人都笑了，赶紧下楼。

※　※　※　※　※　※　※

五月一日，九点十八分，"心之恋"正式揭牌，顺利开业，迎宾纳客。

关琳父母公司及朋友来了不少，同学们来了一些，还有一些其他的朋友前来祝贺，门里门外摆放了不少祝贺的花篮。罗肖提前与关琳说好了，他只是在后面帮着照料，不到前面露面，前面由关琳带着前台经理指挥服务生们忙活着。一个简短的小仪式，然后开始演出，一直到中午大家品尝几道菜后结束。

开张仪式很有特色，来宾们很满意。特别是前台经理和服务生们也成为了来宾们赞赏的一道"开胃菜"，关琳甚是开心，中间还特意跑到令狐珊珊跟前表扬金城山有眼力。前台经理叫连洁，今年才22岁，是金城山一个远房的表弟，别看是农村的孩子，除了肤色黑一些外，小伙子一米八的个儿，身板儿笔挺得像当过兵，往那一站绝对抢眼。其他服务生也是个个有样儿。

罗肖一直在后面忙，以前也没与关琳父母见过面，所以就没让关琳介绍，关琳父母到后边看了一下，与罗肖一些人只是客气地打了个招呼。关琳的高中同学欢喜佛看到罗肖在后面打理事情，便来到同学校草跟前说起风凉话来："帅哥，我看你是彻底没戏了。上赶着的就别放走了，再挑，您老就快成'大圣'了。"

"你小子又说嘛呢？没事找抽。"校草还没明白，瞪着大眼。

"长得好有什么用，傻子。没看见我们进来时关琳介绍的那个前台经理吗？小伙子那个帅！怎么样？还有让你自卑的呢，还记得上次聚会，你让我请过来的那个帅哥吗？"欢喜佛凑近了说。

"怎么了？"

"没看见？在后面忙活呢。傻子，您老就别有想法了。"欢喜佛往后面指指，撇撇嘴，蔑视地瞪了校草一眼。

"什么？什么？媳妇你说啥？"小黑凑过来。

"别瞎说！他怎么会呢。"校草疑惑不解。

"怎么不会！大活人我能看错？傻了吧？走，我带你去。不信？要不让小黑再去看一下。"欢喜佛一仰头在前带路。

"走，一起去看看。"小黑拉着校草跟着欢喜佛来到了后面，欢喜佛指指背对着他们说话的人："看，就是那个，看到了吗？"

"真的？"校草不愿相信是真的。

"可不真的！"

"他在这儿干吗？不会吧？关琳不是那样的人。关琳好像说过他有老婆，孩子都两岁了。"

"我说校草，你脑子没毛病吧？"小黑看了一会儿，拍拍校草的背。

"现在什么事都可能发生，社会进步了嘛。再说，这样一个帅哥，赚了，要我也会享用的。"欢喜佛像是自语又像是很羡慕。

"嘿，媳妇，你今天可是要找倒霉呀！"小黑抬手搓了欢喜佛头一下。

"放你妈狗臭屁！找抽呢？"校草也抬手照欢喜佛的脑袋就是"啪"一巴掌。

"哎哟。你不也是吃着盆里的想着碗里的？现在流行吗？你知道大政方针吗？国家也就是大家，大家呢，讲的是睦邻友好，互不干涉内政，和平共处；小家呢，就是睦邻可以相好，内政互不干扰，平安快乐。"欢喜佛揉了一下脑袋。

校草又骂了欢喜佛一句，多少有些失落，说完扭身往回走，小黑和欢喜佛做着鬼脸。三个人谁也没注意罗肖看见他们，已经过来了，"你们也来捧场了，谢谢，这太忙了，你们就相互照顾一下吧。"

"谢谢，谢谢，您忙，您忙，我们到那边去了。"校草有些狼狈，怕罗肖看见似的拉了欢喜佛一下，往回走。

"别拽。听见了吗？大帅哥都说了让我照顾您老人家，您就这命，认了吧。"欢喜佛还拿校草开涮，说完哈哈地快步回到同学中间，同学们知道准是胖子又拿校草开涮，一起起哄架高。关琳招呼着客人，从这里走过和同学们聊了起来。

"关琳，太有特色了，都是你搞定的？太有才了，我们以前去的那些酒吧简直不是一个档次。这回我们有地方待了。"辣妹兴奋地说。

"那是。告诉你们，这是咱自己的地儿，你们要是不来不够意思，一周至少来一次呀，免单的。"

"不行，不行，总免单不行，有优惠就行了。"另一个同学说道。

"你们来肯定免单，带朋友来有优惠。"

"不好了，不好了，出人命了，出人命了。"欢喜佛跑着来到关琳身边。

"校草，我帮你治他。"关琳看校草和小黑跟过来，就知道胖子是说校草，就对校草说，胖子假装"嗷"的一声倚到了旁边一个同学身上，旁边的同学往边上一闪，欢喜佛没站住仰面摔到了地上。大家都围着欢喜佛笑，谁也不去扶，欢喜佛就势坐到了地板上，双手合十嘴里念叨着罪过，罪过。

"没摔痛吧？快起来，你们先聊着，我先去招呼大家，一会儿过来。"关琳过去拉着欢喜佛起来，欢喜佛伸手抓住关琳的手立起身来还不肯放开："哎，还是老板娘菩萨心肠呀。看这粉嫩的小手就是菩萨坯子，咱好有福呀，也沾沾仙气。您这缺人手吗？让校草和您一起去吧，抬色又救命呀。救人一命胜似七级浮屠嘛。哈哈。"

校草这回真的有些急了，过去掐住欢喜佛的脖子。欢喜佛一个劲儿地求饶："我认罚，我认罚。"辣妹让关琳别理他们。关琳愉快地让大家尽情地玩，让服务生又上了一些水果、饮料、红酒。

※　※　※　※　※　※　※

金城山昨天在单位忙了一天，"心之恋"今天开业，令狐珊珊叫他一起过去。可一大早，他又让权德利叫到单位。一进权德利办公室，见权德利满脸通红刚挨完批一样，就小声问："主任，怎么了？不舒服吗？"

权德利破口大骂："这帮王八蛋，全他妈的两面派，东西收了，事儿还不办。不能饶了他们。"

"出事了？"金城山眼睛瞪得老大。

"早不走晚不走，偏这个节骨眼上走了，这不白忙活了吗？叫那帮王八蛋处长们来，让他们每个人把跟调查组都怎么说的一字不落地都写下来，今天汇总完，老板要去找市里。"

"谁走了？昨天不是都报老板了吗，今天还弄？"金城山试探地问。

"昨天那个还没送走，晚上老板就得到消息，说主管市长调走了，新主管市长的意见是先不动了，姓陈的明年春节才到点，现在让退不好，明年又是奥运会，建议奥运会后再动。"

"都不动了？"金城山话里指的是郑副局长。

权德利更加气急败坏了："姓陈的不走，也得把姓郑的王八蛋弄走。快点儿去叫老左来，让他通知，你等着汇总。"

金城山赶紧叫来左佑平，权德利骂骂咧咧地向左佑平交代。左佑平接着马不停蹄地把处长们"请"来谈话，让每一个人把怎么和调查组说的写成文字，然后交由金城山汇总。到了下午一点半，几十个人都写完了，有的写了一页纸，有的多的也就三页，这样敛来也有六七十页。左佑平交给金城山后，便借故走了。

金城山拿着一沓东西问权德利怎么办，权德利骂道："他王八蛋又走了，是吧？你笨哪！？看看有什么新东西，把上次那个东西拿出来改改不就行了！"

"主任，我这没有。"

权德利在办公桌里将原来的U盘找出来给了金城山，催着："快点儿，四点半给我，晚上老板跟市领导吃饭要用。"

金城山赶紧去弄，心想"我也想走呢"，快速回办公室，同时给秀才发了一条短信"今晚'鬼'出没！"苏秀君明白是指伍湘源一伙又要密谋、诬陷、告状什么人了，回复问"谁遭殃？"金城山回复"郑"。秀才回复"一会儿去那儿吗？有惊喜！"金城山回"去，不聊了，四点半交稿"。秀才回复"一会儿见"。四点半金城山准时交到权德利手里。金城山见权德利走后，也赶紧去"心之恋"了，令狐珊珊、令狐文、苏秀君和袁月、周光磊几人已在那儿了。

金城山赶到"心之恋"，苏秀君迫不及待，又好像兴奋地站起来，过来拉他坐到身边，周光磊给金城山让座。

"什么好事，又有了？枪法够准的。"金城山逗着苏秀君。

"羡慕吧，让帮忙吗？嘿嘿，说正事，今晚我敢肯定'鬼'的肺要气炸了。"

"为什么？"

"'犬'没告诉你？他们还折腾啥，郑局长扶正啦！"

"'犬'没说呀？！他们好像不知道。消息可靠吗？"金城山确实有些吃惊，出来前心里是那样地担心。

"绝对可靠，有好戏看了。"苏秀君打着保票。

金城山若有所思地说："只要'鬼'在，那帮人动不了，不会好多少。很难！他们会变本加厉的，说不定今晚就是一个动作，要不'鬼'不会这么急着出没！"

"'鬼'又出没了？别说这几天正是好时候，头儿们也都不闲着，正是见面说事的好机会。"令狐文问。

"是，哥。哎，秀才，你说的是真的吗？上次说给郑局长扶正不就让鬼给搅黄了吗？他就是有本事，怎么市里也能听他的呢。"

"没扶正不也没给弄走吗？"

金城山将今天的事说了，苏秀君、令狐文也觉得有些担心，猜测着会是什么样的一个结果。苏秀君问："对了，你刚才说主管市长走了，来新的了，人家会听'鬼'的吗？"

"说不好，'鬼'肯定会主动附体呗。"金城山摇摇头。

"肯定又是老三篇'三送到'。"

"秀才这张嘴呀。"

"就不是嘴……"金城山接着说。

苏秀君赶紧打着停的手势拦阻说："停，停，您就别说了，知道您老要说啥。咱打个赌，如果送了，你请客，没送，我请客。"

"就这么定。"

这一天，大家没有在"心之恋"玩到很晚，关琳忙着前台的事，罗肖看着后面厨师的运行情况，也没有过多地过来和大家聊天，只是借着苏秀君说郑局长扶正了的话题，大家共同喝了杯预祝酒。几个人聊着，苏秀君约金城山去自驾游，半天没插嘴的周光磊听了，鼓捣令狐文干脆也凑个热闹，令狐珊珊和袁月也闹着要出去玩，几个人就这么商量定了，"今天就到这儿，赶紧回去看看车，加好油，明天五点准时出发"。

"你行吗？"袁月小声地问令狐珊珊。

"没事，每次都这样浑身难受。"

"我也是。"

金城山看见了，疑问的眼神看令狐珊珊。令狐珊珊冲金城山扬扬头说："女人事，别瞎掺和。"

"得，拍马腿儿上了。"苏秀君故意看着别处说。

"我愿意，你可有呀。"

金城山在苏秀君肚子上捅了一下，两个人小声"哧哧"地笑了。

"又没正形了吧？"

"老婆，没有，没有。"

"秀才，城山，我们跟关琳他们说一声，就回去准备准备。"令狐文说。

周光磊起身来到操作间，将罗肖叫来了，关琳这时也来了。

关琳听大家要去自驾游道："好羡慕呀。今年就这么着吧，明年我和肖哥请大家集体旅游一次。就用这杯酒代替了，回来还在这儿，一定吃捞面。来，干了。"

"回来给你们接风。"罗肖也说。

"姐夫，咱俩碰一个，算是承诺的开始，结束时给你们庆功。"关琳看着令狐珊珊笑，令狐珊珊也笑了。

"保证完成任务。"金城山一语双关，一仰脖子干了。

"什么事？快报告。"苏秀君又来神了。

"不告诉你。想知道吗？"

"你不告诉拉倒，琳妹告诉我，对吧？"

"琳琳不知什么事，对吧？想知道你就好好表现，还有奖励。"

"行，今天就不逼你了。说吧，什么奖励？怎么表现？"

"态度不错，就直接奖励吧。请你喝十顿酒，行了吧？"

"一言为定，十顿酒，那我就受用了。"

"不仅十顿酒，还得顿顿十杯以上。"金城山坏坏地看着没明白的苏秀君。

关琳和令狐珊珊听了哈哈大笑起来。

"这回秀才哥上当喽。"关琳拍着手。

苏秀君一把搂住金城山："老实交代！出什么坏主意了？"

"我这么好的人能有什么坏主意。不食言，保准儿让你喝十顿酒，每顿都十杯以上，保证不让你做石碑下的龟。"金城山也不挣脱，说完便笑了起来。

"哈哈，你也学坏了。好呀，我说你什么时候变得好大方了。敢拿我开涮，肯定没你好果子吃了，你就老实交代吧。"说着又在金城山的屁股上掐着，金城山也不挣扎，得意地摇着头。

"秀才哥，珊珊让姐夫戒酒半年，否则不给他生孩子。"关琳点破。

"噢，好事，好事。这忙，哥们儿帮了。"苏秀君凑到金城山耳边小声说，"哥，还有其他大活儿让帮吗？"

金城山掐了苏秀君一把，苏秀君哈哈地跑开了。

大家说笑着往外走，关琳大声说"回来吃捞面"。金城山这时招呼表弟连洁过来，小伙子还有些腼腆。金城山再次拜托关琳和罗肖，让他们严格管着点儿，嘱咐连洁好好干听话别惹事，连洁点头哈腰地答应着，金城山又走到跟前小声嘱咐了几句。

"还住关经理给你们租的房子吗？"

连洁点点头说"是"。

"不许自己外面租房呀？！"

"哥，我知道，没有。"

"干不好让你回家！你不许胡来。"

"你放心，哥，我知道。"连洁答应着，便忙去了。

※　※　※　※　※　※　※

送走了大家，不知怎的，令狐珊珊和金城山两人亲近的情景忽的浮现在脑海中。关琳不禁心里掠过深深的惆怅，同时，一团炙热在心中升腾，根本忘却了罗肖还在身旁，急促地回到大家刚才坐过的地方，不知是想回到刚才的情景中，还是想让自己平静一下。罗肖愣愣地看着异样的关琳，不知自己的脚步如何挪动地跟到了关琳跟前，发出的声音都有些胆怯："关琳，不舒服吗？"

"没有……"关琳有些愣愣地摇摇头。

"怎么了？是不是……今天，今天，很成功。我刚才，跟大家说好了，今天就不弄到太晚了，明天正式按点营业。早点回去吧！好好歇一歇，明天才是真的开始呢。"

关琳点点头没说话，她不知怎么开口，心中渴望又很艰难。

罗肖见关琳没说话又说："累了吧？这样，我明天上午先不过来了，下午或晚上抽空来看一下。今后就得你自己多操心了。"

关琳心中一热，赶紧低下头，怕罗肖看到眼中的泪花。这一变化，罗肖已看在了眼里，心里也是一阵异样，又问了一句："怎么了……"

"肖哥，今晚，我们庆祝一下吧！"这时，关琳反倒鼓足了勇气，但没有看罗肖，声音并不大，可在罗肖听来很坚定，好像不给他回绝的余地。

"我们不是一起庆祝过了吗？今天很累了，如果你想，就等他们回来，我们再一起好好庆祝一次。"

"就我们俩。这辈子，只有一个今天，我想，只有今天最合适，是一个不会再有的值得永远纪念的日子。肖哥，别拒绝了，我不后悔，也不害你。"

关琳仍然没看罗肖，声音、声调却非常坚决。是不是关琳的病出问题了？还会有别的吗？罗肖不安地看着关琳。

这时，关琳抬眼看了一下罗肖，看到罗肖的样子，她意识到自己可能失态了，就赶紧笑着说："肖哥，怎么了？我没事的，我现在身体倍儿棒，吃嘛嘛香。"然后笑着一拍自己大腿站起来："看把你吓的。今天是个喜日子，我太高兴了。所以，现在，我们高高兴兴地行动，今天一切听我的。"话一出口，关琳心头猛地想起，这样的话自己还对一个人说过，今天这个人就是心目中的那个人。

罗肖心里很复杂，他和关琳交往了这么长时间了，觉得她是一个可以信赖的女孩，不会胡来的。所以尽管以前关琳也说过类似的话，前天大家走后又说了，也只是一半警觉着一半当了玩笑话。今天，罗肖隐隐地感觉关琳要做什么事，看似玩笑但是坚定得不容改变，或许今天就要发生什么事。今天必须吗？看来关琳是下定决心了。这对自己会是一个什么样的开始？是自己内心深处隐隐出现过的期待吗？要不就干脆这么走下去？这时的罗肖，是不是恨自己，说不清。到底自己想要的是什么？一直以为自己可以应付任何事的，现在真的不知这事是自己的事，还是别人的事，好像原本就应该是这样，不是你要应付的，是你就在其中，故事就是这样写给你的，必须继续着，你就是主角！罗肖内心激烈地斗争，另一个自己告诫着自己不能迈出这一步，努力着要拉回自己，但是这个自己，却是这样苍白无力，被一个火团烘烤着，也被眼前的天使所感动。

关琳完全占据了主动，把对周光磊，不，也是对罗肖的爱，就像当初把自己的第一次心甘情愿地献给了周光磊一样，全部地毫无保留地呈现给了罗肖。罗肖已经完全融化于这团烈火中……

12

　　2007 年 5 月 1 日，对于罗肖来说是一个特别的日子。关琳和他的"孩子"出生了！

　　转天，罗肖和老婆带着儿子去姥姥家。路上，其实和往常一样也会不时地抱着儿子贝贝，可是此时却好像有一无形的灵魂附体，透着慈爱和温情使他抱紧儿子，不时地和儿子你亲我一下我亲你一下。儿子好像也有了灵性与爸爸嬉戏，一会儿淘气一会儿撒娇一会儿要着什么，还用三岁孩子特有的理解和语言，说着幼儿园小朋友和老师的事，背着学的东西。罗肖忘情地开心着，老婆看得好嫉妒，说从来没见过儿子这么乖的，以后儿子归你带了。罗肖幸福地逗着老婆说，那就吃老婆的，做一个专职的奶爸。老婆顺便问到这些日子培训中心的事怎么样了，罗肖说想利用假期赶紧和他们几人再把有些事研究一下。"心之恋"的事，罗肖只和老婆说过一次，是帮朋友当参谋，好像也提过同学郎嘉驹在那儿，不过罗肖始终还是认为是在帮周光磊。但是，当被那团火锤炼后，罗肖注定多了一丝挂念和放不下。

　　从 2 号到 5 号，罗肖一直在去、不去的犹豫中，最后只是通了个电话，而没有去"心之恋"，而关琳的话不由自主地出现在耳边"肖哥，谢谢你送给我个'女儿''心之恋'，老天更会送我一个儿子让你做干爹，将来我把'女儿'嫁过去。儿子已经有一个哥哥，弟弟会想着给哥哥带去礼物的。"

儿子？罗肖想不明白，这么长时间没觉得关琳交男朋友了，怎么会有儿子？她说老天会送个儿子给她，难道就是那晚？罗肖心里一紧，又有些疑惑。好像关琳怀过周光磊的孩子，也就是那么一次，但不小心掉了，关琳好难过，不然关琳和周光磊就不是现在这样。谁说的？记不清了，是令狐文还是周光磊，还是那晚。那晚，关琳说了很多，自己也好像说了什么。说了什么？罗肖努力回忆，但什么也记不清了，倒清楚记着还是关琳提醒他是不是要回家，还交给他一把"心之恋"办公室里柜子的钥匙，说有东西给他。

那夜，好像很远了。留下的，仿佛是可以看到的，清瘦挺拔、雕刻团屈的躯体，置身于灵与肉升华的谜团中。还有那幽幽的一吻，这一吻化解了罗肖紧绷的躯体和精神。

令狐文打电话来，说七号回来让他们给接风，罗肖这才不得不考虑面对关琳的问题，其实，还有如何面对令狐文和周光磊。罗肖意识到，现在不是帮周光磊和关琳的事了，确切地说演变成他和关琳两人的事，和周光磊甚至还有令狐文成为了影子在其中的四个人的事了，可是现实中的人不知影子事，影子也还不知现实发生了什么，罗肖感觉自己反倒成了中心，一个让他战栗的念头闪过：我在婚外恋吗？罗肖觉出自己的躯体和魂魄浮在空中，但两者是分离的。出去和朋友聚会和忙自己的事，好像也是给自己找一个理由应付自己和老婆。关琳打来电话说令狐珊珊他们五点前到，让罗肖中午就过去提前准备一下，罗肖这才觉得自己有落在地上的感觉。到了"心之恋"，罗肖尽量使自己保持以往的状态说话："关琳，这两天没过来，客人多吗？很累吧。"

"不累，和预想的差不多，不急，肯定会好的。肖哥……"关琳知道东西还在柜子里，想催罗肖，又一想罗肖需要时间，到嘴边的话又咽了回去。

罗肖从关琳的脸上读出了些东西，过去那热情中带着期待，让你躲也躲不开，忽然间变得美丽中带着自信，让你坦然面对。这是一个不简单的女孩，周光磊为什么……猛然间，一个念头闪过，我是周光磊！？关琳的声音使罗肖回过神来。

"肖哥，你还没吃午饭吧？给你做点儿什么？"

"啊？哦，不用，我还不饿。郎嘉驹怎么样，还合乎要求吗？"

"挺努力的，提了不少好的建议，他还问你呢。"

"问我？"罗肖身子不禁一颤。

"是呀，问你这几天怎么没来。"郎嘉驹确实问过关琳，关琳这时说，是想告诉罗肖，更是借机问出自己想问的。

"他在后面吗？一会儿我去看看他晚上都准备些什么。"罗肖恢复了平静。

"厨师长人挺忠厚的，那天他老婆还来过，我跟他老婆说如果不介意也可以来，她说已经找到干活的地方了，这就挺感谢的了，还特别说谢谢你呢。不过，肖哥，我觉得她的岁数要大些，有些显老。"

"老？哦！谢我？是呀……"罗肖脑子有些蒙，嘴里喃喃的，不记得和关琳说过他们三人的事，也就把话停下了。

"肖哥，这几天培训的事有进展吗？"关琳见罗肖有些走神就有意地提起话题。

"还好，做了一下预测，'十一'差不多就能运行了。关琳，我想东西放在这儿不好，钥匙我带来了，晚上你把东西带回去，需要的时候我会说的。我拿回去就说不清了，老婆会让我交代的。"罗肖知道关琳关心什么，故意开着玩笑。

"肖哥，你还没看先别拒绝，看了再说。再说，以前我们是说好的，你也承诺的，不能反悔，也反不了悔的。你要是不想自己去拿，我陪你去。"

说着关琳就示意罗肖去办公室，罗肖想了一下，觉得总要面对的，就跟着关琳一起上楼来到办公室。关琳打开柜子从里面拿出一个精致的男士用包，递给了罗肖。

罗肖一看是个包，心里有些轻松起来，笑了："好精致的包，我就接受了，算第一个月的薪水了。"

"这可不能当薪水，只能算工作用品。所以，里面的东西是你个人的就不能放在这儿了。"

罗肖看看关琳，关琳微笑着。罗肖拉开拉链，里面有一沓对折的纸，和两个封好的信封："这是什么？"

关琳没有说话，罗肖将里面的东西拿了出来：对折的纸是涉及"心之恋"股份制相关的文件和证照的复印件、一份证明"心之恋"为关琳和罗肖共同投资的公证书，罗肖占百分之四十九。两个信封，一个信封上写有：培训中心专用；一个信封上写到：2008 年 2 月 6 日（大年三十），祝宝贝新年快乐！罗肖又翻过去看看这个信封背面，好像背面还有字似的。然后贴在自己的胸前，想给自己解围，不知怎的说出了这样一句话："哟，新年红包都给我准备了。"说完脸腾地红了一下。

关琳正琢磨罗肖会是什么反应，也没想到罗肖冒出这样一句话，马上笑着给自己解围："你这当爹的就免了，是给两个宝贝的。"

"两个宝贝的？谁呀？"罗肖疑惑地问。

"肖哥，你打开，看了放好，明年春节你负责发给两个宝贝。好了，现在离他们来还有几个小时呢，我在这儿盯着，你现在的任务是立即拿回去放好，六点以前回来就行了，我先下去看看。"关琳没有接着罗肖的话说，说完没等罗肖反应就出去了。罗肖愣愣地在那儿看着两个信封，不知看还是不看，思维好像停顿了。关琳推门出到一半又回头补了一句："肖哥，厨师长那儿你自己说吧。"罗肖有些茫然地看着关琳，不知所以然地点点头。

其实，关琳特别想知道罗肖现在是怎么想的，可又不想让罗肖尴尬，就有意说到下面去看看。但出了门关琳的脚步就缓了下来，有一些担心，担心自己是不是给罗肖的压力太大了，扶着扶手下着楼又回头朝着办公室看了一下。

罗肖没有马上走，坐在了椅子上，愣愣地看着信封。有一股力推着他，其实是担心不知是什么结果，不让他看那个写有新年快乐的信封。可是看着写有培训中心专用的信封，又冒出怎么和周光磊交代的念头。唉了一声，当初金城山那儿的事多难，自己都能当机立断离开，自己一路走来到现在自信走对了。可现在对吗？我是在做好事还是坏事？事情到了这个地步还是好事吗？令狐文呀我能跟你说吗？罗肖摇摇头，嘴里念叨着能跟谁说呀！打开写有培训中心的信封，里面有写了字的一张纸，还有一个写有罗肖名字的十万元存折，罗肖一笑，摇摇头，心里念叨着"这两人啊"，没看纸上写的什么，连同存折又放回了信封。

两眼盯了一会儿，才拿起写有"宝贝新年快乐"的信封，嘴里默默地念叨着"宝贝快乐，宝贝快乐"。里面是两张粉色纸，分别夹着一张银行卡和新年贺卡。打开一张纸，上面写着：肖哥：2008年大年三十代我（和弟弟）送贝贝，密码是贝贝的生日。贺卡写的是：祝贝贝新年快乐！另一张纸写道：肖哥，你坚信吧，2007年5月1日那天，上帝让你做了干爹，这是干爹给儿子的见面礼，儿子的名字到时再填写。贺卡上"祝儿子"三个字后面空着三个空，后面写的是：坚强的男子汉，永远健康快乐地成长！密码是20070501。

罗肖不明白为什么是两个儿子，贝贝是自己的儿子，另一个呢？是关琳的？那为什么要让我给？难道真的会注定要出现一个儿子？门外传来服务生的说笑声，打断了罗肖的思绪。罗肖把东西原样地放好，怎么办？思量着。想想"心之恋"的事还真的没再跟周光磊说过，一定要和周光磊将这事结了。对，明天8号，公证处一上班就去做个公证，把"心之恋"这百分之四十九的股份公证到周光磊的名下，没准儿这样又做了一件好事，现在周光磊还没有交女朋友，关琳也还没……这样的念头刚一出现，脑子里又闪过那晚，不知是后悔还是什么，总之说不清的感觉也随之一闪。"那张十万元存折怎么办，还有之前周光磊的十万元，干脆一起做股份投到培训中心，本来和朋友确定的就是股份制性质，多两个投资人大家应该不会反对，只是又与周光磊和关琳捆在了一起"，罗肖想，让他们入股是最后的办法吧，最好是将钱退回去，至于那个信封里的两张卡怎么处理再考虑考虑。

罗肖一边思量一边将两个信封放回到原来的包里，又锁回到柜子里。看看表，两点多了，"自己一个人待了这么长时间了，关琳没上来是不是以为自己走了？好长时间没跟郎嘉驹在一起说话了，别让这小子有什么想法了。那些事情坐在这儿想是解决不了的，只能靠时间来解决"。罗肖站起身，下楼来到了操作间。

※　※　※　※　※　※　※

郎嘉驹在帮忙做着什么，看见罗肖进来，把手里的活交代给旁边的厨师就走了过来。

"罗肖，这几天怎么没过来，旅游去了？"

"啊，啊，是，带孩子玩了两天，也跑跑我的事，这里有你，没问题的。"罗肖凑近郎嘉驹，"老郎，关经理可认可你啦，就看你的了。"

"行了，别笑话我了，还不是看着你的面子。谢啦！哪天请你。哎，对了，有什么问题你可要早点儿告诉我，别让关经理说出话来就不好了。"郎嘉驹因为刚在忙没洗手就用胳膊肘戳了罗肖肚子一下。

"你那么机灵，活儿又好，没问题的。请我？你还有时间吗，你不闹歇班就行了。哎，干这个没歇着的时候，你老婆没意见吗？"

"她还有意见？高兴还来不及。我能有活干，也省得她唠叨了。"

"哈哈，后悔了？早说呀，早说就没你的份儿了。"

"哈哈，行呀，还想着哪？得，我也不嫉妒了，哪天她愿意走，有你照顾她，我就放心了。"

尽管郎嘉驹是逗着说的，罗肖心里不免有些疑虑，就有些认真起来："看，看，还是舍不得吧。怎么了？闹别扭了？"

"没有，没有。她最近总念叨你呢，那天她还来了。"郎嘉驹掩饰着什么。

"念叨我？行了，你还吃醋呀？女人就得唠叨，那是她们长寿的秘诀。"

"女人靠唠叨长寿，男人短寿就对了。你可不能跟她瞎说呀？！"郎嘉驹抱怨着。

"行了，都这么多年了，我能跟她说什么？说完，你们俩还睡一被窝儿，我又里外不是人了。不忙的话，我们外边坐一会儿。"

"应该差不多了，那你等一下，我就来。"

郎嘉驹回身去脱掉围裙，跟另外一个厨师交代着，洗着手。罗肖站在门边像是走神般。

不知什么时候关琳来了，关琳隐约感觉罗肖打了个寒战。"肖哥，你还没走，不舒服？"关琳关切地询问。

罗肖被惊醒得有些慌乱，但还是极快地恢复了平静，回头笑笑："噢，没走，我叫老郎到外面歇一会儿。"

关琳没说话，罗肖知道她在想什么，但罗肖不想说什么。

"关琳，现在才三点，到办公室歇一会儿吧。一会儿我跟令狐联系一下，他快到时告诉你。"

关琳点点头，若有所思地走了。罗肖和郎嘉驹两人找了一处安静的地方坐了下来："老郎，刚开业生意不是很好，工资先这样，慢慢地我再跟关琳商量，奖金和经营情况挂钩，行吗？"

"我比他们高不少，这就不错了。我没有太高的要求，能稳定地干一段时间就行了，这样压力小多了。"

"对了，上次你说房子的事怎么样了？"

"现在还不敢想，房价太贵了，我那50平方米的房子也卖不了几个钱，买新房首付都不够用的，我们俩工龄都买断了，又没有公积金，按揭贷款利息太高了。她给人家盯摊儿一个月才一千块钱，我在这儿有你关照着还可以，就不错了。关键是今年孩子上小学，还要交一笔4万的费用。"

"啊？"儿子还小，所以罗肖没太关注这方面的事，不禁有些吃惊。

"说不定到你儿子上学时就不要钱了。所以房子没办法了，她总嘟囔，唉。"

"那怎么办？现在房价也确实太高了，我一个月要还五千多呢。买时我自己有点儿，我弟也闹着换房，我妈没给我太多。还好，我爷爷偷着给了我几万块钱，都没敢让我妈他们知道。"

"你爸医院多能挣，不给你给谁？找他要呗。"

"得了吧。他们可偏心了，有时我老婆也发牢骚，孩子还是姥姥看，所以我总得哄着。这边还总得替老婆在我妈跟前说好话，免得我妈再挑，好在我妈知道医院忙，跟我老婆关系还行。"

两人又说了一会儿后，郎嘉驹说，哪天我们再聊，一会儿他们就回来了，我再去准备准备。罗肖也就没再多说，一个人坐在那愣起神来。

※　※　※　※　※　※　※

转天上班，苏秀君就到了金城山办公室，告诉金城山他们主任通知十点开处级以上领导干部会，市局领导和组织部门来人宣布干部任命，还让郑局长在会上做一个表态发言。金城山瞪大眼睛看着苏秀君，苏秀君看看金城山不相信的样子，说了句"是真的，中午见"就走了。

中午的食堂，三三两两的人分堆坐在一起，话题几乎都是刚刚宣布的郑局长扶正的事。科员们和小科长们无所顾忌，有的说话声还不小，看看几个处长们则像在交头接耳，生怕被人发现一样。可不吗，权德利和左佑平在那儿嘴里不干不净地骂着，刚进来买好饭的人也尽可能地找一个离这两人远一点儿的地方坐。权德利看见两个关系还不错的处长骂着让他们坐过来，警告着他们别背叛，那两个人说，"有二位主任在这儿撑着，不还是老板的天下吗。"

"告诉你们几个王八蛋，老板这回可是市局三把手了，副书记副局长很快就是局长了。他王八蛋扶正也没用，也得走人。"权德利警告着，几个人点着头言不由衷地"是是是"应着。

金城山和苏秀君两人在一旁也小声地说着，虽然左佑平提示着权德利声音小了下来，金城山和苏秀君还是能听到一些。苏秀君低声说"看这小子更有恃无恐了"，金城山示意快吃。两人站起来往外走想避开他们，但还是被权德利看见。

"过来！你们俩小兔崽子，成天腻乎在一起，同性恋吧！"权德利大声喊着。

"主任，主任，您行行好，这可不能瞎说，这可是要出人命的。"金城山赶紧跑过去，故意做出要捂住权德利的嘴的样子，苏秀君也跟着帮腔，其他几个处长和周边的吃饭的人哄笑着。

"不是同性恋成天腻乎在一起干吗？嘀嘀咕咕地还怕人说，别走！坐这儿。"

"哟，大主任，我们帅哥在一起，还能惹人眼馋，您几位嘛……"苏秀君一听，气就不打一处来，可又不好发作就挖苦起来，说完大笑着拉着金城山就跑。权德利要站起来追，被左佑平拉住"行了，别总跟年轻的逗了"。

"兔崽子，胆儿大了。行！看怎么收拾你。"权德利嘴里骂着，一扭头冲着左佑平："你的人！敢跟我来劲，行！跟你没完。"

"行了，行了。平常你就没正形，妈妈奶奶地骂这帮小年轻的，今天把我们也捎上了。"

下午一上班，金城山来到权德利办公室说："主任，局长这回有戏啦？"

权德利又得意又有些不满地道："那是。老板是谁？没有办不成的事。就是让那俩王八蛋钻了空子，要不是来新领导了早就该拿下了，局长早就是老板的了。"

"那是。不过局长这么能干应该很快了，您刚才不是说局长是副书记了吗？其实局长应该请新领导来我局视察工作。"金城山试探着。

"给他们王八蛋脸上贴金？不能让姓陈的与领导有联系。老板与新领导一起吃饭了，挺好。你妈的，找你找不着，出去玩儿也不打招呼，又找了几个？"权德利气哼哼的。

"主任，电话里不都跟您说了吗，和老婆、大舅哥一起出去玩的。再说，我是干那事的人吗？咱可没那个本事，还想多活两年呢。"

"你妈的王八蛋，学会说话带刺儿了。"

权德利好像想起什么，看了一下表站起来："竟跟你妈瞎叨唠了，老板交代的事还没办呢。"

"主任，需要我做什么吗？"

"你干不了，新领导得安排住的地方。明天上午跟我去提车。"权德利攥着金城山往外走。

"您买新车了？"

"咱有公家的 3.0 用着。给新领导买的。"

"市里不是配车吗，还让咱买？"

"废话！你小子问这么多有什么企图？"

"主任，您多想了，我能有什么企图，您不是信任我才跟我说吗，再说这又不是什么秘密的事。"

权德利瞪大了眼睛："放屁！这不是秘密的事，是绝密的事！这事能让别人知道吗？你王八蛋别什么屁都往外放，出了事你小子吃不了兜着走！"

金城山警觉起来，但又不能引起权德利注意，故意玩笑着："我您还不放心？我什么都不知道。我可不是乱放屁的人，屎我都能给憋没了。"

权德利扑哧笑了，骂了一句"还行，不欠操"，在金城山头上搓了一下赶快下楼了。金城山被骂得心里不舒服，琢磨着今后跟这些人说话办事还真的要注意，回到办公桌旁打开电脑，浑身懒懒地似茫然，一种无所事事和懒懒的什么都不想干夹杂在一起。打开个游戏点了几下又停下了，然后给苏秀君发了个信息"请你"。

苏秀君回了个"？"

金城山回复"让你说对了，老三篇照读"。

苏秀君回复"哈哈，又一位'烈士'诞生了？"

金城山回复"好像就差'搏斗献身'这一步了"。

苏秀君回复"这就是'烈士'和常人的不同之处"。

金城山回复"没明白"。

苏秀君回复"今天青年活动日，改天告诉你"。

看到苏秀君的回复，金城山不由一笑，心情好了许多，回复道："兄弟呀，节制！我们就那点儿本钱，是做不了烈士的，保重呀兄弟！我要听汇报的，哈哈。"

苏秀君回复"世界真是变了，你这样规矩的孩子也坏啦！行了，再跟我装纯真扁你"。

不知今天怎么了，金城山脑子乱乱的。脑海里又冒出了令狐文和周光磊。听岳父岳母常唠叨，令狐文都三十了还不交女朋友。

金城山也和令狐珊珊聊起过令狐文的事和周光磊的事。令狐珊珊说，妈也老跟我唠叨，可哥好像不急，就没把这事放在视线内。周光磊可能还是因为关琳，一直回避这事。周光磊老跟长不大似的，我看什么事都得我哥说他。不过现在来得少了，过去一个月不来几趟不算完。金城山问，是不是因为我们总回家，周光磊不好意思来了？令狐珊珊说，不会的，可能怕我妈说起他的事，触景生情。

金城山又想起了罗肖。"今天这是怎么了，怎么老想他们的事。"

※　※　※　※　※　※　※

罗肖一大早就来到了公证处，按规定要两个人一起来，怕周光磊不同意，罗肖事先找与公证处熟的朋友帮忙，因为是这种情况又是转让人来办手续，也就很快办好了。罗肖心里总算有了一种安慰，起码在"心之恋"这事儿上，把周光磊这边了结了，可心里也明白又埋下了另一颗种子，迟早要发芽的。要是周光磊知道了会不会认为自己太那个，当初还坚决拒绝其实是假的呀。唉，那又是一种什么结局呀，可能又搞复杂了，既然公证都做了，也是给周光磊一个交代，就这样推着走吧。从公证处出来，罗肖拨通了周光磊的电话："光磊，是我，罗肖。"

"肖哥，你好。有事吗？"

"这两天有时间吗？想坐坐。"

"哈哈，肖哥，昨天不是刚给我们接完风吗，还接呀。"

"光磊，就我们俩，说会儿话。"

周光磊心里一震，似乎意识到了什么，本能地想到了令狐文。想到昨天罗肖就要跟他说什么，周光磊冒出了一个可怕的念头，感觉自己身子好像一激灵，这几秒钟的沉默，罗肖感觉到了。

"光磊，听得到吗？"

"哎，哎，肖哥，我听到了。昨天我们不是刚吃过了吗？昨天有点儿累了就没怎么和肖哥喝，别介意呀，改天吧，改天再好好请你喝酒。"周光磊马上回过神来，话却有点儿乱。

"就这两天好吧，刚上班你们应该没事，酒就免了，只聊天，你定，今天还是明天？"罗肖觉得周光磊在打岔，就坚持着。

"那好吧。明天行吗？还有谁吗？"这坚挺的口气使得周光磊不好拒绝。

"我这儿就我一个，你看叫谁你定。我明天定好了地点告诉你。"

罗肖听出来了，周光磊问的还有谁一定是令狐文。

"那好吧，就我们俩吧。"

放了电话，想着刚才说的话，罗肖再次印证了周光磊很在意令狐文，觉得在一个单位能像令狐文和周光磊这样，对，还有金城山和苏秀君这样，能成为无话不说，抛弃了利益关系，互相关照的好朋友实在太难得了。其实，好朋友不在乎取舍的，罗肖不禁羡慕起他们来。对，要不要跟令狐文说一声？周光磊肯定不会自己去说。罗肖开着车，心里琢磨着，电话响了，是一起做培训的一个朋友，告诉罗肖一会儿中午见面的地方，罗肖答着说"正在去的路上，一会儿见"。然后在等红灯的时候，罗肖拨通了令狐文的电话。

周光磊与罗肖通话后，一直想罗肖要跟他单独见面的目的。昨天见面时罗肖是要跟他说些什么的，因为人多又没说明，自己也怕他说露了馅。是不是就是这事？不会有别的事吧？想着不由自主地没进自己的办公室，来到了令狐文的办公室门前，刚要进才意识到是令狐文的办公室，犹豫了一下，知道屋里还有另外一个副科长在，停顿一下还是进去了，周光磊跟另外一个副科长打了招呼，然后直截了当地跟令狐文说了："罗肖来电话问这两天有时间吗，想坐坐。"

令狐文跟了一句他有事吗，同时脑子里快速反应到罗肖直接给他打电话约见面，肯定罗肖是要和他说什么事的，不然会直接给我打电话的。令狐文相信罗肖，所以不在意罗肖给周光磊打电话，或许罗肖一会儿就会打电话来的。

"他没说，只是先说一声。有事吗？我把'黄金周'的汇总情况打出来两位科长审一下。"

"老周真是快枪手。不就那点儿事吗？我不看了，文科长看就行了。"一旁的副科长笑着说。

"你小子偷懒，那个活你负责啦。别打了，我过去看一眼就报吧。"令狐文知道周光磊是有话要和他说，才说去看一下就行了。

"那就劳驾文大科长了。"周光磊身子向前倾，伸出手臂做出请的动作，不止是玩笑还是想缓解一下自己。

"辛苦了，辛苦了。"副科长也附和着。

令狐文鼻子嗤了一声，说了句"贫吧"出了办公室，周光磊跟着出来。

"你去吗？"

"是不是罗肖叫你？"

"是。"周光磊尴尬地笑。

"那你就去吧。"

"那你……"周光磊有些吞吞吐吐。

"怎么，我也要去吗？"

"我也不知道。怕你……"

"我怎么了。"令狐文有点儿生气，又疑问的样子拉长了声："怕我？"然后口气出奇地重，"你想什么你？我？罗肖？"

"啊？哥，不是，不是。我告诉你就是怕你多想。"周光磊没想到令狐文反应是这样有些激烈，怯懦的声音放低了许多。

令狐文忽然意识到自己反应有问题，极力地让自己平静下来，有些强笑："那是你瞎想。罗肖是不是有事找你，叫你就去呗，又不吃你。你想让我去？行了，行了，没那么多事。"

"就是怕你多想，真没事？"

令狐文看了周光磊一眼，电话响了，是罗肖，令狐文不想让周光磊知道是罗肖的电话，边说边接电话："我先接个电话。嘿，是我，彩铃有意思吧？"

"是。光磊在吧？我刚约光磊想把'心之恋'的事说一下，就算结了，怎么样？要不回头再跟你说？"

周光磊请罗肖帮忙时开始没想让令狐文知道，后来令狐文知道了，因为周光磊没有主动说，令狐文不想戳周光磊的这个痛，也没主动问过。现在周光磊又在旁边，所以令狐文才随口说出彩铃，罗肖马上反应过来。

"好，听你电话，回见。"

令狐文感觉得到，尽管周光磊好像没在听他们通话，实际他在关心自己和谁通话。见令狐文要挂电话，周光磊像是回避一样先进了办公室，打开写好的文章让令狐文看。令狐文简单地看完，告诉周光磊"报主任吧"就回自己的办公室了。同室的副科长已经出去了，想起昨天金城山和令狐珊珊回家吃饭时，说起郑局长扶正的事，金城山还让他给罗肖带个信儿呢。刚才怎么冒出彩铃这个词儿，周光磊一定知道自己在掩饰，因为彩铃是等待别人接听时，人家电话里的音乐给你听的，你的电话铃声是自己设定的，罗肖反应还挺快。令狐文笑笑又拨通罗肖的电话。

"罗肖，刚才周光磊在，一时不知说啥，嘿嘿。"

"哈哈，我说呢。"

"我还要给你打电话呢，金城山昨天说郑局长真的扶正了。"

"是吗？太不易了，还是好人多。尽管艰难，好人好报呀。"罗肖有些感慨道。

"不过听金城山说，伍湘源不死心。"

"我也听到社会上好多人传伍湘源的事。我给你打电话，我想约周光磊把'心之恋'的事了了。"

"刚才他就是和我说你约他呢。"

"令狐，我今天去公证处了，把'心之恋'的股份公证到了周光磊的名下，我想告诉他，你说好吗？没准儿通过这事将来他和关琳也许还会有所发展。"

这是令狐文没想到的，特别是罗肖说的最后一句话，令狐文沉吟地"哦"了一声。

"令狐，你说周光磊会怎么想，会接受吗？我怕是不是会触动他。"

"嗯，啊，有可能吧，也许这么长时间了不会怎么样。"令狐文想起刚才周光磊的情景，沉吟了一下，更多的只有自己知道。

"那我先和他说，不行就只有你说了，我看他听你的。"

令狐文答应着放了电话，但琢磨着罗肖说的"我看周光磊听你的"是什么意思，一想罗肖根本也不会有别的什么意思吧。

※　※　※　※　※　※　※

下午，罗肖征求周光磊的意见，是否考虑先去健身，然后找个地方坐一会儿。周光磊高兴地告诉罗肖"以前经常去，还办了卡，只是最近可有时间没去了，一个月也去不了一两次"，罗肖说"就当陪我去吧"，周光磊还真是乐得不得了。

五点半，两人来到了罗肖经常来的一家综合性的运动中心。罗肖告诉周光磊，这里除了健身器材外还有球类运动和游泳池，有一般地方没有的壁球，问周光磊打过没有，周光磊说没打过。两人换好了衣服，选了两台跑步机跑了一会儿。期间，偶尔还有一两个人过来跟罗肖打招呼。两人不大工夫就出汗了，周光磊建议歇一会儿，罗肖也停下来了。

"肖哥，你总来吗？"

"刚才那些人是我们过去一起打羽毛球的，你看那边场地里，最里面的那两块场地。"罗肖擦着汗，指指里面。

"不少人嘛，你们单位的？"周光磊往羽毛球场地看了看。

"不是。我们是五湖四海凑在一起的，谁也不认识谁，也不问干什么，就是喜欢打球就凑在一起了，每周两次活动，大家没有利益关系互不干涉，就是图一个快乐，偶尔也一起聚会一下，吃饭喝酒的，只是我有好长时间没跟他们凑合了。"罗肖回想过去的情景，脸上挂着愉快。

"真的？这样多好呀，肖哥你们够时尚的。肖哥，你要是不反对，今后我们叫上令狐他们也定期运动运动。"周光磊羡慕死了。

"可以呀。过去上学时令狐可是很喜欢运动的，不知现在还喜欢不喜欢动了。"

"他呀，懒死了。不过主要还是事儿太多，肖哥就这么定了，我负责组织。"

"我们活动可是 AA 制呀！"

"肖哥，他们属于无组织嘛。我们跟他们不一样，我们有组织有领导，我就当领导吧。所以，当领导就得负责经费问题，队员们不用考虑这么多，只要按时参加活动就行了。对了，为了确保出席，还得规定一条纪律和处罚条款。"周光磊愉快地说着。

"哟，这么严格，怎么处罚？"

"按时来的奖励饭局，不按时来的每缺席一次罚一百。这就叫惩罚式强制。"

"哈哈，那好，那我一定保证不缺席。哎，光磊，看见那几个年轻的了吗？韩国人，原来还有两个日本人呢。"

"哈，你们还是联合国队呢？"

"就是，中国的外国的，老的少的，男的女的，有家的没家的，不保证擦不出火花。"

"啊？真的？"

"不保。"罗肖笑笑。

"肖哥这么帅，退出不会是因为……"周光磊有些坏坏地看着罗肖。

"想什么呢？帅也帅不过你呀。"罗肖扑哧一声笑了，轻轻捶了周光磊的胸一下。

"肖哥，我们再跑十分钟就去冲个澡吧，总没练了量别太大了。然后我们找地方坐一会儿，你还没告诉我什么事儿呢。"周光磊大笑着，又上了跑机说道，"肖哥，要不一会儿我们去洗浴中心冲澡，做个保健好吧。"

"还是不去了，就在这儿冲一下吧，然后我们聊一会儿。"罗肖也上了跑步机想想说。

周光磊没再坚持，冲了澡，找了一家餐厅，简单地点了一点儿吃的，然后罗肖就将股权转移公证的事告诉了周光磊。周光磊一时没有回过神儿来，像被雷劈了一样愣在那儿。罗肖没有想到周光磊这样反应，不禁有些担心起来，试着叫他："光磊，光磊？这事儿提前没和你商量……"

"肖哥，我不想这样，我不想这样。我本想这事儿解决了，我想我们可以平平静静地相处了……"周光磊喃喃。

"光磊，我没想要勾起你什么的，这事儿只是我们俩的事，任何人不会知道的。担心吗？担心关琳知道？"罗肖听出周光磊内心的挣扎，安慰着。

"对不起肖哥。这事儿本来就是我强迫你做的，让你为难了，也是我考虑不周。肖哥再听我一次吧，就让它成为我们的秘密吧，能保密多久就多久吧，只是不想再给你添麻烦了。真的对不起，肖哥。这事儿真的没给你带来麻烦吗？"

周光磊沉默了一会儿反倒关心地看着罗肖，这下倒使罗肖一下子陷入了尴尬，想掩饰什么，这才更加意识到自己面临的是一个更大的难题。其实，周光磊和罗肖两人考虑的不是一回事儿，周光磊担心的是，怕这事会使罗肖老婆产生误会，罗肖担心的是自己和关琳的那事儿。

罗肖不知怎么和周光磊说，也沉了一会儿。

"光磊，我这样做，也是就像你说的一样，对我也是一个交代。将来如果出现什么事儿，还想请你帮忙，也不想让更多的人知道。"

"肖哥，别的帮不上，资金上可没问题，你要客气就见外了，关琳这么难的事儿你都没二话。我能帮你什么？"

周光磊听罗肖这样说没多想话里的话，反倒高兴起来。可这会儿的罗肖如此地尴尬，真的说不出心里的滋味。这一刻，罗肖才真的有些恨自己了，愈发感到自己不是点燃了礼花，是埋下了一颗炸弹，是毁灭，不禁打了个寒战。

"肖哥，怎么啦？是不是刚才冲澡凉着了？"周光磊看到罗肖打了个寒战，关切地问。

"没有，没有。今天，我们总算有了一个圆满的结果了。来，我们干一个，庆祝一下。"罗肖故意做出振作的样子。

周光磊也端起酒杯与罗肖碰了一下："肖哥，我再次感谢了！同时向肖哥表态，只要肖哥需要我做什么，我周光磊绝不含糊，百分之二百地完成！"

"那我也要谢谢你。好了，让我以良好的状态准备好，来对付可能发生的问题吧！"

"肖哥，你说得不对，是我们一起面对！"

罗肖嘴上说着，对，对，是我们，是我们，心里其实在说你哪知道，这是说给我自己的！

※　※　※　※　※　※　※

周光磊与罗肖见过面后，转天也没跟令狐文说见面的事，罗肖也没打来电话，令狐文不觉心里惦记。可周光磊不说，也不好问，只觉得周光磊好像有心事，试着在说别的事时暗示一下，周光磊不知是没感觉到还是故意回避，总之只字不提与罗肖见面的事儿，这倒让令狐文觉得周光磊在变。令狐文生出一个念头，是不是罗肖通过这事儿给周光磊做工作了，使周光磊心理出现了转机？这是好事吗？是自己希望的？！这不是自己想要的吗？！这是自己想要的？这些疑问又肯定，肯定了又疑问，对于令狐文来说太可怕了，忽然感觉自己被地球远远地抛向了太空。令狐文几乎没有过这样的感觉，他有些控制不住自己，坐在那儿努力地控制自己的烦躁，尽管六月的气温很高了，但是也不至于大汗淋漓，可令狐文热得不行了，额头已经流下汗来，浑身上下开始冒汗，淡黄色的衬衣腋下已经湿透一片。

令狐文急忙起身去拿毛巾到卫生间，打开水龙头，双手接满了水往脸上不停地泼了几下，然后才定神看着镜子里的自己。这时，他才注意到旁边另一个洗手盆前站着的是一脸茫然又有些吃惊的周光磊。

"怎么了？不舒服？发烧？"周光磊伸手想去摸令狐文的额头，不知是下意识还是故意的，令狐文竟然闪开了没让周光磊摸。令狐文这一躲，这可是从来没有过的，更惊住了周光磊，他有些恐怖地看着令狐文。这时，令狐文好像清醒点儿了。

"是你呀。没事，没事，就是有点儿热。没事了，愣着干吗，没事吧？我早走一会儿。"令狐文有些慌乱，周光磊傻傻地"哦哦"着，令狐文不等周光磊再说什么就出了卫生间。

令狐文真的跟主任打了个招呼，说不好受就走了。不想回家，想找一个地方待一会儿，不想去"月色阑珊"，也不想去"心之恋"，不知道去哪儿。可以去哪儿呢？也想跟谁说说话，跟谁呢？从上中学到现在十几年了，除工作后的周光磊外，确实有四个好哥们还保持着非常好的关系，五个人都是中学同学，令狐文排老五。其他四人都已经结婚生子，老大的孩子都上二年级了，除老四跳槽到北京工作外，他们四个人还都在本市工作，这也不妨碍五人定期的聚会。特别是，从上大学开始每年春节必聚到老大家吃一顿，倒也不单为吃这顿饭，是五人充分温故这么多年来纯真的友情，也是五个人最放得开的时候。这时，无话不说了，包括工作、生活、孩子、老婆、夫妻生活等等的一切，什么都会无所顾忌地拿出来晒给哥们听，因为男人不是知己不会晾出自家的家长里短的，特别是苦恼的。

今天，令狐文开始想到了他们，可是自己能跟他们说出真正的原因吗？这件事，是自己唯一的秘密，这不是对哥们儿的不信任呀，只是担心他们多少会对自己产生看法。唉，还是自己一个人待一会儿吧。电话响了，令狐文猜到会是谁，按了静音，过了一会铃声又响了起来，还是不想接。一会收到了一条短信，令狐文知道这是周光磊发来的，也就没看。但是，短信不看提示音就会隔一会儿响一次，就这短短的提示音已经令令狐文都有些烦了，只是短短的俩字"在哪？！"

就这两个字，竟然使令狐文一激灵，令狐文读出的是愤怒、不满和强硬，这使令狐文感到自己少有过的懦弱和孤单无助。其实，男人骨子里隐藏着的脆弱要远远超过女人。

罗肖与周光磊见面后，虽然说服了周光磊接受了股权转移的结果，这件事好像画上了一个句号。但是，罗肖隐隐地感觉有什么事儿会在什么时候来，心中祈祷着不要发生，这不是自己想要的，压根儿就没想过的，可是确确实实地发生了。

这些天无论干什么，罗肖已不再是那样的一身轻了，总觉得有什么东西甩不掉，就是这看不见摸不着的什么，确确实实地笼罩着自己。有的时候觉得是片雪花飘落下来，落到自己身上却没有融化烘干，反倒坚固得成了一块锋利的冰块刺压在心头。这些天，天天早早地回家，做饭，陪老婆，带孩子，老婆上夜班也尽量不把儿子贝贝送到姥姥家了。老婆也有些纳闷，但心里很满意，有一次不上夜班还主动将孩子留在了姥姥家，与罗肖一起去看了一场很时尚的现代舞演出。回到家，心照不宣地享受了激情，罗肖又有些找回了恋爱的感觉，和如饥似渴的疯狂。这些，罗肖自己都感觉出来了，虽然是下意识的，其实是内心想要弥补什么。好在关琳也没怎么打电话，只是两天前联系过一次，说看看哪天什么时候一起把这一个月的情况说一说。

※　※　※　※　※　※　※

这天，金城山、令狐珊珊和苏秀君、袁月相约在一起。袁月提议，别总去"心之恋"了，一去就免单，影响生意。令狐珊珊开始还说要去，金城山也说换个环境吧，四个人就去吃火锅了。金城山和苏秀君聊着，也在听令狐珊珊和袁月两人小声说的话，好像令狐珊珊说了一句，"这个月过了几天没来，不知怎么回事儿"，袁月说这两天陪令狐珊珊去查一下。

回到家里，金城山想着怎么问这事。躺到了床上，金城山搂着令狐珊珊轻言细语问道："老婆，你病了吗？怎么要去医院呢？"

"傻样儿，就非得有病呀？不能是别的？"令狐珊珊脸上挂着甜蜜。

金城山愣了一下，好像明白了，一下子坐了起来，高兴地大叫着："真的，老婆？我们有儿子了？"

"太感谢老婆了。"金城山又高兴地过来亲令狐珊珊。

"行了，别闹了。刚才就想跟你说，关琳好几天没去'心之恋'了，打电话关机，发信息也没回。"

"出门了？"

"我问表弟了，关琳没交待他什么，只说有事让找罗肖。关琳跟罗肖说了？可连洁说罗肖这几天也没去，不会他们俩出去了？"

"不会吧？！老婆。关琳不是告诉连洁有事儿找罗肖吗？那就不会和罗肖一起出去。"

"这就怪了，琳琳很少出去不告诉我的，前几天她还打电话约我放假一起去港澳玩儿的，是不是和她父母一起去了？要不要给她家打个电话问问有什么事？"

"老婆，你这会儿怎么糊涂了，要是他们一家去的，家里能有人吗？要是关琳自己去的，问她父母是不是不合适？"

"也对，我老公最聪明了。行了，过两天再说吧。老公，我们睡吧，这两天觉得特乏。"

"会不会跟怀孕有关系？明天我让妈熬点儿粥？"

"哼，就会讨我妈的好，我想吃你做的。"

"老婆，要不明天我不去上班了，陪你去检查吧。"

"看把你急的，我都没着急。你不忙？有你这句话就行啦。先别跟妈说这事，我想等检查确认后再说。"令狐珊珊心里甜蜜蜜的。

"反正现在一天到晚就那点儿事，顺手就干了，这是大事儿，不能让老婆自己去，得有老公陪着那才叫有派呢。"

"就再等两天吧，月底也就没课了。"

"肯定是。老婆，我有预感。"

"又不是你怀孕，你能感觉得到？"令狐珊珊笑了。

"真的，老公能感觉得到，你没听人家说吗，男人也有妊娠期的。"

"行了吧，竟瞎说，赶明儿让你生。"

"行，老大你生，老二我生。"

"那你就成怪物了，不说了，快睡吧。"两人相拥而睡。

※　※　※　※　※　※　※

"心之恋"开业后，罗肖去得不是很多，关琳再没有提出过什么，平常接触如同以往的自然。但是罗肖过不了那道坎儿，因为这不是平平常常的事儿，是可以使你上天也可以下地狱的事儿。罗肖想，如果把这事儿当成无所谓的事儿了，那人可能就会无所顾忌不计后果地继续往前走了，自己还不行，但是自己知道实际上一种担心从此会放不下了，如果真的像关琳所说的结果出现，自己就会一辈子背负着罪，不知自己会不会被压垮。罗肖知道自己不再是一片阳光一轮明月了，自己的天空也有了云遮月，很可能不知是遥远的将来，还是已经逼近了雷雨。不管怎样，日子还得过，自己的理想那是自己的最爱，还要去做。也许，自己是想用实现理想的彩霞冲淡那遮住阳光的云。这两个月，除了继续筹备培训基地外，更多的精力放在了职业资格考试上，只要这个考试过了，自己就也有医师资格了，这一点罗肖对自己很有信心。

为了考试，罗肖也没少往爷爷那儿跑，研究一下爷爷自己多年根据不同病人配置的中药方，向爷爷请教。有时还帮着爷爷为病人熬药，或制成膏状的药让病人带走，罗肖从中获得了乐趣和享受，爷爷更是高兴，终于有继承人了，所以不时地偷偷给罗肖一些钱，还嘱咐他不要告诉爸妈，免得让他们说爷爷偏心，就疼大孙子不疼二孙子。每次去，爷爷总埋怨罗肖不带儿子去，说好长时间没看见重孙子了。罗肖也总是心里过意不去，不停地说："过几天一定带贝贝来看您"。

※　※　※　※　※　※　※

关琳真的去港澳了。这些天，关琳心里矛盾着，惶恐中又期待着，"心之恋"也有些懒得去，给令狐珊珊打过电话后，反倒增强了自己必须去一趟港澳的念头。关琳的独立性格，有时会到了任性的地步，平时还好，很听父母的话，可是在有些事儿上一旦自己决意想做了，往往就会不听父母的。为此，她也和父母闹过很厉害的别扭，最厉害的有两次，一次是买房结婚，一次是和周光磊分手出国，这些都是先斩后奏的。这次，关琳自己觉得是不是又要和父母发生冲突，自己预感着会有什么事的。这次回国后，关琳没再打算去加拿大定居，觉得将来去香港比较好，所以还跟父母讨论过在香港买房的事。

父母有自己的想法，不过想想也好，将来全家都过去还能照顾关琳。或许将来还能收到另一个效果，就是有可能关琳在那边喜欢一个男孩成个家，所以也就留心在香港买房的事儿。其实，关琳的父母一直还关注着关琳和周光磊的交往，有意地，但也不引起关琳在意地问一下周光磊怎么样了。后来父母觉得关琳又一门心思经营了"心之恋"，会放弃到香港买房的念头，也就好长时间不提这事儿了。这次去之前，关琳跟父母又提起买房的事，父母也就没在意以为关琳说说而已。

不过，父母倒是又有意地提了一下周光磊，关琳理解妈妈用意，也故意开玩笑但有意地说："妈，是不是非要把自己嫁出去？也许将来不一定嫁人呢，一个人不是挺好的嘛。如果怕老了没人管，我就要个孩子，做个单身妈妈。如果到那时周光磊还不结婚，我就跟他凑合了，让孩子认他做爹。"

妈妈听关琳这样说，不免担心起来，当着关琳的爸爸又不好问，就说："不结婚哪来的孩子，你从小到大都是好孩子，没让我们操过心，可不能有什么事儿的。"妈妈不愿意说胡来什么的，因为知道自己的女儿从小虽然有时任性，但是不会和不三不四的人混在一起的，知道自己的女儿条件还是挺高的，也不会轻易和哪个男孩在一起的，也知道有中学的一个帅哥，关琳说过叫校草的总去店里，但关琳只说是同学，也没见两个人约会什么的。所以，觉得或许女儿心里还一直抹不去周光磊的影子，也一直不肯交男朋友，这倒也令关琳父母暗喜。

关琳已经考虑了，如果一旦是自己恐惧又期望的事发生了，就必须在香港买房，给自己给他给将来一个避风港。可是，关琳又担心，一旦那是真的要不要告诉他呢，那会毁了他吗？那是自己想要的吗？当初自己迈出那一步，是真的喜欢他，没有周光磊的影子吗？要是周光磊知道了会怎么看自己？关琳奇怪，自己怎么到现在还这么在乎周光磊的感受，是他不珍惜自己的。可是令狐文还是一个人呢，这两个人真是没办法，令狐珊珊也总说要给她哥哥找对象，自己也就答应着帮着找，还能说什么呢。自己心里一笑，干脆我生了给他们做儿子不就什么都解决了吗？！可是又想到罗肖会怎么样。

这次来香港，关琳还有一个目的，就是要去医院进行一次检查。那次在路上晕倒，多亏遇上罗肖，后来又病过一次，做了一次全面检查。当几个月为"心之恋"操劳，中间也有过一次身体不适，还好，关琳自己及时调整，没有出现大的情况。这些天关琳真的有些疲乏，不知是不是又要犯病，加上快两个月了还没来。

关琳到港后第三天，去了父母提到的最好的医院做了检查，费用高得不用惊讶，检查的结果忧大于喜：一点五的忧，零点五的喜。但这零点五的喜，却远远重于那一点五的忧。喜的是，恐惧中的期待成了真，老天爷真的眷顾自己，没跟自己开玩笑。

忧的是：医生告诉她，怀孕生孩子会使她的身体不堪重负，因怀孕而发病甚至危及生命。医生建议不要这个孩子，这给关琳一个不大不小的打击。关琳告诉医生几年前流过一次产，所以特别想要这个孩子，医生告诉关琳，如果那次孩子保住了，可能病症那时就出现了。关琳恳求着医生帮她想办法，医生告诉她先观察一段时间，要定期检查，如果情况不好甚至严重了，就必须及时采取措施。关琳这才稍稍放了心，没有和家里商量，就在医院按照香港生孩子的要求，办理了从现在到孩子出生相关的手续，医生更给了她一些建议。

办完这一切，关琳心里反倒轻松了一些，阳光灿烂的小女生的样子又回来了。这一天回到宾馆哪儿也没去，幸福地待在了房间里，想着这一切，想着这以后。来港两天了，除了给爸妈打电话外，关琳不想让别人知道来香港了也就关机了。所以令狐珊珊电话没打通，发的信息也没看到关琳回复。转天睡了个懒觉，起来收拾停当，决定去购物。

关琳给自己买了一套当下时尚的衣服，脑子中不由自主地想给罗肖买个礼物，关琳觉得太有意义了，真的要好好谢谢他，要送一个有意义的东西给他，冥冥之中又想到了周光磊和令狐文也应该送礼物，没他们就不会有今天。看着自己手里的精美的提袋，想到出来没告诉令狐珊珊，令狐珊珊一定埋怨自己，所以也要给她带礼物回去。还没琢磨好都买什么礼物，一个念头蹦出来，这次来太有意义了，从现在起要每月给儿子买礼物留着，对，赶紧给令狐珊珊打电话。关琳不停地看着，同时打开手机，收到了令狐珊珊的短信，看看是中午，令狐珊珊应该下课了，就拨通了令狐珊珊的电话。

"喂，珊珊，是我，你好吗？"

"哎呀，琳琳，跑哪儿去啦？失踪啦？你在哪儿？打电话关机，发信息不回。"

"我在香港，来四天了，出来没告诉你，后天就回去。"关琳哈哈地笑着。

"是你们全家一起去的吗？"

"没有，没有，叫你来你不来，我只有一个人啦。"

"啊？你一个人？噢，老实交代，莫不是会帅哥去了？"令狐珊珊有些吃惊，又好像明白了什么。

"哈哈。我倒是想混个港仔呢，可惜没一个赛过我姐夫的，你就放心吧。"然后既像说给令狐珊珊听的又像说给自己听的："不过，珊珊，我还真的得到帅哥了，所以给你打电话，我要给帅哥买礼物，今后每月来港一次买礼物存着。"

"真的？真的？什么时候认识的，你怎么不告诉我，不够意思，重色轻友。"

"什么呀，我是说给我儿子买礼物。"

"啊？你，你什么时候有儿子啦？"令狐珊珊震惊了。

"哈哈哈，什么呀，给我干儿子的。"关琳哈哈大笑着。

"你怎么知道的？还不确定呢。"令狐珊珊又是一惊。

"什么我怎么知道的，不确定什么？"关琳也不知令狐珊珊说的什么意思。

"不是，不是。"令狐珊珊知道自己说走了，想掩饰。

"珊珊，真的？太好了，太巧了，万岁！我一定给我儿子买最好的礼物，哈，珊珊我在这儿亲你了。"关琳明白过来了，兴奋得也忘了身边的售货小姐，售货小姐不解地看着关琳，关琳赶紧收住，不好意思地说"对不起，我要当干妈了高兴的"，售货小姐趁势恭喜后劝着应当送个有意义的礼物，关琳说"谢谢"。

令狐珊珊不知关琳和谁说话，就大声喊："琳琳，你和谁说话呢？"

"是和售货小姐说话呢。人家也劝我给儿子买礼物呢。"关琳说的儿子是指两个儿子，一个是令狐珊珊的，一个是自己的。

"琳琳，你先别闹，我还没去检查呢，不一定。"

"准是，准是，我肯定。你等着，等我后天回去陪你去检查。"

"你怎么也跟金城山一样也肯定呢，行，等你回来。"然后令狐珊珊也逗着说："琳琳，要不真的带个帅哥回来？"

"行呀！明年吧，你给我个干儿子，我给你带个帅哥。真是的，没把握好，要不然弄个8月8号的奥运宝宝多好。"关琳一语双关地说。

"那这个任务就交给你了，到时我也做干妈。"

"这个事儿比较难了，怕是赶不上了。哈哈。"关琳有意地玩笑着。

13

　　金城山坐在办公桌前打开电脑漫无目地看着什么，心思并不在眼睛看的东西上，不由自主地想到这些日子，郑局长扶正一个多月了，还是这样平静得有些奇怪。局里会有些什么变化？还是这帮人，估计不会这么快就有变化。又想起，权德利说过给新领导买车，不知怎么样了，记得那天下午快下班的时候，权德利回来打了个照面就又走了，没提买车的事。对了，要是罗肖不离开这儿，没准儿这几年也上来了。这两天局里好像少了不少人，办公室少有的清闲倒让人百无聊赖。平常进出郑局长办公室送件汇报也没觉得什么，这两天没什么事，想去郑局长办公室反倒有些不知所措了。大楼寂静地像是在预示着什么。果然，没几天，各种消息传了起来，最多的是说要提一个副局长，伍湘源指示市局组织部门的领导，说年龄可以突破一些，大一些也没关系，特别明确提示应该考虑像权德利这样有能力、有水平、讲政治的干部。一时间局里又议论纷纷，有的认为这回伍湘源真的要当市局局长了，要不怎么刚当市局三把手就立马提拔干部。也有的说不对呀，伍湘源不分管组织部门，他是瞎插手胡来，是他自己觉得有资本可以左右市局党委。

　　这天上午，苏秀君送左佑平去市局，回来就直奔金城山办公室，见正好只有金城山一个人就进去了，没等坐稳就说了起来。

"金大主任，告诉你，局里还真的要提一个副局长，老'革'刚参加完郑局长主持的党委会，就急着让开车送他去市局。我刚送他回来。"

"今天怎么让你送？邪了！他车呢？"

"他车这两天不好使，可能修去了，我正去他办公室就让我送了。在车上他给'鬼'打了个电话，含含糊糊说有急事，听他跟'鬼'说的意思，郑局长让给市局写的推荐意见好像不是'犬'，建议根据领导班子年龄结构，按规定提拔一位年轻的，请市局来组织推荐考察或交流来一位。"

"那看来是他们一相情愿了，提'犬'肯定不是市局的意见，就是'鬼'想利用这个机会提拔死党，他舍不得这儿，想继续控制这儿。"

"控制这儿？还不是控制钱袋子！要我说，是'鬼'更担心'钱大爷'的事牵出咱这儿财务的问题。"

"要说过去花钱如流水，现在'钱大爷'没了，还真是悬。"

"要我说，关键还在市局。刘书记能听'鬼'的？要是按规定提拔，那帮人肯定没戏。不过你看咱这儿有几个够标准的，这些年'鬼'在这儿提的这些人有几个能用的。"

"真是！最好是调一个来，这些人也就死心了。"

"那'鬼'可是要疯了！哎，你说'鬼'疯了是什么样儿？"苏秀君又来神了。

"哈哈，这还真没想过。也许，天下能太平了？这个课题够深，也就你这猴儿能研究。哎，你说，没准儿，愿都许出去了，就等美梦成真了，要是办不成，肯定得疯！"

"你没看，刚才我车还没停稳，老'革'同志就急着开门，一个趔趄差点儿摔了一个大马趴，匆匆地跑进市局大楼。反正今天也没事，就在你这儿待着，没准儿一会儿还让我接他。你不忙吧？"

"这些天都没什么事。他会让你接了？"

"他没说，没准儿。你说你们'犬'会不会也在那儿？"

"应该在。这些天他也没怎么来这儿。"

苏秀君一直在金城山办公室里聊着，两人揣摩着左佑平会说什么，伍湘源会是什么反应。眼看中午了也没接到左佑平的电话。倒是处里的内勤打来电话，问是不是还和主任在一起，说郑局长找主任问报告的事，苏秀君告诉内勤"没跟主任在一起，刚才送完就回来了"。

然后苏秀君对金城山说："人家肯定又在聚会呢。得，我们也吃饭去吧。"

金城山边站起身往外走边说："对了，今年竞聘考试你报了没有？你到底怎么想的？"

"我有资格，不过有什么用？你一天到晚累不累，咱不争这不争那落个自在多好。"

"你们'革主任'对你怎么样？再过一两年，后面的就顶上来了，竞争就更激烈了。"

"跟他没什么交情，一般。活儿上不让他多挑出毛病就行了。再说了，你们'犬'没少跟他'美言'咱，人家用咱？还记得那天中午，在食堂'犬'说咱同性恋，我不给了他两句吗，下午马列主任就找我谈话了。"

"是吗？一句话就够上谈话了？你怎么没告诉我！我说呢，对，就那两天，忘了哪天了，'犬'还警告我离你远点儿，我还以为那两天他是看郑局长扶正了心里有气呢。"金城山有些吃惊。

"告诉你吧，我根本没当回事。有这些人在，不干也罢，还是等你将来提拔吧。"

"我有那么大能耐就行了，咱也就二儿小扛房梁顶这儿了。这个单位要想风气正了，得几年。"

"得几年？得大几年！没看人家忙着改岁数吗？你看着吧，人家没准儿真能当政，那我就得上五台山请个符儿避邪了。"

"别胡说，小声点儿。"

"您老还是蛮有希望的嘛。'犬'大主任可离不开您。哎，郑局长不是对你也挺认可的吗？"

"他离不开我？那要分嘛事儿，他还警告过我少去郑局长那儿。"

两人进了食堂，看看没有特别喜欢的菜，便拉上两位关系还不错的同事到外面吃去了。

※　※　※　※　※　※　※

还真让苏秀君说中了。左佑平急急忙忙地敲门进了伍湘源办公室，正见伍湘源冲着权德利大叫着："看了吗！看了吗！不把这王八蛋踢走行吗？！还能指挥得动吗？你们班子那些人想干什么！？造反？不是个个跟我表过态吗？见风使舵？！跟我玩儿？我没走，还当了副书记，说话不管事儿？！他想指挥市局，谁支持他？！老左，你来得正好，你是干部处长，你应该有政治头脑，应该立场坚定地坚持正确的意见，不能让姓郑的阴谋得逞。"权德利和左佑平大气不敢出地应着"是是是"。

"老板，不知怎么了，今天那几个都没明确表态。"左佑平试探着说。

"好，有收拾他们的时候！你们回去还是老办法，找一把手谈话，讲明利害关系，让他们明辨是非，跟谁走，选谁，提前做好工作。"伍湘源狠狠地说，然后先指着权德利，后指着左佑平："你先上，你后上，要立马上，你们俩上了，这个班子才有希望。"

"听姓郑的口气，是不是他和市局组织处沟通过，会不会是陈书记同意的？"左佑平又说。

"想背着我做手脚，有他姓陈的好看。市领导听咱的，姓陈的算什么东西！我现在就给秘书打电话，今晚就约领导吃饭，把这事定了。"伍湘源无所顾忌有些在吼叫，然后冲着权德利问："该弄的都弄好了吗？"

"新领导挺满意，车也用上了。上次您说的找个司机，什么时候让去？"

"哦，今晚我问问再说。"伍湘源想了想说道。

伍湘源思考着。虽然刚才有些恼火但现在好像又有点儿得意，微微点着头道："好！就这样，你们照我说的去做吧，报告的事先拖着，实在不行，直接从市局办。"

两个人领了"圣旨"出来，左佑平心里其实很不平衡：让"犬"先上我后上，都什么岁数了，等轮到我早就泡汤了，这还不能说。等电梯的工夫，左佑平冲着权德利："竟给你忙活了，白眼狼。"

权德利是个不容人、半点儿不顺眼就骂的，最拿手是无中生有告黑状，且以此为乐的。在伍湘源的圈子内，他也是最遭人恨的。但，伍湘源也正是相中了权德利这一点，并将之任意放大为我所用，既控制圈内的人，也唬着圈外的一片人。左佑平表现出不满，权德利的火腾的上来了。

"怎么着？你王八蛋长能耐呀！不满意？去找老板去，看你行还是我行。有能耐耍靶子，你不干拉倒，我求你？这事儿砸了，看老板听你的听我的。告诉你，我说的话，老板还没有不听的。我怕谁！"

左佑平知道权德利的弟弟跟伍湘源小舅子一块儿干，无礼霸道，狼狈为奸，恩惠都没少捞，因此平日里伍湘源也让权德利三分。所以他跟权德利在一起也就尽量不惹他，今天确实有些不满了就拽出了一句："老板听你的？那是听小舅爷的！"说完先进了电梯，权德利也只好跟着进了电梯。

权德利也没想到左佑平说出这句话，这么多年没怎么遇上过敢提这些事的人，一时还真的有些给镇住了。因为电梯里有别人，虽然气急败坏的嘴里也只有"你你"的不好说什么。出了电梯，权德利站在一边等左佑平出来发着狠地说："原来老板的那些事都是你王八蛋说出去的？！好，行，看我……"两人站在那儿吵了起来。

这时的左佑平有些冷静了，自己憋了许久的话说出来了，思量着还不能让这只狗告这个内容的状，得找个词儿镇住他，封他的嘴。

"'犬'大主任，你不就是一天到晚告黑状吗，我说老板？谁不知道你屁眼儿大得把心都拉掉了。谁敢说老板？不就你敢吗？你是老板贴心小棉袄。谁跟我们说的，老板去深圳，你有能耐，给安排的北京的几个妞陪着，那小钱儿花得爽。这事，要不要一块儿跟老板说说？”

权德利这下还真的被镇住了。去深圳就只有他一个人陪着去的，花了多少钱，都干了什么事，找了什么人，还偷偷地去了香港和澳门，都是他一人经手操办的。那个享受，那个销魂，出手那个痛快，回来确实炫耀了一阵子。权德利这下有些傻，这事让老板知道了虽然老板不会怎样，也肯定不高兴，尤其在这当口儿。这会儿，权德利尽管心虚，可是习惯了，成性了，本性难改，所以仍然不在乎的样子。

“放你的狗屁！谁跟你说的，你想血口喷人，看老板信你还是信我。”

“你王八蛋敢吗？现在咱就上楼去找老板说。”左佑平也有点儿豁出去的样子，说完就去按电梯。

权德利尽管一肚子气也知道这里的利害关系，赶紧一把拽住左佑平声调低下来：“你妈的还来劲儿了！我刚才不就是说说嘛，还真跟老板说。兄弟这事全靠着你了，完事我还帮你呢。你不是说想换车吗，我跟老板说让公司出钱换了不就完了。告诉你，前两天给新头儿买车时，老板答应过给我老婆换车，干脆我跟老板说一声连你老婆车一起换，你就别换了太扎眼。”

左佑平看看他：“你小子别糊弄我，过后就不是你了。”

“我是谁！还没有老子办不成的事。”权德利又一脸天老大他老二的样子。

“我看够呛。‘顺胖子’死了，老‘钱’也……老板现在也不分管了，哪来的钱，就你……”左佑平不信的样子。

“这你甭管，也别问。‘钱’大爷还算对得起老板，你知道他支持了公司多少，当然这王八蛋也没少捞，现‘捐’给国家了。看咱，吃了，喝了，享受了，存钱没用，你知道就完啊？！”权德利神秘地说。

左佑平以前也知道一些：“你小子还没钱？吃喝嫖赌享受了，房子车子也样样没落下，连孙子娶媳妇的钱都准备好了吧？！”

“哥们儿，咱哪说哪了，到此为止，你嘴严点儿。老板要是定了晚上请头儿，完事儿我请你。”权德利赶紧拦着不让继续说。

"祝你成功吧。"左佑平可心想：还让我嘴严点儿，知道的事儿多，不正是你炫耀唬人得意的资本吗！

权德利又来神儿了："放心，我上位了，你的事我办还不成吗？这儿就是咱俩的。"

"行啦。别高兴太早了，这回老板要是上位了一切就都好办了。"

权德利得意起来："放心，老板是谁？什么事儿，几招下来不是一帆风顺。瞧好了吧。你不走？"

左佑平拿出手机拨着电话："我让车回去了，现叫车来接我。"

权德利拽着左佑平："走，走，走。您大主任就委屈委屈坐我的车吧，别回去吃了，我请，正好商量商量老板交代的事。"

左佑平被拽着边走边说："哟，平常搭便车您老可没这么痛快，我今天可是没来得及换衣服，有些脏。"

"别你妈又废话，快走吧，对了，回头送你件衣服。"权德利拉着左佑平出了市局的大楼。

※　※　※　※　※　※　※

钱贵发进去好几个月了还没个定论，据说在里面交代的几件事正在核实。伍湘源千方百计打探也没得到确切内容，真是要火烧房。再加上"顺胖子"的老婆、小妍不停地到市局来闹，最近"顺胖子"的母亲也来闹，要给儿媳妇的那一百万，这使伍湘源真的是睡不好觉，把怨气指向了郑局长，伍湘源认为是姓郑的故意不管不问，还指使这些人到市局来闹的。这几天，最让伍湘源暴跳不安的有两件事：一件是刘书记和纪委书记还接待了这些人，然后责成纪委组织人员调查相关问题，所以伍湘源恨死刘书记了，接连几天和权德利几个人密谋，要找个什么事置刘书记于死地；一件是从检察院传出，可能是"顺胖子"的小妍署名举报钱贵发和"顺胖子"合伙侵吞近千万的拆迁费。

伍湘源心里跟明镜一样，那一千多万的拆迁费实际上已经神不知鬼不觉地归了小舅子，而没进原局里的股份制公司。这事儿可不能出事儿，现在"顺胖子"已死，最好的结果是钱贵发推给"顺胖子"说他贪污了。可钱贵发是不是这么交代的不知道，得想个法子知道他在里面怎么说的，或者通过关系把这意思告诉钱贵发。自己不能去探视，现在没有进行审判，家属也见不到人，看来只有通过检察院的人了，可这事儿让谁办呢，谁肯帮这事儿呢？

伍湘源正在办公室一筹莫展地思量着这事儿，权德利打电话来兴奋地说有事报告，伍湘源告诉不要到局里来，去他们经常去的会所等他。

"老板，这回可以将姓刘的扳倒了。"权德利不等伍湘源落座，就兴奋地迎了上去。

"什么事儿就这么兴奋，看你们这一段时间整的那些事儿，哪一件是确凿的，没整了王八蛋还给人家提了醒。今天又是什么事？别又弄不好自己反倒兜着。"伍湘源一脸的不耐烦。

"老板，这回你放心，可是真的。您知道'五一'姓刘的出车祸了吗？"权德利陪笑小心翼翼地说。

"啊？啊，什么时候的事，我怎么不知道？不要听传言。"就这几秒钟，伍湘源的表情表现出惊讶、惊喜，随即故意表现得若无其事、事不关己的样子。

"老板，真的！他敢让您知道吗，他儿子酒后驾车，他在车上，他儿子差点儿死了，他通过关系愣是把酒后肇事这事儿给摆平了，还从保险公司得到了赔偿。您看这事儿是不是大事儿？"权德利就是这成色，根本搞不懂伍湘源什么想法，尽管一个劲儿地像发现新大陆一样，得意又幸灾乐祸的说着。

伍湘源眯着眼听着，点点头思量着，像是自言自语其实是有意说给权德利听的："噢，这可是严重的违法犯罪行为。怎么能允许这样腐败的干部存在呀？！应该有人站出来揭发呀。可话说回来，在一个班子里共事，出了事故伤没伤着还是应该关心一下才对，可是咱不知道呀，也不能问。万一有什么人反映这事儿，一查还真是酒后肇事，人家还以为咱在背后做手脚呢。"

"老板，您是正直的领导，可是您不知道这事儿呀，您放心肯定会有人反映的。说不定哪天网上就会出现一条'局级干部酒后肇事动用关系骗保'的帖子。您看哪个事儿不是网上一曝光，立马'人肉搜索'就会查到是谁，官儿就甭说了，说不定还会有人请喝'咖啡'呢。"权德利这会儿立刻领会了伍湘源的意思。

"发帖子的人又不能写名字，几个字老百姓怎么知道是谁呀，除非有交通事故的现场照片。"伍湘源还是在那眯着眼，语调像是自言自语。

"老板您放心，只要是想发帖子，人家自然有办法搞到照片的。"权德利兴奋着。

"现在这个网呀真是没办法！行了，我们不说人家的事了，但愿人家没问题。纪委要去调查'顺胖子'老婆反映的事，你们该准备的都准备了吗？姓郑的有什么动作？"

"这几天没见姓郑的说这件事，是不是市局这边没找他？"权德利又一脸茫然了。

"不可能，纪委他们好像调查好几天了。这里的事，应该只有你和老钱还有"顺胖子"知道，不找你他们能得到什么东西？姓郑的自己瞎忙活。"

听伍湘源说只有他们三人知道，权德利心里一震，这事儿那一阵子他可没少炫耀，好像跟左佑平说过，还跟老婆家人和手下的说过，他弟弟也是直接经手人。权德利琢磨着可不能说自己对外说过，钱贵发和"顺胖子"他们肯定也对外说过，要不死胖子的小妍怎么知道的，没准儿还是小舅爷自己显摆说出去的呢。

"老板，准是就他妈的死胖子说的！我们也不知道这王八蛋没把这个甩掉，您不早就告诉他别再跟这个小妖精来往了吗，谁知这小子还是吃着盆里的占着碗里的，那个没找上门来就不错了。"权德利开始是故意这么说，说完知道说走嘴了，赶紧偷偷看着伍湘源不说了。

伍湘源听权德利揭疮疤，想发作又觉得理亏，就不耐烦起来："行了，行了。你们也得长点儿心眼，不可靠的就赶紧甩掉，出了事儿你们只能自己兜着。"沉了一下，既是对权德利说又有点儿给自己解嘲："最近小焦那儿怎么样，都安排好了吧？这个人还不错，还是可靠的吧？！"

"老板是什么眼力。不过……"权德利赶紧奉承又心怀窃喜，可话只说了一半。

"不过什么？"伍湘源眼里不揉沙子，不紧不慢地问。

"老板，我是说，你也不能就这么放手了，小焦对你还是……可惜。"

"你不懂。这事儿你就不要多问了，问多了不好，小焦那儿需要做的事，你做到位就行了。"伍湘源心里有些得意，心想，"你哪明白，这妖精还是得靠我。"

权德利其实早就意识到小焦仍是伍湘源的……，也许就是故意安排在领导身边的，权德利一脸虔诚地说："明白，老板。您放心，您交办的一切我都会办好的。"

这时伍湘源的电话响了，伍湘源接听："到了？好，对，等一下。"他放下电话对权德利说："那先回去吧，我再待一会儿。"伍湘源又故意提示着："刚才你跟我说的事，千万不能给自己找麻烦呀。"

权德利马上又来神了："老板，您放心，别人爱怎么说就怎么说，跟我们没关系。再说了，您根本也不知道这件事。"

"这就好。有什么情况及时跟我汇报。"

　　　　※　　※　　※　　※　　※　　※　　※

权德利出了门，一眼就看见歌舞团小焦的车停在不显眼的地方，车里的人看见他出来，像生怕他看见似的往暗处闪。权德利刚才还只是猜想，现在一下子清楚了，心想，还是老板玩意儿高，要不焦小姐甘心这么多年不结婚？权德利脑子里生出了一个计划，何不在适当的时候利用焦小姐传个信息呢！这个念头一出，权德利觉得已经干成了一件大事，得意忘形地想，这回老板肯定满意，那自己在老板面前肯定就会更加说一不二了，提副局长的事儿那就不用自己操心了，老板自然会使出吃奶的劲儿的。

权德利开着车，思量着如何实施自己的计划，冷不丁电话铃响吓了他一跳。想不接，电话响个不停，不得已拿起电话也不问是谁就说："快说，开车呢！"

"主任，是我城山，有事得跟您汇报。"

权德利甚是不耐烦："我有事，回来再说。"

"主任，是郑局长找您问拆迁的事，让我赶紧找您。"

权德利一听差点儿撞到前面的车上，一个急刹车，然后一溜急刹车声，权德利慌张地说："先告诉他没找到我，一会儿再说。"

权德利知道，尽管前一阶段编了大量的东西，但是像侵吞拆迁费等几件极其隐秘的事没包括其中，也不能包括，因为只要是有一个字存在，事情就会暴露的，"顺胖子"死了，这些事儿只有伍湘源、他和钱贵发三人知道。这可怎么办呢？不由自主地，权德利掉转车头回到了刚才的会所，也没注意小焦的车在不在，就慌慌张张地来到门口伸手就去开门。门是锁着的，权德利这才意识到，刚才倒是好像听到了里面传出不大的女人娇滴滴的声音，赶紧松手，屏住呼吸，生怕里面的人知道他在外面。愣了几秒钟，他赶紧闪到别人看不见的地方，心脏怦怦直跳，听见开门声，又听见了关门声。

权德利赶紧跑出去，将车开出了会所的院子，开出一个路口才将车停在一个空地上，思量着怎么办呢。这事儿得赶紧告诉老板，自己没这能耐办得了这事儿，这么大的事儿得老板办，出事儿得老板兜着。这个时候权德利努力回忆自己在这件事上到底捞到了多少好处，嗯了一声自语道"与一千多万相比，不过就是毛毛雨"。这时权德利倒平静了许多，庆幸自己当时为了讨好没有多要好处，现在反倒不恐惧了，决定还是给伍湘源打电话。

权德利拨通了伍湘源的电话，尽管听出伍湘源很不耐烦，还是努力地说了郑局长找他问拆迁费的事儿。伍湘源一听就急了，赶紧让他回去，权德利听到了一个娇滴滴的声音喊"老公快点儿啦"，心想刚才真悬了。又听到伍湘源小声说有急事，一会儿再……权德利又掉转车头进了会所的院子。

郑局长给金城山又打电话问权德利找到没有，金城山借机来到郑局长的办公室。金城山没有说刚才给权德利打通电话告诉他了，现在又关机了，而是说："局长，权主任没开机，需要我做什么吗？"

郑局长想想问金城山："知道不知道我们局以前一个老办公楼拆迁的事？"

刚才郑局长找权德利问一个拆迁的事，金城山就琢磨是什么事，听郑局长这一问，金城山明白了说："局长，不知道老楼拆迁的事，我来以后好像局里就没议过任何拆迁的事，需要查一下以前的东西吗？"

"噢。好了，这事儿不需要你做什么，将纪委书记和行政处长叫过来。"

金城山赶紧去叫人。此后，郑局长没再与金城山说过拆迁的事，权德利只拽下了一句"我有事儿，你盯着点儿"，一连几天没露面。所以，金城山除了处理一些日常的办公室必须做的事儿外，这些天倒也落个轻闲。没事上上网，浏览各种东西，抽空也在网上聊聊天，看一些视频。他发现，现在的网上比现实世界还充实，只有你想不到的，否则想要什么东西只要你点击三四下，保证比你想要的还多。现实中不敢做的，可以在网上尽情做，不需要任何伪装，反正网上也没人关心这个名字是不是你的真名，何况网名多是些稀奇古怪的，大家也明白没一个是真名的。除非，你是名人，或者想出名成为"芙蓉姐姐"什么的，或者你被"人肉搜索"了。

金城山也看到了一个帖子关于"局级干部酒后肇事动用关系骗保"，还有两张事故现场的照片，跟了不少讨伐的帖子，好像媒体也要介入，建议司法部门调查，金城山只是翻翻没在意。

这天，苏秀君到办公室来提起此事，金城山想起来说："看到过，不还跟你说了吗？"

苏秀君这才神秘地说："这事儿有点儿意思。好长时间没去'心之恋'了，晚上一起去吧。待会儿跟你说，叫上珊珊和袁月她们吧。"

金城山有些不情愿地说："珊珊去她妈家了，就我们俩吧，别去'心之恋'了。"

　　苏秀君一看金城山那样，就知道怎么回事了说："怎么了？"

　　金城山有些灰心地说："女人呀！昨天闹一晚上别扭，今天早上走时还不高兴呢。"

　　"行了，女人都这样，还劝我呢，就别发牢骚了。"

　　金城山在苏秀君的威逼下不情愿地给令狐珊珊打了电话，金城山央求半天令狐珊珊才答应，其实令狐珊珊就是故意气金城山，嫌金城山不关心她。

※　※　※　※　※　※　※

　　这天，令狐珊珊没给关琳打电话就直接到了酒吧，没见关琳，就问连洁："关经理一会儿还来吗？"

　　"嫂，关姐她说这两天有事，周末再来。"

　　"有事？没说有什么事吗？"令狐珊珊琢磨着。

　　"没说。就告诉我有事找肖哥，要不要给关姐打个电话？"连洁摇摇头。

　　"不用了，一会儿我自己打吧。给我们安排一下，四个人，你哥、秀才哥和袁姐这就来。"

　　令狐珊珊想想说，连洁答应着，告诉服务生先给令狐珊珊镇了一杯饮料，然后安排去了。服务生问令狐珊珊喝点儿什么，令狐珊珊本想要来点儿酸口味的，问了服务生一下还是只要了一杯热饮料。令狐珊珊喝了一口，拿起手机打给关琳，被告知关机。不对呀，令狐珊珊想平常怎么也要到夜里十二点才关机，莫非不在本市？想起前几天关琳问自己什么时候放假，想一起去港澳玩儿的事儿，不会这丫头自己玩儿去了吧？会不会罗肖知道关琳去什么地方了？令狐珊珊又把连洁叫了过来。

　　"小洁，肖哥今天来了吗？"

"嫂，最近肖哥没怎么来，只是带过一次朋友来，介绍过两次客人来。两天前，关姐走前给肖哥打了个电话，说了一下。今天肖哥中午肖哥打了电话问店里情况，但不知道他今天来不来。需要给肖哥打个电话吗？"

"不用了。你最近怎么样，也不来家里，还在那儿住吗？"

"还在公司租的宿舍住，有几个服务生到外面租房了，我没去。"连洁沉吟了一下。

"不许到外面去租房住，听见了吗？别跟他们瞎惹惹知道吗？别下班没事就泡网吧，知道吗？没好处。"

"嫂，我知道，我不去那儿，店里可以上网。"连洁点头。

"别净看那些乱七八糟的东西，少上网聊天。"

连洁答应着，令狐珊珊还要说什么，但看见金城山他们三个来了，也就没再说，让连洁去叫服务生赶紧过来服务。令狐珊珊和袁月两人一边聊着，一边给关琳发了个信息，让关琳有时间回个电话。苏秀君和金城山说着局里最近的情况。

"郑局长最近怎么样？"苏秀君问金城山。

"就那天让我找'犬'问老办公楼拆迁的事，这十来天了也没怎么找我，也没怎么见。"

"你没觉得郑局长最近有什么变化吗？"

"变化？什么变化？不觉得。"金城山盯着苏秀君。

"我是从市局那边听说的。前几天公安局调查一起交通事故骗保案，可能涉及郑局长爱人，说是帮着市局刘书记骗保。"

"啊？有这事儿？"金城山眼睛瞪得老大。

"是呀！市局都传开了，调查好几天了，现在好像又没事了。"

"郑局爱人是保险公司老总，怎么会帮刘书记骗什么保？刘书记出车祸了？"

"说是刘书记在'五一'期间出车祸了，还受了重伤，是酒后驾车。"

"刘书记自己平时不开车，不会，不会，不大可能。"金城山脑袋摇得像拨浪鼓。

"说的也是。公安局派人来调查，发现刘书记不像受了重伤的样子，结果发现刘书记根本就没出过事故。后来听说市纪委又派人到市局调查，说是网上有帖子，说是一局级干部酒后肇事骗保，就是刘书记，市里要求调查。"苏秀君很正经地说着。

"我说呢，前几天是有市纪委的人来找郑局长了解情况，是这事儿？我还说网上发的是谁呢，我不还让你看了吗，怎么又牵扯郑局长了？"

"你不说了郑局长爱人是保险公司老总吗？"

"是保险老总就得查，那么多老总都得查？多大的案子，这哪跟哪呀，那诈骗骗保有的是，几千万上亿的事儿有的是，他们怎么不去查呢！"

"告诉你吧金大主任，据说是有市领导批示，举报人留情面了，没告到市委书记那儿，只告到了主管我们的副市长那儿，这位新来的领导就请公安局调查。"

"不对！新领导不分管公安，这是办案不是别的，必须按规矩办事。公安局查局级领导的案子，不通过市组织部门和政法委领导直接查，那一定有特殊关系或特殊原因。"

"你说不行？人家就这样做了能怎么样？人家会说因为涉及刘书记，主管领导说话了。要说不能，查局级领导干部是要经过政法领导和组织部的，这位市领导不会不知道的。除非……"苏秀君沉吟了一下："除非，就像你说的，一定有特殊的原因，或许就是与新领导有特殊关系的人左右的，否则这位新来的副市长不会不懂规矩。"

"那公安局进行调查就必须是案子了，如果没有那回事儿，公安局不就是办错案了吗？公安局不会这么胡来的吧？！"

"没准儿。还有一种情况，他们叫专案。"

"怎么就单查郑局长他爱人呢？"

"嗨，据说投保的公司就是郑局长爱人在的保险公司，说是郑局长让他爱人操纵的。"

"有点儿意思，颇有一箭双雕的意思。"金城山似乎明白了什么点着头说。

"行呀，有学问啦，知道一箭双雕了。"

"别以为叫你秀才，就没人比你强了，咱也是大刷子。嗨，那结果呢？"

"看来没那回事儿。"

"就这么完了？也没个说法？我怎么觉得没完。那天我让你上网看，网上的是在公安局调查前发的还是最近发的？"

"我就看了一眼，也没往心里去，反正市纪委是在公安局后面来的。你说发帖子的人是不是别有用心，看公安局没调查出事儿来，故意发的帖子。"

"很可能故意发的，市里倒是应该查查谁发的帖子。秀才，那到底有没有事故？"

"有是有，只是不是刘书记。是刘书记的女儿开车，女婿和公公婆婆在车上，和刘书记两家人出去吃饭后回家，刘书记听到出车祸了就赶了过去，幸亏公公婆婆没事儿，只是姑爷骨折了。"

"看来，这还真有可能是故意发帖！很可能是看公安局没查出关于刘书记的事儿来，不甘心。"

"目的呢？肯定对谁有利才这么做！"

苏秀君这一问，两人都不约而同相互指着"咦"了一声，两人心里猜到了，同时说出了"鬼"字。然后两人哈哈笑了起来，令狐珊珊和袁月提醒着他们俩小点声。

"对，对，没准儿就给说中了。"金城山大笑起来，两人得意地干杯喝酒。

14

　　原本金城山说好要陪令狐珊珊检查，关琳吵着不让金城山去，非要自己开车陪令狐珊珊去检查，令狐珊珊也就没让金城山去。关琳要陪令狐珊珊去，一是真的高兴和关心令狐珊珊，一是也想借机再咨询一些注意事项，还有就是什么病会影响孩子，特别是自己的情况遗传的可能性有多大，会不会影响孩子的一生，这是困扰关琳最大的问题。当然，关琳问的有些事儿是要回避着令狐珊珊，因为在香港咨询时医生提示这方面的不利情况希望关琳考虑。

　　金城山一上午等电话等得着急，眼看都十一点了还没接到令狐珊珊的电话，就急着给令狐珊珊打电话，不知道接电话的是关琳，就急急地大声说道："老婆，怎么样了，有结果了吗？"

　　"姐夫，是我，不至于这么急吧？"关琳嘎嘎地笑着。

　　"琳琳，还没检查完吗？不是说验个尿就能出结果吗？"金城山一听是关琳接电话，以为令狐珊珊检查还没完便有些心急了。

　　"姐夫，大夫说让丈夫来一下，你赶紧过来吧！"

　　"有问题了？那好，你们等着啊，我马上就来。"金城山的心一下子提到了嗓子眼，又听到里面关琳的笑声，不解地问："琳琳，怎么了？快说呀！"

"告诉你，火速赶到'心之恋'。"关琳哈哈笑着。

"你们没在医院？到底怎么回事儿呀？"

"哈哈，姐夫，你快来吧，你要好好请我！"关琳好兴奋。

"琳琳真的？太好了，我这就过去。"金城山激动起来，说完急忙拿着包，跟同屋的另一个主任说了一声有事就跑了出来。一想又拨通了令狐珊珊的电话："老婆，告诉妈了吗？行，行，一会儿再说。"金城山跑着进了"心之恋"，连洁迎上来："哥，嫂她们在上边，你先上去吧，我一会儿上去。"

"臭小子越来越精神了，行，你先忙去。"金城山高兴地拍了拍连洁屁股，连洁缩缩脖子不好意思地笑了，然后招呼客人去了。金城山一溜小跑上了楼，看见令狐珊珊和关琳，一屁股坐到了令狐珊珊身旁，还有些喘气地说："琳琳，谢谢啊。老婆真的？太好了。"说完亲了令狐珊珊一下。

"嘿嘿，有人看着呢。"

"没事，没事，姐夫，咱成年了。赶紧谢谢你老婆吧。"

"老婆，急死我了，我以为结果一出来你就会给我打电话呢。"

"琳琳不让打，说就是要给你一个惊喜。"

"姐夫，就是想看你急不急。"

"急！能不急吗？关琳今天我们请客。老婆，什么时候跟妈说？"

"看，看，琳琳，他是不是老拍丈母娘马屁？"

"嘿嘿，我不是想让妈高兴嘛。"

"还有你爸妈呢！不急，晚上再说。"

"好，好，听老婆的。"

"姐夫，从现在起你可要好好照顾珊珊，不许让珊珊生气、累着、生病，更不能再淘气了。哈哈。人家说，怀孕期间淘气，生出孩子能发现的。"关琳逗着，说完自己解嘲地哈哈笑了起来。

"琳琳，你哪儿听来的。"

"珊珊真的，不信到时一看就知道了。我第一个去检查，哈哈。"

"我保证，我保证。哎，老婆，开空调了行吗，会不会感冒？"金城山虔诚地说。

"哟，姐夫，现在就知冷着热的了，没事儿，没看空调开得最小吗？不过，回家姐夫可要注意了，千万别让大功臣感冒。我也得注意，别传上你们。"关琳其实也是在提醒自己。

"对，对，老婆今后包里或者手上要带件衣服。"

"姐夫这就别操心了。衣服我负责明天就到位，我们俩要搞成一样的，让你知道有人在监督你，姐夫就这么着啦。对了姐夫，这次出去其他人都买礼物了就没给你买，不会不高兴吧？我从现在起就给干儿子每月买一个礼物存着。"

"关琳，别瞎花钱。今天我们请客，老婆，要不我们到外面去吃？"

"行了，姐夫，你不是寒碜我吗？这可也是你和珊珊的地儿呀。我有个提议，我们明天晚上请他们过来一起庆贺一下，正好今天罗肖医师资格考试结束，明天一起庆贺一下，我买的礼物还没给大家呢。"

"听老婆的。"关琳冲着令狐珊珊撇撇嘴，令狐珊珊说："就嘴甜。行，琳琳那就听你的明天吧。罗肖那儿你告诉，我哥和周光磊我们告诉。老公，叫秀才他们俩吗？"

"叫吧，叫吧。只是我也没给他们买礼物。到时我分别给你们吧，免得尴尬。"关琳这样说，也是因为她给罗肖、周光磊和令狐文的礼物不一样，这样分别给也可以避免他们的猜疑。

这时，连洁知道了令狐珊珊怀孕的消息，高兴地跑来说："哥，嫂，真的？太好了，我要当叔了。"

"你懂什么，别跟着瞎起哄，好好干活去。"

"姐夫，人家连洁也是成年人了。连洁，有对象了吗？要什么样的姐帮你找，这一表人才的帅哥，绝对抢手，我都想今后就让连弟盯着店里了。"

"谢谢姐。"连洁嘿嘿地傻笑。

"琳琳，你可不能宠着他。连洁，你就好好把你那点活儿干好了就行了，别学坏就行了。要是让我知道你不学好，可不饶你！"

连洁点头哈腰："哥，你放心吧！那我先下去啦？"

"姐夫，看你把人家吓的，他好歹也是我们店的小头目呢。去忙吧，去忙吧。"

※　※　※　※　※　※　※

关琳今天把想说的话都说了，心里一阵激动，思量着怎么分别把礼物给他们几个，特别是要给罗肖和周光磊。见周光磊站起身知道是去厕所，估摸着时间差不多了，关琳趁别人不注意也出了单间。厕所离办公室不远，关琳站了一下，见周光磊出来了，就迎上去让周光磊跟她来一下。

周光磊没有任何准备。两年来，周光磊试图找机会跟关琳单独说说话，关琳总是很自然地就避过去了，今天关琳应该是有意识地在等他。周光磊闪过一个念头，难道关琳知道钱的事了？他只好有些尴尬地跟着关琳进了办公室。关琳从柜子里取出一个精美的首饰盒，打开了递给周光磊，里面是一枚很别致的白金镶嵌钻石的戒指，周光磊不解地看着关琳。

"光磊，你先拿着。这是我前几天去香港专给你挑的礼物，本来，想过两天我们单独见个面再给你的，今天我很高兴，又是特别有意义的日子，所以就先给你了。真的今天特别有意义。"关琳还是没有看周光磊，口气听上去也有些不自信。

"关琳……"周光磊有些不知所措，不知道关琳为什么说特别有意义，是因为令狐珊珊怀孕吗？还是因为我们过去的孩子让关琳失落了？周光磊不由自主地流露出伤感，欲言又止。

"光磊？怎么了，不开心？别这么伤感好吗？两年前我退回了你给我的戒指，想必你还留着吧？"关琳把"我的戒指"有意加重了声调，周光磊点点头，关琳继续说："我在香港就想好了，要送你这个专门礼物，属于我们俩的。我想你会收下的，保存着，因为你知道这里包含着什么，我要谢谢你，也许我们今后没有可能再回到那屋，但是还会以某种形式联系在一起对吧？"周光磊还是有些茫然，又多了一丝不安。"光磊，别这么看着我好吗，刚才你都说了将来要做我儿子的爹了，我还不应该送你这个吗？真的，我特别高兴今天在这里把这枚戒指送给你，这里，因为将来的儿子也属于你。"

　　"琳琳你知道了？"周光磊心里真的一惊，难道关琳真的知道了？周光磊脱口说出。

　　"肖哥跟你说什么了吗？"关琳也被周光磊问呆了，以为罗肖跟周光磊说什么了，有些不安地问。

　　"没有，我是说，我想，将来珊珊有了儿子，我要让他做我的干儿子。"周光磊知道说走嘴了，快速反应，一字一句地想，不，是琢磨着怎么说。

　　"太好了，我也跟珊珊说做干妈呢。哈哈。"关琳一听心情也轻松了下来，笑了。周光磊听了也轻松许多，嘴里也说着太好了。看到周光磊轻松的样子，关琳顺势又加了一句："光磊，将来我有了儿子不管是谁的，你都要认儿子，好吗？"

　　"琳琳，我对不起你。虽然，我们不能……可我知道你的心，只要你不反对，将来孩子的爸爸不反对，我会把他当成亲儿子的。"周光磊一下子又回到了刚才的心情。

　　关琳没有再顾及周光磊，高兴地蹦了起来，两人一直站着说话，关琳不由自主地拥抱了周光磊，周光磊被这举动吓住了，傻傻地任关琳这样抱着。关琳见周光磊傻在那里，并没有放开周光磊，而是大方地说："傻了？有什么呢？放心，我就是想再好好地这样抱抱你，不会让你做别的。"然后生怕别人听见似的，在周光磊耳边小声说："一直坚守着呢？"

周光磊不好意思地点点头，嗯了一声。关琳像是又看到了希望一样，高兴地松开了周光磊："光磊，我今天真的太高兴了，今天真是个有意义的日子，我要永远地记着，你也要永远记住对我的承诺。"

"关琳，你放心，都在我心里了，我会好好地收藏着。"

"这里可代表着两成含义呀！把我们的定情升华为定亲，还有就是你是我儿子的爹……好了，走吧，我们过去吧。"关琳这回没说是干爹，说的是爹。

"我先过去了。"周光磊收好东西就要走。

"好，我这就过去。对了，我给文哥带的玉坠，是我给他还是你给他？要不，还是我给他吧。"周光磊说好吧就出去了。

"琳琳，这么长时间干啥去了，神神秘秘，有好事不许瞒着我们呢。"令狐珊珊见关琳半天才回来就问道。

"我的好事儿可多了，想听哪一件？"这会儿关琳心情大好，卖着关子。

"看了吧，准是给谁打电话去了，老实交代吧，不提前告诉我们，让我们发现了可过不了关。"令狐珊珊这大家说。

"那我还是藏着点儿好，这么多帅哥在这儿哪还容得下别人呢。"

"哎，哎，金大主任，别一听人家说帅哥你就自卑，我这样的还觉得不错呢。琳琳没事儿呀，有金大主任给你做靶子，什么样的我们都能挺得住。"苏秀君见金城山要说话，抢先把话抢过去，大家被苏秀君逗得前仰后合的。

"袁月，回去不能饶了他呀。"

"没秀才还真不成这席了。"罗肖也笑着说。

"肖哥，他就是个咯窝儿。"金城山哈哈大笑着。

"好呀，你敢说我坏，行，先把混过去的两杯酒罚了再说。"

"大家看见了吗，这小子不忘事儿。好，好，我喝。"金城山连着喝了两杯。

苏秀君又来话了："嫂子，他不是对我有意见，是心里闷得慌，您想呀，晚上回家您育儿了，没人理他了，难过。"

大家又是一阵笑，袁月在一旁说道："苏秀君，你正经点儿吧。"

"珊珊，咱可别让他们教坏了孩子，还动了胎气。"关琳和令狐珊珊笑得不行了，关琳既说给令狐珊珊也说给自己听。

令狐珊珊叫袁月和关琳出来坐坐，让他们男的喝酒。关琳借机对罗肖说："肖哥，还让郎师傅做点儿什么吗？"

"郎嘉驹忙什么呢？半天没上来，我去看他一眼。"罗肖站起来，也出来了。关琳见令狐珊珊和袁月先去了厕所，正好叫罗肖跟她到了办公室，快速地拿出一个精美的包装盒递给罗肖。

"肖哥，这是我这次去香港特意送给你的礼物，你一定要收下，还要保存好，那里面应该有特殊的意义，只是不要给你带来麻烦就好。"

"关琳，今后不要一出去就买礼物了，好吗？！什么东西呀？"罗肖笑着打开盒子，一个专门定做的足金的两百克的心心相映摆件。

"关琳，这是？"

"肖哥，你收起来，不要对别人讲，包括你老婆，如果她知道了你就说你托人为她做的，今天在这里我把它给你，是有着特殊的意义，我要好好地谢谢你，你仔细看看那里面是三颗心。你不要问，那既是三个人的心，也是告诉你可以放三辈子的心，无论我做什么都不会害你的，因为那里有我一颗心。"

罗肖真的不知说什么好了，愣愣地看着手里的东西。这时的关琳，心中有一股强烈在升腾的欲望被抑制着，想过去好好地拥抱这个带给了她种子的人，不知是想去爱他还是渴望他的爱。一股推力使关琳身子晃动了一下，罗肖抬头看着关琳，关琳想说又止，嘴里嘟囔着但她能说的只是谢谢。罗肖缓慢地转身离开，这时关琳再也控制不住紧走两步从背后抱住罗肖。

"关琳……"

"什么也别说，虽然渴望着，但有那晚我就满足了。爱你，知道有我，但不能离开她，她给了你一个家。"

罗肖默默地点点头，走了出去。

※　※　※　※　※　※　※

罗肖开着车离开了"心之恋"，这一次没有像往常一样，不由自主地就会往家开，好像觉得自己应该在什么地方停下来，或者去一个自己也说不清楚应该去哪儿的地方坐下来。不由自主地停下车，在这黑夜的这片树林里，坐在有些潮湿的地上，让这抓把空气都能拧出水来的夜色，和月光下成片的树影感受自己的存在。罗肖想想这件事，不由得向周围茫然地环顾，这里怎么如此地空空荡荡？不应该，分明存在一对对被湿漉漉黏在一起的身影，一定隐藏在暗影里，罗肖无法使自己的思绪收回凝聚在要想的事上，或许自己脑袋里根本也是空空荡荡的，不知道要想什么。抬头，从浓密的树枝树叶的缝隙中，依稀望见零星的星星，嘴里念叨着："三颗心，三颗心，三颗心？"手机铃声惊醒了这一切。

"喂，老婆，正在往外走，好，我没喝，知道了，我慢点开，你先睡吧，好的。"罗肖赶紧压低声音接电话，缓慢地从地上站起来，拍拍屁股，裤子已经潮湿，感觉吸进鼻孔的空气都是湿湿的热热的，身上已经黏糊糊的了。开车往前走，努力想这个东西要不要跟老婆说，要说怎么跟老婆说，现在脑子就是一架停止运转了的机器，什么也无法想，或者根本就是自己的躯体在开车回家。灵魂，被黏稠的空气和月光投下交错的枝叶织成的网，牢牢网在了这夜下的树林里。

周光磊回到家里躺在床上怎么也不能入睡，脑子里也都是今晚的场景和大家说的话，特别是关琳说的话和给自己的礼物，让周光磊琢磨不透，仔细看看这精美的戒指，五颗晶亮的小星星，仔细看是五颗心状的晶体，旁边一颗大一点儿的"心"。周光磊嘴里念叨着："五颗心，五颗心，五心，五心。我心。"猛然间周光磊念出声了："我心？"周光磊再仔细看看上面有字：永远在一起。周光磊的眼泪涌了出来，用双手将戒指捂在心口，嘴里念叨着："我们的心永远在一起。"

周光磊心想：我要跟爸妈说，将来关琳有了孩子我就当是自己的孩子。估计爸妈会理解，不反对的，可是他们最近越来越着急催着自己结婚，怎么办呢？妥协的办法只有一个，结婚！那会是第二个关琳？不可能，关琳只有一个！怎么办？又不想让爸妈着急，还有爷爷奶奶都不敢面对了，他们不是催了，而是每次去奶奶总会搂着自己说话，像马上就要见到四辈儿的人一样高兴。

金城山和令狐珊珊回到家，两个人愉快地一起淋浴，金城山将耳朵贴在令狐珊珊的肚子上听着，令狐珊珊笑着将金城山拉起来，"还早着呢。哎，关琳专门做了一对金锁，送我们一个，另一个说是给她儿子留着，关琳有意思吧？"

"老婆，我们是得好好帮着关琳一把了，她和周光磊到底还成不成？"

"现在看他们在一起的希望不大，不过他们俩好像挺有默契，感觉相互有牵挂。你没发觉关琳是分别给我们几个人礼物的，应该是不一样的，给哥是一对玉坠。"

"我想关琳分别给他们礼物是有自己心意的，我们也别过多关注，也别捅破，这样可能都好，大家在一起开开心心的相处就好，将来我们好好帮帮关琳就是了。"

"老公，听你的。其实关琳也挺苦的，她就是一个太自立的人了，比我们小，可是太能承受事儿了。今天她又说连洁的事了，我们看看再说吧。"

"我们尽量做工作。老婆，累了吧，我们去睡吧。"

"老公，关琳今天又问我了，邀我放假和她去港澳玩儿，你说去吗？"

"那边是不是也很热？要是没有什么影响，出去玩儿玩儿也好吧？"

"老公，其实你是很担心的是吧？"

"嗯，我只是有些怕。"

"没事儿的，人家那么多怀孕的都没事的，没那么娇气的。还是大男人呢，还没我们女人坚强呢。"

令狐珊珊的话，不知怎的竟然让金城山泪水顺着眼角流到了耳边，将令狐珊珊有些惊讶地看着金城山："老公，怎么了？"

金城山不好意思地摇摇头，将头埋到了令狐珊珊的怀里，将令狐珊珊温柔地搂着："老婆，谢谢你。昨天告诉我妈了，她可高兴坏了，非要这就过来照顾你。"

令狐珊珊亲吻着金城山的头发说："告诉妈，不用的，有我妈呢。实在想了，等放假我们就回去一趟，或等到生了再来也不迟。"令狐珊珊继续说："我妈昨天听了也特别高兴，一个劲儿嘱咐，又说起哥的事儿来，还说让你给留意着点儿，哥好像挺孤独的。"

"是呀，我也觉得哥有时一个人在那想事儿。老婆，哥是不是对哪个女孩一直放不下？"

"不知道，还真的没听他怎么说过。"

"我知道了，我会留意的。睡吧！"令狐珊珊点点头，两人相拥而眠。

※　※　※　※　※　※　※

转天一上班，金城山就去找权德利请假，没找到人，像是没来，打电话又没开机。金城山就找了给郑局长送文件的机会，顺便请了假，郑局长同意并很关心地问金城山有什么困难需要帮忙的吗，金城山谢了郑局长说"没有"，郑局长让金城山跟权德利打个招呼，再跟左佑平请个假，金城山说"知道了"就离开了。

其实，这些天权德利一直和伍湘源在一起手忙脚乱的，他们不明白，为什么公安局和市纪委查了半天刘书记和郑局长的爱人，怎么这几天没音信了。伍湘源将小焦叫到会所，小焦撒娇又买好地说："老公，你交办的事儿我都办好了，你得好好慰劳我。"

"心肝，我让你办什么事了？"伍湘源心里明白却故意装着糊涂。

"老公，你不知道？那天权主任好神秘地找我说刘书记的事儿，说这可是违法犯罪的大事，应该向市长报告，他不让我跟您说，我以为您知道了，我就把材料给市长了。老公，我跟市长见面您别不高兴好吗？我都是为了您，我以为您知道了。您不会生气吧？"小焦奇怪伍湘源怎么不知道，撒娇地依偎在伍湘源怀里。

伍湘源心里暗自庆幸，看来小焦不知道是自己一手策划的，又心想：这个小妖精，果不其然还经常送上门去，算了，对自己有利就行了。伍湘源嘴上却说："你说什么？噢，这个权主任，刘书记这是什么大不了的事儿还要惊动市长。我得批评他，怎么也不跟我报告就私自做主呢！"

"老公，您就别怪罪权主任了，我们也是为您好嘛，整整那个姓刘的，没准儿因为这回这事儿他就回家了，那个位子早就该是您的，我真的希望您这回不能放了，一想到您执政的那天我就特激动，我就更幸福了。"小焦心想"坏了，是不是捅娄子了"，有些惊恐地讨好着。

"你呀，纯粹是个活精灵。"伍湘源故意地说。

"老公，你不会说我是妖精吧？"小焦撒着娇。

"你是妖精，我就是如来派来降你的。"伍湘源哈哈大笑着。

尽管伍湘源在刘书记这事儿上很得意了一把，但是还没有得到他想要的结果，而且检察院追查钱贵发拆迁费的事越来越紧，这使伍湘源很不安。所以，这些天他让权德利和小舅子一直在处理这件事，最后一招就是赶紧凑钱，先把钱转回到小舅子控股的公司账上，这样也好说拆迁费没流失，也没私吞。

往回退钱，简直是割伍湘源一家的肉，可是，不这么着，很可能就会牵扯伍湘源利用职权侵吞国家财产，或者贪污问题，等到一旦请伍湘源喝咖啡，那时就一切都晚了。

伍湘源在办公室正烦着呢，小焦打来电话说想见面。伍湘源心想这个小妖精，才没几天又想要了。可是嘴上又哄着说："乖，过两天，这两天有些急事要办。"

"老公，您把我当什么了，人家知道您辛苦，要好好保养身子嘛。是市长想和您单独见个面聊聊天的。"

伍湘源若有所思的噢了一声，沉了一下问道："那去会所这样的地方不合适吧？！要不，我给秘书打电话问一下去哪儿好？这样吧，还是你直接再问问市长去哪儿，然后告诉我。"

伍湘源与主管市长见面后，心情不是很好。从主管市长的话里听出，是让他将检察院集中调查的几件大事赶紧抹平，其他相对太小的事检察院可能就不追查了。特别点到了最好将拆迁费退回，这个数目太大了，还有钱贵发按伍湘源授意强行向公司注资两千万的事。伍湘源想，听主管市长的意思是他保了自己，所以才单独和他见面的。而在刘书记的这件事上，很可能会影响下一步刘书记退下来，原来犹豫是不是让刘书记坚持到奥运会以后再退，因为前一阶段查刘书记的那件事有点儿出入，虽然主管市长没有流露出对伍湘源的不满，或是说市里有领导怀疑有人故意诬陷，但是主管市长说，目前也不好再和组织部门甚至市委常书记提及刘书记退休的事了。主管市长告诉伍湘源，先放一放，来日方长，春节以后再说。伍湘源心里念叨着来日方长！来日方长？姓刘的你弄不倒我的，你没那个本事，看来主管市长还不行，春节一定要看看书记市长才行。

伍湘源虽然气不过，也不敢怠慢，让权德利这些天什么也别干，就抓紧处理这事儿，而且不要让郑局长知道。所以，权德利也就根本没理会郑局长，郑局长也不问权德利在干什么。金城山有事就给权德利打个电话，电话打不通就跟另一个主任说，金城山想反正我是最后一位主任，有事谁排在前面谁决定，我只干活就是了。金城山终于给权德利打通了电话说想休假，权德利拽了一句"愿意歇就歇，不伺候他王八蛋"，就撂了。本来金城山还担心呢，没想到"犬"今天通人性啦，这么痛快，就赶紧找左佑平办手续去了，左佑平也挺痛快，草草地登记一下。

金城山出了左佑平的办公室立马给令狐珊珊打了电话，说"这回好好陪老婆"。令狐珊珊放了金城山的电话，也马上给关琳打电话，关琳高兴得差点儿跳起来，两个人电话里又聊了好一会儿。

关琳忽然想起什么："对了，珊珊，都说用手机有辐射，今后我们是不是不能这样煲电话粥啦？儿子为上！哈哈。"

"我都不怕，你怕啥？"

关琳缩缩脖子，心想，差点儿说漏了。赶紧掩饰："那我就赶紧准备啦，晚上回家再打电话。哎，要不晚上还去'心之恋'？得了，你还是回家好好休息吧，养足精神把身体养得棒棒的，我们好好去那边玩玩。"其实关琳也是说给自己听的。

　　　　　※　　※　　※　　※　　※　　※　　※

金城山陪着令狐珊珊和关琳先去澳门待了一天，天气很热，没有特别去逛。第二天到了香港，起得不是很早，到街上一起吃过早茶后时间就不早了。关琳带着令狐珊珊和金城山去了几个地方，也是因为天热，觉得有些累就商量着明天再出去。晚上到外面去吃特色小吃，令狐珊珊发觉关琳食欲大增，就说道："琳琳，我发现你最近有点儿胖，食欲够好的，都超过我这两个人的了。"

"啊？我呀，我是没心没肺傻吃。你多吃点儿，可不能虐待我儿子呀，哈哈。"关琳听令狐珊珊这样说，心想"坏了，要露馅儿"。

"琳琳，照你这样吃法，如果不控制，到了生孩子时那你可要成肥婆了。"

"我倒觉得挺好，只要能生管它肥不肥的，生完再说。"关琳一语双关。

"不行。你看有些人生完孩子都丑成什么样了，到时就来不及了。别让老公看不上，是吧老公？"令狐珊珊扭头逗金城山。

"我老婆胖瘦都好看。"

"哟，姐夫真会拍马屁。珊珊，姐夫敢嫌弃你有我给你撑腰。"

令狐珊珊忽然想起什么："咦，琳琳，还给我撑腰，你自己都不保吧？你说明天要去见个人，不会背着我们去见帅哥吧？"

"行了吧你，绝对不会的！我倒想了，不结婚，不行，干脆弄个港仔儿养得了，单身妈妈也挺好。姐夫，你说行吗？"关琳哈哈大笑说。

"琳琳，是不是这天儿太热了，把你脑子烧坏了？说正经的，快点儿，我都着急了。"令狐珊珊有些诧异地看着关琳。

"行。我明天到医院去看看有没有速成剂什么的，争取和你一块生。哈哈。"关琳说道。

"你就瞎琢磨吧。说真的，你不和我们回城山老家玩儿两天吗？一个人在这儿多没意思，再让街上拍迷魂药的把你掳走了，我们可没法向你父母交代呀，哈哈。"金城山也说"是呀"。

"什么呀，珊珊你们当我小孩儿呢。你们就别管我了，我又不是第一次一个人出来。你们去好好玩儿几天吧，姐夫给二老带点儿什么？我明天去准备。我呢，这边还有些事儿去咨询，没准儿我月底或十月份就得过来住几个月，才能把手续办下来。"

"不用麻烦你了，明天我们俩逛逛就行了。"金城山说。

"琳琳，干吗非要到香港来住呢，现在开着好好的店，太可惜了。"

"也不是，珊珊，我只是先把身份手续办好，将来不会长期待在这儿的，我也舍不得你们呀。哎，要不你跟学校请个长假，也来香港生个港仔？哈哈，就怕姐夫舍不得。"

"怎么样老公？琳琳你看他那样舍不得。你别说，这几年大陆到香港生孩子的真不少，好像去年港府开始就严格控制了，女人进港检查得可厉害了，我可没你那想法。嘿，我进来倒还挺顺利的，没发现。琳琳，就你这种感觉没把你当孕妇就不错了。哈哈。"

"是呀，他们还真没觉得我像孕妇，可能咱年轻漂亮，不知道会不会让咱去医院检查呀？不过，珊珊，也好，做个免费检查也不错。"关琳心里一惊。

"美的你，还给你做检查？干脆就不让你进港。"

"放心，咱没事儿，我们有多次往返通行证，而且一年来好几趟，不会觉得咱有问题。再说，将来我爸要在这买房就更没问题了。姐夫就这么着，老大不愿意来香港生，老二一定要来港生。珊珊，现在香港和深圳的医院有合作，深圳医院负责产前保健护理，生时在香港，可以这么办。"

"一个都养不活，还想着老二呢。再说了，那是要花大价钱的。是吧，老婆？"

"怎么会养不活？咱可说好了，还有我这个妈呢。经济问题就不用担心，你们十个八个只管生。"

"你把我们当猪了。"令狐珊珊"哈哈"大笑着。

"哈哈，没有，没有，不是那意思。"关琳也被自己的话逗乐了。

"别说没钱，有钱也不花在这儿上。"

"关琳，你真的要自己再待几天？那我们回去后，你自己要多注意呀。"金城山关切地说。

"没事儿的，姐夫，你们放心吧，回去我们再聚。"

※　※　※　※　※　※　※

"心之恋"已经运行几个月了，初步形成了客户群体，一些客人每月会来两三次，有的一周就来一两次。一些客人与服务生们也熟了，这也使关琳走着可以放一些心。连洁知道关琳和哥、嫂要休假一起出去旅游，也和罗肖商量了，由他和郎嘉驹着重在这儿盯着。几个月来，连洁也有了自己的客户群，有几拨客人每次来都会叫连洁过去服务，有的客人玩笑着让连洁到他们那儿去干。这里的文化气息和品位吸引着一些人。在经常来的客人中，有三男两女经常一起来，年龄都不是很大，年纪最大的一个男士，连洁猜想也不过四十岁，衣着都很时尚，他们好像都听一个看上去很年轻的女孩儿的，女孩很有明星的范儿。有时这几个人叫他过来时，连洁就会故意地多在他们跟前停留一会儿，听听他们说些什么。慢慢地觉得他们议论的都是一些媒体的，影视的，演出什么的，连洁觉得好新奇。连洁知道了女孩的名字，很好听，这几个人叫女孩梅姐，连洁觉得这应该都是艺名。不知什么时候起，几个人再来时，梅姐有机会就会先来一会儿，将连洁叫过来，名义上是问问今天有什么特别推出的菜品啦，或是有意地说个什么话题让连洁给介绍的，比如中医饮食保健，女孩吃什么好，连洁倒是很高兴地介绍，同时梅姐也会向连洁讲一点她们的事儿。连洁为了更好地向梅姐介绍保健，有时会缠着罗肖让罗肖告诉一些知识，罗肖倒是觉得连洁挺好学的，也有意教他一些中医方面的知识，有时还会教连洁一点儿按摩的方法，还说培训中心开班了，第一个收连洁做徒弟，连洁高兴地说现在就收我做徒弟吧。

过了一段时间，罗肖发现连洁换了新手机，每天都很高兴的样子，不上班的时候衣着上也知道讲究了。一天，罗肖有意问："连洁，你最近总是高兴的样子，是不是交女朋友了？"

被罗肖这一问，连洁脸一下子红到了脖子根，赶紧不好意思又有些慌张地说："啊，肖哥，经理，对不起，没有，没有。"

罗肖看见连洁那青春稚嫩慌张的样子，被逗笑了："还不好意思了，好事，也该交女朋友了。别学肖哥都三十了才成家。什么叫成家立业？老祖宗早就说了先成家后立业。"连洁只是嘿嘿地傻笑，罗肖拍拍连洁又说："哪天让肖哥给你参谋参谋。"

"肖哥，真的没有，有了我一定先跟您说。肖哥，我想求您别跟我哥嫂说，要不他们会骂我的，不让我在这儿了。"

罗肖又轻轻地拍拍连洁的头："肖哥知道的，只要是不学坏就行了。怕我告诉你哥嫂什么呢？"连洁傻乎乎地站在那不好意思地笑了，"好了，别影响干活，听见没？"

连洁来了个立正，说着"肖哥放心"，赶紧去忙了。

※　※　※　※　※　※　※

令狐珊珊和金城山与关琳分手后回老家待了几天，关琳又在香港待了几天。回去以后，关琳一是筹划什么时候去香港待产，一是怎么向父母挑明。这次去香港检查，医生的一些建议，促使关琳决定最迟十一黄金周后就得过去住了。所以必须和爸妈早挑明把这事儿定下来，因为将来也只有爸妈才能在关键时候帮自己。可是想了两天，想说又止，还是不知怎么开口。

其实，关琳的妈妈最近一段时间已经发现了关琳的一些变化，身体的变化，以往不多的愣神，说话有时躲闪，或欲说又止，不免有些担心。一想关琳是一个非常懂事的孩子，回来后一心开店干点儿什么，除了令狐珊珊和令狐文他们几个人，还有就是经常到店里去的中学最好的同学辣妹、校草、小黑、欢喜佛几个人，不会和社会上的不三不四的人来往的，更不会做出什么不好的事，甚至伤害自己的事。要不就是今年三次去香港，在那边交男朋友了？要不问问？一想，还是再沉沉，也许关琳想好了会主动说的。爸妈没想到，关琳要跟他们说的要远远超过他们的猜想。

关琳想一定要心平气和的，而且先给爸爸打好预防针，拉拢好爸爸，然后再给妈妈打预防针，避免挑明时妈妈反应激烈。因为妈妈已经有了一定的准备，所以关琳提前渗透的时候逗着说你们要经得住呀，妈妈还说只要这个、只要那个什么的等等，还说只要不把家产给别人就行。关琳趁机说也许就是真的把你们的家产送人了。妈妈还说开玩笑，公司还不是你的名字呢，想给也给不了。

下午，关琳给妈妈打电话一定要一家人到外面去吃饭，妈妈猜到了关琳要跟他们说事儿了，就说在家吃好说说话。关琳一再坚持并说要给他们一个惊喜，妈妈也就同意了，关琳立即告诉爸爸晚上一定要来吃饭。

晚上，关琳先于父母来到了一家最高档的酒店，点好了菜，自己带了一瓶高档的红酒。爸妈来了，关琳说好都是让司机送他们过来的，然后坐关琳的车回家。凉菜已上，关琳让上热菜，然后分别给三个人斟好红酒。

"爸，妈，今天你们俩多喝点儿，今天我有特别有意义的事要跟你们说。"

"什么有意义的事不能在家说，还让我们喝酒，是不是让我们喝多了糊涂了，你说什么就依你什么了？"

"妈，您不会这么小气吧，是吧，爸？"关琳撒娇着。

"你不用拉拢你爸，他做不了主，听我的。"

"我也听您的呀？就是想让您二老给我拿主意的。"

"真的？那快说说！也让我和你爸高兴高兴。"妈妈以为关琳真的要跟他们说男朋友的事呢，高兴着。

"妈，先别急，先说大事儿。"

"还有别的更大的事儿？"

"妈，人家都说不过五十大寿，所以我和爸今天提前给您过生日。"

"是吗？不过也好，总过就老得快了，就我们一家在一起更好。"

关琳从包里拿出一个精美的首饰盒打开递过去："妈，没跟您商量，送您个生日礼物。这可是今年非常流行的，您知道的，我们说过的碧玺，本来想买个手镯，觉得您上班带着不方便，就买了这个挂坠和项链。不知您喜欢不喜欢，女儿的一点儿心意嘛。"

"嗯，好好。喜欢，喜欢，我闺女给买的还不喜欢？对，对，今年就是流行这个，说是对身体有好处。你爸就不知道主动给我买，还不如闺女呢，老了不管他。"妈妈接过老看着。

"是我爸提示的，是吧爸。"爸爸在一旁笑。

"一到关键时刻闺女就向着你。哼，白疼了。"

"行了，妈。爸，我们一起敬我妈，祝妈越来越年轻。"关琳见妈妈喜欢也好高兴，和爸爸一起祝妈妈生日快乐，三个人碰了一下杯干了，关琳又给斟了一些，招呼爸爸妈妈吃东西。

吃了一些东西，关琳又分别敬妈妈爸爸一杯酒，见关琳还没有说另一件事的意思，妈妈有些着急了："琳琳，今天不是想跟我们说重要的事吗，是什么呢？"

关琳一下子没了高兴样子，有些慢慢吞吞地在斟酌着句子，好像是开玩笑："妈，爸，您说，我要是将来生不了孩子，是不是就得抓紧生一个？"

"琳琳，出了什么事了？怎么这样想了？"爸爸一听有些惊讶地看着关琳，妈妈急切地问。因为那次关琳病后，医生背着关琳跟关琳的妈妈说过情况，要关注将来有可能怀孕生孩子对身体不利。

关琳尽量保持一脸轻松地继续说："妈，要是我真的没经过您和我爸同意，就生一个，您不会和我断绝来往吧？"

"琳琳，我和你妈都是通情达理的人，但是，这不是儿戏，这可不是能轻易就做出来的事呀！"爸爸这时说话了。

"琳琳，你实话告诉我们是不是发生什么了？可不能这样伤害自己呀。"妈妈似乎明白关琳要什么。

"妈，您别激动。妈，爸，我就是怕你们生气，才想了好长时间不知怎么和你们说。"关琳见妈妈有些激动，抓住妈妈的手摇晃着。

"琳琳，你去香港是不是发生什么事了？还是在那交男朋友了？是不是真的有了？"

"妈，您别急，听我说。"关琳想，到了这个时候了，不说不行了，可是不能把罗肖露出来呀，思量着："爸，妈，我去香港确实是为这事儿去的。"

"人怎么样，家庭怎样，为什么不跟你爸说，让他找那边的人看看能不能了解了解，谁给介绍的？"妈妈倒是高兴起来。

"别急，让琳琳把话说明白了。琳琳说说怎么回事，我们也好帮你拿个主意。"爸爸似乎感觉到什么，叫妈妈先听关琳说。

"爸，妈，是这样，去年我得病，您不是让人了解了一下香港那个医院吗？我就是到那家医院去了一趟，做了一下咨询。那里的大夫建议我将来最好不生孩子，怕我的身体生孩子会出问题。"关琳说着低下了头，因为眼泪要流出来了，"所以，我真的真的想有一个孩子，想把孩子生下来，妈，真的。"说着关琳趴在了桌子上，有些控制不住自己抽泣了。

妈妈赶紧凑到关琳身边，抚摸着关琳的头，也忍不住地流下泪来。爸爸也拍拍关琳的头，示意妈妈安慰："孩子，我们真的是想你好，不想你受到伤害。能告诉我们那个人是谁？几个月了，我们商量商量怎么办，让你爸赶紧找找那边的朋友，好吗？"

关琳又在桌子上趴了一会儿，然后起来还是低着头："妈，爸，我给你们丢脸了。我真的真的想要这个孩子，不然我以后真的就不会有孩子了，到时爷爷奶奶我真的对不起他们。"

"琳琳，爸爸不怪你，你妈也不会的，我们都不会怪你的，只要你好好的，将来没有孩子也一样，不是还有那么多不要孩子的吗？"

"琳琳，是真的？几个月了？为什么不跟我们说呢，也许我们能商量出个办法呢？能告诉我们那个男孩是谁吗？"

"妈，爸，您先别管那个男孩是谁好吗，女儿不会找个不三不四的人，我只是求你们能让我把孩子生下来。我去香港就是为了孩子，将来可能就在那儿生活了。"

爸爸示意妈妈说："这样吧，我们先回家吧，琳琳这样伤心，会对身体不好的。"

"好吧。孩子，你这样身体真的会出问题的，我们先回家再好好商量商量。"妈妈也只好同意，关琳点点头。爸爸叫服务生结了账。

爸爸开车，关琳和妈妈坐在后排，妈妈搂着关琳。几个月来，关琳一直都被自己的想法支撑着，所以表现出了极其少有的坚强。但是，当和爸爸妈妈说出了这一切时，可以说她一下子垮了，坐在车上靠着妈妈的肩膀显得非常疲惫，越发觉得无助，不想让妈妈感觉到抑制不住流下的泪水，妈妈拍拍关琳的头安慰着。其实妈妈何尝不想关琳有个幸福的家，有自己的孩子，那也是一家人期待的。妈妈知道周光磊还没有结婚，曾经试探过关琳是否两人还可以和好。会不会就是他们俩的？如果是那样真的太好了，要是真的完全可以公开交往，不用这样隐瞒家里的。会不会？妈妈脑海里出现了一个念头：那个人有家，这可能就是琳琳要去香港生的目的？还是今后真的不能生了，所以一定要保住这个孩子？那身体承受得了吗？

回到家，关琳感觉浑身无力，就跟爸妈说想去睡觉。妈妈也就催着"去休息休息吧"。躺在床上，关琳本想什么都不想让自己清静一下，可是越不想想脑子里的东西越多。关琳反倒问自己是不是还要坚持要这个孩子，怀疑自己不那么坚决了，或是后悔了。可是心里的那两个人形成的一个影子的烙印又是那样的深。奇怪，怎么又想起了文哥？隐隐地又觉得文哥跟这有关系。文哥不是还一个人吗？难道还在等周光磊吗？对了，自己送文哥的一对玉坠，自己骨子里是想让文哥送给一个女孩的。哎呀，文哥不会真的认为是让他送周光磊的吧？得想个法让文哥知道自己的用意，关琳想着竟忘了刚才自己是沉浸在自己的无助中。

两天来，关琳和父母虽然也触及这个话题，可是又都不能真的说些什么。渐渐地，关琳一定要去香港的强烈欲望又占了上风。其实，这两天妈妈也在通过医院朋友了解关琳这类情况，特别是生子的可能性和对身体带来的威胁。得到的结论，和关琳告诉她的差不多。最好不生，怀孕生孩子会冒很大的风险，虽然也有当时不会产生严重的病症，但是总的说发生的可能性很高，越到临产越有可能发病，一旦发病从此也就真真实实地进入了病期，从此也就进入了无尽的与越来越威胁生命的顽疾的抗争之中，不客气地说，当耗尽了精力、心力和财力的时候，一切的幻想将陷入无尽的痛苦的现实中。医生的话，使关琳的妈妈感到为什么关琳有强烈生的愿望，虽然妈妈觉得关琳与周光磊分手，可能不只是流产这个理由，但是看得出关琳是多么的在乎那个孩子，非常非常觉得对不起周光磊。可这个孩子是谁的呢？看来现在要弄清这个孩子的身世还不能急，可是女儿的身体等不急呀，眼看就五个月了，不要这个孩子只能做引流了，这样也同样危险。关琳几乎近乎拼死地要保住这个孩子，妈妈无尽地惆怅和无奈，妈妈对着爸爸哭了，这哭包含着很多。如果关琳一旦出现病症怎么办？孩子会不会遗传，怎么治？关琳一个人带孩子身体吃得消吗？那个男人会出现吗？会给关琳一个家吗？等等。

其实，对于男人，特别是有了女儿的男人，女儿那就是命，特别是更关注女儿要托付的那个男人，尽管嘴上不说，因为男人表露心痛无异于对家庭雪上加霜。可是，这种心痛的日积月累，就是压垮男人的石碾。关琳妈妈看着一脸无奈还在安慰自己的关琳爸爸，最后说"让关琳先过去，到那边先看看，听听那边医生的意见，到时该做决断时再做决断"。可是，让关琳一个人过去，虽然现在还好没什么问题，可是一旦真的出现危险情况后，想立马再过去一时就来不及了。所以，关琳爸爸说先让关琳过去，让关琳妈妈把公司一些事安排一下随后也过去，关琳妈妈觉得只有如此了。

这天，一家人再次正式地坐在一起说这事，关琳知道了爸妈的想法真的好高兴，可是又觉得对不起爸妈，让他们操心。妈妈这时倒安慰起关琳，因为爸妈也不想关琳压力太大，担心增加关琳的压力对身体不好。一家人决定十一以旅游的名义过去，然后爸妈先回来，妈妈安顿好家里的事再过去照顾关琳。

※　※　※　※　※　※　※

　　这一决定倒使关琳一家有了目标，也暂时忘记了后果带给的烦恼，开始为日后做准备。关琳首要面临的就是"心之恋"问题，时间很紧了，必须抓紧时间和罗肖商量这事，这给罗肖提出了个大问题。

　　本来罗肖计划要加快退出"心之恋"的管理，最迟到明年培训中心开业时，必须不能再参与管理了。因为经过罗肖几个人的努力，在有关领导的帮助下，罗肖几个人要干的，已不单单是培训了，作为一个创业和再就业基地，特别是为新毕业的大学生创业来说，提供了起步和积累实践经验的一个平台。建立这样的平台，国家还给优惠政策和一些资金鼓励，这对罗肖他们来说真是雪中送炭。所以，这些日子罗肖的精力基本都放在这事上了。

　　这天，关琳一早就给罗肖打电话约罗肖晚上来"心之恋"，罗肖说晚上要请一位领导吃饭，想中午过去，关琳也就十一点左右来到了"心之恋"。关琳有意到后面的操作间，与厨师长郎嘉驹聊着一些情况，特别是今后的打算。然后她又来到前面吧台，将连洁叫到跟前问问情况，也有意引导连洁说说想法，鼓励连洁好好干，将来一定有作为。

　　罗肖来了，两个人就在下面找了一个靠窗的位子坐下。关琳询问了一下罗肖的情况，罗肖简明扼要地说了说。

　　"肖哥，我知道你最近挺忙，因为有事要和你商量，所以今天叫你来不会耽误你很长时间。"

　　"没事，怎么客气起来了？有什么需要我做的就说吧。"罗肖有些奇怪地笑着说。

　　"肖哥，有两件事今天我们都得定下来，因为都很急。一是我们以前说过的，你现在马上就要用钱了，我承诺的要兑现，我想听听你的需求。另一件事也是和第一件事相关，因为我已决定月底就到香港住一段时间，所以我必须在走之前将第一件事办了，同时还得拜托你分点儿心管理'心之恋'。"关琳心里真的是很激动，给罗肖打过电话后，一直琢磨怎么开这个口，现在先借着罗肖的事说吧，怕罗肖打断一样一口气说完。

"要到那边去住？不回来了？这怎么办？"罗肖被关琳的话说得有点儿懵了，一连串地问。

"不是的，肖哥。只是住一阵子，把事办完就回来的，只是稍微时间长点儿，所以临时请你先照应着，只是和你的事有点儿冲突了。"关琳被罗肖傻傻的样子逗笑了。

"这儿让谁盯着好？"罗肖若有所思却又不知说些什么好，像是问关琳又像是问自己地吐出了一句。

"肖哥，你还有可推荐的人吗？"关琳试探着问。

"没有，来新人，又是需要适应一下。关琳，你走前就要多费些心协调，要把原则和今后如何沟通明确了，有些问题还是要你定的。"罗肖摇摇头缓慢地说。

关琳根本就没打算再找新的管事人，就说："肖哥，你看现在大家干的挺好的，又挺团结的，来新人就怕有不协调的地方会产生影响。你就带着郎师傅和连洁干吧，平常就让他们盯着，大事你定，行吗？我也会每天和你们视频联系的。"

"关琳，太突然了，你再好好想想。"

"不用想了，肖哥，你就答应吧。培训的损失我负责补上。只是别以为我们视频聊天是监视你们的工作就行了。哈哈。"

罗肖也笑了，人还是有些茫然，不知道又出现这事，不知说什么好，似乎解嘲地说："有你监视，我们这些员工才能认真工作呀。"

"好了，肖哥，你就辛苦辛苦吧，你看什么时候跟他们俩说？还是我走了你再说？"

"还是，还是你说好，走前交代清楚了好。"

"那我们今天说吗？"

"我觉得你再好好想想，想得细一点儿再说。"罗肖想了想说道。

关琳点点头，罗肖若有所思地又说："走前，是不是要跟令狐他们说一声？"其实罗肖是想说要不要跟周光磊说一下，但是还是说了令狐文。

"是，应该……"关琳也在考虑这件事，也是想说要跟周光磊单独见个面的，但没说出口，然后说："那你这两天忙完，我们大家聚一次说？"

罗肖也就同意了。其实，罗肖一直没有真正进入两个人的谈话中，脑子一直懵懵的，简单的吃了一点儿就走了。

关琳想，应该和周光磊单独见一下，提前打个预防针暗示一下。可是，关琳又觉得自己的想法太自私，先不说周光磊是否同意，人家的父母就会站出来反对。当初没说明白就分手了，现在让人家的儿子来帮自己，将来自己会无法面对人家父母的，尽管他们很喜欢自己，但是，这种事是难以接受的。可是，关琳仍然强烈地想见周光磊。罗肖走了，关琳一个人坐在那儿许久。连洁过来了，见关琳一个人在愣神，便小声地问："姐，罗经理走了？还想吃点儿什么吗？"

关琳回过神来笑笑："现在忙吗？不忙就陪姐坐一会儿。"

连洁从来没有见过关琳这样，不知用什么词形容关琳，有些不知所措，只好试探着问："姐，是不是很累了？不舒服吗？我去给你倒杯热水吧。"

"叫人收拾一下吧。"

连洁答应着："你要不上楼去歇一会儿吧？"

"不了。来，就在这坐会儿。算了，你还是去忙吧。"

"想喝点儿什么吗？"

关琳想想："给我弄一个小果盘吧，喝的一会儿再说。"

连洁让服务生去准备，连同两小碟坚果送了过来。关琳一个人坐在那儿望着窗外，手里不由自主地摆弄着手机，一会儿凝视着外面，一会儿好像试着要拨号，还在犹豫要不要给周光磊打电话，先拨通了妈妈的电话，告诉妈妈在店里不回去吃了。其实自开店以来，关琳每周回去吃晚饭也就一两天，但每天都要给妈妈打个电话。又坐了一会儿，尽管天还是很亮，但时间已过六点了。关琳想再不打电话，周光磊就要到家了，就拨通了电话："光磊你好，我，关琳，下班了吗？"

周光磊正开着车也没看来电显示号码就接了，这是这么长时间以来，关琳有限的几次直接给周光磊打电话。周光磊心里紧张地说："哎，关琳，有事吗？"

"不知你有事吗，想请你过来说会儿话。"关琳怯生生试着问。

周光磊心想看来关琳真的有事，关琳几乎没有过直接给自己打电话，特别是叫他去说说话的。他握着方向盘的手斗动了一下，坐在副驾驶的令狐文感觉到了，看着周光磊，后排坐着另一位副科长身子往前倾了一下。周光磊赶紧说："啊，没关系，能不能晚一点儿，今天我们有个接待要陪一下。"

"噢，那你先忙，改天吧。"关琳有些失望，但还是很平静。

"没事的，就今天吧，一会儿我把头儿送过去，就去你那儿。"

"文哥在吧？回来再说吧。"关琳立即意识到令狐文在身边。

周光磊这才意识到，其实自己既不想让令狐文知道是关琳打来电话，又不想让关琳知道令狐文在旁边，现在看来两个人都知道了，而周光磊也忽视了车上还有另外一个副科长坐在后排。

"哈哈，是女朋友吧，这么紧张？令狐，人家怕我们知道。"副科长逗着。

"没有，没有，不是，不是。"令狐，文笑笑没说话，周光磊讪讪地说。

"光磊，你说什么？"关琳不明白地问。

"啊，啊，是这样，我们两位科长在车上逗我呢，就这样，完事就过去，先挂啦？"周光磊有些尴尬，说完话看了一眼令狐文。

"我们可是都听出来是谁了，还说完事去那儿就行了。"令狐文平静地说。

"令狐，还是我们俩盯着吧，我们可不能坏了大事。"副科长也说。

"要不要先送你？"令狐文问。

"不用，不用，没事，一会儿再说。"周光磊也没听令狐文和副科长的话，加快了速度，副科长还提示着"注意安全"。

到了酒店副科长先进去了，周光磊不知如何是好地跟令狐文说："哥，是关琳的电话，她说想跟我说说话。她从国外回来两年了，第一次给我打电话想说说话，我想去，行吗？"

"那还当着我们的面说完事再去。"令狐文没想到周光磊问他去行不行，也不知如何回答，就说了一句，不是抱怨可听起来像抱怨。

周光磊以为令狐文不高兴了，就表示说离不开不去了。令狐文知道自己的话让周光磊又多心了。本来嘛自己也多心了，但是自己不应该多心，也许，这还是一个自己一直在努力实现的、但内心也确实还存有一些排斥力的那个结果的开始呢。令狐文推着周光磊"去吧，这儿我们俩盯着就行啦"。

"要不还是不去了。"周光磊说完，又跟了一句，"你希望我去吗？"

"不是我希望不希望你去不去，关键是必须去，懂吗？"令狐文看看周光磊大声说。

"那，一会儿我来接你们。"周光磊沉吟了一下说。

"不用了，好好陪琳琳说会儿话吧，完事儿我们打车走就行了。"

"那不行，不是你一个人，人家也是科长，等我来接。"周光磊执拗着，令狐文下了车，周光磊立即赶往了"心之恋"。

※　※　※　※　※　※　※

周光磊下车快步地进了"心之恋"。连洁迎上来："光磊哥，好长时间没见你了，怎么也不来呢？"

"想我了？我这不来了。"

"才不是呢，要不是经理请您来，您可是不来。"连洁带着周光磊往里走。

"怪起哥来了。"周光磊拍了连洁屁股一下。

"经理在那儿，你先过去，我马上过去。"连洁向前一躲，笑着跑了。

"关琳，等半天了吧？"周光磊坐到了关琳对面。

"快坐。没有，今天一直都在这儿。没耽误你正事吧？"

"没有，没有，有人在那儿盯着。"

"是不是文哥在那儿？他知道你来这儿是吧？对不起。"

"哪有对不起的，文哥和另一个科长都在那儿。是我也想和你说说话。"

"是吗，只是……"关琳没往下说。

"文哥知道就知道吧，是我不好，说话没注意。不过，文哥不会介意的，还是他催着让我快来呢。"周光磊说完看看关琳。

关琳若有所思地说："是吗？那就好。喝点儿什么吗？我已经让他们给你做牛排了，不知味道是不是'月色阑珊'的口味。"

"月色阑珊"给周光磊留下的记忆深刻，关琳的这句话，比时光机器还快，一下子又将周光磊抛掷到了那。

关琳本来心存侥幸地抱着一丝丝的意思，只希望周光磊不再在乎提到"月色阑珊"和牛排，或许还是想唤起周光磊对那段时光的留恋，没想到周光磊脸上的反应如此地痛苦。看得关琳有些不知如何是好地叫了一声："光磊。"

"是吗？太好了，好长时间没吃到喜欢的牛排了，郎师傅的手艺不错嘛。你吃点儿什么？"好在周光磊反应迅速地答了话，笑得有些尴尬。

服务生将牛排和配餐端了上来，关琳又让斟了两杯红酒来，然后对周光磊说："我吃了一点儿，你吃吧。"

周光磊没有立即吃，看着关琳道："最近是不是有些胖了，这儿累不累？"

"啊？不累，累就不胖了。赶紧吃吧，边吃边说话。"关琳心想坏了，要是他们都认为我胖了，再过些日子就要露馅了，赶紧打马虎眼端起酒杯递给周光磊一杯："我们碰一下吧，这是我们分开后第一次两个人单独在一起，算是一个小小的庆祝，也算是一个新的开始好吗？"

"关琳……"

"光磊，别误会，我不是强求你回到过去，因为过去是重复不了的。我想说的，是我们的另一种的开始，虽然我们很难再回到那屋，可是，还是可以有一种适合我们的方式好好地相处，是一种别人体会不到的爱。光磊，我是不是又在强迫你？"

"琳琳，对不起，这两年让你过得很苦。我知道你的心，我非常非常感谢你还能这样让我在大家面前正常地生活，我也想我们能够生活在一起。可是，因为我没能全身心地爱你，所以也就伤害到了你，我不想这样。"周光磊一直在低着头，像是在吃，有些痛苦，又心生一种自己不愿意承认的感觉，抬起头温柔地看着关琳。

"我没怨你。因为我爱你，所以我爱你的全部。也正因为这样，我刚才才说，还有一种适合我们的方式，是别人享受不到的，这可能就是我们俩的爱的方式吧。"

"谢谢你，让我知道我实际上是有家的，在那个家里为我保留着一个角落，只是我心存愧疚，怕伤害到你今后。我真的害怕，这样你就无法再去实实在在、全身心地去追求你爱的人或者接受爱你的人了。"

"光磊，那你呢？你是不是也会像你说的，可以实实在在地全身心地去爱吗？"周光磊没说话，关琳继续说："都过去了，别总这样被这事压得透不过气来好吗？我们彼此接受了这个现实，那不就还是一片光明吗？别人的云彩是飘不到我们的天空的。好吗？"

"关琳，那样你会失去女人应该得到的幸福，不值得。你应该有个家，有一个爱你宠你的男人，有个活泼可爱的孩子。"

关琳想，不能这么沉闷进行着话题，自己应该先欢乐起来，这样一想也倒是觉得自己轻松了很多，就笑着对周光磊道："光磊，放心，我不会亏待自己的。哎，干吗这样看着我？我可没胡来呀，是逗你呢，和你一样坚守着呢。不过，我要是真的有孩子了，不管是不是你亲生的，你可要当爹呀，好吗？这可是你当着大家承诺的。"关琳没想到自己竟然不经意地说出了自己要说的话，高兴地笑起来。

"琳琳，今天你是不是就是为了告诉我这好消息呀？太好了，还搞得这么神秘，快告诉我那男孩是哪儿的？儿子真是我的了？我有儿子了？他爸不会反对呀？对，对，你们生老二。太好了，真是的，应该叫他们一起来庆贺一下。"周光磊也被感染了，有些手舞足蹈了。

关琳看到周光磊又恢复了阳光灿烂的样子，也兴奋了："看把你高兴的都说些什么，八字还没一撇呢，我只是和你做个约定呀。因为我想十一就到香港去住一段时间，怕来不及和你说，刚才我俩说的不许和别人说，听见没？"

"这是好事，为什么不告诉大家？大伙儿都关心着呢。琳琳，莫不是你的那个他是个港崽？"周光磊不解地问。

"想哪儿去了，光磊。来，今天高兴干了这杯酒。"关琳好长时间没喝酒了，今天真的高兴，庆幸自己能遇到周光磊和罗肖，其实还有默默的文哥。关琳和周光磊碰了杯干了说："别待太长时间了，文哥他们那儿是不是还等你，赶紧过去吧。"

"没事，应该还有时间。什么时候走？那走前大家送送你。"周光磊看看表。

"具体还没定，应该很快，不过我不想再惊动大家了。"关琳沉了一下又说，"一会儿见了文哥，他不会问什么吧？"

"我知道怎么说。不过还是应该跟文哥、肖哥，还有珊珊他们说一声好，你不说，时间长了也得都知道了反倒不好，还有连洁在呢，他也会说的。"

"是得说，看时间吧，要是紧张就不聚会了，到时我们再定。那你快去吧，别让文哥等急了。记着，我们的约定，只是我们两个人的。"关琳不放心地又叮嘱着。

"放心。那我们再联系。"

"我会给你打电话或发邮件的，快走吧。"关琳随着周光磊站起来，周光磊站在那儿看着关琳并没动，关琳也站在那儿看着周光磊，两人感到一股强大的吸力和抑制力在同时作用着，周边位子上还有客人，几秒钟的时间如同几个世纪划过，没有了疾风暴雨而是春天温暖的细雨蒙蒙，两人缓缓地拥抱了。但是，周光磊还是感受到了那火山一样的炙热。

"走吧。"

"我等着儿子。"

关琳没有送周光磊，感觉心里的那阵悸动还没有平息。刚才与周光磊拥抱的那一刻，浑身出现了燥热，原本以为自己已经做到了不再回味那晚，不再回味爱的第一次，可是……

※　※　※　※　※　※　※

周光磊出了"心之恋"，努力地让自己平静下来，一边上车启动车，一边给令狐文打电话说一会儿到，一路上还是挥之不去刚才的情景，周光磊还觉得在一种情绪中，说不清是激动是伤感还是有些惊恐担心，都说了些什么，总之现在想起来却有一些成了空白。关琳为什么今天会叫自己来说说话，还就是说她又要出门了告诉自己一声？不！关琳对自己仍然寄予了一种期望，等待着自己的回归？不！难道自己刚才感觉到了关琳的颤动就是那夜的颤动？不！关琳应该是对自己赋予了一种特别的东西，是什么，爱的延续？是一种臆恋？不！关琳是要做的更具体，要靠自己没能给她爱，而只能让自己做她将来儿子的爹的方式来维系。难道，这就是她说的适合我俩的形式的家？自己是接受呀还是不接受？是因为自己的态度暧昧，或自己的言语让关琳理解成了暗示，让关琳找到了这个自己唯一渴望和心痛的理由？

周光磊也不知自己怎么竟然这样地胡思乱想，又想到了还有一个人在等着自己，不由得心慌地加快了车速。车子到了酒店时，令狐文已经将客人送上另一辆车去宾馆了，副科长陪着走了，令狐文一个人在离酒店不远处。咦，他怎么抽烟了？周光磊将车子停在令狐文身旁，令狐文赶紧将手里的烟掐灭上了车。周光磊看着令狐文："抽烟啦？喝了不少吧？"

"没有，开车。"令狐文脸已经红到脖子根。

"对不起，让你忙活了。去哪儿？"

"随便。"

在周光磊的记忆中，每次晚上应酬后，听到令狐文说的都是回家。如果两人要是再去别处什么的，都是周光磊反复地提议要求，令狐文很少主动提议，更没有像今天没有回家的意思，反倒说出"随便"来，这倒是使周光磊不知如何是好了。

"'月色阑珊'？"周光磊试探着问，令狐文没反应。

"你这一身的酒气，要不去洗个澡吧？"令狐文还是没说话，周光磊将车停了下来，不知怎么了，竟然有些怜悯地看着令狐文："哥，是不是有些不舒服？还是生我的气了？"

"光磊，我做人是不是很失败？"令狐文这时缓缓地说。

"哥，你怎么了？啊？说呀！"周光磊一惊，伸手扳住令狐文的肩膀。

"别弄了一身酒气。"令狐文任凭周光磊晃动他。

周光磊摸了一下令狐文的额头，又轻轻地晃了晃令狐文，用焦虑和询问的目光看着令狐文。

"我没醉，找个地方洗个澡吧。"令狐文看着周光磊。

周光磊"哦哦"了两声，有些僵硬了的手臂机械地做着动作，开动了车子。周光磊脑子里很乱，今天令狐文这是怎么了，根本不问和关琳见面的事，就是因为和关琳见面触动他了？还是接待时发生了什么事？

"关琳告诉我她要去香港住一段时间。"周光磊试探着说，令狐文只"噢"了一声，没说话。周光磊想，算了，带他去洗个澡，然后送他回家，就又问了一句："珊珊他们回自己家了吗？"令狐文又嗯了一声。周光磊想好长时间没去他家了，看看表刚刚过九点，就给家里打了电话说今天不回去了，然后给令狐文家打电话，是令狐文妈妈接的："干妈，是我，光磊，我跟文哥在外面接待客人，要晚一点儿回，今天住您那儿行吗？您先睡，别等我们。"

"光磊，来吧，来吧，有好长时间没来了。小文呢，是不是又喝多了？看着他点儿。"令狐文妈妈高兴地说。

"没有，没有。干妈，那您别等我们先歇着吧，我撂啦？"

"撂吧，撂吧，开车注意点儿。"

周光磊放下电话，思量着去哪儿洗澡。令狐文说话了，在周光磊听来是在埋怨："你往家里打电话干吗，我说回家了吗？"

"那你说怎么着就怎么着。"

"我没说怎么着。"

周光磊有点儿来气了："你别每次都这么气人，行不行？老实待着！"周光磊开着车没再理会令狐文，也没意识到令狐文有些僵直地靠在那儿，但心里却有着对这个人的一丝愧疚。

15

　　令狐文记得，正月里罗肖约他见面，告诉他周光磊要帮忙的事，自己回到家一夜没怎么睡，转天周日一整天是怎样的心情，自己也说不清，只觉得压抑，随后的一些天里就总是不能集中精力。

　　今天，关琳把周光磊叫去单独见面，令狐文心里这种阵阵的、自己都觉得不应该有的崩溃感笼罩着全身，平常这点儿酒根本不叫事儿，可今天自己都觉得控制不住了。吸烟，被呛，又吸一支，一包烟不一会儿没了一半，从来不吸烟的他，今天送客人离开餐桌时竟然抓了一包烟和打火机。那已远去了的，似乎近几年渐渐淡了的记忆，竟然还是不能被麻醉掉，无法控制地一下子真真切切地回来了。原以为与周光磊已经建立了理性的相处的屏障，原来就是个肥皂泡，刚才那一刻轻轻地一触就破灭了。自己苦苦要改变的，不是已经可以做到了吗？这该死的已经粉碎了了的记忆碎片，现在却无法控制纷乱地飘浮在眼前而不肯归位。

　　周光磊1999年大学毕业时21岁，工作时间不长就与同系、大他三岁、早他两年来的令狐文相识了。几年来两人的交往，周光磊佩服这个哥，也小心翼翼地维持着他们的这份情谊，超脱于同事关系，周光磊的父母也很感激儿子认的这个哥。

周光磊这几年总想通过各种努力打开令狐文心中的那扇门，让它透透阳光，呼吸一下新鲜的空气。

周光磊的这种想法和努力不止一次了，但令狐文并不给他机会，有时会很巧妙地将话题引向别处。有时，周光磊看令狐文很忙碌，却阳光灿烂的样子，周光磊就把预演过多遍的场景和想法就抛到脑后了。不知哪天，感到令狐文情绪又不好了，马上又责怪自己真是没脑子，怎么就这么容易让他把自己给糊弄过去了呢。有时周光磊骂自己没脑子，傻乎乎，不仅直肠子，还给点儿阳光就灿烂。可就是这样，两人才更信任，相处得更好。有时，令狐文故意激他，说他嘴比眼快，眼比脑子快，该说不该说的都说。周光磊就得意地反驳："这就是我周光磊的性格，是什么就是什么，从不藏着掖着，要不怎么叫周光磊哪，既周到又光明磊落。"

有一次，周光磊可是极其认真严肃地对令狐文说："哥，我可不是逮谁跟谁说的，连屁都存不住的。我牢牢记着你的警告，工作是工作，单位是单位，其他是其他。而且我是严格地做到了，也就是我们俩时才放肆一下的。"

这一点确实也让令狐文满意放心，从而更加信任这个弟。正因为周光磊确确实实是这样做的，工作上又很优秀，同事们很认可，令狐文才从心底觉得更应该珍惜周光磊，也想好好保护他。

令狐文知道自己的情绪波动，有时会被周光磊看穿。所以，他时刻提醒自己不要去想，只是在心里赋予一种不知结果如何，不知什么时候能够实现的期望。可每到特定的时候，就像季节病一样心魔发作，让他回忆似苦、似甜，抹不去，说不清，理还乱的过去。这种情况没有跟周光磊讲过，在令狐文的记忆里，有一两次差点儿就向周光磊全盘托出。幸好自己控制住了，也化解了周光磊的追问。

令狐文知道不能再给周光磊任何相关的刺激信息了，因为在这个特定的季节，周光磊内心里也在隐隐作痛，其实是强烈作痛，情绪会反常，开始的两年很强烈，这两年稍稍淡了一些，但并没有完全抹掉。在家人、同事、朋友所有人的眼里，周光磊阳光、帅气、有才，是个有前途的青年，只有父母知道他几年前外出培训时发生了一场大病，多亏了当时一起培训同住的令狐文的帮助照料，周光磊才走出这场大病。从此，周光磊与令狐文成了好哥儿们，令狐文更加关爱这个小三岁的兄弟，周光磊的父母也很感激令狐文，嘱咐周光磊要好好对待这个哥。后来两个人先后调到了同一个部门，周光磊调来时令狐文已经是这个科的科长了。

※　※　※　※　※　※　※

关琳给周光磊打来电话说，今天是正月十六，让周光磊到她家吃饭，周光磊答应早点儿去。

下午，周光磊早早到了关琳家，关琳的妈妈在准备晚饭。周光磊小声问关琳："琳琳不是说到外面吃吗，在家吃了？要知道在家吃，我得买些什么呀？"

"是我改的，现在都到外面吃，过年的气氛都没了，也没有家的感觉了。再说，这次你来吃饭我也想感受一下，不知以后还有没有这样的机会了。"

"怎么会呢，想在家吃就在家吃呗，我看用不了几年年夜饭也要回归家里吃了。要不要帮你妈干些什么？"周光磊傻乎乎的，并没有听出关琳话里的弦外之音。

"你会干什么？讨好吧？"关琳看着周光磊。

"什么呀，我是真心的，我去看一下？！"周光磊嘿嘿地一笑。

"行，你去看能干点儿嘛。"

一会儿，传来了关琳妈妈的声音，周光磊也从厨房里出来了。关琳笑拍着手："拍马屁吧？你呀，是越帮越忙。"

不一会，关琳的父亲回来了，周光磊迎上去打招呼，妈妈在厨房喊"琳琳，差不多了，准备开饭"。

关琳应着跑了过去，周光磊也跟了过去，布置考究的餐厅，几道精致的佳肴摆到了餐桌上。

"过年了，今天喝点儿酒吧。光磊，去看看喜欢喝什么酒？"爸爸招呼着。

"伯父，我不太会喝酒，您喜欢喝什么？"

"爸，我来吧，他哪行呀。妈，今天您也喝一点儿。光磊别喝太多，一会儿我们不是还要出去玩儿了吗？"

周光磊被关琳说愣了问去哪儿玩儿，关琳说"先保密，吃完再告诉你"。然后关琳对妈妈说："妈，吃完饭我们出去玩儿，不陪您了，您和我爸找你们牌友去打牌吧，今天过年不限制你们。"

"大过年的，一会儿再说吧。你们也别太晚了。"妈妈说道。

"妈，要是太晚了就不会来了，新房那儿正好过去看一下。"

"听阿姨的，我们别玩儿太晚了。新房我昨天看了一下。"周光磊听关琳说要去新房心里一惊。

"光磊呀，你们商量好具体时间了吗？"关琳刚要说话，爸爸问。

"听琳琳的，还想听听您和阿姨的意见。"

"房子都装修好了，琳琳你们抓紧商量一下，征求一下光磊父母的意见，别等什么'五一'、'十一'的，太远了，人也扎堆儿。"妈妈说道。爸爸也附和着。

"妈，急什么呀，我还想再玩儿两年呢，还要考验考验他呢。"

"光磊也不小了，父母也着急了吧？"妈妈说。

"不着急，不着急。"周光磊忙笑着说。

"您看，他都说不着急吧。"

"光磊是顺着你呢。"妈妈说。

关琳扭过头眯着眼看着周光磊："说，着急吗？"

"琳琳，别逗了，快吃，吃完不还想出去嘛！"妈妈给周光磊解围。

吃完饭收拾好了，周光磊随关琳上楼来到了关琳的房间，抱住关琳亲了一下，问关琳怎么安排要给家里打个电话。关琳也抱着周光磊，手在他鼻子上刮了一下说："今天不许让我不高兴，我怎么说就要怎么做，听见了吗？"

"坚决服从。我们去'月色阑珊'？"周光磊立正敬礼，然后拥着关琳。

"那太幽静了。今天，去个热烈一点儿的，'蝶飞舞'吧，不是迪厅，但氛围活跃，今天就我们俩谁也不邀请，你要和我跳舞。"

两个人在"蝶飞舞"就玩儿到了十二点，周光磊看看表："琳琳，不早了，我们回去吧。"

"好！第一个节目本小姐还算满意，走！"关琳高兴地说。

"还要去哪儿呀，还有第二个节目？你不累呀？！"

"不累，我高兴了，你还没高兴呢。"关琳边穿好外套，边拿着精致的挎包往外走。

"我今天也好高兴，好长时间没这样放松了。"

"你喝酒了，我开车。"

关琳开着车，朝新房开去。路上，周光磊思绪凌乱，几次想开口劝关琳却没说出口。进了早就装修好了的新房，关琳回身抱住了周光磊："今天我们俩就住这，不回去了，好吗？"

"琳琳，阿姨会怪我的。"尽管周光磊已经猜到了今天将会发生什么，但在这以前肯定不会发生。现在矛盾的心里还能说什么呢？

"这里是哪儿？这里本来就是属于我们俩的地方，我已成年。"关琳红着脸蛋向前抱住周光磊。

……

※　※　※　※　※　※　※

周五这天早上，母亲告诉令狐文早点儿回家帮着准备晚饭，说妹妹今天要带男朋友来家吃饭，令狐文建议出去吃，怕妈妈累着，妈

· 239 ·

妈说你不懂，虽然两人交往时间不短了，可这是第一次来吃饭还是要在家吃的，令狐文答应早回来。

令狐珊珊带着男朋友金城山一起回来，手里提着买的东西。金城山见过令狐珊珊的父母和令狐文，金城山叫伯父伯母叫得很亲，很自然地叫着令狐文大哥。

席间，令狐文问着金城山单位的情况忽然说："对了，以前我一个同学在你们单位，有几年没联系了不知还在不在？"

"叫什么名字，是机关的吗？"

"叫罗肖，研究生毕业的，是不是直接分配的不知道，很厉害的，英语相当好，后来还学了中医，他爸在医院，对了，他们家是中医世家。差不多有四年多没联系了。"

"噢，好像有人提到过这个人，刚提了正科长就不干了。好像调到医学院了，现在不知道了。"金城山想了想道。

令狐珊珊父母询问着金城山家里的情况，金城山说母亲在家做点儿小生意，父亲有工作，还有个弟弟在家读书。

几个人说着话，令狐珊珊想起什么说："对了，哥，周光磊怎么样？你们没在一起吗？"

"每天都见呢，怎么了？"

"我怎么听关琳说又想出国了，结婚的事往后推推？"

令狐妈妈问是不是两人闹别扭了，令狐珊珊说看样子不像，关琳不是很生气的样子。

"没听这小子说呀，他最近是挺忙的，春节时还说请吃饭玩儿呢。这小子前两天好像说过关琳病了。"令狐文疑惑地说。

"什么病？怎么没听关琳说呀？"

"我没细问。"

"是呀，最近光磊来得也少了，文，哪天叫他来吃饭吧。"妈妈说道。

令狐珊珊扭头对金城山说："我哥的同事，妈的干儿，你见过的，关琳的男朋友。”然后又对令狐文说：“哥，要不我们今天叫他们唱歌去？”

“来得及吗？正好这些天累死了，明天也休息，轻松轻松也好。城山没事吧？”

“他没事。哥，那我俩联系他们。妈，山子给您和我爸买的衣服，一会儿你们试一下。”

令狐珊珊乐道：“不缺，你们用钱的地方多着呢，以后不要再花钱了。”没等金城山开口，令狐珊珊说道：“这不是花不花钱的问题，是态度问题，是吧？”金城山笑笑。

“珊珊别耍蛮，小金呀，她就是嘴不饶人，别理她。”妈妈对金城山说道。

“啊？哥，这么快咱妈就向着他了，哥，你帮我，他敢不听我的。”

金城山准备帮忙收拾桌子，令狐爸爸说：“别插手了，到屋里歇着吧。”

金城山说不累，令狐珊珊冲着金城山噘下嘴小声说“拍马屁”，金城山也回应了个小怪样儿。

令狐珊珊去给关琳打电话：“琳琳，这么长时间也不打个电话，好些了吗？黄金周有什么想法？”

“还说呢，也不关心我一下，重色轻友，我姐夫是不是去你家了？我不想出去了，我爸妈去欧洲旅游了。”

“正好，现在就你一个人在家，我们出去玩儿一会儿，叫上光磊和我哥唱歌去。”

“还是不打扰你们了，快和你的白马王子单独享受吧。不过‘五一’期间你要陪我，我们去一个人少的地方待两天。”

“正好，我也跟金城山商量来个两天的自驾游。叫上周光磊，我们四个人正好一辆车。”

“那就算了吧，快别当你们的灯泡了。这几天难得一个人在家清静休息一下。"

"那周光磊呢，去哪儿了不陪你？"

"我没让他陪。"

"你们闹别扭啦？不行，要是不和我们出去旅游，今天一定出来跟我们玩儿去，在家等着，一会儿去接你。"

令狐珊珊放下电话跟金城山说："我们出去玩儿一会儿吧，看来关琳和周光磊之间真的有问题了。"

"听你的，就不知道我在场你们说话方便不方便。"

"没事，你和我哥唱你们的，不影响。"

在歌厅的包间里，令狐文和金城山两人唱着，令狐珊珊和关琳在一旁说着悄悄话。尽管关琳看起来神情愉快，也不能掩饰失去骨肉和内心犹如脱胎换骨的磨砺散发出来的疲惫和憔悴。令狐珊珊问关琳为什么忽然又出国，关琳没讲她内心感觉到的东西，只是说虽然和周光磊交往两年了非常爱他，新房都准备好了，但感觉现在结婚还不适合。出国，一是趁年轻看看国外能不能找到自己喜欢的工作，尽管令狐珊珊觉得这是个借口，关琳自己也觉得不充分；二是，太爱周光磊了，周光磊也是喜欢她的，才觉得需要分开一段时间，到时看看是不是真的可以结婚。

令狐珊珊疑惑地看着关琳，问关琳是不是太草率了，这可不能当儿戏。关琳很郑重地说，正是因为不能当儿戏，经过深思熟虑才觉得不能草率结婚。令狐珊珊说，不能草率的是不结婚了，还是周光磊又喜欢别的女孩了？令狐珊珊转身叫令狐文过来，被关琳及时制止了，只好又跟令狐文摆手说没事。

关琳告诉令狐珊珊，正是周光磊不会再去爱别的女孩，她才深爱周光磊，可如果结婚了，两个人会幸福吗？令狐珊珊说听不懂。关琳说不需要听懂，只希望令狐珊珊帮着做三件事。令狐珊珊问什么事，关琳说第一件事，是不许责怪周光磊，也不要让令狐文去找周光磊，因为关琳还想和他们好好相处，今后还是好哥们儿、好朋友，不要搞得太尴尬，就当没这事；第二件事，是让令狐珊珊帮着把关琳和周光磊两个人名字的房子，变成周光磊一个人的；第三件事，告诉令狐珊珊"前些天不是病了，是流产了，那是周光磊的孩子，那天去单位找周光磊他没在，出来碰了一下出血了，自己到医院检查结果流产了"。关琳说，太想要这个孩子了，一心要为周光磊生这个孩子，可是老天爷偏偏不给她这个机会。要是真的生下这个孩子，她就会死心塌地地与周光磊结婚，不管结果如何。

关琳告诉令狐珊珊，孩子的事周光磊不知道，可以在她走后告诉周光磊，还说让令狐珊珊告诉令狐文好好照顾周光磊，周光磊一根筋，对人不设防，容易受到伤害。

令狐珊珊越听脑袋越蒙，不明白关琳是否爱周光磊。爱吧，不跟他结婚；不爱吧，又为他做那么多事，这是一般女孩做不到的。

令狐珊珊还有些不放心，问关琳是否已经和周光磊沟通了，他什么态度。关琳说，还没正式说，因为这一阶段周光磊很敏感，要么激动要么精神恍惚。所以让他静一静，等手续办得差不多了再摊牌。

关琳觉得卸去了心里的压抑，心情轻松了许多。令狐珊珊虽然也答应了关琳的请求，可心里疑惑着，言不由衷地说："出去走走也好。我知道你们俩的这段恋情你是多么地投入，你还爱他，却为了爱而放了他。为什么？这不是小说，却成了现实。"

"珊珊，答应我不许和他们说呀？！"

令狐珊珊答应着，然后两个人过去唱歌了。令狐珊珊要给关琳点《心语》，关琳说不唱这首歌了，令狐珊珊还逗呢，"是不是周光磊不在就不和别人唱"，关琳笑笑摇摇头，心里有点苦涩。

将关琳送到家后，令狐文问令狐珊珊关琳是不是要出国，令狐珊珊说"是"。令狐文说，没听周光磊说，不知道他是否同意了。令狐珊珊告诉令狐文，关琳还没和周光磊说呢。令狐文说，要不要找周光磊问问，是不是他们出什么事了。令狐珊珊给拦住了，说关琳暂时不让说，感觉他们没发生什么矛盾。倒是觉得关琳挺内疚挺失落的，先不要找周光磊，看看情况再说。

　　黄金周期间周光磊也没主动约令狐文出去玩儿，令狐文觉得挺纳闷。试着给周光磊打电话，周光磊说跟父母出去旅游了。令狐文觉得不对劲儿，周光磊以前每次出去都会跟他说的，中途还会打个电话的，这次竟然不主动给他打电话，或许根本就没出去旅游？

　　节后上班，令狐文注意观察着周光磊，有时还故意向他交代事，感觉周光磊若无其事的样子。一次，令狐文故意问，出去玩儿得怎么样，周光磊才想起来说"啊？噢，哥，对不起，没来得及说"就带过去了。

　　一晃两周过去了，又到了周末。令狐文主动跟周光磊说："光磊，好长时间没出去玩儿了，叫上珊珊和金城山一起吃个饭，玩儿一会儿，你们还没正式见过面呢。"

　　"'五一'你们不是玩儿了吗？"冷不丁，周光磊拽出这句。见令狐文愣在了那儿，又觉得过意不去了："你约他们吧，听你的，我没别的意思。"

　　"臭小子，学会噎人了。"周光磊做了个鬼脸，令狐文又说，"你先走吧，我处理完这事就走。"

　　周光磊也没像过去常说的"我等你"，却说了句"那我先走了"，就走了。令狐文摇摇头，心想，他是在有意躲避什么？为什么周光磊这小子这回什么都不说呢？

　　　　　※　※　※　※　※　※　※

　　今天，大家再次送关琳出国。大家早早地为关琳办好了登机手续后，来到了咖啡厅休息等候，关琳的妈妈和令狐文兄妹等人故意在离关琳和周光磊远一点儿的位子坐下。

　　周光磊低着头捧着关琳的手，神情有些游离发呆，脸上挂着痛苦的表情。

"光磊，别这样，我只是出去看看，趁年轻再学点儿东西，如果能找到合适的工作也就干两三年。因为临时决定，没想到手续办得这么顺利，所以没有很好地和你商量，没有顾忌你和家人的感受。我们都要结婚了，这一走，你父母肯定特别怪我。"其实关琳心里也是苦涩的，有些自责。

"我爸妈那儿你不用担心，我会做好工作的。只是，你一个人走了，担心你……你要好好地照顾自己，多注意，出去看看就回来吧。我们……"

"我知道。记住，我们已经相互拥有了，不在乎那个给别人看的仪式。"

"我……"周光磊的眼泪滴到了两个人的手上。

"别人看到了。放心，我不是第一次出去了，那儿我熟。这次走得急，有些事我请珊珊帮着做了一些，她会告诉你的，听她的就行了。我到了就给你发邮件，明天你就应该看到了。你自己也要多注意，珊珊和文哥他们是好人，会帮你的。我们过去跟他们说会儿话吧。"关琳故作轻松地笑。

周光磊点点头，两人站起来到了令狐文他们这边，说了一会儿话，看看时间差不多了，就一起陪关琳来到了出关处。办好了手续，关琳回身向大家挥手告别，令狐珊珊喊着"到了打电话"。关琳大声说"知道了，妈，你们回去吧，注意安全"。关琳发现周光磊没跟他们几人站一块儿，一个人站在不远处用手捂着嘴。在关琳看过来的一刹那，关琳看到周光磊一激灵蹲下了。关琳鼻子一酸，赶紧挥挥手进去了。

关琳的妈妈注意到关琳的举动，回头看见周光磊蹲在那儿，对令狐文说："令狐，去看看光磊吧。我们也走吧，回去注意安全。"

"珊珊，你陪伯母先去停车场等我们，我们这就来。"说完，令狐文朝周光磊走去。

关琳离国后的几天，周光磊情绪低落到极点，家人、同事、朋友都知道他要结婚了的未婚妻又出国了。同事们都不去触动伤心的他，令狐文也没派他什么活，任由他去吧。

送走关琳的转天，周光磊早早地回了家。妈妈知道儿子心情不好，准备了周光磊爱吃的牛排。倒是周光磊安慰父母："妈，爸，你们别生气了，也别埋怨关琳，都是儿子不好。"

"儿子，我和你爸没怪你，也不怨关琳了。只是准备了这么长时间。爸妈只是希望你幸福，早点成个家，你爸的公司还等着你呢。"妈妈安慰着。

"妈，再说吧。我不帮着收拾了，我想躺一会儿。"

"别管了，去歇一会儿吧。"爸爸说。

周光磊回到屋打开电脑，电脑显示有新邮件，周光磊迅速打开，果然是关琳发来的，于是读了起来。

光磊：我的爱人！

我很顺利地到达并安顿好了，就给你发这邮件了。

昨天看到你流泪的那一刻，我真的坚持不住了。我急着给你发邮件，就是怕你担心，也想把你想知道的告诉你。

我爱你，在2003年春天第一次看到你，你就深深地吸引了我。后来做的一切都是我自愿的，因为那不是吸引了，是深深的爱。

我知道你是一个非常优秀的男孩，你的气息、你的一切都令我陶醉，我已经拥有了你的甜蜜、你的爱。我相信，今后无论是谁，我都会为他们高兴的。

记得我们相互拥有的那夜吗？我谢谢你让我成为了最幸福的女人，享受了女人的快乐，谢谢你让我拥有了你。记得我问你爱我吗？你说了两个非常，没有说爱。当我让你用一个字回答是否爱过我时，你坚定地说出了这个字：

爱！我看到，这个"爱"代表了那颗纯净透明的心。

说"爱过"两字，其实就是我想告诉你我不怨你，我理解你。记得我说的我可能是你唯一的女人吧？我幸福，就是因为我相信我是你唯一爱过的女人。

你对我非常非常好，其实我知道你也爱我，这就足够了。文哥对我也很好，像亲哥哥。那天我去的时候，知道是文哥在那儿过的夜，我当时不想告诉你我知道是他。所以，你今天看了我的邮件，我有两个要求你要答应我！

第一，不许告诉文哥我知道的事，我希望有这样一个好哥哥。

第二，今天以后，我不再叫你光磊，也叫你"哥"，这样我有一个珊姐，还有你和文哥两个哥哥。以上两点你我都要遵守，不管别人说什么，包括珊珊和文哥，都不能对他们讲。

知道吗？我期待那一夜，渴望奇迹的出现，真的做到了，我想要为你生个孩子！那是一个英俊潇洒的小伙子！可惜，最后还是没做到。可我也庆幸没有迎来小伙子，否则就会失去一个好哥哥。

哥，我们没有分开！你不要自责。如果我们在一起，那是你想要的吗？你会把自己深深地埋葬在心底而失去你自己，我也会因为占有了你的幸福而自责。你跟我说过大爱，我们出了那屋，拥有了大爱，你选择，对我也是大爱。

我们都是正常健康的，社会大家庭就是缤纷的，五光十色的。但是我们要学会保护自己，这也是我们的权利！这就是我要对你说的。

我让珊珊帮着将房子的名字改成你的名字，你自己处理吧。那是你、我爱的见证，不一定非要留着，她已筑在我的心里。我们只是走出了那间房子，可我们却相互拥有，也共同拥有着一个绚丽的世界。

　　哥，我不会在外面待很久，待我回去时我们会更好！

　　不多说了，代我问伯父伯母好，但愿他们不怨我，还没来得及叫他们一声爸妈。你自己要珍重，好好对待文哥，如果他遇上好女孩，不要拦，那是他的选择，这也是一种爱！

　　再见！

关琳

　　读着读着，周光磊越来越压抑了，任由泪水在脸上流淌，最后再也控制不住哭出了声，自己的经历，压抑着多年一发不可收地宣泄出来。

　　爸爸从门前过，听到了哭声没敢进去，便去叫周光磊的妈妈："去看看儿子吧，在屋里哭呢，安慰一下，挺苦的。"

　　妈妈进来，周光磊没有注意到，妈妈轻轻地叫了一声，见周光磊没回应，妈妈眼扫了一眼电脑，看到了关琳发来的邮件，读着泪水也流下来了，俯下身把周光磊搂在了怀里，周光磊感受到了那种久违了的爱。周光磊回过神来，也紧紧地抱住十年都没有好好抱过了的妈妈。

　　"妈，我没事的。您别怨我，也别再怨关琳了。"

　　"妈不怪你们，只要你好好的，妈就高兴了，你要坚强。"

　　"妈，你放心，我知道。"周光磊有些不安地看着妈妈。

　　"放心，妈心里有数，关琳真是好孩子，她可能也是因为孩子没了吧。令狐呢，他那样关爱你，他为你付出了很多。"周光磊点点头，深深地亲了亲妈妈的脸庞。

　　经过了这次，周光磊仿佛得了一场大病，人又瘦了一圈，很久才从憔悴中走出来。

16

今天，周光磊是铁了心了。本来周光磊想先和令狐文喝点儿酒聊一聊，把自己心里的东西吐一吐，特别是自己一直隐瞒令狐文的两件事，虽然这两件事改变了他一生，本想埋葬在心底，但总觉得对不住这个哥，期望也因此卸掉这个包袱。

周光磊说道："你什么都别说，说了也是为了安慰我，就听我说吧。我喜欢关琳，但那又怎么样呢，难道发生过那样的事就从此不能再去喜欢女孩了吗？这种喜欢这种爱公平吗？我可以和她结婚，和她做爱，那对她对你公平吗？关琳爱我，我知道她是自愿的，我知道虽然她不清楚我为什么这个样子，但她接受我这个样子，你知道吗？她为我买了房子，买了车，本打算要给我生个孩子的，你知道吗？珊珊告诉我关琳生那场病是因为摔了一下流产了，还差点儿出了事，所以她要离开我的。"周光磊有些哽咽了。

周光磊这时已经不能控制自己了，失声哭了起来。令狐文听着，拍了拍周光磊的肩膀："别说了，别说了，我懂你的，哥谢谢你，哥不值得你这样的，我们是好兄弟。"

转天周一惯例的碰头会，令狐文的头还在嗡嗡地痛。局长看到他疲惫的样子问道："令狐，脸色不好，不舒服吗？今天没特别的事回去休息一下，不行到医院看看。"

"可能没睡好，有些头疼。没事，谢谢您。"

中午，令狐文头还在疼，身子飘飘的，安排一下就回家了，到家也没吃午饭就睡下了。妈妈今天下班早了一点儿回来，发现令狐文在沙发上睡觉，走过去摸了一下令狐文的额头，好像有点儿烫。令狐文动了一下，睁开眼见妈妈站在跟前："妈，您都回来了？我睡着了。"说着坐了起来。

"昨天是不是又忙到很晚，冻着了，有些烫。"

"妈，没事的，睡一觉就好了。做什么好吃的，我帮您，我爸快回来了吧？"

"不用你帮忙，吃点儿药。"妈妈进了厨房，令狐文也跟着进了厨房。

过了一会儿，令狐文的电话响了。令狐文到客厅拿起电话一看是周光磊，还有三个未接电话。

"喂，光磊，有事吗？"

"对不起，哥。"

"说什么呢？下班了，今天没事赶紧回家吧。"

"今天一天没见你，我心里好乱。"

"听话，像往常一样，什么事都没发生，快回家。"令狐文怕妈妈听到，来到了阳台。

"你是不是不舒服了？下午回家为什么不跟我说一声？"

"我出来办完事没回去，没事。"周光磊挂了电话，令狐文能够想象得到周光磊这一天是怎么过的。

吃过晚饭，令狐文坐在沙发上看新闻联播，妈妈问令狐文："文，光磊和关琳到底怎么回事，就这么完了？这么般配的两个孩子，房子都装修好了，关琳怎么又想起出国了，还没在外面待够呀。光磊可好长时间没来了，是不是你妹回来了不方便来了？赶明儿就叫光磊来吃饭，我得好好问问。"妈妈不见令狐文答话，又说："文，跟你说话呢。"

令狐文两眼盯着电视其实在走神，听到妈妈又叫他，才慌忙答话："听到了，听到了。"

"你听见什么啦，我说明天叫光磊来吃饭。还有呀，你到现在还不搞对象，珊珊和城山的事你也不关心，赶紧帮他们装修房子。"

"好，好，我都想着呢，明天就办，行吗？您看您的电视剧吧，我进屋待会儿。"令狐文从沙发上站起来，回到了自己的屋里。

妈妈对爸爸说："哪天你跟小文聊聊，快三十了还要等到什么时候，珊珊都要结婚了。工作不是非得他一个人干，耽误了成家是大事。"

"我看小文今天精神不好，是病了，还是交朋友不顺利？"

"对呀，我怎么没往这上面想呢，我去问问。"妈妈好像明白了什么。

"先别急，我看先让他自己处理，过两天再说，别愣问。"妈妈点点头又坐回到沙发上。

※　　※　　※　　※　　※　　※　　※

大学的宿舍，都是男孩一种成长的经历，周光磊也不例外。

爱情、女孩，则是永久的话题，男孩们在这其中成长起来，令狐文和周光磊同样经历了。后来大家发现周光磊经常被要求腾出床来，用于其他人招待女孩。这时他们都会很自觉地到别处去寻宿去了，转天就会被邀请吃饭听那爱情的故事。

现在，罗肖的出现，他们两人不约而同地又都需要罗肖帮助做同样的一件事。令狐文无奈地努力地让自己笑笑，或许真的能出现似乎希望看到的结局。或许罗肖就是他俩的纽带，可以挤掉黏合剂中的气泡，拧紧这并没完结的婚姻，让两人重续前缘。可令狐文又怀疑着，罗肖真的能帮着把气泡挤掉？或许又是另外不知什么结果的结果，那这个婚姻到底还要纠结着什么呀。令狐文劝着自己算了，任何事情都有着自己内在的运行轨迹，你去设想再多的方向，哪怕是给预铺了轨道，也左右不了看不见的东西去驱使事态的发展。但愿他们不再在乎自己这个气泡而释放掉这个气泡，任气泡任意飘浮甚至消失在空中。这样，令狐文反倒对罗肖有了一种自己一时也搞不清楚的期待。

17

关琳再次回国以后，偶尔也有要和周光磊单独见面的冲动，但都克制了。没想到今天终于和周光磊单独地见了面，却是说了一件连自己都没预料到的事。虽然仍带着今后可能不会回到从前的遗憾，但是这种巨大的喜悦还是让关琳感到了幸福，隐隐地也庆幸周光磊仍然还是一个人。看看时间还不到十点，犹豫着拨通了令狐珊珊的电话："准妈妈，还没睡呀？感觉怎么样？"

"正在看电视剧呢。琳琳，这几天怎么好像比前些天反应还大。"

"太好了，我说准了吧？是儿子。"关琳哈哈大笑着。

"哇，不关心人家难受不难受，就想着你儿子了。"

"哪那么娇气，我们又不是没经历过，挺过去就好了，想吃什么？说！"关琳一语双关地说。

"哈，死丫头，竟站着说话不腰疼，有你叫苦的时候。想请我给你传传经？哈哈。"

"哎呀，咱还真的想探听探听美事儿呢。哎，珊珊，我真的要去香港待些日子，时间有点儿紧了，就不跟大家聚会了，想明天你和姐夫过来说说话，有时间吗？"关琳也哈哈地笑着说。

"啊？真要走？我没事，金城山他忙，去不去无所谓。真的这么急着走吗？"

"是，我妈他们也同意了。不着急睡吧？聊一会儿。"

"不着急，城山刚回来不一会儿，正洗呢。'心之恋'怎么办？"

"就是呀，我就是想跟你说说呢。小弟不错，就让他在这儿盯着，是咱自己人不挺好吗，你说呢？"

"你那天说完我倒是和金城山也议论过，只是他来城市时间不长，还小，见什么都新鲜，过去在家里没怎么见过太多的钱，没见过各式各样的人，就担心没人管胡来。"

"不是完全交给他，我和罗肖说了，我走这阶段请他盯着。他总负责，连洁和郎师傅帮着他，三个人可能会好些。其实，你要是不上班，给你得了。"

"你饶了我吧。我觉得不要跟连洁说得太多。说多了，他不知天高地厚，该惹事了。"

"是，就跟你和姐夫说说，也就是我们知道，跟他说时就是让他们多干点儿。可是我觉得或者就干脆明确连洁负责前面，郎师傅负责后面，给人家一个小官会不会更尽心？"

"那叫什么？叫经理？"

"就叫前台经理，后台经理。哈哈，后台经理有点儿不好听，反正就这意思，罗肖是总经理不就得了。"关琳开心地笑着。

"琳琳，有没有更好的人选？"

"那天罗肖也问，可我觉得现在他们最合适。我不在，用新人有事他们倒不好说话了。将来如果有什么事，还有你和姐夫帮着，罗肖那儿还有文哥面拘着不会有问题的。"

"哈哈，合着你都想好了，说是他们干，还把我们给拴上了。鬼丫头。"

"哈哈哈。行了，你们就行使一把董事经理的职责吧，肯定有奖。"

"你这是物质利诱。"

"老婆，谁物质利诱咱，咱现在就缺物质呢。"这时金城山在那边喊。

"珊珊，姐夫说什么呢？"

"去，去，别跟着瞎掺和。别理他，琳琳，那需要我们做什么，什么时候走，去送送你？"

"时间太紧了，又不是不回来了，等回来你也生了，带着小宝宝聚会多好玩儿。明天你就和姐夫过来吧。"

"也好，我问他。城山，明天琳琳叫咱过去，你晚上没事吧？"

"老婆，我这边说不准的事。"

"那明天再说。琳琳，不管他了。"

"就这么定。告诉姐夫，晚点儿没事的，就正好让他来接你回家。"

令狐珊珊答应着放了电话，招呼着金城山赶紧睡觉。

这天，关琳觉得再最后跟罗肖确定一些事，便约好中午见。关琳十点一过就来了，服务生说连洁出去了一会儿回来。连洁十一点时高高兴兴地回来了，一进门见关琳在，脸红了："姐，我……你来会儿了？"

关琳觉得今天连洁越发精神，笑着问："这么高兴，是不是有好事了？不穿工装更显帅气了，是不是有女孩儿追了？"

"姐，没有，刚才一个老乡叫我出去了一下。姐吃点儿啥，我去准备。"

"先不用，一会儿肖哥来，要说事儿，等来了一起说。"

罗肖来了，两人聊着关琳走后的一些安排，厨师、灶上的事由郎嘉驹负责，郎嘉驹还叫"厨师长"或"厨师部经理"，分主厨和辅助，至于是否按时间分成班次，由罗肖和郎师傅商量。前台服务生这块，关琳和罗肖商定按工作时间分成三组，每组设一个领班，连洁为"前台经理"带领三个领班负责前面的工作，罗肖总负责，同时明确郎嘉驹和连洁协助罗肖管理。其他设想到的事也都商定了。

"肖哥，是等他俩忙过这会儿就说，还是将他俩叫过来我们一起吃饭？我们大家还没有在一起正式吃过饭呢。"

"你看呢？要不要和员工们正式宣布一下，虽然他俩一直在负责，毕竟你走这么长时间又有一些小的调整，正式说有利于工作，包括领班，大家会有积极性的，有动力会尽心工作。"

"肖哥，你说得对。"说完，关琳让附近的服务生将连洁叫了过来。

"关琳，这些天我觉得你胖了，但是又觉得好像有点儿肿，是吗？要不要我帮你找个老中医调一调，免得到了那边身体出问题，或者我去找老中医，帮着提前准备一些他们自己配制的成品药。"罗肖关心地看着关琳。

关琳脸上一阵潮红，挂着甜蜜的笑容，心想，还是让他看出点儿问题来了，干脆给他点儿暗示也无妨："你看出我身体有变化了？我也觉得有变化，但我觉得是正常的，就应该有变化。"

"正常变化？"罗肖没听明白。

"肖哥，别瞎想了，没事的。要是我在那边真的有事了，到时你会去看我吗？"关琳想掩饰，又说出了自己的一种期盼。

罗肖的心中涌出一股柔情，头微微低下，慢慢说道："真的希望我去看你？"

关琳赶紧笑着说："逗你呢。这儿还得靠你呢。你再走了，这儿就该放羊了。"

※　※　※　※　※　※　※

罗肖看见郎嘉驹过来了，好像被吓到了，赶紧定定神跟郎嘉驹打招呼。

"罗肖，你来半天了吧？吃啥，我去弄。"郎嘉驹坐到罗肖旁边。

"郎师傅，如果能腾出手来就让他们干，我们几个还没正式在一起吃过饭呢，把连洁叫过来我们一起吃个饭。"关琳说。

"经理不用这么客气，我忙完了再吃吧。"郎嘉驹看看罗肖。

"老郎，大厨师长，就别客气了，关经理不是请客，是找你们说事的。"

"那我去安排一下，你们吃什么？让他们一起做。"郎嘉驹犹豫了一下。

郎嘉驹和连洁一起坐过来，关琳向他们说了想法后想听听他俩的意见。连洁心里高兴，偷着看看关琳又看看罗肖。

郎嘉驹脸上露出一些怯懦。跟罗肖在一起，郎嘉驹总是觉得自卑："罗肖，还是别称呼经理了吧，其他的我也做不好，就当厨师长吧，我保证把菜顶住了，不让你操心就行了。"

"郎师傅，你就别客气了，不就是一个称呼吗，我就拜托你了。连洁，你呢，有什么想法？"

连洁心里高兴，可听郎嘉驹这样一说也害怕起来，怯生生地说："姐，我怕做不好，回头我哥嫂该骂死我了。"

关琳哈哈笑了起来，打了连洁的头一下："刚才那劲儿哪儿去了，还害怕了，给我好好干，要是给罗经理找麻烦，别说你哥嫂，我就废了你。"

"琳姐饶命，肖哥救我，我一定好好干。"连洁做出饶命状。

"老郎，我就全靠你和连弟了，我们一起努力，别让关经理担心了。"

"就是嘛！郎师傅、连洁，领班人选一会儿定了。肖哥，明天就正式宣布一下吧。"

"好，看你时间。连洁，以后每天班前集合、训练、讲评就交给领班负责，你就在旁边看着，有什么事让领班说，领班做得好不好你单独再跟领班说。"罗肖想想，嘱咐连洁。

"知道了，哥。"

"老郎，厨师那儿就由你定，是在操作间还是也到门前？不行就在里边吧，关琳，你说呢？"

"罗肖，我看还是在里面吧，大家穿着操作服，在外面也不干净。"

"肖哥，这样也好，就这么定了。好了，应该说的事都清楚了。

来，今天破例我们四人喝一杯，干了。肖哥、郎师傅、连弟，明天宣布后我可就正式休假了，拜托了。"关琳先带头干了自己酒杯里很少的红酒，然后先走了。罗肖让连洁忙去了，让郎嘉驹陪他再坐会儿："怎么样，老郎？这儿，我可真的要依靠你了，关琳走了，我又不可能天天在这盯着，连洁毕竟还年轻，进城时间也不长，你帮着照料一些。"

"这点你放心，我还不怕出力，只是怕干不好落抱憾。"

"你还跟我客气，我还怕你天天在这儿盯着，家里也顾不上，孩子也管不了，你老婆怪你。"

"她就那样，你还不知道，天天唠叨。我跟她说这儿不错，稳定，你们给的也不少，还要怎么样。跟你干她倒是没意见，就是她给人家看摊也不好干，孩子其实挺好的，学习不用操心，就是不听她的，两人总闹别扭，我还得劝了这个劝那个。可是我每天回去这么晚，她一跟孩子闹完就非得等我，不跟我告状她就消不了气。你说回到家都几点了，她还叨叨没完烦不烦。"郎嘉驹叹了口气。

"行了，人家那是希望你给些安慰。"

郎嘉驹这时心情好点儿了，随口说道："哎，我问你，你跟关经理不错嘛，这儿真的有你的股份？不会是感情股吧？要不就是玩点儿'高雅的'？"

"别胡说！是不是员工有什么议论？"罗肖脸腾地红了一下，虽然没有急但还是生硬。

"没有，没有。我不是逗你吗，只是觉得关经理挺信任你的。"郎嘉驹赶紧说。

"我还信你呢，就跟你有一腿？"罗肖被郎嘉驹的话触动了，脑子有点儿乱，也不假思索地说道。

"看，看，急了吧？我倒是想跟你有一腿了，这么帅的帅哥谁不想。"郎嘉驹哈哈笑了起来。

罗肖这时缓过来了，知道说走嘴了，赶紧又拿话压郎嘉驹说："你小子还拿我开涮，你好这口儿啦？你有那本事吗？"

"我不就是跟你逗着玩儿吗。"郎嘉驹又被罗肖打了一闷棍，又没了刚才的坏劲儿嘟囔着。

"看，也不识逗了吧？我不也逗着玩儿吗。行了，行了，你的事我包了，行吗？准不说。我来这儿，是我们同学给推荐的，你认识的，就是常来的令狐文，我回来那阵子没事，他就非让我帮忙，我哪有工夫呀，不就把你叫来了吗！"

"行了，行了，又把我捎上了。你放心，我不会坏事的。还别说没有，就是有能怎么着，也许我还能帮上忙呢。哈哈。"

"老郎，我们今后别再拿这个话题开玩笑了，不然我们真的不能在这儿待了。"罗肖有些警觉地说。

"只是开玩笑嘛！不说了，保证不再说了行吗？"郎嘉驹不断点头。

"你真的没听到什么，或看到什么？还是听到什么，或是看到什么了，才故意说给我听的？"罗肖担心郎嘉驹知道什么，想想应该不会，可是还是不放心地说了一句。

"看，看，心虚了吧？逗你呢，关经理这么年轻漂亮有钱，又还没嫁人，有点儿想法也正常，可惜咱过时了。"郎嘉驹有些不屑一顾地说。

"就欠孔令雪扁你。"罗肖笑骂着。

※　※　※　※　※　※　※

9月25日以后，关琳就完全把"心之恋"交给罗肖打理了。经过几天的适应基本进入了正常运行，罗肖不管什么时间每天肯定都会来一下，郎嘉驹和连洁各司其职，各负其责，罗肖嘱咐连洁他不在的时候，有急事来不及或找不到他，就先跟郎师傅沟通一下，别莽撞。这个"十一"黄金周，罗肖心里放不下，也就没再想着带孩子出去玩儿。

关琳也没再请大家一起聚聚，也没让大家送，10月2日就走了。

临走前，她让罗肖帮着办两件事，让跟校草和辣妹他们说一声，还留了两个不同的包装精美的礼包，一个是给校草的，校草要结婚了，关琳不能参加了，代她祝福校草；一个是给辣妹的，辣妹也怀孕了，关琳提前买好了一些小衣服、金锁，等等。关琳不想见这些同学了，一是怕露馅，二是不想参加校草的婚礼，怕尴尬。就让罗肖说时间紧，没来得及告诉他们。罗肖觉得他做这件事不好，建议让令狐珊珊做这事比较合适。关琳笑了，她知道罗肖的心思，说道："到了香港就给他们发信息，说东西在店里，然后你再给他们。"罗肖也就答应了。

10 月 4 日上午，连洁跟罗肖请了假，说中午高峰过后两点出去办点儿事，五点前回来。罗肖晚上八点钟来到"心之恋"没见连洁回来，就给连洁打电话，可是电话关机，这是从来没有过的。罗肖有些担心，想给金城山打电话，又怕引起金城山的担心。快十点了，还不见连洁回来，罗肖思量着给令狐文打个电话，也许令狐文能从金城山那儿了解到什么："喂，令狐，是我，这么晚了，不打扰吧？"

"没有，有事吗？"

"好长时间没聚了，我想哪天叫上城山和秀才他们聚聚，不知道你们有没有时间？"罗肖琢磨着说。

"我没问题，金城山在这儿陪我妈打麻将，我问问他。"金城山说没问题，就是苏秀君不在旅游结婚去了。"罗肖，那你定时间，去'心之恋'吗？"

罗肖一听，就明白了连洁肯定没去金城山家，他们也不知道连洁没回店里。要是明天连洁还不回来就麻烦了，不能让他们来"心之恋"："令狐，现在关琳不在，我们聚会还是去别处好，你跟城山说等秀才回来再给他们祝贺。"

"听你的，我告诉城山。"

"我们就后天，行吗？我们再联系约具体时间。"罗肖是为了给自己争取点儿时间，才没说明天。

罗肖挂了电话，又不停地给连洁打了几个电话，就是不通，只好思量着第二天再说。转天早上九点不到，罗肖就赶到了"心之恋"，但还是没见到连洁，心里念叨"真的出事了，再等等看，实在不行下午就告诉城山他们，再考虑报警"。

一点钟刚过，罗肖接到一个电话。电话是派出所警察打来的，问是否认识一个叫"连洁"的人，让他赶紧去接人。这下子证实了罗肖的想法，挂了电话就立即赶往派出所。连洁蹲在一个角落里，看到罗肖后想站起来，却又蹲下将头埋在怀里哭了起来。

罗肖搂住了哭泣的连洁："别哭，怎么了？跟哥说。别人都看着呢。"罗肖回身看到一个警察："警察同志，您好！我是连洁的哥哥，刚才是您打电话吗？出了什么事？我们能走了吗？"

警察看也没看罗肖，不耐烦地挥挥手。

连洁有些吃力地跟着罗肖出了派出所。走了几步，他就靠在墙边不走了，又抽泣起来了。

"肖哥，你回去吧，我不想回去了。"连洁一边抽泣一边怯生生地说。

"那哪行。你一个人去哪儿？好在大家不知道这事儿，赶紧回去了就没人知道了。要不时间长了，你哥嫂就会知道的。"

"哥，我求求你了，就告诉我哥说我回老家了。能给我点儿钱吗，我现在一分钱也没有了。"连洁喃喃自语道。

"连洁，你相信肖哥吗？走，哥带你先去洗个澡去去晦气，找一个能吃饭的洗浴中心。"

"哥，不去了，你就给一百块钱就行了。别管我了，我不会有事的。"

罗肖挥手叫了一辆出租车，愣是拉着连洁上车。可能劲儿大了一点儿，连洁"啊"了一声。罗肖看出连洁有些费劲儿，坐进车时屁股还不由自主地翘着。罗肖凑到连洁耳边小声问："打你了？"

"哥，我们不去洗澡，行吗？我想睡觉。"连洁低着头。

"不洗澡？你一身都臭了。你这样也不能去你哥嫂家呀。"

"哥，不能让我哥知道，求你了。"

"行，那就乖乖地跟我去洗个澡，吃完饭赶紧回去睡觉。明天就得上班，听见了吗？"罗肖就势说。连洁点点头，没再说话。

四点来钟，洗浴中心人不多。连洁磨磨蹭蹭脱着衣服，一是不好意思，二是不愿意让罗肖看到身上的瘀青。

罗肖见连洁脱掉背心露出后背时，惊讶地说道："他们打的？我看看。疼吧？"

"没事儿，不疼了。哥，里面有人吗？"连洁低着头。

"那我们去角落，就用清水冲冲，别用沐浴液什么的了，然后我们就去吃点儿东西。一会儿还是跟我回家拿点儿药吧。"

"肖哥，我没事儿，不去你家了。"

两人要了一次性浴衣穿好，来到大厅简单地吃了一些。罗肖一直想知道到底发生了什么事："现在好点儿了吗？不想跟哥说点儿什么吗？"

"女人太坏了。警察太坏了。"连洁低下头，眼泪又要流下来了。

"我们到休息大厅去，说说话就走，好吗？"罗肖带着连洁在比较清静的两张沙发床上坐下。

"哥，他们冤枉我，说我……警察也不问，就把我抓去了。"连洁不自在地半靠在那儿。

"到底怎么回事儿，说你什么？"

连洁不语地低着头，沉默了好一会儿，才小声说："哥，真的不是那样的，他们打我非让我承认。"

"哥相信你，你相信哥吗？不哭了，不哭了。哥保证不说的，哥相信你。"罗肖轻轻安慰着。

"哥，他们说我是坏人，是小白脸。我什么都没做，警察就来抓我了。"

罗肖听了有些惊讶地问："为什么他们说你是……为什么警察又给我打电话让我来领你呢？"

"后来，那个女的来了，跟那个她男人吵起来了。那个女的跟警察说了，警察才相信。警察把他们俩给轰走了，就不理我了，然后你就来了。"

"那你说的那个女的是谁呀，那个男的怎么回事儿？"

连洁又沉默了好一会儿，就把事情的原委告诉了罗肖。

※　※　※　※　※　※　※

原来，"心之恋"慢慢地有了一些回头客，大约两三个月后，经常有三男两女一起来，其中那个大家都叫"梅姐"的年轻女孩是这几个人的核心，也渐渐地和连洁熟了。后来，梅姐单独与连洁约会过，连洁对梅姐有了好感，梅姐给连洁买了新手机和衣服什么的，后来梅姐就带连洁去开了房，两人就谈起了恋爱。

罗肖问几个月了，连洁想想说，从七八月份吧两个人开始交往，一个月后就发生关系了。梅姐还那样痴情地问比他大三岁介意不介意，连洁腼腆地说不介意。连洁说，"梅姐是搞传媒的，说我形象好，将来想让我跟她一起干。"

罗肖听连洁说着这些，笑笑摇摇头，问"梅姐"的原名，连洁说"好像叫柳兰梅"。罗肖又问，昨天怎么回事儿？

连洁说，早上梅姐打电话说下午还去那个宾馆见面，说房间已经开好了，两点到那儿。我先到了正在洗澡，有人敲门，我以为是梅姐就去开门，结果冲进来两个警察就把我给按倒了。又进来几个男的，一个人过来就打我，后来就把我带到派出所了。他们非让我承认是那个，他们问我是谁让来的，我说是女朋友。他们不信，就让我给梅姐打电话让梅姐来。

罗肖问："梅姐去了吗？"

连洁说："打通电话后我哭着求她过来跟警察说清楚，她不说话后来就挂了。"那个男的当着警察的面把我手机抢走了，看到梅姐给我发的短信，就打我，警察也不管，有一个警察还帮着打我，说我勾引人家的老婆。我说梅姐是我女朋友，那个男的说梅姐是他老婆。我不敢说在"心之恋"工作，就编瞎话说是跟梅姐干的。今天上午梅姐来了，不知跟警察说什么了，警察让我叫家人来才能让走，我只好说您是我哥了。

"肖哥，对不起！她说要做我女朋友的。肖哥，你能帮我吗？干什么都行，就告诉我哥我回家了。"连洁怯怯地说。

"我会为你保密的，这件事只有我们两个人知道。但是，你要听我话，今后不能再犯这类错误了。走吧，明天打起精神上班。"

两人换好衣服出了洗浴中心，叫了出租车回"心之恋"。在出租车上，连洁想说什么又没说，罗肖看出来了："想说什么？"

"哥，她还会找我吗？"连洁小声问道。

"还忘不了？你不是说人家有老公吗？"

"那男的说梅姐要跟他分开。"

"我们不管人家分不分开，如果现在人家还是两口子，我们就不要掺和进去。不管她是不是真的喜欢你，最起码她现在是利用你来填补她的需要。"

"不是的，她说喜欢我。"连洁小声嘟囔。

"怎么脑袋还没清醒？我看她至少要三十了，你才多大？"罗肖轻轻地打了一下连洁的头。

在回家的车上，罗肖还一直想着连洁的事情，不过他坚信，连洁经过这件事情以后，一定会成长、成熟起来。

※　※　※　※　※　※　※

关琳一家到了香港，关琳陪父母玩儿了两天。关琳其实已经有些吃力了，但有父母陪着，感觉到父母已经接受了这个还未出生的孩子，而且还有些期盼，这使关琳心情特别好，也就不觉得累了。父母帮着安顿好住处，通过关系让关琳有了一个活干，没有报酬，只是不想让关琳就这样待着。父母陪着关琳做了全面检查，总体情况还可以，但是医生将妈妈叫到了一边讲了一些情况，目前有些指标有下降的迹象，要随时注意，必须按时检查。关琳见医生一旁跟妈妈说话，有些担心起来，爸爸安慰着。见妈妈回来急忙问医生说什么了，是不是有问题了。妈妈说，孩子大了必须定期检查，而且身体感觉不适要立即去医院。妈妈安慰说，没什么大事的，中旬就回来陪你，到时有妈妈在帮你。关琳笑了，亲了妈妈一下，说辛苦了。妈妈笑着说便宜那小子了，赶明儿孩子生下来不能告诉他，是我们的。关琳也笑着说，就是您和我爸的孙子，姓关。

回到住处，妈妈还是忍不住单独和关琳说，孩子将来还是要有一个爸爸的，让关琳好好想想，但不要给自己增加烦恼影响大人、孩子，如果将来就是想一个人带这个孩子，妈妈帮你。关琳知道这不是妈的真心话，知道爸妈还是希望自己应该有一个家，爸爸同样关心，只是嘴上不说，只是一个劲儿地给关琳买东西，生怕想得不全让关琳受委屈。其实，关琳也时不时地考虑这事儿，也会有冲动想给罗肖打电话，但是还是忍住没打。因为关琳怕让罗肖感觉是对"心之恋"不放心，也怕这个时候一不留神露了馅，因为尽管给了罗肖暗示，关琳还是不想这么早就让罗肖知道。

父母陪关琳待到了十月八日回去了，妈妈将公司的工作做了安排，十月二十日就又回到了香港去照顾关琳，关琳也慢慢地适应了，在爸爸朋友的一个公司做些事。香港的天气挺好，每天也出去逛逛街，但是在电脑跟前少了。原来还跟罗肖、令狐珊珊和周光磊开玩笑说要视频聊天，关琳以告诫令狐珊珊怀孕了尽量避开电脑为由，也就没再跟令狐珊珊视频聊天了，也没主动跟罗肖和周光磊联系。

已进入十一月了，令狐珊珊怀孕已经六个月，肚子已经很明显了，而且天气寒冷，她行动又有些不方便，妈妈不再让他们自己开火做饭了，每天让他们回家来吃，令狐珊珊和金城山也就有时住在妈妈家了。金城山要是加班或有事在单位或外面吃，太晚了就回自己家住一晚上，为了让令狐珊珊放心，除非在单位加班，金城山到外面聚会什么的也都十点左右回家，然后给令狐珊珊打个电话。

苏秀君旅游结婚已经回来了，这天上班说晚上要请单位同事吃饭，金城山给令狐珊珊打电话问"去吗"，令狐珊珊说人太多又都是你们单位的，不去了，令狐珊珊让金城山跟苏秀君说再定时间聚会，金城山说定好了周末，令狐珊珊嘱咐金城山别喝太多，金城山说"知道了，要帮着秀才招呼着，不会喝太多"。九点刚过金城山又给令狐珊珊打了电话，说大家喝得高兴再待一会儿，袁月有些不舒服苏秀君让她回她妈家了，我在这儿帮着秀才照顾大家，可能晚点儿回家就不再打电话了，令狐珊珊又嘱咐一遍。一直到十点才结束，大家走后，苏秀君就缠着金城山非要去洗个澡，金城山一想已经跟令狐珊珊说了晚回去，自己结婚以来几乎就没有再去洗浴中心洗过澡，看苏秀君确实喝的不老少的，怕苏秀君一个人去洗澡会出问题也就答应了。其实金城山也想好好搓个澡。天冷了，虽然家里安装了"浴霸"，可暖气还没好好给气，整个屋子是凉的，另外自己这一段时间颈椎又有些不好，想去找一个中医做个按摩。

金城山帮着苏秀君淋浴，苏秀君想去蒸桑房出出汗醒醒酒，金城山陪着一会儿赶紧把他拉出来，怕高温受不了。金城山帮着苏秀君一起找了两个中医按摩师傅按摩，两个人都睡了一小觉。做完保健，苏秀君的酒劲基本醒了，看看表不到十二点，问金城山："今天我老婆回娘家了，你老婆也回娘家了，我们是在这休息一会儿再走？哎，我老婆不在家，要不今天去我那儿住吧？"

"你小子这才结婚几天就离不开人了？等你老婆怀孕了没人管你，看你怎么办。"

"我说金哥呀，小弟现在就已经没人要了。"苏秀君一脸无奈。

"呀！这么快就种下了？是不是走前就有了？"

"哎，走的时候不知道呀，在外面袁月就说过日子了，昨天一查，打中了。"说完，苏秀君仰身躺到了沙发床上。

"反正今天老婆们都回家了，干脆你去我那儿吧，都一个多月了我们好好说说话吧。"

"嘿，看这婚结的，这么一个怕人管着的人，怎么这才几天没人陪着睡觉就不行了，我可不会打你老婆那样的呼噜呀。"

"别自我良好了。走不走？快走。"苏秀君挤眉弄眼的。

"哈哈，果真我们秀才还有这喜好，那我到你家得穿着衣服睡了。"

"别老王卖瓜了，没人惦记你。"

"好呀，说，惦记谁呢？"

"行了吧，别那么小人了，别总看人家看到了美腿，就猜想人家又想别处了。其实，人家只是在欣赏，懂吗？那叫欣赏，很高雅的。没品位。"

"哟哟哟，就你有品位，哪天我请肖哥一起来，您可别看傻了就行了。"金城山撇着嘴。

"知道艺术和色情的区别吗？缺乏欣赏的人，不仅没品位，还没情趣，更老得快，不是老年痴呆，是少年痴呆，知道吗？"

"行了吧，谁跟你讨论这个，我看你不是痴呆是花痴。快点儿吧，还催我呢。"说完，金城山自己笑了起来，苏秀君也无奈地笑了起来。

回到了苏秀君的家，苏秀君将自己的被子给了金城山，自己盖了老婆的被子。两个人反倒没了睡意，一直聊到了快五点，金城山说"赶紧眯一会儿吧，还要上班呢"。

※　※　※　※　※　※　※

转天，金城山又住到了岳母家，躺在床上，抚摸着令狐珊珊高高隆起的肚子，耳朵贴着肚子："儿子，听见爸爸跟你说话了吗？动一下，踢一下小脚丫，动了，动了，轻点儿，别踢疼妈妈。"

"看把你美的，昨天是不是喝多了？几点回去的？"令狐珊珊幸福地抚摩着金城山的头。

"老婆，我昨天没回家。"金城山故意地说。

令狐珊珊放开金城山，用手扳着金城山的脸："好啊，现在学得都不回家了？去哪儿找小姐去了？说！"

"我呀，找了一个可秀气的秀姐，到秀姐家睡了一觉。"金城山嘻嘻地逗着。

"你告诉我，你昨天有没有干坏事儿了？"令狐珊珊抓拧着金城山的耳朵，心里虽然估计是金城山在逗，也故意逗着。

"哎呀，老婆，儿子他爹疼了。"

"就是让他知道疼，才长记性，说！"

"逗你呢。昨天秀才喝多了，送秀才回家就住在秀才那儿了。"金城山嘻嘻的。

"不回家，臭烘烘还住人家里，袁月也在家？"令狐珊珊有些不高兴。

"啊。袁月在家我还住呀？袁月早走了，回她妈家了，秀才高兴喝不少，太晚了我送他回家，他没让我走我就住下了。老婆，袁月怀孕了。"

"是吗，真的？够快的。"可能女人都是这样，特别是怀了孕的女人，对小生命有着特殊的感情，令狐珊珊高兴起来。

"秀才说可能出去时就有了。"

"老公，哪天我们请他们吃个饭吧。"

"是呀，十一时罗肖还说等秀才他们回来，一起去'心之恋'给他们庆贺一下。秀才真行，一歇一个多月。"

"看看人家，想歇就敢歇这么长时间，叫你，吓死了。"

"咱不能跟他比，再说他不是连黄金周都算里面了吗？"金城山嘿嘿着。

"这回是双喜临门了，得让秀才请，不行问问秀才这周末行不行。关琳也都走一个多月了吧，也不知习惯不习惯，最近也没来电话。"

"是呀，老婆。明天什么时候给关琳打个电话吧，走的时候大家也没送送。"

"不知她春节回来不回来，要是不回来，我们去一趟也挺好，只可惜今年不行了，人家不让带儿子进。"令狐珊珊说完笑了又说："儿子，只有等你出来再说吧。"

"老婆，我们的预产期可能就要过年了吧？能不能是金猪呀。"

"真得好好算算，都想要金猪，等到孩子进幼儿园，上学，高考，找工作都扎堆，难度大了。就想要儿子，现在男孩太多了，将来搞对象都困难。"

"老婆放心，我儿子优秀没问题，准能找一个跟他妈一样好的。"

"就是嘴甜，等有了儿子就没你事儿了。"令狐珊珊噘噘嘴说。

"老婆，放心，他要不听你的，我揍扁他。"

"行了吧，就你那样儿，不宠着就不错了。"

金城山嘿嘿地笑着亲了令狐珊珊一下，说不早了睡吧，令狐珊珊也亲了金城山一下。

转天，令狐珊珊给关琳打电话，关琳没留神说了一句在医院，令狐珊珊不放心地问怎么了，是不是生病了，关琳赶紧说看个朋友搪塞了过去，还问令狐珊珊肚子里的小宝宝好不好，令狐珊珊简单说了几句，然后说晚上再通话就放了电话。关琳的身孕已经七个月了，身体乏力有些明显，医生和妈妈都担心关琳的身体随着临产的临近病症出现，同时还担心会不会遗传给孩子。关琳做完检查，回到了住处，妈妈有意识地与关琳交谈着："刚才是珊珊吗？她还好吗？"

"妈，是珊珊，还行，没敢多说，差点儿说漏了。晚上再给她打一个电话。不知道她的预产期是什么时间，妈，您给算算。"

"珊珊最后一次是什么时间？应该是减三加七。"

"不知道，但是我六月陪她做的检查。"

"她有可能比你晚一个月。"

"不是说十月怀胎吗？妈，怎么医生给我算的不是十个月呢？"

"十月怀胎是民间说法，开始是按怀孕算几月，大约七个月的时候就从预产期往回推，推四十周，这样实际上就不到十个月了。"

"太复杂了。妈，我是一月二十七日的预产期，那我现在三十三周了是吗？"

"嗯。对了，闺女，你还没告诉珊珊吗？"妈妈算算，点点头问。

"没有。"关琳有点儿不像刚才那样轻松了。

"这事能瞒一辈子吗？那样不仅你很累，对孩子也不好。既然这样了，就没想过光明正大的……？"

"不行将来就说我收养的，您说行吗？如果说我的，别人就会想到谁是孩子的父亲。"关琳想想说，但这也正是爸妈最想知道的。

"琳琳，你打算连我们也不想告诉吗？"关琳没说话，妈妈又说，"我和你爸是担心你，这样一辈子对自己太不公平了，那个人是不是太不负责任了？都这么长时间连个关心问候的电话都没有！"妈妈有些生气，可又不敢说得太甚，怕关琳承受不了。

其实，当关琳一个人静静地躺在床上，抚摸着一跳一跳的肚子的时候，知道是小家伙在淘气踢腿，这时多想告诉罗肖呀，多想自己难受的时候罗肖给自己打个电话呀，自己何尝不愿意像别人一样有自己爱的人在身边。但是，自己不行，这是自己的选择。关琳说："妈，您别怪了，要怪就怪您女儿不争气。他不知道，我也不想让他知道。"

"难道就一辈子让孩子没爹？要是有个病有个灾的谁会帮着？现在有我和你爸，将来我们没有了谁能照顾你。"

"哎呀，妈，您说什么呢，您和我爸还年轻着呢，至少能活一百岁。"关琳过去搂住妈妈。

"那我不成老妖精了？这事你还真的要好好想想，一辈子的大事。"

"妈，我有一个想法，只是不知行不行。"关琳若有所思地说。

"什么想法，妈妈给你参谋参谋。"

关琳靠在妈妈身边怯生生地说："妈，我想让周光磊认这个孩子。"

"真是他的？"妈妈瞪大了眼睛看这关琳。

"妈，不是。只是，我特别想让他做孩子的爸爸。"关琳摇摇头说道。

"是不是还想着他？那为什么不跟他说呢？"

"妈，他和那个人我都不能在一起，最起码现在不能在一起。"关琳无奈地笑笑，"也许将来老了能和周光磊凑到一起。"

"光磊是不是还一个人？平白无故地让人家认个儿子人家会同意吗？他父母会怎么想？"

"妈，我在开玩笑时跟他说过，将来我有儿子了认他做爹，他倒是蛮高兴的，不知他是不是当真了？"

"这可是大事，不能当真，也不能当儿戏。要平常认个儿子不算什么，可是，你和周光磊不一样。告诉妈妈，你是不是想用这种方式来维系你们俩的关系？"关琳没说话，"琳琳，你要想清楚这件事。周光磊是不是能想到这一点，如果他想到了，那对他将来再结识别的女孩会不会产生障碍，或者他会经过几年后真的再和你走到一起？如果他即使想到了，可他真的还成家了，你们这样的关系能保持吗，会不会对他们产生影响？如果他没想到，只是当作好玩，将来成家了，那你还等他吗？那这个孩子的父亲呢，你就真的放弃了？"妈妈一口气说着，也多少把自己的一些担心告诉了关琳。

关琳听着妈妈说的话，妈妈的好多担心也正是自己想过很多遍的，是自己在心中憧憬过多少遍和预演过多少遍的。自己不愿意想不想要的结果，而是心中一直按着期盼的结果去预演今后的路怎么走。今天，妈妈说出来了，关琳看着妈妈，心想，妈妈你怎么会知道我跟周光磊是怎么回事儿，不能告诉你呀："妈，周光磊说过，就是将来不结婚也会收养一个孩子的，那我的孩子给他当儿子他会高兴死了。"

"你那么肯定？"妈妈无奈地笑笑。

"应该没问题。"

"行了，琳琳，今天妈妈只是说说，今后爸妈会帮你，但很多事还得靠你自己解决。如果周光磊真的认了儿子，将来你对外就这么说，他亲爹会怎么想。"

"让他做干爹，或者两人都是干爹不就得了。"妈妈听关琳这么说笑了笑。

通过跟妈妈的这次交谈，反倒增强了关琳的这一想法，也使妈妈了解了自己的心思，关琳倒是轻松了不少，就更想着怎么和周光磊挑明这事。而罗肖那儿，关琳也希望他能感觉得到他已经有儿子了，希望罗肖能打个电话来关心一下，哪怕是以"心之恋"为借口也好。

但是，罗肖还是没有打来，关琳"唉"了一声，心想，男人就是这样粗心大意。不，关琳想，男人都这样，这就是男人的特点，他们不是故意或存心怎么样，男人的基因造就了他们与女人的不同，他们是无心的，或者说是无女人那样的心的，这也就是女人要跟男人吵架的根源。再好再体贴的男人也不可能成为女人，只是这样的男人在女人发脾气的时候选择了忍让。

关琳想，算了，也不能过多地责怪罗肖。责怪？为什么要责怪他呢？关琳自己无奈地笑笑，难道这不是自己一相情愿造成的吗？而且，还不能让令狐珊珊、文哥和周光磊他们三人知道，那样他们会误解罗肖的，搞不好朋友都没得做。看来，儿子呀，也就只能等到妈妈死了的时候再去认你的亲爹了。想到这儿，关琳不免又有一些伤心，觉得对不起儿子，也对不起罗肖。可是，周光磊呀，你为什么让我放不下呀？可是，文哥，为什么你给了我周光磊，又夺去了他，可为什么又给我送来了罗肖？肖哥，对不起，你为我付出了这么多，还送给了我一个天使。

关琳发觉自己迷失在这几个人的旋涡中，不免无奈地笑了笑。

18

　　确实，这些天来，伍湘源从各方面得来消息，检察院在加紧追查一千多万拆迁费的事，并且准备年底前把案子诉出去。也就是说，年底前钱贵发是死是活就会知道了，这个时候也就最最让人心焦，也是里面的人最要熬不住的时候了，而且这个消息也确确实实来自比较权威的人士，里面的钱贵发快顶不住了，知道这笔钱够定死罪的了。所以，外面的伍湘源也愁，他老婆方于莉和小舅子有些傻眼了，这笔钱还差不少呢。伍湘源也发愁，愁的不是一件事。愁该如何走关系平了这事儿；愁钱贵发老婆也不断地到局里来找他，或去找权德利；愁"顺胖子"的老婆、妈妈、小姘为钱和房子还在闹，等等。这段时间，伍湘源恨，竟然没有人能帮上忙，成天围着自己的这帮人，到了事儿上没一个能靠得住的。这一年多，伍湘源白头发明显地多了，一周里不去会所两三次做着保健好好地睡一觉，就难得能睡个好觉，至少一个礼拜头都会昏昏的，上班心思也不在工作上，干脆也就很少在办公室。

　　这天，伍湘源夜间值班，在家没去单位。将近夜里十二点的时候，单位值班主任给家里打来电话，说是交通队的一个队长有急事找值班领导。

伍湘源不耐烦地骂着大半夜的还让人活吗，告诉他你就是值班主任，有事跟你说就行了，你处理就吧，说完伍湘源撂了电话。

不一会儿，值班主任又打来电话怯生生地说："局长，人家还是要跟您通话。我问了一下，他说高速上出了一起车祸，是我们单位的车，现在已经一死两伤了，最好请局长去一下。"

"交通队不就是处理事故的吗？他们公平处理就行了。他们想叫局长去我们就得去？不去，不去！非让去人，你派个值班的人去听听情况，不，你去一趟把情况搞清楚，明天跟一把手汇报就行了，不用再给我打电话了。"伍湘源越发不耐烦了。

不一会儿，电话又打来了，这回伍湘源真的急了。值班主任说："局长，那个队长说话挺硬的，必须让局长去，他说对方领导在等着，不然有事让我们兜着。"

"谁的责任？"伍湘源大声吼叫着。

"我问了一下，好像还不是我们的责任。"值班主任答道。

伍湘源气得骂了起来，他老婆方于莉劝导说："湘源，我看还是去一趟吧，你是值班局长，不去不好，出问题就会给别人留把柄。这个时候我们一定要谨慎呀。"

伍湘源听方于莉说得有道理，就让值班主任赶紧派车来接他。到了交通队见到那个打电话的队长，伍湘源没好气地说了几句。交通队长话里有话地回敬了几句，然后告诉伍湘源对方的领导在，问是否愿意见一见，说您要是不想见，跟我就没关系了。伍湘源觉得这个小屁队长确实挺横，心想，我倒要见识见识，是什么样的领导为这么个小队长撑腰，于是他没好气地说，你叫他来吧。交通队长说，麻烦您跟我到会议室。伍湘源只好跟着交通队长上楼到了会议室，一进门见到屋里坐着一个人，伍湘源先是一愣然后心中有些慌，但立刻喜从心生，心里念叨着——弓东利，弓秘书。伍湘源赶忙上前握手寒暄："弓秘书，弓主任，不好意思，让您久等了。"

"您是……？"弓东利礼貌地站起来与伍湘源握手，客气地问。

交通队长上前介绍："主任，这位是对方单位的伍副局长。"

"弓主任，我是伍湘源，我们见过的，怎么是您家里的……"伍湘源立刻变成谦卑的样子。

"具体是谁不重要，这件事就是由我来处理。请坐，先请队长给你介绍一下事故情况吧。"弓东利冷淡地说着坐回沙发上。

伍湘源立即明白了，不是弓东利家的事故，肯定是市委书记常书记家里的事故，哈哈。伍湘源内心抑制不住喜悦但嘴里道："好，好。"忽然觉得怎么说好字呢，赶紧改口："您坐，您坐，请说，请说，队长坐下说吧。"

交通队长说："不客气，是这样，大约十一点，一辆奥迪吉普在进城高速第一车道由北向南驶来，大约还有一公里就到收费站时突然失控，抹到了你单位在第二车道行驶的帕萨特，帕萨特扎到了边沟里，造成车内三人一死两伤；奥迪吉普又向左撞到了中心护栏上，驾驶员受伤。但，两车基本报废了。从目前情况看，奥迪吉普蹭了一下是一个原因，具体情况我们正在继续调查，伍副局长，就是这样。"

"伍副局长，情况就是这样，您看下一步工作如何进行？"弓东利问。

"弓主任有什么指示？"伍湘源欠身陪着笑。

弓东利淡淡地一笑说道："伍副局长别客气，我们没什么具体意见，也没经历过，只是希望伍副局长能帮着做好受害者及家属的善后工作，越快越好，避免带来不良影响。"

"请回去向领导报告，请领导放心，所有的事我保证全权负责，坚决不会留下后遗症，花钱买平安嘛。"伍湘源心想念叨机会来了。

"那就请伍副局长费心了。"弓东利不置可否地点点头。

"队长这样好不好，死者的赔偿费、伤者的治疗费及其他费用等，还有已经基本报废的车，不用肇事者担负，我们全权负责，只是请交通队协助尽快办理相关手续。"伍湘源向交通队长把所有的事揽了下来。

"伍副局长，我尽快派人将相关检验、责任认定等工作完成，同时帮着调解赔偿事宜。"交通队长说道。

伍湘源见屋里就他们三人，故意讨好着："其实事故很清楚了，不用搞得那么复杂，奥迪吉普的损失我们也担负了。"然后故意地自言自语："为了便于赔偿，可以考虑事故的责任甚至可以做些技术处理，还不要追究肇事者的刑事责任，这样善后工作做起来就更名正言顺了。"

伍湘源看看弓东利和交通队长两人没说话，便知趣地说："弓主任那我先走了，立即抓紧开展工作。"

弓东利欠身与伍湘源握手："那就感谢伍副局长费心了，越快越好。"

"弓主任，方便告诉我您的手机号吗？我会随时向领导请示报告工作进度。"伍湘源趁机说道。

"伍副局长，有事通过市委总机或红机子找我就行，交通队的事和他们联系就行了。"弓东利想了想说道。

"这样好，这样好。那我先走，您可别怕我打扰您。"伍湘源有些尴尬，但脸上谦卑的笑容更加灿烂了。

弓东利只是礼貌地客气了一句，"慢走"。

※　※　※　※　※　※　※

尽管伍湘源没能要到弓东利的手机号码有些丧气，心里骂着，乳臭未干的小子，跟老子耍大牌，有你小兔崽子求我的时候。跟着交通队长踏进会议室前还在气不平的，但从见到里面那个人那一刻开始，伍湘源就立即构思了一个实施计划，来时的怨气完全变成兴奋，而且有些按捺不住。所以，这会儿又想到此，伍湘源也就暂时不去计较了。从交通队出来，伍湘源没有回家，也没回到单位，而是直接去了会所。看看表已经四点了，他叫了一个技师做按摩，按摩期间睡了一小觉。技师做完叫醒了伍湘源，这时已经快六点了。伍湘源急不可待地给小舅子和权德利打电话，让马上过来，权德利和小舅子七点以前都到了。伍湘源一脸兴奋地说："来啦，今天你们俩什么都别干，抓紧从公司筹钱，就今天，越快越好，差不多了赶紧告诉我。"

"姐夫，要多少，这么急？"本来小舅子不想问，只是看着权德利跟他挤眼示意他问，所以不解地问道。

"大约三四百万吧。"伍湘源想想说，又肯定地点点头。

权德利和小舅子都很吃惊，权德利就是这样，刚才还不想串头，这会儿急不可待了："老板，这么多？现在姓郑的王八蛋有点儿过问财务了，时间太紧了不好拿呀。"

"谁他妈的用他钱！我要想用他管得了？知道都不让他知道，我是让你们俩赶紧回公司去凑钱。"

"姐夫，要花公司的钱？哪有那么多呀！"小舅子一听吓了一跳。

"你们懂什么？机会来了，办了这件事就可以免灾了，花这三四百万就可以把那一千多万的拆迁费的事摆平。"伍湘源狠狠地说。

权德利和小舅子同时睁大眼睛说："真的？"伍湘源得意道："我这一夜就筹划这事呢，今天你们务必办好。如果一下子凑不齐，先凑一百万，然后去买一辆奥迪吉普车送过去，再把伤者的治疗费给送到医院。"

权德利和小舅子两人有些丈二和尚摸不着头脑，不解地看着伍湘源。权德利试探着问："老板，谁病了？"

伍湘源哈哈地大笑着，简单地将夜里的事说了，最后说："我猜想不是常书记的儿子就是姑爷肇事，找那个叫弓东利的秘书要电话还不给，一会儿我就给他打电话。"然后他对权德利说："一会儿你就去交通队找那个队长，就说我让你来的，看看需要做什么，告诉他钱已经准备好了，问他怎么办。最主要的是搞清楚奥迪车的型号和开车的叫什么，不，开车的还不行，弄清楚车主的名字。干脆，你就以代表我到医院看望伤者为名，最好能见到开奥迪吉普的本人，并且把医院所需的费用交了，我们应当为领导分忧嘛。"说完又对小舅子说："快，今天一定先把买奥迪吉普的钱弄好，老权现在就去搞清楚车主的名字，明天一模一样连名字都不差地给弓东利送过去。"

"姐夫，你说，你们单位的一死两伤也不用他们赔，这钱谁出？"

"我们出，由你公司出。百八十万的，这些都是小钱。这是花小钱免大灾的事，就得这么办。"

"那得多少？"小舅子很不情愿地问道。

"这个嘛，除了车钱，至少还得一百五十万。你要头脑清楚，这是人命关天的事，那拆迁费一千多万没着落，老钱在里面要不顶不住，要不人家命就没了！让你拿这点儿钱还心疼，这是救命钱，你在积德行善，知道吗？人家给你机会你不用，那不等着挨办。"

"那你得跟我姐说一声。"小舅子嘟囔着。

"说个屁！要不是她跟着瞎掺和把钱都倒腾走了，公司现在能这样吗？"伍湘源来气了，提高了嗓门。

小舅子知道理亏，不说话了，权德利一旁也挂不住脸了，赶紧解围："老板，那我们赶紧去落实，有什么事及时跟您汇报。"说完，拉着还有些倔强的小舅爷赶紧走了。

※　※　※　※　※　※　※

权德利和小舅子走后，伍湘源换好了衣服，让会所的老板将他送到了单位，一上午都在谋划着如何将这件事一直好好地做下去！刚才是第一步，现在去跟姓刘的说一声。伍湘源到刘书记办公室，轻描淡写地说单位有人出车祸了，不是什么大事，自己负责后勤、财务、安全这些事，就不用你刘书记操心了，我会办好的，不会给您刘书记找麻烦的，相关抚恤的事和其他的事已经全部处理了。伍湘源没有告诉刘书记对方是谁，也没说事故的责任到底是什么，刘书记也就没有过多地问，只是说一定要做好家属的工作，不要留后遗症，伍湘源保证说不会有问题。

下午，权德利就打听到对方司机姓常，叫常继梓，就是车主，也搞清楚了奥迪吉普的型号和车牌号，伍湘源心中一阵颤动，心中断定这常继梓一定是市委书记常书记的儿子，喜悦之情久久不能让颤动的心平静下来。想了一会儿，又扑哧笑出了声，念叨着常继梓，继梓，继子？太难听。伍湘源通过关系找到车管所所长，说是朋友要换辆新车让他帮着办手续，主要是要原号牌，车管所长答应没问题，伍湘源立即给小舅子打电话，让小舅子明天按原车型和姓名一模一样地买一辆新的，然后找车管所长按原号牌将手续办好，小舅子用了两天的时间，将一切办妥。同时，这两天通过市委总机，伍湘源主动给弓东利打了两个电话，汇报了事故处理的进展，并轻描淡写地说请弓主任放心损毁的吉普车问题已经解决。

新车一切办理停当，晚上伍湘源实施第二步，没有通过弓东利亲自到医院看望了市委常书记的儿子常继梓，病房里这时只有常继梓和爱人。

见到陌生人进来，常继梓和爱人有些纳闷问找谁。伍湘源忙自我介绍，常继梓开始警惕地注视着伍湘塬，可能是听弓东利提过此名字吧，慢慢地客气了一句，伍湘源明白不能多待，又说了几句关心话赶紧进入正题："这几天没及时来看望您请原谅，临时决定来就没跟弓主任报告，您也不用跟弓主任说我来过了。不多打扰了，今后有什么困难就给我打电话，你就安心休养。车子呢，我替你处理了一下，应该没问题，就跟新的一样，这是车钥匙，车子就停在了医院的停车场靠里面的地方，一会儿让弟妹看一下就行了，我先走了。"伍湘源把钥匙放到了病床前的小桌上，常继梓和爱人说着感谢，还没有太明白伍湘源话的意思，伍湘源就告别出来了，常继梓的爱人送了出来，伍湘源又有意识地说，车子的手续都在车里，别丢了。

没几天，事故基本就圆满地处理完了，死者家属得到了一笔丰厚的抚恤金，两个受伤的除了还需要继续治疗外，伍湘源每人补贴了二十万，伍湘源故意地没再给弓东利打电话。这天，倒是弓东利给伍湘源打来电话，说要请伍副局长吃顿饭以示感谢。同时，他在电话里感谢伍副局长做了大量的幕后工作，才使事故得以圆满解决，领导的儿子很满意。

伍湘源心里美滋滋的，心想着这第二步相当成功，看见了吧？弓东利亲自打电话过来，明白什么意思了吧？不过，弓东利这小子只说常继梓挺满意，并没说常书记很满意，连个满意也没说。难道常书记不知道？不会吧？！儿子出了这么大的事，就是中央首长也得告诉呀，也许领导高明就高明在这儿。不管怎么样，第二步已经顺利地迈出，而且是见到脚印了，那是实实在在的烙印。伍湘源想，弓东利说了要请吃顿饭，这是挖空心思想要都不一定要得来的，现在就这样轻而易举地来了，能放弃吗？自然不能！这顿饭是一定要吃的，并且，还要好好地吃好这第一顿饭，这第一顿饭关系着第三步的效果。不仅如此，只要适时地吃好这第一顿饭，就是开始了不会退却的快乐的登山，你就可以按照自己的愿望，自己的路线，朝着自己的目标，不能停顿地考虑什么时候、往哪儿迈出下一步。

第三步，就是先让主管市长压一下检察院，能在这一环节解决钱贵发的问题最好，春节再好好看看常书记，等到春节一过，姓陈的就该退休了，自然就会顺理成章了。如果主管市长这一关解决不了问题，就只有动用常书记了。但是，最好自己不出头，还得让主管市长出头跟常书记汇报，那样常书记自然会从全局的高度，明示主管市长如何协调检察院。伍湘源得意地计划着，这是伍湘源这一时期以来心情最舒畅的时候。

伍湘源计划着，先给小舅子打电话，让小舅子赶紧回家看看收藏的那些玉，挑一块中上等的送来，如果舍不得就去买一块，小舅子问什么价位的，伍湘源想想"五六万吧"。这回小舅子挺痛快，立即去办。然后，伍湘源给小焦打电话让她约主管市长吃饭，小焦很快回信今晚见面。伍湘源思量，今晚如何让主管市长心情舒畅、又心甘情愿按自己的愿望去做。所以，是让小焦一起吃饭还是让她过后再出现，伍湘源还没想好，要是一起吃饭有些事不能当着她的面说，还得给这小妖精备一份不菲的礼物。伍湘源想，干脆饭后让他们单独在一起，那样效果会更好，不过为了确保效果还是要给小妖精备一份礼物比较好。伍湘源想好了，但这事不能交给小舅子办，本来方于莉就已经有所察觉，没准儿哪天这小子不高兴跟他姐说了，那挑明了就不好了。所以，伍湘源给权德利打电话交代"赶紧去办，今天晚上六点前送过来"。

伍湘源的努力真的没有白费，检察院并没有在十二月底前将钱贵发的案子上诉到法院，而且还有消息传出：钱贵发到底涉及多少钱还要再具体确认。所以，伍湘源暗自高兴，所做的一切起作用了。而且意义不仅仅于此，关键是春节前就能顺理成章地去看望常书记了。现在应该考虑与常书记儿子常继梓吃第二顿饭了，在吃的那第一顿饭时，已经为单独和常继梓吃第二顿饭做了计划，这第二顿饭就是春节前看望常书记的一部分。

19

　　已近 2007 年年末了，每个单位，每个人都在忙碌着，以各种方式做着年底的收关之作，期待着 2008 年的到来。期待 2008，期待百年梦想的实现。2008 年 8 月 8 日，对于全世界所有的中国人，都是一个翘首企盼的日子，这个日子将随着火炬正在全世界传递，越来越快地跑来。

　　可是，今年这个冬天有些奇怪，南方多个省份竟然在零度左右的天气出现了冰冻灾害，这是历史上不多见的。温总理亲自奔赴灾区，亲自登上挂满了冰冻倒塌的电塔，察看灾情，慰问和感谢电力抢修的工人。这次灾害，彰显了中央抗击灾害的实力，也暴露了地方应对灾害准备不足的问题。

　　而这个年末，对于罗肖来说，则有些像是开年之时。单位的本职工作驾轻就熟，所以罗肖近期集中精力做着两件事。一件事，是关琳从"十一"走后到月底整好一个季度，罗肖想借助西方的圣诞节的时机，再把"心之恋"的生意促进一下，按计划关琳应该明年一月底就回来，争取这最后一季度给"心之恋"在这一年做一个完美的句号，也算给关琳一个交代。第二件事，就是自己培训中心的筹备工作终于圆满结束，各种手续都批下来了，地方虽然没有达到理想，也还说得过去，给了一个技能培训资质对刚刚起步的罗肖来说，也是相当好的了。最最让罗肖高兴的是，自己的这个地方已不单单是培训中心了，还是一个就业、创业的基地，得到了一定政策的支持。

因为这里具有了医疗康复职能，每天同时可以对二十位因脑出血、半身不遂，或者意外伤害等及其他病因，造成的肢体障碍的人员进行康复治疗，这里还成为了即将毕业的大学生的实习基地，和已经毕业准备自己创业的大学生的基地，同时兼顾了原来最初的想法，就是进行社会上一些喜爱中医相关东西的人员的普及培训等。所以，也不能顾及年底了，因为春节一过就必须正式开业了，这个时候毕业班的大专、本科生就进了实习或者就业阶段了，开业前所有的准备要全部完毕。罗肖几人商定，正月十六所有的人员必须全部到位，进行内部集中培训，3月8日揭牌，3月9日二月二龙抬头正式第一期培训开班，同时医疗康复项目启动。应该说，所有的计划在按部就班地进行中。当然很多的困难、矛盾，以及不愉快，都随着项目的推进而跨越过去，几个人都是以事业为重，罗肖自然成为了主要负责人和法人。关琳和周光磊给的二十万，后来用了一些，罗肖还没想好如何跟他们俩说，也没想好他们俩到底是什么角色，是参与者还是就是一个借款者。

家人感觉罗肖更消瘦了，尽管老婆有怨言，但是看到罗肖取得的也是不小的成绩，心里还是甜蜜蜜的，尽管嘴上唠叨，暗地里的支持帮助，罗肖也是看在眼里，所以尽可能地也多帮着带孩子什么的。爷爷、爸妈自然高兴，弄得弟弟有意见了，说爸妈向着哥哥，吵着让妈妈替他们带孩子，罗肖也就尽可能地不再给爸妈添麻烦，所以罗肖特别感激老婆，感激丈母娘。同时，他也期盼着关琳赶紧回来把"心之恋"交接过去。

连洁自从发生那件事后，虽然干起活来更加卖力气，但罗肖感觉得到，连洁心理上发生变化了，对人殷勤而带着防范了，对罗肖也有了一些依赖，这也是罗肖担心的，他琢磨着如何努力使连洁从那件事中走出来。

罗肖想，元旦一过就给关琳打电话，了解一下关琳的时间安排，再把自己的想法告诉她，自己需要集中精力把开局搞好，打下一个良好的基础，所以"心之恋"不能过多地参与了，更主要的还是得关琳自己来经营。

但是，罗肖不知道关琳的情况，关琳已经住进了医院，还有一个月就要临产，关琳身体不适的情况明显起来，最关键的贫血的情况越来越严重，还出现过一两次紧急的治疗，这对关琳对孩子都是威胁，而且关琳和父母最担心血液的问题会不会遗传。父母与关琳主治医生商量，如何能保证孩子的顺利出生，还不要使关琳的身体出现问题。这个时候关琳多么希望罗肖在身边，爸爸也到了香港，父母虽然尽量避开关琳讨论有些事，当然也涉及谁是孩子的爸爸问题，但是关琳能感觉得到。有时关琳试着要给罗肖打电话，可终究没有打，因为这个时候一旦把握不好，自己所希望的就全部破灭了。所以，尽管自己心里希望，也坚持着，坚持着这份苦。

关琳的父母还是请医生尽量先不要告诉关琳自己现在的情况。但，父母的担心越来越强了，医生的话使他们感到，随着孩子的出生关琳就真的会发病了，从此就离不开治疗和吃药了。虽然这次来香港生孩子费用很高，可关琳父母觉得真的是值得，不然在国内还不知会怎样呢。现在的首要任务是保证顺利生产，还要保证大人和孩子不能出事，接下来要考虑的就是关琳的治疗，以确保最轻的病情，再就是给孩子进行全面检查，进行必要的防治，关琳的父母甚至都想到了一个大胆的想法，如果可能的话给孩子的血进行换血处理，是不是能够避免可能出现的遗传问题。当然，现在的一切还都要看孩子能不能顺利出生，临产会不会发生问题。可以说，现在关琳的父母相当紧张，关琳也感觉到了一些，所以也是很紧张，还有些害怕了。父母尽可能地安慰关琳，告诉关琳生孩子不可怕，这是女人一辈子要经历的，也可以说这是十月怀胎最美妙的时刻，是男人享受不到的痛，这痛是快乐和伟大的，女人不生孩子是一生的缺憾。父母的安慰使关琳紧张害怕的心情好了一些，只是尽可能地不表露出来，也怕再增加父母的担心。

大家给关琳发来新年祝福的短信和问候，这才提醒了关琳，感觉着也累了，就跟爸妈说回屋去了，妈妈嘱咐她早点儿歇着。躺到床上，关琳赶紧分别给大家回了祝福的信息，一口气发了大约四十条，都有些累了。

校草发来的信息，看得出有些眷恋和埋怨，流露出惦念。这使关琳感觉有些对不住校草，因为自己始终没有给过校草答复，而校草竟默默地等了自己几年。关琳给校草回了短信，"铁哥们儿，我们永远是死党，婚礼没赶上抱歉，回去一定请客"。

关琳给罗肖发了条信息，一是祝福，二是玩笑式的提示，"那两个可能都落了一层灰尘的信封今年得启用了"，最后告诉他第二天电话联系。

已经十一点了，关琳感觉有些累了，关了灯想好好地睡一觉，可是怎么也睡不着。一晚上，关琳脑子里来回跳跃着想着，最后归结到肚子里的孩子就要来到人世了，不知道他的命运如何，将来他要面对没有爸爸的生活，那又给他带来多大的痛苦，还要面对亲人、朋友、社会的质疑，等等。这时，关琳不免思考起自己的行为所带来的一切，觉得有些无助和孤单，不免叹了一声气，也许这就是自己的命，注定要一个人走。手又不由自主地抚摸着即将出生的儿子，心里说，"儿子，将来只有你能陪着妈妈了，妈妈一定不让你受委屈，我们俩一定要坚强地活着，一定要快乐地活着，妈妈也要让你健康地活着"。

这时的关琳，好像已经与儿子拥抱，刚才的那种委屈和孤单无助，现在又加进了幸福，泪水流淌了下来，流到了嘴边，那涩涩的泪水竟然品出了甜味。

※　※　※　※　※　※　※

　　今天，罗肖带着老婆和孩子回了妈妈家吃饭，弟弟一家三口也到了，爸爸妈妈非常高兴。开始罗肖想带大家到外面去吃，妈妈不同意，非要一家人在家吃，说好长时间没有这种感觉了。因为今天不是歇班的日子，罗肖和弟弟带着老婆孩子到时，妈妈已经做好了一桌丰盛的晚餐。罗肖提议喝点儿酒，爷仨就喝了一瓶爸爸珍藏的茅台酒，据说有二十年了。席间，罗肖高兴地向爸妈和老婆、弟弟一家讲了自己的创业成果，当然没有把"心之恋"算在之列，爸爸非常高兴，妈妈则是嘱咐了几句。其实，这也是罗肖跟老婆说的最多的一次。

　　回家的路上，老婆开着车，罗肖抱着儿子，既是对儿子说又是对老婆说："儿子，今天玩儿一天了，累了吧，回家洗洗你这小脏孩儿，就赶紧睡觉吧。啊？爸爸要跟妈妈好好地谈谈心啦，对吧，老婆？"罗肖坏坏地看着暗示老婆。

　　"我不是小脏孩儿，爸爸才臭呢，我要看电视。"儿子贝贝闹着。

　　"还想美事呢，还不累呀？喝酒不好。"老婆开着车摇着头笑着。

　　"老婆，喝酒更助兴。"

　　"亏你还炫耀懂中医，酒后伤身，回家再说吧。"

　　"儿子，听爸爸的话吗？"

　　"听爸爸话，爸爸跟我玩儿。"罗肖亲着儿子，贝贝躲闪着喊，"爸爸臭"。

　　"那回家跟爸爸一起洗澡好不好？"

　　"好！让妈妈一起洗。"贝贝高兴地亲了罗肖一口，然后又喊爸爸臭。

　　"没羞，贝贝是大孩子了，男子汉了，不能再跟妈妈一起洗澡了知道吗？"

　　"不嘛，就要妈妈一起洗。"

　　回到家，罗肖使出浑身解数儿子也不听话，洗完澡就是不睡觉，罗肖只好央求老婆助阵，最后总算将儿子哄着睡下了。十点多了，罗肖不让老婆看电视，老婆故意不睡，罗肖就抱着老婆在沙发上："老婆，今天我们就在这儿了？"老婆故意地不理罗肖，罗肖知道老婆是故意的，顺势将老婆放倒在沙发上，然后将屋里的灯光调暗……

两人相拥着，沉浸在回味中，老婆看看表："累了吧？睡吧。明天你不是还有事吗？明天你先把我们送到我爸妈家，你晚上回来吃，再陪他们玩儿会儿牌。"罗肖又亲了老婆一下。老婆让罗肖赶紧看看手机，别总有提示音了。

罗肖看到了关琳的短信，不由自主地看了老婆一眼。本来男人在这时会很快地产生睡意，但是，罗肖这时的睡意全无，想着关琳的短信，提到了那两个信封，还说明天要通话。罗肖的脑海中就像过电影一样，一直到凌晨四点还没睡着。

周光磊一边和同学喝着酒，一边掏出手机看短信。"看什么呢？这么入神，是不是女朋友着急了？今天不能提前走。"同学们打趣道。

周光磊回过神来傻笑了一下，随口说道："是我表哥，他明天结婚，今天让我去给压床。"说完，狠狠地干了杯里的酒。

一个同学逗着："周光磊，你可是失过身的人呀，还给人压什么床呀，别脏了人家的炕。"

周光磊情绪有些愤怒地扑过去，抓住那个同学厮打起来。其他同学一看周光磊不像开玩笑，赶紧过去解围："光磊，大家知道你还放不下那个姓关的女孩，忘了吧，女孩儿有的是。来来来，光磊别这么小气了，罚他喝酒。"

周光磊慢慢平静下来，知道同学不明就里，只是找找乐儿。跟同学喝了一会儿，周光磊借口要去表哥那儿，提前走了。

※　※　※　※　※　※　※

2008年元旦，尽管快天亮才睡，但罗肖只是比往常晚起了一点儿，八点钟一过就起床了，老婆也就跟着起来，收拾收拾，罗肖将老婆孩子送到了姥姥家，十一点来到了"心之恋"。一路上琢磨着如何给关琳打电话，昨天走的时候就交代会计，今天一早将这三个月的经营情况给他，所以罗肖到了店里就去找会计。看了会计报给他的统计情况和账面的数字，还有点儿利润，罗肖心里踏实多了，会计走后罗肖给关琳打电话："喂，关琳吗？你好吗？"

"喂，是哪位？"电话里传出来一个陌生但很慈祥的女人的声音。

罗肖一听不是关琳的声音心想是不是打错了："您好，是关琳关经理的电话吗？"

"噢，是关琳的电话，您是哪位？"

"您好，您是？"

"你好，我是关琳的妈妈，你是？"

"对不起伯母，我是'心之恋'员工姓罗，关经理在吗？我能不能跟关经理说句话？"罗肖心里一惊，赶紧说道，说完又思量不知关琳的妈妈怎么想，员工为什么要直呼经理的名字。

"噢，是这样。关琳现在不在，有什么事吗？能不能由我转达？"

"伯母，是这样，昨天关经理问了一下'心之恋'的情况，您帮着转达一下，今天统计了一下第四季度情况，结果比前一个季度好，总体利润可能达到百分之五。"

"好好，我转达，还有事吗？"

"没有了，谢谢伯母，有什么事请关经理再告诉我们，再见。"

"谢谢，再见。"

放了电话，罗肖总觉得哪儿有些不对劲儿。自己说是"心之恋"员工，可上来就直呼经理的名字好像有些问题，好在今天还说了关经理一下，平时根本就没怎么叫过关经理，关琳的妈妈会怎么想？自己根本不懂经营利润怎么表述，说百分之五的利润，关琳妈妈可是行家会不会笑话？为什么关琳的妈妈没有将电话给关琳的意思，关琳是回来了还是没回来，我告诉了关琳妈妈姓罗，她会去问关琳我是干什么的吗？罗肖坐在办公室的椅子上愣着神，怎么关琳今天没带电话呢，是在这等关琳电话呢还是走，罗肖一时拿不定注意。

罗肖下楼来到后面操作间，看见郎嘉驹手里没干什么便问道："老郎，今天忙吗？"

"现在没感觉人多，晚上应该上人。"

"不行的话今天歇一天吧，昨天是不是挺晚的。"

"没事儿，你走吧，我顶着。"

"怎么样了？"

"什么？噢，就那样吧。"郎嘉驹沉吟了一下。

"走，走，让他们顶着，换衣服去。"罗肖过去拉郎嘉驹。

"干吗呀，晚上肯定忙，你就别管了。"郎嘉驹有些尴尬。

"不行！你们顶住了，我跟郎经理说点儿事。走，走呀！"罗肖不知怎的有些急，不管郎嘉驹愿意不愿意，对着其他厨师说完，拉着郎嘉驹就出来了，"你别又别别扭扭的，我可不是又想着孔令雪啦。行啦，我们俩还有什么可顾忌的，你有点儿男人的样儿行吗？我做的事是不是多余啦？"

"没有。"郎嘉驹有些为难地说。

"没有？要是没有，你现在就回家，她在家吗？"

"你真是的，商店这个节日能歇班吗？今天她上晚班，下九点。"郎嘉驹给自己解围地笑笑。

"昨天她上早班，你又那么晚回去，你就不能主动抽点儿时间吗？老郎，合着我在这替你瞎操心呢。"

"罗肖，你要是不着急走，那我们坐会儿不就得了。"

罗肖不知自己今天怎么了，看见连洁站在那儿，声音有些大，在连洁听来甚至有点儿不耐烦："连洁！给我们上点儿什么，楼上，快点儿！"

连洁好像对罗肖的声音有些恐惧了，不由得一惊，答应着。郎嘉驹随着罗肖上了楼，在角上的一个位子坐下来。罗肖对郎嘉驹道："对不起，我是不是让你难堪了？"

"行了吧，我知道你为我好。别说这个了，你那儿现在差不多了吧？"郎嘉驹装出轻松地笑着说。

"是呀，正是较劲儿的时候，关经理也不知什么时候回来。这儿要不是离不开你，我还真的想让你到那边帮忙呢。"

"那怎么办，我过去？"

"这儿也需要你呀，再说你要走了，这儿又得重来，再说吧。不过，你先帮我出出主意怎么搞，将来那儿也是一大帮人吃饭呢。"

"你那不是有人负责这事吗？你要是什么事都操心还不累死。"

"说的也是。你说，将来不行承包出去怎么样？"罗肖点点头。

"倒是一个办法，而且省心。你先听听人家的意见嘛。"

"老郎，行呀，你小子也学会当领导了。"

"我哪是当领导的料，我是让你省省心，少操点儿心。"

"嗨！你是不是嫌我刚才说你了？行。"

郎嘉驹笑着指着罗肖："你小子还是这样敏感，我是说你吗？说吧，让我干点儿啥？"

"干点儿啥？！先把你老婆伺候好了吧！"罗肖发着狠地说。

"行啦，家里一个姑奶奶，外面还有你这个爷，真是服你们了。"郎嘉驹有些不耐烦。

"谁是你的爷。"罗肖欠起身伸手捶了郎嘉驹一拳。

"好，好，说错了，说错了。哎，这么长时间了，关经理也没打个电话，对你够放心的。"郎嘉驹哈哈笑着。

"啊？什么够放心的，你小子什么意思？"

"看，看，我能有什么意思。哼，你那么敏感，就说明有意思了。哈哈。"

"好呀，老郎，你想说什么吧？说！"

郎嘉驹见罗肖有些认真赶紧说："没有，没有。我是说，关经理走了这么长时间了，虽然没来电话问经营的情况，你应当还是给人家说一声好。"

罗肖紧张的神经放松了一些，点点头："你说的是，我一会儿抽个时间给她打一个。"

"那你自己在这待会儿，我先去看看后边。"说完郎嘉驹走了。

连洁端着一些吃的和饮品放到了桌子上，低声地说："哥，您不高兴了？"

罗肖一惊，呀，刚才这小子看出来了，说明这小子敏感了，心里有阴影了。罗肖微笑着看着连洁："臭小子，别您您的，都把哥喊老了。"连洁赶紧陪笑，连声说"错了"。"敏感了不是？只是以后要长心眼，别再上当了，更不能就放纵自己了，明白吗？"

"哥，梅姐又给我打电话了。"连洁点点头，有些胆怯地没敢看罗肖。

"梅姐？噢，坐这儿，你怎么想？"

"不知道。"

"不知道还是舍不得？连洁，你也是大人了，有恋爱的自由，可是你们俩差距这么大，这个梅姐可又有老公的，能成吗？"

连洁低着头怯生生说："梅姐说爱我，将来要跟我结婚。她说如果我愿意，现在就可以到外面租房一起住。"

罗肖有些惊讶，心说这是不是要包养这孩子？罗肖不由得"啊"了一声说："这事儿，你觉得能成吗？且不说岁数差这么多，行，就算你们都不在乎姐弟恋。不是哥心眼不好，这个梅姐图你什么？就是图你年轻、帅，说不好听的，等她腻了，还爱你吗？"

"哥，别跟我哥嫂说，求你了。"连洁声音含在嗓眼儿里。

"连洁，公司有几个男孩不在宿舍住了，外面租房了？"

"哥，你放心，我不会跟他们去的，我不会胡花钱的。"

"哥知道。你家里挺困难的，爸爸的病怎么样了？需要帮忙跟哥说一声。"

"哥，谢谢你，不用了。哥，你是不是担心我学坏？我不会的！打死我不会的！我也不理她了。"

罗肖一时也想不出怎么跟连洁说了，又惦记着给关琳打电话的事："哥相信你。自己先好好想想，但是上班时不能分心，不能让大家看出来，那样会出问题的，听见了吗？"

连洁点点头站起来："哥，我知道，那我先忙去了，有事再叫我。"

晚上吃过饭，罗肖思考了半天，趁机去卫生间给关琳发了个短信，这次没有直呼"关琳"的名字："关经理：第四季度的经营情况什么时候方便向你汇报一下，还有下一步有什么要求请告知。"罗肖并没有留下名字，他怕短信关琳不是第一个看到。

罗肖哪里知道，这个短信给关琳带去的是什么样的作用呀！

※　※　※　※　※　※　※

今天是一个非常的日子，是关乎罗肖、关琳还有周光磊的特别的日子，关琳经受着煎熬，真是儿女的生日就是妈妈的受难日。早上起来，关琳就感觉不太好，父母赶紧带着她回了医院进行检查，结果不太乐观，严重贫血。鉴于关琳的身体状况，不仅危及关琳，还威胁着孩子，医生和关琳的父母商量是否尽快让孩子出生，避免给关琳造成更严重的后果，和导致孩子一出生身体就会发生问题。经过一天的观察，做了相应的处理，医生还是决定和关琳的父母商量，孩子越早生越有利。最后关琳也是觉得干脆生了吧，今天还是挺有意义的——2008 年元旦。晚上八点经过剖腹产儿子终于出生了，为了防止问题的发生医生做了充分的准备，包括准备了充足的血，最后还是用上了。手术是局部麻醉，关琳看到了全部的过程，看到一个七斤的大儿子，关琳一切的痛苦在儿子的第一声啼哭中都变得那样美好了。妈妈刚才说着女儿的情况时是那样的担心，还在埋怨那个人，这会儿所有的不愉快也被这个天使抛得无影无踪，一家人沉浸在喜悦中。这时，关琳最想给罗肖打个电话，其实不如说最盼着罗肖打来电话，不管说什么都好，关琳知道这是不可能的。这会儿，关琳经历了一天的鏖战，现在终于可以轻轻松松地好好在病床上休息了，输着液，麻药的劲儿已经过去了，伤口有些痛，刚刚看过了儿子，爸妈已经回去了，关琳闭上眼休息着。

这时，短信的提示震动惊醒了刚刚有些睡意的关琳，关琳想不能睡，液还没输完呢，没有输液的那只手拿起手机，打开短信，一阵喜悦涌上心头，一切的忧与苦在这一刻融化了，一阵兴奋和悸动牵动了一下伤口产生了一下痛，身子一紧，关琳偷偷一笑，不禁亲吻了手机一下，嘴里念叨着："你终于知道了。"可又一想他知道了？他怎么会知道呢！哈哈，肯定真的是有心灵感应！不然怎么会这么巧他发短信过来，满足和幸福感袭遍全身。关琳不禁想起令狐珊珊，真想把这个喜讯告诉她，又盼望着她快生，两个人一起带孩子，将来一起出去玩儿还能做个伴儿，多好呀。

关琳又把手机里的短信看了又看，嘴里叨咕着："还有什么事，还有什么事，对了，名字！"心里又是一阵悸动，对呀，该让他给儿子起名字，不，还得让周光磊起一个。周光磊？是呀，他也应该感应到呀。又一想，周光磊为什么会有感应呢，能期盼着周光磊有感应吗？不能呀！这是自己的一相情愿。躺在病床上，想想自己当初的计划，自己竟然没有考虑过，这件事外人看来会怎么说自己，不结婚却和两个男人扯不清，离开了周光磊，却又生硬地让人家认自己的私生子为儿子。罗肖算什么呢，拿罗肖当替代品？跟人家生了孩子却不让人相认，可是生下孩子绝不是罗肖想要的，是自己强求的。

这时关琳反倒睡不着了，护士过来取下已经将要输完的吊瓶，关琳嘴上说着"谢谢"，也没法打断烦人的思绪。

不管怎么样，一定让罗肖和周光磊一人给儿子起一个名字。那找个什么理由呢？对，就以给罗肖的培训中心起名为由，就像当初说

"心之恋"是自己将要出生的儿子来个有奖征名一样。这样虽然大家觉得好像不搭界，但也不会想到这事，应该是一举两得。当然，培训中心的名字，还是只能由罗肖和合作伙伴几个人定。想到这儿，关琳一看时间已经十一点多了，就发了个信息，"明天方便的时候通个电话，关于经营的事"。

给罗肖发完信息，又琢磨怎么跟周光磊联系。是不是现在就透露给他，还是搞完有奖征集名字后再告诉他？自己昨天给他发信息时，已经告诉他要送他个大礼，没想到今天这个大礼自己就沉不住气了。不行，发个信息告诉他中大礼了，让他猜一猜是什么大礼，也许还让他心里有个准备呢，也不管已经快十二点了，就给周光磊发了过去。

※　※　※　※　※　※　※

令狐文昨天陪父母打麻将，祝福的信息那么晚了断断续续还有，也没看完，嫌吵就将手机关了。每次令狐珊珊和金城山不走，都睡令狐文的房间，令狐文就和爸妈睡一屋也习惯了。晚上十二点过了才睡，但妈妈还是像往常一样起得很早，已经退休了，早上起来总要到外面遛一遛，哪怕是冬天也不例外，等到大家都起来了，妈妈已经将早点准备好了。

令狐文十点多才打开手机，没阅读的短信还在提示着，令狐文看着，看到了周光磊昨晚十一点多发给他的短信，还有今天早上七点钟的信息。令狐文琢磨不透，难道这几个小子真的玩通宵了，那这时该睡觉了，也就没急着给周光磊打电话。

虽然现在是一九二九伸不出手的季节，但今天却有着秋高气爽的好天气，想去商场遛遛，听同事说有几家不同店名的孕婴童专卖店，是专卖孕妇、婴儿和儿童用品的专卖店。金城山也想出去，跟爸妈说了，妈妈说遛遛好，多活动活动晒晒太阳有利于将来生孩子，嘱咐着别冻着。令狐珊珊笑着对妈妈说看我都成胖大妈了，妈妈笑笑，令狐珊珊说中午不回来吃了，晚上也别做了，全家到外面吃吧，令狐文也很赞同，就决定到外面去吃。

　　令狐珊珊和金城山走了，令狐文回到屋里打开电脑上网。中午，简单地吃了一点儿，令狐文又回到房间上网，然后躺到了床上。这时一条短信来了，打开一看是周光磊发来的："陪干妈打牌累了吧？好好歇着吧！今晚我在月色阑珊等你！不用回复。"令狐文感觉口气挺硬，拿起电话犹豫着打还是不打，最终还是拨通了周光磊的电话。通了，但周光磊没接，令狐文想，刚刚发来信息就没听见电话响？又拨了过去，响了几声才传来周光磊冰冷的声音："不用打电话，晚上去就行了。"

　　令狐文觉得不对劲儿，好像听到里面还有些嘈杂声，急切地问："怎么了？在哪儿？"

　　"没事，在那难忘的地方！挂啦！"没等令狐文再说话就挂了。

　　在那难忘的地方？什么意思？令狐文被周光磊说得丈二和尚摸不着头脑，但潜意识里感觉又出问题了。

　　"文，几点啦，还不去订饭店？"妈妈在外面喊。

　　令狐文一个激灵，从床上爬起来答着"这就订"。订好了一家饭店后，又给令狐珊珊打了电话，然后关了电脑。

　　晚上这顿饭，可以说令狐文脑子一刻都没停闲，翻来覆去琢磨着去还是不去的问题。其他人说着话，令狐文却是好像没有听见。

　　妈妈看着令狐文说："文，你妹催你买房子的事到底怎么着？文，听见了没？"

　　"啊？啊，不急。"令狐文有点恍惚。

　　"哥，什么不急，你看看现在的房价都有些胡天了，将来还不定涨到什么样子了。"

　　"哪能没完没了地涨。就像股票一样，大家可盼着冲上六千点，你看涨到了这份上还坚持得住？不是往下掉的时候多吗？别急，房价也是一样。"

"瞎说，房子跟股票不一样，现在根本还没涨到位呢。"令狐珊珊不服气地说。

"是呀，文，你妹说得对。现在有合适的就买吧，你也不小了，到时现抓房就来不急了。"

"妈，八字还没一撇呢，哪那么快，到时不行就和您住一起。"

"就是将来媳妇同意，我也不同意，省得你们闹别扭时，我看着难受，是吧，他爸？"

"哎呀，妈，还没到那儿呢您就盼着我们打架。妈，我都不是和您和我爸说了吗，今年先把珊珊的贷款还上再说，是吧，爸？"令狐文哄着妈妈。

没等爸爸说话，金城山说："哥，不用的，我和珊珊的公积金还差不多了，再说我们俩工资也没问题，是吧，珊珊？"

"就是。哥，你别担心我们，房子是你将来必需的，你再不抓紧真成'剩男'了。"

"珊珊尽瞎说，哥不会的。"金城山说道。

"文，珊珊的事你别管，有我和你爸呢，你的事也是大事。"金城山和令狐珊珊也附和着妈妈。

令狐文一边拿手机看刚来的短信一边说："行，今年先把珊珊的贷款还上，我就答应您。"

"这孩子就是这么拧。"妈妈打了令狐文的头一下。

令狐文看着短信有些走神了，妈妈又打了令狐文的头一下："想啥呢，跟你说的听见了吗？"

令狐文愣了一下："啊？"妈妈有些大声地说："让你上班赶紧找人给你爸做一次全面检查，又想啥了？"

"知道了，明天就办。"令狐文嘿嘿傻笑着。

"妈，别让哥去了，我没事，明天我去吧。"金城山答话。

妈妈有些责怪令狐文，令狐珊珊说，"行了，就别说我哥了"，然后说今天和金城山两人回去睡，妈妈也就没再说什么。吃完饭，令令狐文征求妈妈的意见:"妈,光磊叫我出去玩儿一会儿。"

"是吗?去吧,去吧,光磊这孩子又有好长时间没来了,晚了就一起回家来住。"妈妈随口说了一句:"文,你们俩到底怎么回事?"

妈妈的话可把令狐文吓了一跳,慌忙地问:"妈,什么怎么啦?"

"我是说,你们俩都老大不小的了,光磊也二十七八了吧,真是让我们操心。"

令狐文走到妈妈跟前抱了一下妈妈,也是给自己刚才的一惊一个缓解:"向您保证,保准儿给您生个大孙子。妈,我说的是真的,我们本来就不宽裕,所以先把珊珊的贷款还了,您就不那么辛苦了,然后保证给您生孙子。"

"行了,还不知什么时候呢,快去吧。一会儿回来吗?"

令狐文有些不解,"再说吧,我去了。别等我,您和我爸先睡吧。"令狐文说着往外走。

※　※　※　※　※　※　※

今天,罗肖和儿子睡了个懒觉,妻子早早地起床去上班了。看看九点多了,罗肖拉着儿子起床,再收拾房间。罗肖准备出门时,想起打开手机看短信,一条是垃圾信息,另一条就是关琳的。罗肖哄着儿子,同时拨通了关琳的电话。正好这个时候,护士刚给关琳输上液。关琳满脸幸福地接通了电话:"肖哥,昨天太晚了就没给你回电话,元旦过得好吗?今天上班了吗?"

"还好。我昨天关机了也就没回电话,你怎么样?我昨天中午给你打电话了,你妈没问我是谁吧?"

"啊?你昨天打电话啦?"关琳一惊。

"是呀?!你妈没告诉你吗?"罗肖心想坏了。

"没有。可能,那阵子正紧张我妈忘了,我妈没说什么吧?"关琳担心起来。

"有什么事吗？"罗肖疑惑地问。

"啊！没有，没有。肖哥，前些天你说你的事差不多了，那培训中心的名字起了吗？"

"噢，正在考虑，就这几天要马上定，不然来不及挂牌了。"

"好，好，正好。"关琳一扫刚才的担心，兴奋地说。

"什么正好呀？"罗肖不解地笑着问，这时儿子贝贝闹着："爸爸，走。"罗肖对儿子说："贝贝最乖了，爸爸打完电话，我们就走，听话，去，自己把要带姥姥家的东西装到包包里。"

"爸爸是大笨猪，贝贝装好了，走。"儿子大声说。

"肖哥，是贝贝在家吗？嫂子在吗？"关琳问道。

"关琳，他妈上班去了，淘气，一会儿送他姥姥那儿去。"

"爸爸坏，爸爸淘气，快走啦。"儿子喊。

"贝贝最乖了，爸爸打完电话就走。"罗肖哄着儿子。

"肖哥，我赶紧说，我让你回电话就是有个想法。"

"什么想法？"

"肖哥，当初'心之恋'我说是我们的儿子，搞了个有奖征名，我想培训中心也是你的儿子，再搞个征名吧？"

"不好吧，不了。一是来不及，再说也不是我一个人的，要和大家商量才行。"罗肖若有所思地说。

"肖哥，没关系的，不影响你们的，只是在我们中间娱乐一下嘛，也许还能给你一点儿参考呢。"

"还是不了。关琳，我给你打电话是想告诉你，有点儿不好意思，你走这三个月还没赚到钱，只是希望你快点儿回来，我那边开始忙了，怕顾不过来了经营更受影响。"

"没事的，肖哥，不是也没赔吗，挺好的。"

"是没赔，可是大家这么努力，我有点儿不好意思了。"

"你别担心赔了赚了的。我跟你说的是真的，儿子都出生了得起名字，你别管，我和珊珊负责，搞完了我就回去。"

"什么儿子儿子的，别人以为真的又生老二了。"罗肖哈哈笑着。

贝贝听罗肖说儿子儿子的以为叫他走了，高兴地喊着："爸爸，我们走喽。"

罗肖笑着对关琳说："我们说儿子，他以为叫他走了，那关琳先这样，回头我再给你打电话。"

"肖哥还是我给你打吧，就这么说定了，下午给你打吧。"

"好吧，我大约四点以后去店里，八点以前我都在那儿。"罗肖想想只能同意。

关琳心里笑着，知道罗肖把这个时间告诉她，就是避免他老婆在不方便。

"好的，赶紧送儿子吧，再见。"

关琳挂了电话，给令狐珊珊打通了电话："珊珊，怎么样啦？"

"还知道关心我呀。"

"那是。还上课吗？跟学校说别上了。"关琳开心地说。

"已经不上了，现在感觉可笨了，天又冷，懒得动。那边的气候倒挺好。"

"就是。其实，要是你来这边生多好，我们还能做个伴儿。"关琳暗示着。

"行了吧，他没那富贵命。这就不错了。什么时候回来呀？"

"很快。珊珊，我们策划件事吧。"

"做什么？"

"我儿子快来了，罗肖的儿子也快有了，我们再来个有奖征名。"

"你和罗肖有儿子了？啊？"令狐珊珊惊呼，嘴张得老大。

关琳被令狐珊珊这样一问也吓了一跳，自己本来只是个暗示，但是肯定会让所有的人这么认为，赶紧掩饰着："什么呀！我说的是干儿子要来了，我要给我干儿子起个名字。我是说罗肖的培训中心，就像'心之恋'一样有奖征名，我们俩组织，而且我有目的，要给儿子起一个小名。怎么样？"

"你吓死我了。你就喜欢搞这小名堂，行啦，人家的事我们掺和不好。"

"什么小名堂，名字可是个大事。那可是我儿子呀。我都跟罗肖说啦，你别让我没面子嘛。"

"在乎人家了？是不是对人家有点儿意思，不会是真的想弄个儿子出来吧？哈哈。"

"哎呀，好姐姐，就这么着了，我在这边好忙的。你负责跟文哥、周光磊、秀才、姐夫他们说，你们每人至少想四个。"关琳哀求着。

"真拿你没办法，两个就行了，干吗还要四个？"

"这你就不懂了，我这叫一举两得。必须一样两个，一个是给真企业的，一个是儿子的，你要说明白呀。如果他们搞混了，你就得替他们想呀。"

"好，好，真服你了。"

"你今天就必须说，一周后交稿。我明后天再给他们打电话，双管齐下。行了，不跟你说啦，回头再给你打电话，代我向你爸妈和文哥他们问好。"

令狐珊珊心里想着关琳说的事，觉得关琳真是没事给自己找点儿事，一想，也好，自己将来也要给儿子起名字，就借着关琳的这个提议先起着玩儿呗。可是怎么跟他们说呢，又先跟谁说呢？对，就先跟周光磊说，顺便看周光磊对关琳是不是还有感觉。

周光磊一上午基本没离开办公桌。早上九点干部开碰头会前，令狐文到周光磊的办公室和大家打了个招呼，周光磊也没理会，令狐文也没特意和他说话，令狐文实际就是想看看周光磊的状况。中午令狐珊珊打来电话，问周光磊是和令狐文在一起吗，"珊珊，我们没在一起，找他吗？"

"不用找他了，回头你跟他说就行了。"令狐珊珊心说"就找你"。

"珊珊，急吗？要是不急，晚上回家你再跟他说不就行了吗？"

"是跟你们俩说的，一会儿你就告诉他吧。"

"好吧。那你说吧。"周光磊有些不情愿地答道。

令狐珊珊将关琳说的事跟周光磊说了，说完还嘱咐他跟令狐文说，并特别强调是关琳布置的任务，必须百分之百地完成。周光磊听得脑袋懵懵的，刚才才看了关琳的短信，现在令狐珊珊又说关琳要搞什么有奖征名，还说是给罗肖的儿子起名字什么的，好奇怪。

※　※　※　※　※　※　※

吃过晚饭，令狐珊珊又张罗着让金城山和令狐文陪爸妈打会儿麻将，帮着把麻将准备好了。令狐珊珊想起关琳交代的事，问令狐文："对了，哥，周光磊跟你说的事别忘了。城山，还有你啦！"

"周光磊跟我说什么事啦？"令狐文疑惑，金城山也问啥事。

"起名字呀？！对了，还得跟罗肖说，哥，你现在给罗肖打电话说一下吧，我打不好。"令狐珊珊催促着。

"什么名字？周光磊没说呀。"令狐文有点丈二和尚。

"嘿，周光磊这小子敢贪污！哥，你得找他算账。"令狐珊珊瞪眼道。

令狐文心想，我还找他算账？他是成心的！别惹这麻烦了，问道："到底什么事，还要给罗肖打电话？"

令狐珊珊就把关琳说的事对令狐文和金城山说了，妈妈听了被逗得笑着说："那是琳琳一个人在那边寂寞了。"妈妈说完又叹了一声道："其实呀，这俩孩子怎么就不能再在一起呢，文，要不哪天让光磊来家吃饭，我问问他。"

令狐文两手洗着牌说再说吧。妈妈埋怨着："现在一说让光磊来家吃饭你就拦着，你这孩子。"

令狐珊珊站在一旁看着他们打牌道："哥，是不是周光磊觉得来家里不方便了？"

"前几年小，新新劲儿过去了，现在长大了呗。"

"哥，这把牌我替你打，你去给罗肖打电话去。"

"还是你去打吧，我怎么说。"

"哥，求你了，快去吧。"令狐珊珊拉着令狐文央求着，令狐文只好站起来去打电话。

妈妈笑了："城山，看见了吗，珊珊还总跟她哥撒娇呢，他哥可疼她了。"令狐珊珊得意地摇着头笑着抓着牌。

令狐文到一边去给罗肖打电话，因为罗肖心里有底但是还不能让令狐文感觉到，便笑着问："关琳不是说要认你妹儿子做干儿子吗？关琳是想让大家帮着起一个有意义的名字。我们中心的名字，你们要是想出好的还省我事呢。"

"行嘞，等我的任务完成了，哪天我们坐坐。"

"好呀，到'心之恋'吧，我也想跟你念叨念叨，叫城山吗？"

"看你，这两天什么时候去告诉我，我们过去。"令狐文放了电话回到了牌桌前跟令狐珊珊说："打完了，人家觉得挺有意思的。去好好歇会儿去。"

"看这把牌多好，准是大的。"令狐珊珊不情愿地离开。

"嗯，还真不错。"令狐文看看牌说，令狐珊珊得意地去看电视了，令狐文说："城山，这两天忙吗？罗肖说聊聊。"

"哥，没什么事，今天一天就没见权德利，说明人家肯定忙。"

妈妈道："你们明天都上班，今天不能过十一点，歇班再玩儿。"

"妈，没事，我明天不上班。哥，明天要去叫上我呀，也把秀才叫上吧，好长时间没见袁月了。"令狐珊珊在沙发上喊道。

"天太冷，你就别去了吧，等改天将秀才他们俩叫出来。"金城山低头打着牌说。

"妈，看见了吗，这小子又想去喝酒了。不行，我就去看着你。"

金城山笑着说，好好，一起去。妈妈也笑着说："这孩子，城山，你就惯着她。珊珊，有你哥在，他们不会多喝的，让他们说说话。"

令狐珊珊跑过来拉着金城山的耳朵，凑近了小声道："老婆怀孕期可是夫妻关系最危险的时期，对吧？"

金城山被揪着耳朵，故意地不答话，只是装着被揪痛的样子"啊啊"了两声。令狐珊珊轻轻地打了金城山的头一下："装吧。"妈妈幸福地笑笑，爸爸满脸慈祥地看看金城山，爸爸就是不爱说话的一个人，但是对姑爷还是关爱有加的。

令狐珊珊坐了一会儿，觉得看电视没意思，便到屋里去给关琳打电话了："琳琳，干吗呢？你交代的任务完成啦。"

"太好了，噢。"关琳高兴地叫了起来，肚子的伤口痛了一下，关琳赶紧屏住声。

令狐珊珊在电话里听到关琳妈妈说话的声音，好像是说"轻着点儿，伤口痛了吧"。令狐珊珊问："琳琳，怎么了？是受伤了吗？"

"没有，没有。你跟他们说后他们有什么反应？"关琳岔开话题。

"都说你没事干呗。"

"真的？他们没问干吗？"

"能不问吗，我就实话实说啦。"

"是你亲自打的电话？"

"咦，还怀疑我，哼！不过，罗肖是我让我哥打的。放心吧，人家都听明白了，你这大美女交代的事都乐得屁颠儿屁颠儿的。"

"不会吧，没骗我？"

"知道了，你是问周光磊是吧？没问题，反正你说这两天也要催他们对吧？"

"好呀，你应付我。行了，也算完成得不错，说吧奖什么礼物？"

"礼物嘛，你赶紧回来伺候我就行了。"

"这个没问题，咱有经验。"关琳顺嘴说道。

"什么？你有经验？"令狐珊珊惊讶地说。

关琳赶紧哈哈笑着说："没吃过猪肉，还没看过猪跑吗？放心吧，没问题的，反正也是我儿子呗。"

"你这个妈也带不好，宠着呀。"

"那自然，好不容易有个儿子，不宠怎么着。"

"行了吧，女儿要富养，儿子要穷养，要宠你自己生一个。"

"嘿，我就生一个怎么着，给你宠。"关琳心里暗喜。

"儿子不要，要闺女。闺女多好，有什么漂亮衣服都能穿，还听话，老了还能管我们。"

"行了吧，珊珊，你就儿子的命。也行，明年建国六十周年再生个女儿多好。"

"饶命吧，你负责生闺女。"

"猴年怀孕马月生差不多了。"关琳自己嘟囔着。

令狐珊珊倒是被逗乐了："那就只能生个驴吧。"关琳也被逗得哈哈笑了，伤口又是有点儿痛，又轻声地噢了一下。令狐珊珊怀疑起来："琳琳，是不是真伤着了？"

"没有，没有。"关琳笑着，看见护士抱着孩子来了，赶紧说："不说了，不说了，撂啦。"关琳挂了电话，接过儿子亲了起来。

令狐珊珊嘟囔着"死丫头，说挂就挂了"。

转天，关琳又分别给罗肖、周光磊、令狐文打了电话，尽管三人接到关琳的电话答应保证按时完成，但是都隐隐地感觉关琳不仅仅是好玩儿。令狐文觉得关琳这样做，不仅是觉得好玩，可能以此还罗肖一个人情，因为有"心之恋"的前茬儿；而罗肖和周光磊则心里有那么一丝别样的感觉，预感确实是在给儿子起名字，周光磊琢磨着会是谁的，罗肖担心是谁的，而两人都疑问"这是帮令狐珊珊吗？"

20

2008 年春节前，全国都在忙，迎奥运，特别是火炬传递牵动着全国人的心，每天的新闻联播固定报道。可金城山今年倒觉得自己没那么紧张，正好有时间可以陪陪令狐珊珊多活动活动，有利于生产。

腊月二十三是灶王爷上天的日子，中午吃过饭歇了一会儿，令狐珊珊跟妈妈说天气不错还有太阳，出去遛遛，顺便再到市场买点儿年货，妈妈说遛遛就行了，别买什么不方便。令狐珊珊一个人遛了一会儿，觉得有点儿累了就往回走。过马路的时候，在人行横道等绿灯，一位中年妇女骑着一辆电动车驶过，见令狐珊珊站住了，一犹豫，手拂到了令狐珊珊，令狐珊珊没站稳，惊慌地歪倒在中年妇女的身上，中年妇女更是不稳，叫了一声倒在地上，令狐珊珊也压到了中年妇女的身上。旁边一位上年岁的老奶奶赶紧过来扶令狐珊珊，问闺女身子碍事吗，开始令狐珊珊惊吓了一下，因为有中年妇女垫着倒也没摔重。身下的中年妇女虽然被令狐珊珊压着，下面有电动车咯着难受，但是见令狐珊珊是孕妇也就不敢太动，令狐珊珊又怕把老奶奶拽倒，所以没让老奶奶拉，自己慢慢地站起来，中年妇女这才起来，老奶奶说闺女快看看有事没有，中年妇女也有些害怕了，忙问要不到医院去看看。令狐珊珊自己感觉没有什么事，也就放中年妇女走了，中年妇女感谢着，老奶奶还说这丫头要强，还嘱咐不行就到医院去看看。

回到家，令狐珊珊跟妈妈说了，妈妈埋怨着，让赶紧回屋躺着，又担心，偷偷地给金城山打了电话。金城山接了电话，吓坏了，有些着急，想了想，反正现在也没什么事就赶回来了。令狐珊珊还纳闷今天怎么这么早就回来了，金城山小声说妈妈打电话了，担心死了，令狐珊珊还说没事。果不其然，吃过晚饭，八点来钟，令狐珊珊觉得肚子不好，金城山和令狐文赶紧带着上医院检查，有生产的迹象，十点孩子就出生了，是顺产，还挺顺利，金城山和令狐文这才放下心来。不一会儿令狐珊珊就出了产房，令狐文让金城山照顾着，自己回家接妈妈。这时已经十一点过了，令狐文开车出了医院就给家里打电话，爸爸说妈妈已经打车去医院了估计快到了，令狐文又给妈妈打电话，妈妈说已经到医院门口了，令狐文又调头回来。

妈妈进了病房，看见令狐珊珊就埋怨着，令狐珊珊自己则逗着妈妈："妈，看我一年净做好事了，所以今天是腊月二十三'灶王爷'上天说好话了，老天爷一想还是金猪的好，这不就让您外孙来看您来了，是吧？"妈妈也被逗笑了。大家自然高兴，金城山幸福和喜悦之情挂在了脸上。还是丈母娘疼姑爷："城山，你给家里打个电话报个喜。"

"妈，我这就打。"金城山高兴地拿起手机。

"他们不会睡了吧？"令狐珊珊问。

"应该睡不了，现在就打，爸妈一定会高兴得一宿睡不着觉了。"金城山到病房外打电话去了，一会儿美滋滋地回来了，令狐珊珊问："说什么了？"

"爸妈高兴死了，问妈忙得忙不过来，我妈还说要过来。"

"那是爷爷奶奶急着看孙子。妈，快春节了，家里活多就先别让他们跑了，春节时再让他们来，行吗？"令狐珊珊撇撇嘴。

"伺候你我还行。看城山的吧，什么时候来都行，也有地方住。"

"妈，您受累了，我妈他们没见过世面，来了还打瞎乱，还是先不让他们过来了行吗？珊珊别让妈太累了，不行我们雇个人帮妈妈照顾你，好吗？"

"不用雇人，这点儿事我还行，现在的年轻人哪会伺候月子呀。不用，不用，你们都忙去，有我就行了。"没等令狐珊珊说话妈妈说道。

"妈，今天没事了，也不早了，您和我哥回去吧，今天就让城山在这儿。"

"是呀妈，您和哥回去吧，我在这儿陪珊珊。"金城山附和着。

"妈，我们先走吧，明天早上再来。"令狐文看看，觉得这会儿都在这儿也没什么事。

"好，城山，你来陪珊珊，有事就往家里打电话，明天一早我就去买鱼，给你熬鱼汤送来。"妈妈说完，不放心又嘱咐了一下，金城山送令狐文和丈母娘出来。这时，令狐珊珊最想给关琳打电话，让关琳分享自己做妈妈的快乐，可是已经接近十二点了，就给关琳发了个信息，还想告诉关琳大家起了那么多名字，这会儿可要派上用场了。

"谢谢老婆，辛苦啦。"金城山回来了，轻轻地亲吻了令狐珊珊。

"高兴啦？你知道多疼吗？"

"知道，你没听人家说，老公也会妊娠的。知道吗，妈给我打电话说你出事故时，可把我吓坏了，谢天谢地，没出事儿。"

"妈还埋怨我让那个大婶走了，没留下地址和电话，现在想想还真的应该留下那个大婶的电话，要感谢她。"

"还要感谢她？感谢什么？"

"你想呀，今天是大年二十三，'灶王爷'上天演好事的日子，我没诓大婶，她准跟'灶王爷'说了，不然我们金猪儿子怎么会说来就来呀。"令狐珊珊脸上挂着幸福的笑，轻轻地搂住金城山的脖子。

"那是我老婆的功劳，善良！哎，老婆，其实坏人今天也盼着

'灶王爷'替他们上天演好事呢。"

"哼，就像你们单位的那些人，他们也希望别人说他们好？老公，你正好这些日子也不忙，明天就跟你们的'犬主任'请假，陪我一起坐月子。"

"没问题，歇了！反正现在我们的'犬'好长时间没怎么叫声了，反倒觉得宁静得可怕了。"

"老公，你说的是什么意思？"

"老婆，我们说他们干吗，还是说我们的高兴事吧。"

"就是，老公，猜，我现在最想做什么吗？"

金城山问："做什么？"

"傻样儿，儿子的名字呀。"金城山一个劲儿地说"对"，两个人又说了一会儿，金城山就让令狐珊珊赶紧睡了。

转天，令狐文陪着妈妈早早地就到了，金城山说先回单位请假然后就回来，妈妈说快去吧，顺便让金城山回家拿一些东西。

金城山回到单位和同屋的二把主任说了后，然后来到了权德利办公室试试看今天来没来，今天还真来了，金城山就进了权德利的办公室，美滋滋地说："主任，您今天这么早？好多天没看见您了。"

金城山没想到，权德利也是满面春光很兴奋，还过来打了他的头一下："小王八蛋也学着偷懒了，昨天下午没找到你，干吗去了？"

"您老昨天来啦？！我正要跟您请假呢，我老婆昨天生了，我想跟您请几天假。"

"行呀！带把儿的？"权德利一听高兴地又打了金城山一巴掌，金城山咧着嘴笑点点头。权德利从办公桌上的手包里，拿出还捆着银行打捆的纸条的一万块钱，数了两千块递给金城山："歇！干吗不歇！给，给大侄子买点吃的用的。"

"别，别，哪能让您破费呀！您放我假就行了。"金城山赶紧用手拦着。

"兔崽子，平常不给叫唤，现在又不好意思了。拿着，这不是给你的，这是我这个当大爷的给侄子的见面礼。再说，这是老板给的。"

"老板给的？"金城山不解地问。

"那是。老板昨天高兴，晚上请我们吃饭，每人奖励一万。今后跟着老板干，自然少不了，懂吗？"权德利一脸的不屑一顾。

"主任放心，我一定努力。"金城山脸上陪着笑。

"拿着，别贫了，快走吧，我得出去了。"

金城山心想，不要白不要，接过钱嘴上说着"谢谢"就跑了。出了权德利的办公室，金城山觉得还是应该跟郑局长说一声，就来到了郑局长的办公室，郑局长也是祝贺了一下，还说有什么困难找他，金城山感谢后出了郑局长的办公室。

金城山来到苏秀君的办公室，把他叫了出来告诉他令狐珊珊生了，这几天歇了。苏秀君高兴地捶了金城山一下，说晚上叫着袁月去看令狐珊珊。

金城山说："我刚才跟'犬'请假，他还给了我两千块钱，好像挺高兴。"

"够大方的，关系不错嘛。"苏秀君调侃道。

"什么呀，'犬'说这是'鬼'昨天高兴奖励他们每人一万，可以吧？"

"哎，对了，昨天快下班时我还找你呢，我知道他们为什么高兴了。"苏秀君这才想起了什么，说道。

"为什么？"

"昨天钱贵发判了，你猜才几年？"

"几年？"

"才十五年，只定为受贿一套房子和一辆车。"

"啊！真的？"金城山嘴张得老大。

"这还有假。行了，晚上见面再说，赶紧回去吧。"

"看来'灶王爷'上天也光说好话呀。"金城山自语道。

"怎么了？高兴地说胡话了？什么'灶王爷'说好话了？"苏秀

君摸着金城山的脑门。

金城山摇摇头笑笑,把昨天和令狐珊珊提起"灶王爷"上天演好事的话头说给苏秀君听了,苏秀君深有感触:"还真是的。你说这些天,你们那只'犬'天天看不见人,准是忙这事儿呢。这工夫就是没有白下的,何况还是挖空心思不择手段的呢。人家也要'灶王爷'上天演好事的。所以呀,看来'灶王爷'也有打盹的时候,也难免,'鬼'跟'灶王爷'更不能说实话了,说不定要是有机会,'鬼'也会缠着'灶王爷'一起上天了。现在,就只能趁'灶王爷'上天的那一刻拜托了。唉,'灶王爷'呀,什么时候打盹不好,偏这个时候没来得及辨别清楚怎么回事儿就上天了。玉皇大帝肯定完全相信'灶王爷'带去的都是好啦,那么多事儿说不说也全部恩准的。你看,要不怎么法院非得昨天宣判呢,人家'钱大爷'也得到开恩了。"

"要说是秀才呢,天上的事你也知道。"金城山哈哈地笑着。

"我敢说,昨天'鬼'比娶媳妇还高兴,信吗?"

"这个我信!要不会如此痛快地每人给一万块钱?"

"不过,我觉得这回'鬼'太小气了,连'灶王爷'都给蒙了,给省了这么多钱,才给一万,太少了。"

这话还真让苏秀君说对了。昨天,一接到法院宣判的消息,伍湘源兴奋得半天平静不下来,然后立即让权德利通知一伙人晚上好好庆祝一番。这顿饭吃得那个开心,酒桌一片狼藉,饭后又到了一家KTV玩了个通宵,伍湘源自然有自己的去处。

※　※　※　※　※　※　※

金城山没再跟苏秀君多说,赶紧回家拿东西,然后赶紧回到了医院,帮着劝令狐珊珊喝几乎没什么咸味的鱼汤。令狐珊珊觉得不好喝,妈妈说鱼汤咸了是催不下奶的,金城山也劝着,令狐珊珊说他就会拍丈母娘的马屁。令狐珊珊勉强地喝完,再简单地吃了一些别的。

关琳一早打开手机，看到了令狐珊珊昨晚发来的短信，高兴得不得了，妈妈问什么事这么高兴，关琳告诉妈妈令狐珊珊也生了，也是个儿子，这回有伴儿。妈妈也替令狐珊珊高兴，可是一想到人家的孩子有爸爸，而自己的外孙却可能一辈子不知道爸爸是谁，女儿就这样一个人带孩子，心里不免有些不好受。关琳察觉到妈妈脸上的表情变化，但一时没明白，只顾着替令狐珊珊高兴了，拿起电话打给令狐珊珊。

令狐珊珊告诉妈妈是关琳来电话，妈妈问快过年了还回来吗，令狐珊珊说"我问问"就和关琳聊了起来。关琳问令狐珊珊，应该还差大约三周吧，就等不及了？令狐珊珊幸福地告诉关琳发生的一切，说，我还得谢谢那位大婶，是吧？要不我儿子怎么能二十三小年来呢。关琳想起昨天是儿子的满月，"哈哈，真的太巧了，整差一个月"，这时卧室里传来儿子的哭声，关琳赶紧吐吐舌头。

"什么整差一个月？怎么有婴儿的哭声？"令狐珊珊疑惑地问。

"没有，没有，是电视的声音，对了，有奶了吗？"关琳慌张地回答。

"哎哟，哪那么快呀。这不我妈刚送来鱼汤，喝着呢，难喝。"

"对，对，得多喝，不能咸，要不没奶可费劲了。"关琳又忘了，答下茬。

"咦，你又没生过，怎么知道这么多？"

"哦，我就不能问我妈了？姐夫呢？他怎么不陪着？"关琳赶紧掩饰着。

"他刚走，回单位请假去了，正好临近春节了，想让金城山一气歇到春节得了。"

关琳听了，心里一下子沉了下来，也理解了刚才妈妈表情的变化是为了什么，自然声音有些变化，既是羡慕又像自语地道："真好。"

令狐珊珊感觉到关琳的变化，安慰着："是不是想周光磊啦？琳琳……"

关琳意识到了不能这样，好像又看到了刚才妈妈的表情，没等令狐珊珊说完关琳就拦住了："瞎说什么呀，我是说我也有儿子了，多好呀。马上就要过年了，我得抓紧给儿子买礼物了。"

令狐珊珊知道关琳在打岔，也就没再说想说的话："对了琳琳，还有几天就过年了，什么时候回来呀？"

关琳想想自己还在治疗，还有儿子的有关手续得抓紧办，心里也确实没底："快了吧，只是手里还有点儿事，争取大年三十回去吧。"

又和令狐珊珊聊了几句，尽管妈妈把门关上了，但是关琳还是听到儿子在哭，就赶紧放了电话，进屋帮着妈妈看儿子去了。

令狐珊珊对妈妈说："这琳琳现在一阵两火的，说挂了就挂了，不等人把话说完，就跟有什么事似的。"

"关琳、光磊，还有你哥都不小了，唉。"妈妈无奈地摇摇头。

"就别替他们操心了，您呢就安心带您的外孙子吧。"令狐珊珊搂着妈妈安慰着。

"这回又有活干了，又上套了。"妈妈乐得都合不上嘴了，令狐珊珊更觉得做女人好幸福。

※　※　※　※　※　※　※

关琳总算度过了身体最艰难的阶段，一家人在大年三十回到了家。妈妈一直在照顾关琳，无法操持过年的一切，好在爸爸在家已经将一切都准备妥当，关琳和妈妈回到年味十足的家里倍感亲切。拜年和祝福的短信不断，当然还有不少带着询问什么时候回来的。关琳不时地抽工夫回上一两条新年祝福的信息，也都回避"回没回来"的提问，她怕说回来大家就会急着见面。关琳怕大家发现自己身体明显的变化，其实变化是有的，有些胖，但是因为没有奶所以不像哺乳期的女人胸部变化明显，更主要的是想再适应几天，身体毕竟还很虚弱。其他人还好，关键是令狐珊珊已经出院回家了，自己回来了不去看看不合适，再有就是罗肖和周光磊，无论是发信息还是打电话，总要问回没回来。所以，一直到了晚上，在爷爷家吃过年夜饭了关琳还在犹豫着。

下午，从家里出来去爷爷家，关琳特意让爸爸开车绕到"心之恋"看一眼。车辆经过的时候，看到门面装扮得喜气洋洋红红火火，洋溢着中华民族传统的年味儿，关琳的脸上露出了笑容，心里更有着些许的期盼，希望看到什么。关琳其实对自己也不承认是希望看到罗肖，可是连连洁也没看到，心里不免又有些失望，嘴里是说给爸妈听的，其实是给自己解围："妈，您看店里年味够足，还行吧？"

"他们告诉你没赔，那也还可以吧？"

"哎呀，妈，鼓励一下嘛。"关琳不想让妈妈担心，抱着儿子撒娇。

"行啦，都有儿子啦，还跟孩子似的。"妈妈笑了。

"妈，让爷爷给孩子起个小名吧。"关琳美美地亲了儿子一下说。

"那，大名就叫'关潇洲'？"

"多好听，又有诗意，是吧，爸？"

"你问他？他知道什么！"

"妈，我爸好歹也是个大经理了。"

"把孙子给我，白眼狼，伺候你这么长时间还向着你爸。"妈妈用手指轻轻地戳了关琳的头一下。

关琳知道妈妈说的不过是气话，把儿子递给了妈妈，然后搂着妈妈："谢谢啦，多英俊的小伙子，您不高兴？"

"光剩高兴了，有你受罪的时候。"

"妈，真的，看到他，我就什么都满足了。"尽管关琳和爸妈高兴地说着，可没看到罗肖，心里不免有些失落。

昨天罗肖带着连洁和服务生就开始装扮门面、大厅、各厅，今天开门又再弄了弄，干完了连洁就催着罗肖和郎嘉驹赶紧回家，他带着其他人盯着，到了中午罗肖和郎嘉驹就回去了。临走，郎嘉驹问罗肖："初二还去孔令雪舅舅家吗？"

"当然要去了，这回更得去了，得好好谢谢你们这个舅舅啦，帮着找了这么好的地方，不然哪能十六开张呢。你们去吗？"

"每年都去，今年也得去吧，也许在那儿又能碰到了，她舅对你真好，她让她舅帮着找个工作都没帮。"

"行了，现在我们不是一起干了吗？算我代替了。嗨，我跟你说的回家跟她商量商量，给个话。"

"我自己在这儿干就行了吧？"

"你小子还怕我们俩好上是吗？那你就活该，没本事。放心吧，都什么时候了，我还有老婆孩子呢。"罗肖捶了郎嘉驹一下。

"什么呀。那回头再说，反正还有时间嘛。"

"回家好好表现，也许初二还能碰上呢。到时听汇报呀。"罗肖逗着，郎嘉驹冲着罗肖挥挥拳头笑笑先走了。

关琳一家到了爷爷家，爷爷奶奶根本不在意关琳是个未婚妈妈，外重孙子着实可爱英俊，早就惹得老太爷太奶奶乐得合不上嘴，让关琳一定要在这儿住几天。所以关琳也是非常高兴，不由自主就会多看几眼儿子，越看越分不清究竟像谁，罗肖还是周光磊？关琳想如果令狐珊珊他们几个人见了，会不会发觉和谁有点儿像呢？

窗外，鞭炮声预示着各家的年夜饭就开始了。今年的年夜饭，虽然各个大小饭店也是爆满，但是回归家庭的迹象有了，特别是一些饭店餐馆推出了外卖，减轻了在家准备年夜饭的强度，所以一部分人还是选择了回家吃年夜饭包饺子。今年，又看见了四辈儿人，老太爷子更是不让到外面去吃，所以关琳一大家子人就都凑到了关琳的爷爷家。

噼噼啪啪的鞭炮声，时不时地引发儿子的哭声，鞭炮声和儿子的哭声，震动着关琳的思绪。如何让罗肖手里的两个信封今天打开呢？儿子会怎样惊呆那两个男人呢？还有，什么时候让令狐珊珊和令狐文他们知道自己有儿子了呢？其他同学朋友都可以先瞒着，这四个人是瞒不住的。好在儿子在香港生的，就告诉他们时髦闪婚，可是随着儿子的长大长相会告诉他们一切的。唉，先甭想这么多了，最关键今天明天甚至后天这关总要过的。已成了习俗不可缺少了，中央电视台的春晚欢乐大餐已经开始。随着年夜的钟声已经敲响，伴随着钟声吃过了素馅的饺子，爷爷奶奶不让关琳带着儿子回去一定要留下来，一家人就留了下来。

是给他们三人发信息还是打电话过去，关琳犹豫着，真是不知如何是好，自己怎么说呢。特别是罗肖那儿，今晚打电话会不会分他的心呢？今天他与老婆儿子肯定回父母家了，也许也去爷爷家过年了，对了罗肖还有一个弟弟，或许今天人多打电话反倒不会引起家里其他人的注意，要是今天不打，明天或是后天就还真的会引人注意了。周光磊也会到他爷爷奶奶家过年的，给这两个人打电话，他们自然会背着别人的，可给令狐珊珊打电话就不一样了，一家人当时就会知道的。关琳的思绪纷乱，快十二点了还是没打出一个电话。这时，反倒想起"心之恋"来，这时谁会在那儿顶着呢？这是开业以来的第一个春节，本来自己应该去看看的，对，先给"心之恋"打个电话，正巧接电话的是连洁。连洁没想到这个时候关琳会打电话来，有些似激动似紧张地说："关姐，关经理，没想到是您，给您拜年了。"

关琳哈哈大笑着："怎么啦？这么紧张。也给你拜年了。都谁在？"

"姐，今天我盯着，大年三十的，本来肖经理和郎经理他们要盯着，我没让，您放心，没问题的。"

"哈，怎么又改肖经理了？我放心，就是给你们打个电话拜年。过年了，一会儿记得放炮呀。"

"有时喊顺嘴了，肖哥和郎经理都安排好了，姐，你放心吧。"

"放鞭炮时一定注意安全。"

"肖哥都嘱咐了。"

"红包都发了吗？"

"发了，发了，谢谢姐。"

"今天还去你哥家吗？"

"姐，我嫂生儿子了，他们让我去我没去，我就在这儿盯着吧，我没事的。"

"那好，我相信你。一会儿放完鞭炮，是不是就关门了？"

"是，可能要晚一些，现在还有几个客人，等他们走了就关门。"

"那你就代表我和今天值班的员工一起吃顿团圆饭，可以喝点儿酒，只是不能闹出事来。"

"谢谢姐，放心，我们不会闹事儿的。肖哥让大家歇两天，初三开业。"

"好，好，安排好，让大家轮流歇一歇，外面都放炮了不说了，放炮吧，注意安全。"听了连洁说的安排，想着路过时看到门面年味十足，关琳想，罗肖考虑得真是周到，想和罗肖联系的冲动又上来了。

连洁答应着放了电话，招呼几个服务生去准备。接近一点时，剩下的几个客人也都走了。一辆车开来，罗肖下车了。连洁看见罗肖进来，忙迎了上来："肖哥，你怎么来了？没事，客人都走了，我们正准备关门，聚会呢。"

"对呀！新年了，我来敬大家一杯酒呀！"

"弟兄们，罗经理和我们一起喝酒来了，我们一起敬罗经理，快点儿准备。"连洁大声招呼大家，服务生们一起嗷嗷地大叫着。

"肖哥，刚才关经理还打电话来了。"

"噢，是吗？说什么了吗？"罗肖一愣。

"就是给大家拜年，嘱咐一下注意安全。我说了您给发红包了，明后两天放假。要给她打个电话吗？"连洁注意到了罗肖的变化，罗肖"啊啊"了两声说太晚了，不打了。

不知连洁这小子怎么想的，嘴上一个劲儿地说着"打吧，打吧"就拨通了关琳的电话。关琳这时还没有睡，一看是店里的电话，心里一紧，心想，该不会真的出事儿了，要不不会又打电话来，便担心地问："连洁，是出事儿了吗？"

"出什么事？没有啊。"连洁被问懵了。

"那有事吗？"关琳这才放下心。

"噢，姐，是肖经理来了，肖哥，关经理电话您接吧，我准备喝酒去了。"连洁把电话递给了罗肖，罗肖只能接过电话。

关琳一听罗肖在店里打来电话，心里一阵激动还有些慌乱："罗肖，是你吗？"

"关琳，你好，给你拜年了，接到我的信息了吗？"

关琳一时不知说什么好："接到了，也给你拜年，谢谢你安排得这么好。其实，我一直想给你打个电话拜年的，所以晚了，你别介意。"

"我可没跟你说就安排了。"

"挺好的，比我想得周到，我没想那么多，也没想到你还特意又去看看。"

"也是担心，所以过来看看。关琳，你回来了吗？"罗肖试探着问，关琳沉了默一下，只"嗯"了一声。罗肖有些担心："怎么了？有什么事吗？"

关琳终于鼓足勇气说道："罗肖，那两个信封可以用了。"

这回轮到罗肖一下没明白，然后立即想到了那两个自己并没有完全拆开的信封。罗肖感觉气氛有些压抑，赶紧调剂气氛："什么时候回来的？也没告诉我们去接你呀。"

关琳这才也回过神儿来："嗨，太赶了，今天刚到，就来我爷爷家了，还没来得及给你们打电话呢。"

"噢，是吗？那哪天得给你接风呀。"

"好，好。肖哥，什么时候我们俩见个面？"

"什么时间都行，看你，要不先休息两天。我也想你赶紧回来，过几天我那儿就忙了。"

"是吗？我还想让你多管些日子呢。"

"我们已经确定正月十六正式对外运行，所以有些顾不过来了。"

"哟，是吗？太好了，那，我们就这两天先见一下好吗？"

"我们先见？好吧，过了初二吧，你定时间，就来店里方便些。"

关琳想想罗肖说的有道理："好，那我们初三见。"

罗肖见连洁他们都准备好了，正看着他呢，说道："我们见面再聊吧，连洁他们等我呢。"

关琳本来还有不少话要说，听罗肖说连洁他们正等着呢，也觉得说太多了会让那帮小子多想，没准儿一会儿连洁这小子就会给令狐珊珊他们打电话，所以只好说："好吧，肖哥，谢谢你！初三见。"

放了电话，两人其实心里都有一种别样的滋味。罗肖琢磨着这个电话里面会含着什么内容，而关琳想这个电话是通了，可是后面的话怎么说呀，要说的话面对的不只是他一个人。

连洁他们刚吃上，令狐珊珊就让金城山给连洁打来电话，想让连洁下班了到家里来。这一年来，连洁一下子长大了许多，觉得不能老打扰表哥，再加上和大家在聚会，就说不去了。金城山又说这两天休息，来家吃饭吧，连洁说想歇班和同事出去玩玩，就不去家里了，还说等给侄子买个小礼物再去，金城山嘱咐别乱花钱。

连洁说"知道了"，然后顺嘴说了一句："肖哥在这儿和我们聚会呢，刚才关经理还来电话呢。刚才我问肖哥，肖哥说关经理好像回来了。"

连洁放了电话回到大家中间，提议大家一起敬罗肖，服务生们一起闹着敬罗肖，罗肖也和大家一起干了。然后罗肖站起来，祝福大家新年快乐，希望来年经营更好多发红包，感谢大家一起努力和支持，也没忘了祝大家在爱情方面取得硕果。说着的时候，罗肖微笑地看着连洁，连洁明白，有些不好意思，于是招呼大家共同敬罗经理的酒。然后，连洁在大家互相敬酒的当口，端着酒来到罗肖身边腼腆地说："肖哥，我敬您这杯酒您一定要喝，真心地谢谢您，没有您我可能就回家了，也可能不知是什么样子了。您放心，我一定好好干，告诉您，家里给我介绍了一个女孩，等有机会我让她来看您。"

"是吗？一定很漂亮吧？祝贺，祝贺，来，干了？"罗肖高兴地拍拍他的肩。

连洁不好意思地笑了，一仰脖干了。大家一看连洁单独敬罗肖酒，也都过来敬酒，罗肖赶忙说："不行了，不行了，不能一人一杯，一会儿就回不去了。我们大家一齐喝，好不好？"

服务生们嚷道"不好，罗经理偏心"，罗肖没办法，心想，这可能既是和大家第一次过年吃团圆饭，也是最后一次了，就豁出去吧。

※　※　※　※　※　※　※

金城山嘱咐了连洁两句就放了电话，然后对令狐珊珊说："罗肖在那儿呢，和员工们聚会呢。连洁说不来了，好像懂事了。对了，连洁说关琳好像回来了。"

"回来了？怎么不告诉我们呢，这丫头。我给她打个电话，几点了？是不是太晚了？"

"今天是大年三十，不会睡这么早吧。要不还是明天再打吧？"

"我先给她发个短信。"令狐珊珊说着就给关琳发了过去。

关琳没有睡，也没关电话，虽然已经过凌晨两点了，祝福的短信因为网络堵塞，有的是白天发的，这会儿才不断地收到，令狐珊珊的短信夹杂在其中。关琳快速地看着，其实也没仔细地看，所以令狐珊珊的短信也快速地被翻过去了，就在看下一条时，眼扫了一下前面短信的电话名字是珊珊，又赶紧倒回来看，看完，关琳笑了，猜到了连洁这小子会告诉他们，就试着给令狐珊珊打电话。关琳高兴地说："大英雄，新年快乐！我儿子呢，好吗？"

"好呀，回来了也不打招呼，儿子不认你了。"令狐珊珊埋怨着。

"儿子是不会抱怨的，我就是想给你一个惊喜的。"关琳哈哈笑着。

"什么时候回来的？"

"今天中午才到，就来我爷爷家了，还没来得及给你打电话呢。"

"行了，原谅你吧。怎么这么晚才回来，早几天不行吗？"

"不行呗，我得把我儿子的事儿办完才能回呀。"关琳一语双关。

"行了，行了，一口一个儿子的，别人听了还真以为是你儿子了。"

"行了，让我儿子认你当亲妈，行了吗？"关琳哏哏地笑着，从心底洋溢着甜蜜。

"哎呀，估计没盼头了。"令狐珊珊故意说。

关琳"咦"了一声，刚说出"现在就行"，马上意识到说走嘴了，赶紧说："只要你心诚肯定没问题的，我保证！"

"行了吧，吹牛行了。说，什么时候来看我？"

"今天！"

"今天？现在？"令狐珊珊瞪大眼睛。

"哈哈，现在不就今天了吗？上午就去，第一个看你，行了吧，快睡会儿吧，你现在还不能太累，电话挂啦？"

"你现在怎么不像过去了，过去是抓着电话不放手，现在就不愿意听电话。行了，见面再聊吧。"

放了电话，两人的家人都催着她们赶紧睡会儿，两人安顿好儿子就睡下了。

早上一切收拾停当，关琳出来去看令狐珊珊，这会儿想起周光磊来。还没想好怎么与周光磊见面，干脆先去看令狐珊珊吧。爷爷没让关琳出去买东西，从家里装了不少东西，关琳带上给干儿子的见面礼来到了令狐珊珊的妈妈家。令狐珊珊和关琳两个人见了面那个高兴，令狐珊珊的妈妈也是高兴，说快一年没见关琳，变化可不小，关琳笑着说没有一年也就半年，关琳接过令狐珊珊妈妈刚给换完尿布的外孙，抱在怀里那个亲呀。然后，把见面礼拿给令狐珊珊。令狐珊珊妈妈笑着说："琳琳，小孩子还给花这么多钱呀。"

"伯母，这算什么，等明年会跑了，要正式给儿子大礼呢。"

"琳琳，什么时候也生一个？"妈妈关心地问。

"伯母，这不就是我的吗，珊珊不能跟我争呀。"关琳逗着儿子。

"咦，倒落个我跟你争了，想不劳而获哪行。"

"琳琳要抓紧啦，光磊那孩子也没着落呢。"妈妈也笑着说。

"伯母，再玩两年吧，您看珊珊羡慕我了吧？"关琳装作满不在乎的样子。

"我才不羡慕你呢。"见妈妈出去了，凭着女人的敏感和自己刚刚做了妈妈的直觉，令狐珊珊小声问："琳琳，我怎么觉得你身体变化不小，有什么问题了？"

关琳心里一惊，心想，难道能看出来？还是在蒙我？不会的，关琳道："没有呀，只是胖了些，你能看出什么变化？神了。"

"真的，说不好，就是感觉不一样了。"令狐珊珊一本正经地说。

"瞎说吧，你还有变化呢。奶还挺好？儿子养得也不错。说不定哪天我要带儿子出去呀，哈哈。"关琳打着岔。

"那也得一天天地过呀。你这么喜欢孩子，自己生一个呗。"

"行啦，行啦，又来了。也行，到时不管怎么样，我弄一个回来你可要认呢。"

令狐珊珊两眼瞪着关琳，坏坏地说道："莫非……"

春节来拜年的人不断，关琳也趁机说："行了，行了，我不待着了，改天再来看你。"

"没事的，他们在外面说话，再待会儿，陪我说说话。"

"改天吧。人家都要看看儿子的，不方便说话。"

令狐珊珊也就没有多留关琳，送关琳出来，与来人打了招呼，关琳没让令狐珊珊送，关琳与令狐珊珊的父母打了招呼走了，临走跟令狐珊珊说，没看见姐夫和文哥，替她给他们拜年。

出了令狐珊珊的家门，关琳还在琢磨，难道生了孩子的女人嗅觉更敏感？不管它了，现在只差周光磊了，还没想好怎么说，怎么见，就先给他发个信息告诉他回来了，改天见个面。周光磊把电话打过来，关心地问候了一下，然后说"大家聚一次吧，给你接风"，关琳很高兴周光磊还在关心她，就约定看关琳时间。

初二，罗肖将老婆孩子送到了姥姥家，跟老婆去给郑局长拜年，老婆催着快去好好谢谢郑局长。罗肖这回带了一个中心开业做的小纪念品送给郑局长，罗肖跟郑局长汇报了中心即将开业的情况，非常感谢郑局长。郑局长鼓励罗肖一定要办好，还说得感谢罗肖，帮着解决了外甥女婿的工作。罗肖问，孔令雪和郎嘉驹来了吗？郑局长的爱人说，你进来时刚走。罗肖心里笑笑，这个郎嘉驹呀还是放不下。

※　※　※　※　※　※　※

初三，关琳十点钟来到了"心之恋"。走了几个月，这里总体布局并没有变，多了的是过年气氛，但是关琳却有着别样的感觉。不仅是因为人和一切都充满了新春的气息，而是正是因为这里，才使自己作为女人的生活变得美好和幸福，尽管有那么一点点在众人眼里的缺憾，但是，世界上的完美只是期望，只是在人的思念期盼中。现实中的完美应该是有那么一丝丝浓的或淡的惆怅在其中，才会使人沉浸在不尽的回味中。就像和心爱的人做爱，那疾风暴雨般的爆发时刻，永远是稍纵即逝，永恒的则是无尽的回味和期盼着再一次。今天，只是短短的几个月后再次回到这里，关琳发觉格外地亲切，一切都变得那么美好，这里的一草一木，特别是这里的人都让关琳感到亲切和亲近。原来，女孩做了妈妈，成为了女人是这么美好，觉得一切也变得美好了，哪怕是苦涩，也觉得那是哝哝的咖啡。

关琳和每一个人打着招呼，拜年祝福，大家也都高兴地问候关琳，服务生们个个都会说着恭维的话，关琳很是开心。

"琳姐，你可回来了，想死了。你胖了，但更漂亮了。"连洁高兴地跑了过来。

"坏蛋，敢拿姐找乐了。怎么样，干得还好吗？"

"还行吧，不知经理满意不？"连洁嘿嘿地傻笑着。

"满意，当然满意。能干到这份上，没让我亏本挺好的。努力呀，别让我失望。"

"保证不让经理失望。嘿嘿，姐，想吃点什么，我让他们准备去。"连洁来了个立正。

"过节就是吃，没有特别想吃的，一会儿再说吧，你去忙吧，肖哥来了就告诉我。"

连洁答应着忙去了，关琳又转转，到后面与郎嘉驹说了一会话，说说香港那边这类餐饮的菜品如何，交流如何做得更好，到办公室看看，没有什么变化，感觉罗肖没有经常进来。

罗肖来了，两人心里既有期盼见面赶紧把想说的话说了，又都有点儿担心两人单独说话会不会尴尬，所以两人不约而同地没有去办公室，而是选择了靠窗的一个座位坐下来。连洁让服务生上了一些饮品和小吃，两人一边聊了起来。

"肖哥，你瘦了不少，不会是让这儿累的吧？不过更精神了，是不是很忙？"

"我觉得还行，都说我瘦了，可我没觉得。可是关琳，我觉得你这次出去胖了不少。"罗肖笑笑。

关琳早就有所准备，哈哈大笑着说："何止不少，是老了吧，丑了吧？"

"没有。胖点儿更有女人韵味了。"关琳从来没有听罗肖这样说过自己，脸腾地红了，心里美美的，一阵幸福感袭遍全身。罗肖看到关琳脸红了，有些不好意思地微微低下了头，开始还没明白为什么，猛然想起自己说的是更有女人韵味了，心里也不免一惊，自己也不知道今天怎么会说出这样的话来，因为自己从来就没想过什么，所以自己的脸也红了一下。罗肖赶紧把自己想说的话说了出来，可别再让关琳有别的想法了："可是，关琳，我觉得你可能身体有些虚，脸色不是很好，大过年的我说了你别不高兴，是不是身体又有些不适了？"

关琳心里美滋滋的，同时也感觉罗肖看出些什么，关琳反倒觉得现在想说的话又不好说出口了："肖哥，没事的，只是有些贫血，其实我还真的有些事想请教你的。不过，今天先不说这个，赶紧跟我说说你的培训中心吧，需要我做什么，名字定了吗？"

"贫血？严重吗？"罗肖担心起来。

"没事的，你不也知道吗。在香港的时候又有过一次检查。先不说这个，回头再仔细说。快说需要我做点儿什么。"关琳一脸不在乎的样子。

罗肖以为关琳说的情况和自己知道的差不多，也就没有深问，笑着说："还真需要你做些事。"

"那快说，让我做什么？"关琳兴奋起来。

"就是我要把精力放在那边了，这里我就全部交还给你啦。"

"就这呀？不算事。那我总得做点儿什么吧？"

"真的不需要了。这阶段你也帮不上忙，你就给我抽出时间就行了。"

关琳想想怎么办呢，一个想法出来了："这样吧，干脆我就做你们的第一个中医保健对象吧。"

"大过年的，不说这不吉利的话。"罗肖没想到关琳说出这样的话来。

关琳其实真的是有这个想法的，想靠中医进行身体调整的，而且这也是和罗肖能够在一起的唯一办法："没关系的，就这么说定了。那名字呢？"

"你呀，还搞什么有奖征名呢，我们几个同事还问你是干什么的了。最后大家用了两个名字，一是'瑰宝——医疗康健中心'，一是'瑰宝——医疗健康培训创业基地'。"

"怎么不用'中华'两个字呢？"

"国家有规定，不能随便用'中国'、'中华'，后来一想中医是我们中华民族的瑰宝，干脆就用'瑰宝'了。"

"也是，中医就是我们的瑰宝嘛。那都涉及些什么项目？"

罗肖简单说了一下，要在理论指导下进行实践操作，针灸、推拿、康复、中医及中医保健、中西医结合，等等。要好好地把正确的养生理念和科学的信息传递给大家，特别是中医饮食保健养生方面做一些尝试。老师都是知名的临床教授级的，罗肖还把爷爷和爸爸请来做无偿指导。特别是，把涉外康复理疗作为了重要的内容，中心正式聘请了八位教授级医生作为不同学科的带头人，既从事临床也负责教学培训。因为除了培训职能外，还具有了治疗和康复资格，又有二十张床位，可以说一开始就具备了综合职能，这也是罗肖最初不敢想的。

"太好了！肖哥，我们联姻吧！"关琳一拍大腿兴奋地说。罗肖被吓了一跳，吃惊地看着关琳，关琳见状哈哈地笑着罗肖，然后站起来拉着罗肖，"肖哥，想什么呢，走，上楼我告诉你。"

"关琳，别这样，不好……"罗肖傻傻地说。

"不是的，肖哥，你刚才不是说有中医饮食保健内容吗？我们楼上不是有一个以宣传中医和我们传统文化为主题的餐饮吗？走啦，上去说，连洁，叫郎经理上楼说点儿事儿。"关琳知道罗肖为什么这样紧张，听关琳叫连洁，这才跟着关琳上楼来，郎嘉驹也上来了。"肖哥、郎经理，肖哥你不是说你们有中医饮食保健项目吗？郎经理，将来这个分区的菜谱，就以肖哥他们专家建议的菜谱为主，搞成主题菜品，给大家推荐养生保健菜系，那我们这儿就会更有特色，肯定会更吸引客人。郎经理，就看你的了，你要是把菜做好了，这里可就是《黄帝内经》和《本草纲目》专区啦。"关琳一口气说着，自己都有些佩服自己突发这样的灵感。

"别、别，快别给我戴高帽了，我可没这么大能耐，主要是看罗肖的。"郎嘉驹倒不好意思起来，看着有些茫然的罗肖在对视着自己，就试探着鼓动说，"罗肖，也许还真行？"

"就这样，肖哥，那我们不就是合作了吗？我这是你的独家食谱代理，你也可以介绍客人来。这儿呢，还作为你的实践基地和你们的大食堂，怎么样？"关琳期待着。

罗肖和郎嘉驹两人都笑起来了，关琳不知他们俩笑什么，问："你们笑什么呀，行不行？啊？就这么定了，我抓紧把这里再重新整修一下。"

"关琳，你这个想法也还真的有点儿创意。老郎，你觉得可行吗？行不行可得靠你了。"罗肖笑着说道。

关琳高兴起来，今天的话题也是自己没想到的，反倒帮自己解决了一个非常非常难解决的问题，把自己和罗肖以另一种形式联系在一起了，让罗肖认儿子做干儿子的问题就不难了。关琳的心里一阵激动和兴奋，想去拥抱罗肖的冲动在推着自己，可有郎嘉驹在场又不能做出这样的举动，只好克制着。

"关琳，要不要我们下去好好商量一下，或是等我们开张后细致地做个计划？"罗肖似乎感觉到了什么，转移着注意力。

"也好。郎经理，现在不忙吧，正好我们一起说说。"关琳感觉到罗肖在给自己解围。

然后三个人又回到了楼下，还没坐定，关琳就说："这事得抓紧，这样，肖哥，后天初五，你就提供至少五个菜品搭配的菜谱。郎经理，给你十天时间形成成品菜，正月十四我们试吃。"

罗肖和郎嘉驹都说，不行，时间太紧，这事儿可不是闹着玩的，要弄就得必须成功。特别是罗肖，因为还有好多事要办，觉得这事可以先定下来，然后再细细地研究摸索，更需要听一听专家的意见。

"肖哥，郎经理，你们俩说的我明白，可我有我的道理：第一，肖哥的中心十六开业，我们大家应该提前预祝一下，对不对？不能选十五只能是十四；第二，肖哥说了要给我接风，我想就凑在十四一起了，多好？第三，把正月十四作为'瑰宝'和'心之恋'联姻的大日子，应该庆祝一下吧？第四，这几天郎经理你就辛苦辛苦，十四那天将几道菜作为神秘礼物献给大家，也正好请大家提提意见，一举两得；这第五呢，就是一个玩笑了，就是'瑰宝'和'心之恋'联姻的儿子，即我们楼上的'瑰宝——健康养生'美食轩的诞生日。怎么样？五喜临门嘛，肖哥、郎经理，是不是？"关琳有自己的想法，所以急切地要说出来。

关琳的话，让罗肖和郎嘉驹都有些惊呆了，两人就这样看着关琳，郎嘉驹又愣愣地看着罗肖，不知说什么好，罗肖一时也没想出什么话来，关琳叫他俩："肖哥、郎经理，你们就别愣着啦，说话呀！不说话就是同意啦？那我们就分头准备。郎经理，你现在考虑一下如何做成菜，我可不懂，就全靠你了。"

"罗肖，你看行吗？"郎嘉驹看着愣愣的罗肖。

"行，行，肖哥没问题的，是吧？"关琳抢着说。

"是不是先让我琢磨琢磨，想想。"罗肖还懵懂着。

"行，肖哥，那就给你一天时间吧。郎经理，明天上午我们还是在这儿再碰一下头。"罗肖和郎嘉驹只好答应了。郎嘉驹去忙厨房的事了，罗肖也说还有事要走，关琳叫住罗肖："肖哥，我说的是真的，不是开玩笑的，你别推辞。"关琳见郎嘉驹已走了就继续说道："肖哥，那两个信封里的贺卡现在需要送出去了。我想，你会有疑问，只是不知道的好，就按我说的做，好吗？我不会害你的。"

"我相信你，我会认真考虑的，那我先走了。"罗肖神情有些凝重地点点头。

"等一下肖哥。刚才我看了一下，那个包还在那儿，我想不能总让里面的东西在那儿，那是给儿子的祝福，和做爸爸的心愿。好吗？"

罗肖看看关琳，若有所思，点点头没说话先走了。

看着罗肖走了，关琳心里有一丝惆怅，其实她多么希望这个人能陪着自己呀。但是自己不能有什么奢求，还有一个人自己其实一直也没放下，就是周光磊。关琳想，让周光磊做自己儿子的爸爸，其实有多种寄托和满足，满足自己对他的恋恋不舍，满足孩子要有一个爸的愿望，还要满足自己父母的一个不可能实现的期望，有一个人照顾自己或者与周光磊重归于好。可是这些，对周光磊公平吗？关琳知道自己存有私心，是在利用周光磊对自己的那点儿愧疚，可是又不能冤枉自己，自己是真的还在对他有感觉，想到这儿又觉得有点儿对不起罗肖，是不是也在利用罗肖来填补自己的需求呢？想到此，关琳心里有个声音在大声地否定着！不是的！自己从来没有利用过谁，更不是骗他们。忽然间心里悲伤起来，自己是真心爱但又不能实实在在地爱他们呀，也许这就是自己的命，自己的归宿，别人想要还得不到呢。所以，不管这么多了，关琳决定再去以周光磊的名义，给儿子办一张银行卡和贺卡。将来对妈妈说儿子有两个爸爸，也许能安慰他们，让他们知道有人在关心他们的女儿和孙子。关琳自己摇摇头笑笑，自语道"自欺欺人"。

※　※　※　※　※　※　※

转天，罗肖早一些到了"心之恋"，打开办公室的柜子，从精美的手包里取出里面的东西。罗肖打开了那两个信封，心里希望着什么，看到的，还是自己一直抑制着不去看的那写有字的两张纸，一张有他儿子贝贝的名字，另一张罗肖记得是没有写名字的，怎么现在有名字了？其他的字没变，这个名字明显是后添上去的。没错，一定是昨天关琳添上的，而这名字读起来音符怎么觉得这么贴切，这印证了自己担心的事是真的了？罗肖心里一阵发紧，感觉有冷汗冒出，觉得自己犯下了一个不可饶恕的罪，傻傻地愣愣地站在那儿。

一双手臂抱住了自己，一个陌生又曾似熟悉的体香和温度裹住了自己，一声好像从遥远的星际幽幽地传来令罗肖魂破的话语："肖哥，谢谢你，你使我成为世界上最幸福最富有的女人。我也祝福你，让你幸福地生活。愿我们彼此相互地祝福，也相互地扶持着一同前行，好吗？"罗肖僵硬地站在那儿，脑子很乱，努力地要说什么。不，是想喊出什么，喉咙里都觉得有撕裂感可就是喊不出声，身体像是置身于巨大的空洞中，悬浮着，但是急剧地下坠，眼睛根本看不清闪过什么景象，只是快速变化的光色。罗肖终于可以发出声音了："真的吗？这件事我必须做吗？"关琳没说话，罗肖继续道："我们，今后不能再拥抱了，好吗？"

关琳明白罗肖说"真的吗"是指儿子，但是充满着疑惑："肖哥，不要在乎真的假的。你相信你是世界上最伟大的爸爸就够了。我答应你，这是最后一次拥抱你了。"关琳松开双臂，将罗肖转过身面对自己，关琳脸上带着幸福的笑容面对着罗肖那张惊恐过后茫然的脸。关琳帮罗肖将两个信封重新装好："肖哥，你没查过卡里有多少钱吧？"罗肖点点头，关琳爱怜道："我就知道你没动它。告诉你，我也是偏心的，给贝贝的这里是五万，罗爸爸给干儿子的是十万。"说完将写有贝贝的信封递给罗肖："这个你带给贝贝吧，我相信你会知道怎么说的。这个呢，原本想让你亲手给的，我想还是由我代劳的好。"

罗肖更是愣愣地说不出话，罗肖不知道这里有这么多钱。过了一会，罗肖冒出了一句："关琳，这钱是谁的？"

"当然是爸爸你的啦，能是别人的吗？"关琳笑着看还没有缓过劲儿来的罗肖。

"我没有那么多钱。"罗肖呆呆地说。

"好了，肖哥，今天我们还有正事儿要说，郎经理还在下面等我们呢。"关琳过去拉着罗肖，"肖哥，别在这儿磨唧。还有，那张卡里的十万元你怎么……"

"对了，我还想跟你说……"罗肖忽然想起。

"肖哥，我知道你要说什么，就听我的，好吗？原来就说好了是帮着你开培训中心的，也是你的名字。现在更有理由了，这回我想就算我们合作，或加盟费，就没问题了，行吗？"

关琳见罗肖还在那僵直着，也就不管那么多了，自己帮着把东西收拾好，拉了罗肖一把："走吧，下楼。"

罗肖有些魂不附体地跟着下了楼，关琳又特别提醒罗肖一下，罗肖才似乎意识到了。到了楼下，关琳告诉连洁将郎经理叫过来，连洁看看罗肖像有些不舒服，想问候一下，一打愣，关琳看到了赶紧说快去呀，连洁迟疑了一下去就叫郎嘉驹了，关琳看到连洁注意到了罗肖的变化，又提醒了罗肖一下。两人又坐到了昨天的位子等郎嘉驹。

郎嘉驹都看出罗肖有什么不对劲儿："怎么样，罗肖？"

罗肖到现在还没有完全从刚才的情绪中回来，精神有些不在这儿。

关琳心里有些紧张，赶紧帮着掩饰："肖哥，你还想什么呢，就别犹豫了。"罗肖"啊啊"了两声。

"罗肖，想什么呢？你倒是说话呀！"郎嘉驹推着罗肖。

"啊，是这样。我昨天从这儿走后又和他们几个人沟通了一下，他们倒是觉得可以试试。我又问了一下我们请的专家，他们倒是赞成提倡推行这种健康饮食理念。"这时，罗肖才好像离开刚才的心境，魂才回来。

关琳和郎嘉驹一听高兴起来，郎嘉驹埋怨着："那你刚才还犹豫不定的。"

"这不就成了吗，下一步就得抓紧了，时间我们就以正月十四为限。连洁，来。"

"姐，有什么吩咐？"连洁跑过来。

"上四杯最好的酒，我们共同庆贺伟大的计划将成功实施。"关琳兴奋着。

"什么计划这么高兴？"连洁不解地问。

"先别问，回头就知道了，快去拿酒来。"

"好嘞。"连洁说着一溜小跑地去了，不一会儿服务生端来四杯酒，递给大家。

"来，肖哥，两位辛苦的经理，连洁还有你，我们共同举杯，预祝肖哥的中心顺利开业，也祝贺'心之恋'新年又上一个新台阶。干！"

四个人碰杯，罗肖和郎嘉驹随着关琳干了，连洁看着他们三人像是在询问。

"快干，一会儿告诉你。"连洁也干了，关琳道："肖哥，今天中午就在这儿吃吧，郎经理告诉后边准备一下，我们四个人边吃边再仔细地研究研究，好吗？"

郎嘉驹看着罗肖，罗肖看大家都在等他决定，罗肖想了想也就同意了，郎嘉驹这才到后面去安排。关琳和罗肖议论着一些事，连洁坐在边上听着，有时也插嘴说着。

※　※　※　※　※　※　※

这十天，充分展示了郎嘉驹的实力。而关琳找到了应该说顶级的室内装潢设计师，对楼上的"瑰宝—健康养生"美食轩进行了主题设计和改造，要求是不动土木，只靠装饰，也一周顺利完成。

正月十四，除了令狐珊珊还在月子中没来，罗肖、令狐文、周光磊、金城山、苏秀君和袁月都到齐了，只是袁月身子有些不便了。大家以为只是为了给关琳接风，也是这些人好长时间没聚会了，借机聚会一次。到了楼上，大家看到原来的这个厅发生了变化，都问什么时候弄的，罗肖、连洁俩人笑而不答。

大家坐定，关琳让连洁和郎嘉驹先在下面忙一会儿叫他们，然后关琳一本正经地道："大家别着急，我的开场白可长了，各位先喝点儿茶或饮料，酒一会儿有的喝。"

"关琳，我们不急，我们这么长时间都等了，不在乎这会儿了，反正金大主任省得回去洗尿布了。"苏秀君逗着。

"过节啦，小心一年被掌嘴，琳琳别理他。对了，袁月也快生了，这小月子一坐，说风凉话的人也得乖乖地洗尿布呀。"

"金哥，你放心，准让他劳动改造成人。"

金城山拍着手哈哈大笑着，苏秀君赶紧道："老婆，你又上他的当了。"

"关琳，别理他们，你说，你说。"袁月也笑了。

"今天，借新年之际请大家来，说是为我接风，这也就是个题目吧。其实呀，今天是一个非常非常重要的日子。第一，先向各位董事们报告，在肖哥带领郎经理和连洁的努力下，去年开业八个月我们没亏，今天我们算是述职了。大家说，要不要喝一杯？"

"罗肖，我们大家应该敬你一杯，对吧。"大家响应令狐文的提议。

"没有，没有，我没干什么，全都是郎嘉驹和连洁他们做得好，应该敬他俩。再说，是关琳替我们说好话了，对吧？"罗肖不好意思了。

"这样，一会儿他们俩上来我们再补上。现在，我们先共同干一个以示祝贺和感谢。"令狐文几个人向罗肖祝贺着。关琳继续道："这第二呢，是肖哥的培训中心后天十六正式开业，今天我们共同给肖哥祝贺，所以我们共同祝贺一杯。对了，月姐，你就喝饮料啦，宝宝要紧，不能现在就培养宝宝喝酒。"

"有酒鬼爹，还能没酒鬼儿子。"金城山接茬道，大家笑着，共同祝贺罗肖又干了一杯。

"这第三呢，是庆祝一个生日。"没等关琳说完，苏秀君找到话头了："关琳，你不会说我们金大主任又生了一个吧？"

"你小子又要说啥？"挨着苏秀君的金城山掐住秀才，苏秀君嗷嗷地叫着："救命呀，我啥也没说呀，关琳说的是庆祝生日嘛，咱就想也就你能生呀，我想将功补过伺候你。"

"好小子。"金城山打了苏秀君一拳。

"秀君别闹了，快让琳琳说完。"袁月道。

"其实，今天说生日不太准确，应该是一次伟大联姻的诞生日。

告诉大家，我们四个经理，当然事先没和大家商量，就做出了我们要进行一次伟大的联姻的决定。"关琳笑着给大家卖了个关子，只有罗肖明白微笑着。

"集体结婚呢，新潮。老婆，要不我们也先给儿子找个老婆？"苏秀君话又来了。

"就你嘴贫，琳琳，别理他。"

"刚才说了决定伟大的联姻，应该为伟大的决定再干一杯。但是，大家还没明白谁和谁，所以我们先不忙着喝这第三杯酒，听我说完第四个，大家一起干两个，好不好？"关琳是故意引逗大家的好奇心，苏秀君第一响应闹着两个一起喝好玩。这会儿，好久没说话的周光磊也憋不住响应着，周光磊自关琳去香港后只通过短信联系了一两次，这次回来也是关琳主动发的短信，约定今天一起见面。但是关琳多次反复强化着儿子这一概念，而且也向自己提出过做她儿子的爹，周光磊隐隐地感觉，这次关琳从香港回来可能就要提及此事。刚刚又说到联姻的话，是不是还会引申到儿子一词呢。关琳看大家都来兴致了就继续说道："刚才大家还说这里变样了，对呀？！这就是联姻的一个变化，一会儿让大家品尝几道菜又是一个变化。现在告诉大家，这就是这个伟大联姻结下的丰硕成果！'心之恋'和肖哥中心正式联姻，诞生出来的就是今天大家坐着的'瑰宝——健康养生'美食轩。这里，作为肖哥中心美食养生菜系独家经营基地，今天各位董事是第一品尝人，掌勺是郎经理。今天就是联姻生出的又一个儿子的诞生日。"

周光磊脸上微微露出了笑意，大家兴奋地议论开了，问这问那，罗肖和关琳讲解着，从大家的好奇和建议这个建议那个，罗肖和关琳感觉大家还挺赞成的，这给了他俩更大的信心。

"肖哥、关琳，看，大家都很赞同这个伟大的决定，而且正在享受这已结出的神奇硕果。文大领导、城山、秀才别只议论了，得敬酒啦。"周光磊主动说话了。

关琳这会儿心里很是兴奋，又见周光磊这次主动招呼大家祝贺，心里更是有些激动。令狐文同样有所感受，但是与关琳的感受不同，既有对周光磊和关琳两人的某种感受，也有罗肖与关琳合作的某种感受，这氛围竟然让令狐文产生了孤独感，精神出现了短时的飘移或者空白。

令狐文努力控制着自己的走神，见大家兴奋着要喝酒就说："罗肖、关琳，是不是把郎经理请上来我们大家共同庆祝一杯。"

关琳大声说对对，转身叫服务生去叫郎嘉驹和连洁，郎嘉驹和连洁上来了，大家一起相互碰着杯，说着祝福的话，说这是今年最好的新年礼物。然后几个人又单独敬，又夸赞郎嘉驹手艺不错，菜也可口，等等。当然大家也对菜提了一些建议，郎嘉驹听着大家提的意见，觉得有一定的道理。

过了一会儿，金城山叫连洁到身边说："关琳、罗肖，我和表弟特意敬你们俩一杯，感谢你们关照连洁。来，敬你们。"

"姐夫，你这话就见外了，我还得感谢连洁呢，干得不错，是吧肖哥？"

"是，是。其实这里完全是靠老郎和连弟两人撑着，关琳说得对，我和关琳敬他们俩。"罗肖看着连洁说。

"肖哥、琳姐，真的要敬你们酒，要是没有你们，我还就是一个农村小屁孩儿呢。"连洁有些局促地看着罗肖。

"现在也不大，别贫了赶紧喝了。"金城山打了连洁一下，连洁赶紧喝了两杯酒。

"关经理，我敬你一杯，感谢关照和信任。"郎嘉驹这时也端着一杯酒敬关琳。

"郎经理我更得感谢你，没有你，'心之恋'就不可能有这么好的结果。肖哥，我们一起喝吧。"

"我也得谢谢郎经理的关照。"连洁赶忙端着酒跑过去，其他人都喝几杯酒，气氛热烈起来。

"肖哥，我敬您一杯，谢谢您，您一定得喝了。"连洁走到罗肖身边小声说道。

罗肖知道连洁的用意，只是拍拍连洁没说话。两人干了，其实罗肖注意到了金城山在看他俩喝酒。过了一会儿，罗肖说："后天，我们的培训中心就开业了，希望大家来捧场。不是希望大家有病，而是大家的健康保健我们全负责了。当然了，袁月生孩子，我们就无能为力了。"

"对，对，说好啦。'十六'上午我们去祝贺一下，中午我们别给你添乱，但是晚上这里二楼这一层不营业，搞庆祝晚宴好不好？"罗肖觉得不合适，但大家都赞同关琳的建议，还让罗肖将中心的主要人员都请来。

"那我先提前干一杯，就是今天我要说的最后一个题目，这里作为肖哥中心今后的庆祝基地，好不好？"关琳说出想法，大家一致说好。

这样下来，每个人已经喝了不少，关琳非常高兴，也不顾自己身体有些不适了。但是，关琳头脑还是清醒的，还有一件事要做，就是要跟周光磊把儿子的事说了。关琳思量着是否还是像上次那样，同样等周光磊去厕所的时候单独说话，还是一会儿走的时候单独留下来，或者再另约时间。另约时间，两个人说不了多少话容易尴尬；因为要喝酒大家今天都没开车，一会儿单独留下来说话别人怎么看，特别是令狐文会不会在意；要是一会儿说，就只怕说不明白。可是，要说明白吗？怎样才能说明白呢？怕两个人单独说话尴尬，几年了还尴尬？要是周光磊真的要像爸爸一样带孩子出去，会不会尴尬？孩子大了，总有三口在一起的时候，会尴尬吗？

关琳在那儿愣神，袁月轻声地问："是不是喝得有点儿多了？"

"还行，你感觉怎样？"关琳回过神来笑笑。

"反应好多了，就是有点儿笨了，吃得多了，你看都胖成什么样儿了。"

"还行，就是生的时候正赶上天热了，预产期什么时候？干脆生个奥运宝宝多好呀。"

"倒想呢，就是不知等得到等不到。"

"看人家秀才就是行，说什么时候生就什么时候生，说生几个就生几个。"然后凑到苏秀君耳边小声说，"不会是五个吧？！"金城山听到关琳她们说要生奥运宝宝就坏坏地逗苏秀君，说完哈哈大笑起来。

"你才是猪呢！你小子拿我找乐，行，还叫我陪你出去玩？看我不把你的好事说出来。"苏秀君掐着金城山小声地在金城山的耳边说道。

"我怎么啦？不就是做个按摩吗，你就不怕我说你小子吗？"金城山嘻嘻地笑着。

"金大主任自然最会把握分寸的了，是吧？小弟的事可全靠你啦，你可不能害兄弟一生呀！"

"那就看你听不听我的了。"金城山得意地说。

"小弟听，别说听话，要人都甘心奉献，哈哈。"苏秀君坏坏地说的，金城山又捶了他一拳。

袁月看见他们俩窃窃私语，金城山打着坏坏笑着的苏秀君，就知道苏秀君又胡说八道了，"就你闹"。

苏秀君笑着道，"老婆，我在巴结金大主任呢，你老公的小命由他掌握着呢"。

周光磊起身去厕所，过了一会儿关琳也趁机出来等周光磊，又像上次一样，关琳将周光磊叫到了办公室。进了办公室，关琳从柜子里拿出一个贺年信封递给周光磊，周光磊不知何意。周光磊笑着自嘲道："还特意为我准备贺卡了？"

"拿着，看了再说，里面有我给你写的东西。本来想哪天专门跟你商量的，这几天忙，就怕时间太长了，今天先给你看看，然后我们哪天再说。"关琳甜蜜地看着周光磊。

周光磊不明白关琳要说的是什么事，犹豫着是现在看还是回去看。

"光磊，还是回去看，好吗？别让大家等急了。"

周光磊只好点点头，将信封揣进了裤兜里。

※　※　※　※　※　※　※

2008 年正月十六，罗肖精心准备努力了一年的"瑰宝——医疗康健中心"开业了，同时挂出"瑰宝——医疗健康培训创业基地"。首批学员三十名。前来祝贺的各界人士上百人，不少花篮摆在那里。令狐文、周光磊、金城山和苏秀君也去祝贺，但没有多待。

下午，四点左右周光磊来到了"心之恋"，关琳和周光磊同样没有去办公室，关琳同样选择了和罗肖坐过的位子。

虽然周光磊还是那样阳光有型，关琳却感到了淡淡的忧郁，或许是因为那个信封吧，这次是周光磊主动说话了："琳琳，东西我看了。"

关琳忐忑的心在等待周光磊说出结果，可是周光磊只说了他看了，关琳心里不免有些失落，试探着说："没关系，不是勉强你。"

"我说过，我也认了珊珊的儿子，也说过都要认的，那不是玩笑话。只是，是真的吗？我不敢相信你说的是真的。"周光磊微微低着头。

关琳这么长时间以来，努力控制自己不去身体接触周光磊，这时一阵冲动，捧住了周光磊放在桌子上的双手："光磊，谢谢你。"

"是真的吗？"周光磊没有看关琳轻轻重复了一遍。

"不要问是真的吗，告诉我，会不会给你带来麻烦？"

"需要做什么吗？"周光磊没有正面回答关琳。

"光磊，别担心，我不会要你回到从前的。"

"琳琳，不用说，你写的我读懂了。我和我爸妈也说了要认这个儿子。虽然他们心里真的希望我结婚生孩子，但我说了，不管今后是不是真的结婚再生孩子，这个，从那天起就是我的儿子了。"周光磊低着头一滴眼泪滴了下来。

"光磊，谢谢你。我想，我们以这样的方式维系着也许不是坏事，这不会阻碍你去寻找爱的，儿子也会感激你的。"关琳感觉到了周光磊内心巨大的震动。

"其实，我应该感谢你的。我们今后不要这么沉闷了好不好，有时我真的感觉自己要垮了。"

"光磊，我真的高兴你这样想。我知道你是怎么过来的。但，我没想到你能这样想，其实我一直也想对你这样说的，我们不能那么沉闷了，我们就从今天开始好吗？开启一个新的生活。"关琳没想到周光磊会说出这样的话来，她深切感受到周光磊内心承受着多么大的压力，今天听了周光磊这样说真的高兴了。

"我能见见吗？"周光磊还是低着头。

关琳真的好高兴，想过去抱抱自己爱的人，但是关琳还是控制住了。关琳又试探着问："想知道是谁的吗？"

"他知道吗？"周光磊反问。

"不知道，也不想告诉他。"关琳摇摇头。

"琳琳，既然我决定了，我就认定是我的。我相信你。只是，你一个人这样会很辛苦的。"这时，周光磊抬起头来看着关琳，露出坚定的眼神。

"不。我不仅有儿子，还强烈地感觉到你的存在！那不是肉体的在，是超脱于肉体不断给我力量的在。光磊，你放心，不管有多困难都不会是问题。所以，答应我，儿子并不能阻碍你去爱他人。不然，我宁可不让儿子认你当爹，答应我？"周光磊点点头。关琳忽然想问一个问题，可能是潜意识里的渴望吧："光磊，我想问一个问题，别笑我，行吗？"

"你问吧。"周光磊不知关琳要问什么，疑惑看着关琳。

"算了，不说了。今天真的好开心，一会儿我去后边看看，你去办公室歇会儿吧。"关琳自嘲地摇摇头。

"告诉我想知道什么，好吗？我对你没有秘密。"周光磊想证实关琳想知道什么。

"光磊，别多想，不想回答就别说，好吗？"关琳想想，觉得自己不应该问这个问题，自己怎么能抱有这样的好奇心呢。可是，自己说出来又不问了，周光磊就会疑心下去的，"干脆就说吧"，关琳有些不好意思地说道。

"我不会多想的。"

"你有性生活吗？"关琳觉得不好意思。

尽管周光磊猜出个八九不离十的，可还是有些出乎意料，有些惊奇地看了关琳一眼，又赶紧看着桌子摇摇头："没有。"

"你说什么？为什么会这样？"这回轮到关琳有些惊讶了。

"关琳，我们不说这个了。从现在起我会幸福地生活的，你让我幸福，我自己没理由不幸福的，那样对不起你。"周光磊看着关琳。

"为什么要这样，因为我吗？"可是，关琳这会儿就是想问个究竟，又追问了一句。

"哦，哦，也许，为了一个承诺吧……"周光磊欲言又止，不由自主地就吐出了几个字，可是感觉关琳似乎在意什么，又摇摇头道，"不说这个了。"

关琳看着有些痛苦的周光磊，心里不免又有些自责，脱口说出："想不到你也很苦，真想抱抱你。"关琳心想，自己今天怎么了，竟说这样的话？进而又有些恨自己当初怎么就那么一时想不开，现在两个人都成这样了。

"琳琳，我是儿子的爹，从现在起你什么时候都可以抱我。"这会儿，周光磊倒是显得轻松地笑了。

"别瞎说。你是我的，还用你允许？放心，瞎说的，你给了我永远的第一次，我也就永远地拥有了你，今后不会的，我们是天上的伴侣。"关琳脸腾地红了，轻轻地打了周光磊的手。

"谢谢你。让我们成为神仙伴侣,虽然我们没在一张床上睡,但是我永远是你的,好吗?"

这时,关琳真的控制不住了,探过身去远远地抱住周光磊的肩,周光磊也探过身来,四臂两头拥在一起。

"记住我们的约定,目前不许和任何人谈论此事。"关琳轻声道。

"我想见儿子。"周光磊点点头。

"那就得看表现了。"

"我是世上最好的爸爸。"

"臭美吧。"关琳放开周光磊,爱怜地打了周光磊的头一下。

"儿子叫什么?我要自己去挑选礼物送儿子。"周光磊固执着。

周光磊昨天一天脑子没有停闲地想这件事,下定了决心,也和爸妈谈了,最后决定要给这个儿子一个礼物,就是要把罗肖公证给他的"心之恋"股权公证给儿子。周光磊想,本来就应该是属于儿子妈妈的,妈妈不接受,就给儿子,也是一种延续吧。因为节后刚上班,也还不知道孩子的大名,所以要先想方设法弄到孩子的大名。当然,周光磊还有一个担心,当初关琳并不知道罗肖的钱是自己提供的,也不知道罗肖又将股权公证给了自己,如果关琳知道了该怎么想,这样会不会伤害关琳和罗肖。所以,尽管周光磊有强烈地要把股权给儿子的想法,但这个问题还是困扰着周光磊。

"以后再说,你就先坐会儿,我去后面看看。"

"告诉我儿子叫什么!"周光磊有些坚定地说。

"你会收到短信的。"关琳从来没见周光磊这么坚定过,自己都被镇住了,沉吟了一下说道。

关琳走了,周光磊一个人看着窗外,这是自己和关琳两个人的秘密吗?什么时候能让其他人知晓呢?其他人会怎么看关琳和我呢?这样的一种生活会是一条什么样的路呢?那天自己跑去看令狐珊珊,认了儿子,这才几天,平白无故地一下子有了两个儿子,周光磊嘴角露出了笑意,这笑意中夹杂着个中滋味,周光磊期待着立刻收到信息。周光磊盼望的短信终于来了"光磊，儿子小名叫'三宝'，大名等到见面时告诉你，好吗？"周光磊有些失望，但是更加激起了他见儿子的欲望。

※　※　※　※　※　※　※

　　周光磊一直想见这个儿子，但是关琳总觉得时机不够成熟，一直也就没有满足周光磊的要求，这倒成了周光磊的心病，搞不明白为什么关琳如此地期待他做儿子的爸爸，而自己已经从心里完全确立了爸爸的角色后，关琳反倒迟迟不让与儿子见面，也不告诉儿子叫什么。上班的时候，他很少去关注这一时期的国家大事、国际大事，也不关注当前他们这个部门的头等大事了，可以说儿子成了全部。这件事一直缠绕着周光磊，他不时地会愣神想一想这儿子是什么样的，如果真的他要闹着让带他出去玩儿怎么办，等等什么都想，也想到了孩子的那个爸爸。对，那天关琳好像说了那个人不知道。为什么关琳不愿意告诉他？周光磊相信关琳爱他，但是这个人不一定爱关琳，或者这个人有家？关琳又是一个那么理性的女孩，宁可自己承受也不会给他带去麻烦的。周光磊还有一个侥幸的期望，期望是一个人的，这样这个人可以不再孤独，也还能和这个人牢牢地捆在一起，可心里好像又在乎是这个人的，而这个想法一出现又觉得对不起关琳，认为关琳不是那样的女孩。这几天，周光磊总在想这件事，也很理智地控制自己不去想那个男人，可是每次自己想着想着就会想到这个男人，然后周光磊就会努力地把注意力移开。想想儿子会叫什么，忽然想起令狐珊珊和关琳为罗肖中心起名字的事，当时还真的说要给儿子起名字的，难道那时关琳就已经？现在算算时间，答案是肯定的，关琳是有意的，这会儿周光磊恍然大悟有些叫出了声音，努力想着名字会不会是自己起的。没办法，名字不知道，自己想做的事也做不了，关键是关琳还没有想告诉儿子名字的迹象。先等几天看看，实在不行就用

"三宝"这个名字先去公证，注明是"心之恋"的股权转移到关琳的儿子名下就行了。

同事们都发现了周光磊这个变化，觉得反常，大家猜到这是恋爱了，不时地还有人开着玩笑，试图探听秘密，周光磊会很巧妙地找找乐，或打岔什么的就过去了，有时会有意地但是以找乐的口吻说，不行将来找人生个孩子得了，结婚多麻烦，同事们有说不会受到影响恐婚了吧，有的反倒说新潮。

令狐文也发现了周光磊的变化，几次试图引诱周光磊说出实情，都被周光磊警觉地回避过去了，这倒使令狐文心思重了起来。就像过去周光磊总在找理由试图与他在一起一样，令狐这些天总试图和周光磊在一起，有一次竟然说一年没去那个房子了，是不是哪天去看看。这回反倒是周光磊给巧妙地回绝了，说过些天一定去。周光磊其实已经感觉到了令狐文在接近自己，心想，你小子过去怎么叫你你都推辞，这次也让你体会体会这样的滋味，想到此周光磊竟然美滋滋的。有一天，令狐文在家无意中跟令狐珊珊流露出一句来，令狐珊珊说会不会这小子恋爱了，然后给关琳打了电话让关琳注意点儿，关琳听了心里则是充满了幸福。

二月的最后一天是周五，令狐文觉得必须和周光磊谈谈，不仅是因为好奇周光磊这些天的变化，还有更重要的事要说。所以一上班，同室另一个科长没在屋，令狐文就把周光磊叫到了自己的办公室："光磊，今天抽个时间，我有事要跟你说。"

"好呀，你说吧，我听着。"

"晚上去我家吃顿饭，然后出去待会儿。"

"今天阴天，真不知太阳从哪边出。"周光磊撇撇嘴。

"你小子最近挺疯的，先不跟你计较，我有正事儿跟你说。"

"您可是大人，大人有大人的量，不计小人过的。要是真有正事儿，您就在这儿说，何必又要到家里吃饭又要私下找个没人的地方说。"

"你有毛病？！最近你有什么不满就说，何必这样？！"令狐文有点儿不高兴了。

"哟，我的哥，没有，逗你呢，怎么越来越不识逗了。"周光磊没想到令狐文真的不高兴了，意识到令狐文可能误会了，赶紧讨好。

"你有心事不跟我说，我不强求你，可我真的有事要跟你说。"令狐文也缓和了一下。

"好吧，改天再去看干妈，今天先不去了。你说吧，去个别的什么地方吧。"周光磊想，前两天就拒绝他一次了，别伤了他自尊心。

"不是我让你去的，是你儿子让去的。"

"儿子！你知道？"周光磊吓了一激灵脱口而出。

"真有病，我是他大舅。"令狐文不满地嘟囔。

"对，对，儿子是有你这个舅，那也不至于非要去你家吃饭吧。"周光磊明白了令狐文是说令狐珊珊的儿子。

"今天出满月，城山父母也来了，明天挪臊窝，你干妈说让大家一起吃顿饭，让叫你去。"

"噢，我真傻，我还以为……哎呀，我还真是个不合格的爹，这么大的事都没记着，礼物都没准备。要不别去了，改天得带着像样的礼物给儿子补个像样的满月吧。"周光磊瞪着大眼。

"不去？你自己说，我不想捎话。"令狐文不高兴，又憋了很大的劲儿才说道，"晚上，想去那儿待会儿，你看吧。"

"去哪儿？"周光磊一时没明白。

"去就去，不去就拉倒。"令狐文受到了极度的打击，心里颓伤着，"没别的意思，只是，想去坐坐说点儿事。"

周光磊看令狐文说话中沉吟了一下，知道令狐文也在挣扎，"行了，我也没别的意思，下班一起走吗？"

"分头走吧，都别开车。"令狐文想想道。

周光磊点点头站起来，琢磨着他是有话要说，而且这话看来需要借助酒劲才能说出口。

周光磊想了想，说道："下午我请个假，行吗？"

"干吗？"

"你别管了，走啦。"周光磊高兴地一溜烟跑了。

※　※　※　※　※　※　※

同样的位置，同样的酒，同样的鳕鱼和牛排，只是不一样的心境。周光磊一个人慢慢地吃着，令狐文在家陪金城山父母一起吃过晚饭快九点才来。

"哥，我先吃了，别不高兴。"周光磊然后叫附近的服务生将鳕鱼热一下，又对令狐文说，"你想说什么你说，我听着，我们先干一个行吗？"

"好，来。"

两人碰了一下，一仰脖子喝了多半杯红酒，周光磊又给两人斟上。令狐文眼睛盯着手里微微转动的高脚杯，似说似不说的："我妈说，我这个大舅，不如你这个干爸，还知道给侄子买个礼物，又唠叨，催着你要抓紧点儿……"

"没催你？跟城山父母不熟，一起吃饭多尴尬。"

"又要两会了，维稳工作已经安排下来了。这几天，看你魂不守舍的样子，就没跟你说。"

"那你不早说，怎么办？"周光磊以为令狐文是要问出什么事了呢，听说又是这事，虽然自己都已经干忤了，但凭周光磊的性格还是说道。

"我知道你忤头了，也不想让你再去了，可是……"

"可是什么？就直说呗，你说的事我不愿意也得去。"周光磊把头低下去凑近令狐文，继续说道，"就为这个您竟然放下您那不倒的臭架子，要……"

"去！今年不一样。"令狐文摇摇头。

"说吧，要我去吗？"

"不想让你去了，会对你不利的，还是我去吧。"令狐文又摇摇头。

"为什么？"周光磊不解地问。

"我想跟你说我要走了，其实我当不当那个副主任无所谓，只是得把你的事解决了。"令狐文看看窗外。

"你去哪儿？啊！为什么不跟我说？"周光磊吃惊地提高了嗓门。

"想跟你说，你不理我。"

"没有的，我没不理你的，我是……"

"你有事。"没等周光磊说完令狐文接上了说。

"去哪儿？我怎么办，跟你走吗？"周光磊急切地问。

"局长周一找我谈了，让我去人事处当副主任，我也跟局长建议你在这儿干副科长，局长的意思好像也已经研究过了。"

"当这个破副科长有什么用，还是跟你一起走吧。"

"你有病？！"

"那怎么办，分开了。"周光磊露出不情愿的样子自语道。

"长大点儿好不好，我能管你一辈子？还破副科长，人家为这都打破脑袋了，你倒觉得没用。"令狐文有些不耐烦了，"行了，行了，赶紧吃点儿，都凉了，回去好好想想。"

转天上午，金城山带着令狐珊珊和儿子回自己家前，令狐文和周光磊也一起回来了，周光磊抢着要抱一下。

令狐文妈妈说："别说，光磊抱孩子有模有样的，比小文强。"

"干妈，我做爹没问题吧？"周光磊得意地亲着胖乎乎的小脸蛋。

"喜欢，那还不抓紧，快三十了吧？"妈妈说道。

"干妈，您看，我这不有儿子了吗？这多省心，是吧，珊珊、城山？谢谢啊。"

"想抱，自己生去，快给珊珊吧。"令狐文在后面打了周光磊脑袋一下。

"珊珊，我抱着送你们下楼。"

"你行吗？"

"没问题，怎么也比你劲大。"

说着一家人出来送，金城山开车，令狐珊珊坐在后排，周光磊把孩子递给了令狐珊珊。金城山一直沉浸在当爸爸和过年的氛围里，没有多少心思在工作上。到正月二十三了，金城山张罗着给儿子过满月，爸妈说要来，心里也是非常高兴，金城山与令狐珊珊商量，想让爸妈在新房住几天，令狐珊珊反问金城山"是不是怕我不同意"，金城山"嘿嘿"地笑着。令狐珊珊说，就得让爸妈住到咱那儿，而且让金城山天天回去陪他父母住，出满月就带儿子回家，好好跟爷爷奶奶待几天。金城山高兴地谢谢令狐珊珊，一边开着车一边回头逗着儿子，令狐珊珊提醒着"安心开车，有你逗的时候"。

令狐文没有安排周光磊一起去，自己带队进京了。这期间组织部门进行了推荐考核，中旬任命下来了，令狐文调任人事处任副主任，周光磊被任命为原科室的副科长，把令狐文的一部分工作接了过去，自然维稳就落到了他头上。两人约定两会后好好请大家一次，大家都为他们的升职高兴。由于工作压力明显增加，周光磊只好把精力放在工作上，想见儿子的念头就暂时放下了。

21

令狐珊珊和儿子挪膘窝，回到了自己的住处。金城山甜蜜地拥着令狐珊珊，不时地摸一摸儿子胖乎乎的小脸蛋，令狐珊珊轻声道："别弄醒他。老公，谢谢你这一个月伺候我，你都没有好好上班了。""老婆是我们金家的大功臣，我做这点儿小事还不应该？今年还好不像往年那么忙，所以有时间陪你和儿子，也得谢谢'犬'大主任的工作安排……"金城山和令狐珊珊轻声聊着单位上的事情。

已经进腊月了，各单位除了进行年终总结和考虑今年全年工作外，现在其实更多的是筹办着春节的事了。但是，金城山感觉，今年权德利几乎把所有的精力都放在了伍湘源那边，日常工作基本都交给二把手打理，也不计较二把手跟他争权了。更没像往年，不管天气多冷，权德利只要一得指令就立即拉着他去买东西，到处跑着送礼。金城山心想，看来今年是甩开这边了，肯定又有来钱的道儿了，他们不会闲下来的。

伍湘源确实没闲着。先是联系常继梓见面吃饭，常继梓欣然答应了，确定周六晚上见面。伍湘源要带一块上好的和田玉，看上了一块价值二十万左右的，在考虑是让权德利办还是让小舅子去办。再三权衡后，伍湘源给小舅子打了个电话，让他尽快把这事搞定。

吃过饭，伍湘源来到歌舞剧院的小焦的新房，两人依偎在沙发上。

伍湘源搂着小焦说："以后我们不要去会所了，免得眼杂生出是非来。"

"就是嘛，这不就是您的家吗？以后我们不去会所了。老公，这房子这么贵不能都您一个人出，我可是也要出一份力的。"小焦多聪明，心想，我早就不想去那儿啦，早就恨不得把会所的那几个妖精赶走呢。

"房本都是你的名字了，还要出什么力呢？"伍湘源打情骂俏道，"明天要约我们的市长见面，过年了。"

"老公，从此我就不用再充当你们俩的传话人了吧？家门只为您一个人开。"小焦撒娇地说着。

"这次还得你出头。还是要和我们的市长保持良好的关系？！人家可是对我们有恩的，明白吗？！"伍湘源意味深长地说。

"就听您的！没有您的指示，我不会主动去见他的。"小焦心里明白伍湘源是利用她拴着市长。但是这个聪明的女人也只是心里想想这些话而已。

"我是相信你的。"伍湘源哈哈大笑起来。

……

※　※　※　※　※　※　※

伍湘源与常继梓见面，不仅仅是春节前普通的节前问候。伍湘源想让常继梓给常书记说句引荐话，常继梓打保票"没问题"；另一件事，就是适当的时候请常书记关照一下钱贵发的案子。常继梓反倒认为伍湘源是在爱护关心属下，并大加赞赏了一番，说"现在谁不是一看见出事儿了就都躲得远远的，很少有你这样的好领导了"，伍湘源暗自高兴着。

伍湘源心满意足，可心里还是不踏实，觉得还需要有一个人随时通风报信，特别是要替自己随时提醒领导关注钱贵发的案子，伍湘源自然想到了这个人就是弓东利。弓东利心里也明镜似的，人家伍湘源与书记的儿子常继梓经常单独见面了，也不像当初与常继梓见面还通过自己。还有一次，常书记说着别的事的时候，不知是有意还是无意的，竟然提到了伍湘源的名字，弓东利就越发不知如何了。所以，只要是伍湘源一声招呼就立即出现，有时还会主动通报常书记近期的动向。所以，这两个人好像都互相需要，伍湘源想这个时期更需要这小子替自己催着点儿这件事，让弓东利适时地过问一下检察院，或跟主管市长提及一下常书记知道这个案子，主管市长或是检察长就会不点自通。

伍湘源是一个自信力极强的人，只要自己想了的事，不管什么后果，需要付出什么，想了就必须要办，过后还会想方设法地用什么方式都炫耀出来，不然别人怎么能够知道伍湘源的能耐呢。周一上班，伍湘源就派权德利赶紧去办给弓东利的礼物，中午权德利办好，伍湘源让马上给弓东利送过去，同时捎话过去说伍湘源要请他吃饭。不一会儿，弓东利就主动打电话来感谢，伍湘源提示了一下钱贵发的案子，弓东利自然明白了，保证关注此事，有消息随时报告。伍湘源反倒轻描淡写地说，只是请弓主任在可能的情况下问一问，不要干扰办案更不能给常书记惹事。最后伍湘源竟然想出一句说："对了，弓主任，上次跟常书记汇报工作时，我还特意向书记汇报了弓秘书很能干，帮我们单位处理的交通事故非常好，家属非常满意。"

弓东利满心感激："感谢伍局长在书记面前的美言，您放心，您交办的事我会尽全力的，这几天我请伍局长吃饭，您一定要赏光。"

伍湘源脸上露着得意的笑容："哪能让弓主任请客，我请嘛，就这么说定了！"

放了电话，伍湘源想，话到位了其实也很重要！跟常书记说没说不重要，反正弓东利也不可能知道，更不敢问。因为交通事故这件事常书记是不能说的，弓东利他敢问那不就是揭领导的短吗？所以，跟没跟书记说不重要，关键是说给弓东利听了很重要。伍湘源非常得意自己这灵机一动说出的话，思量着这句话会带来意想不到的效果，因为它会在弓东利心里产生一种欲望，今后肯定会明里暗里暗示自己一定要在常书记或常继梓面前多美言的。

伍湘源这些日子好开心，抄起电话打给权德利："抓紧给大家准备些礼物，周末召集吃顿饭，大家这些日子挺辛苦的。"

"老板，今天刚从小舅子那儿拿了一些钱，还拿吗？"权德利有些为难。

"你回局去要！"

"老板，你不知道，现在姓郑的王八蛋让新来的管财务。新来的还不听话。"

"有收拾他们的时候，你先去要，就说我说的，不行再说。"伍湘源嘴里骂骂咧咧的。

"老板，你把公司收到市局去管不就得了，一分钱都不给王八蛋们留。"权德利出着坏主意。

伍湘源心说，早就有这个想法了，只是还没找到好茬口，嘴上却说："不好吧，尽管我分管公司。以后再说吧，先把周末的事抓紧办好。"

权德利嘴上答应着，可心里不想回局要钱，"这帮王八蛋也不会给，等两天老板问起就说他们不给，再从小舅子那儿要"。

※　※　※　※　※　※　※

周一上班，常书记给主管市长打去电话："此前你说的案子可以按你的意见去协调。"主管市长心里乐开了花，那块玉可以安心收下了。他立即告诉了伍湘源，让伍湘源心里的一块石头落了地。

实行阳光工资后，郑局长考虑春节如何给大家搞好补贴，但是局里的下属公司让钱贵发糟踏得已经无能为力了。但大家心里都明镜一样，虽然钱是钱贵发弄没的，但钱贵发、权德利之流捞着的只是蝇头小利，大头是进了伍湘源小舅子的口袋。

开心的时间过得格外快，已经是开年后的三月份了，但伍湘源的兴奋劲还没过去："没想到，一切进行得如此顺利。"伍湘源与权德利一伙人凑在一起，不只是吃喝玩乐，还在策划下一步要采取什么办法，抓紧让刘书记奥运会前退休走人，同时将郑局长赶走。

应该说这个阴谋进展得相当顺利，到三月下旬就不断有传言说刘书记要退了，伍湘源要当局长了。权德利得意忘形了，想骂谁就骂谁，俨然成为了中心人物；左佑平也一反过去的老道油滑马列，学着霸道起来，惹来权德利的不满。金城山心想，真是狗咬狗，没一个好东西，怎么就没人能管他们呢。

苏秀君跟金城山说："最近好像又有反映信了。不过，伍湘源最近也是挺神的，不知忙点儿什么。我感觉着这帮人挺有信心地要干成什么事，是不是刘书记要退休了？"

※　※　※　※　※　※　※

"五一"节聚会，关琳还没有完全恢复，就没待太长时间。关琳让爸爸来接，没让大家送，但是周光磊坚持站起来送她，关琳明白周光磊的意思。临出门时，关琳也让周光磊回去，并保证说过几天准让他见儿子。最后两人商定好周末，也就是 10 日或 11 日见。

苏秀君、金城山他们几个男人聊着工作中的那些事。

那起交通事故中，司机落下了残疾，一条腿严重萎缩变形，可单位始终没有按伤残对待。后来司机还听说是自己负全责，有可能还会追究刑事责任，便开始上访。不知是不是司机所为，举报信寄到了北京，连同钱贵发贪污拆迁费，和权德利擅自从公司支钱给非本局人员解决事故的事一并举报了。有关单位开始到交通队了解事故情况，交通队自然找到了弓东利。伍湘源把一肚子的火对准了刘书记和郑局长，但在市局不好发火，就跑到金城山他们局里来召开全体干部会，大骂道："有人搞阴谋诡计，搞诬陷。就是你们局里干部所为，确切地说就是你们主要领导所为。想干什么？"伍湘源想方设法与常继梓和弓东利见面，一方面为了平息这件事，另一方面要撬鼓走刘书记、郑局长。

"你们猜'鬼'在会上还神经错乱说啥了？"苏秀君卖着关子。

"说啥？"金城山问道。

"人家说'你们当领导的要知道自己吃几碗干饭，要知道应该干点儿啥。一天到晚不要就想着跑官、要官，甚至买官！你们哪来的那么多钱买官？还不是捞国家的钱？我一贯反对当领导的捞钱，自己也坚决不做违法的事。你们这些领导们是这样吗？竟然纵容手下，不然怎么会出现钱贵发这样的人？！这样不清廉的干部能用吗？这是你们主要领导的失职！这就更让人怀疑你们这些当领导干部的是不是清廉，能不能用？！'看，'鬼'说人话啦。有意思吧？"

大家听了都面面相觑。金城山吃惊地说道："这话都出来啦？这是说谁呢？"

"这是拿自己的鬼脸儿照别人！"

"肖哥，怎么这些人特沉醉于这套把戏，成职业病了。"金城山说道。

"有体会了吧？这病是娘胎里带来的，无药可治。"

"哈哈，人家是在努力使自己的套路成为'非物质'遗产呢，说不定还要向世界'申遗'组织申请'非遗'呢。"

令狐文若有所思："秀才，'申遗'？可能不用，因为那是'鬼'的本质，是 DNA 中的源代码，不用'申遗'保护，不是遗产，是遗传。"

"这些人思维已成定式了。其实，他们不仅仅期待成为人们羡慕的'非遗'，他们更想控制一切。应该说，社会对这样的瘟疫是有免疫力的，不然像郑局长这样正直的人不早就没了？"罗肖笑道。

"郑局长太仁义了，那些人就该杀。"苏秀君狠狠地骂了一句。

"杀'鬼'？"金城山问。

"秀才，你忘了老夫子说的'以德报德，以直抱怨'。邪不压正，'鬼'自灭。"罗肖道。

22

　　自从罗肖把精力放在了自己公司那边，"心之恋"就完全交还给关琳管理了。关琳自三月下旬以来，体力明显不支，但是没有和任何人说，只是加大了治疗的力度。

　　关琳给罗肖打过电话咨询中医如何调理，罗肖跑去请教爷爷，但爷爷希望看一下病人本人，关琳便推辞了没有去。关琳也没有每天去"心之恋"了，只跟郎嘉驹和连洁打电话说事，但没告诉他们俩身体不舒服。

　　但是随着病情加重，关琳再次住进了医院。医生给孩子也做了全面的检查，分析检查结果后告诉关琳"孩子没问题"。关琳在那一刻，一股热泪喷涌出来，不由得失声扑在妈妈怀里宣泄着。关妈妈抚摸着关琳的头，轻声安慰着。

　　但是关琳的身体情况让关妈妈很是焦虑，心里考虑着孩子爸爸的事。关琳明显感觉自己体力不支，心疼爸妈，却也心有余而力不足。关琳心想，是时候考虑孩子爸爸的事情了。

　　"妈，光磊一直想见儿子，您说让他见吗？"关琳试着问妈妈。

　　"琳琳，你真的就让光磊当爹了？他家什么态度？"

"光磊愿意，他家里的工作他也做通了，反正也不是真的交给他养，只是给儿子一个完整的家。"

妈妈想到了关琳这会儿说这个话题，也是担心将来有什么不好，想让周光磊提前有个准备，但是如果真的有什么不测，让人家周光磊担起这个担子不公平呀，那会给周光磊今后生活带来巨大的麻烦。

"琳琳，没想过孩子的父亲吗？"关妈妈试探着问道。

关琳有些黯然："妈，我真的不想连累他，不到万不得已也不想。而且我欠他一个儿子，我觉得他也想要这个儿子，可能我们俩都需要这个儿子吧。我想，还是将来让光磊去告诉孩子爸爸吧。"

"孩子的亲生父亲是谁，连爸妈都不告诉吗？"

"妈，告诉你们有什么用呢，我不想让您和爸爸担心。那个人不是坏人，是我自愿的。将来他一旦明白了，会管儿子的。"

"妈知道你的心思，但是……"

"妈，我们现在只是朋友，不会再往深处发展了。"

关妈妈不想再刺激女儿，她只希望女儿的身体能尽快好起来，其他的事情都相对不再那么重要。

※ ※ ※ ※ ※ ※ ※

周光磊十点准时赶到"心之恋"，关琳已经在那儿等他了。

"光磊，恭喜你升职了。"

"太累，没劲，不如无官一身轻。关琳，你脸色不好，身体不舒服吗？"

"光磊，今天叫你出来就是想跟你说些事。"关琳淡淡笑着。

"需要我做什么？我也正想和你商量些事。"

"我没事。那你先说。"

"我，我想见儿子。"周光磊犹豫着说，"要等到什么时候？等孩子上学？"

"不会的，很快就会让你见的。"

"真的？我可等不及了。我给儿子买了个长命锁，还准备了一把银行保险柜钥匙，那里有他十八岁时的礼物。"

"你……？"关琳瞪大眼睛看着周光磊，"知道我要跟你说什么吗？我也是有事想让你在我不在了或是儿子十八岁的时候跟儿子说的。"

"关琳，你说什么？什么不在了？你别吓我！"周光磊不知怎的害怕起来，脸都绷得有些变形了。

"光磊，我没事，只是说着玩儿的。"关琳意识到自己说漏嘴了，"光磊，我也想到了保险柜。琢磨着一件事，想等到那个时候由你和律师共同告诉儿子。"

"什么？"

"你应该知道的，只是不要怪我。"关琳有些愧疚。

"我不想知道，是我的就够了。我认了，我还在乎那人是谁吗？"

"就是因为知道你不在乎，所以要告诉你，也要告诉儿子。只是希望你不要怪他，好吗？"

"你爱他吗？"周光磊沉默了很久，说出这句话。

"不说了，我们都要高高兴兴的，好吗？"

"刚才你说不在了，怎么回事？告诉我。"

"别跟别人说，最近我身体不是很好。"关琳想了好一会儿，最终说出了自己的情况。

"关琳？"周光磊忽然意识到关琳为什么今天要跟他讲这些，不由担心起来。

"别太担心，现在还不至于，但是医生说今后不会很好，所以拖累你了。我的病情你不要告诉任何人。"

"关琳，对不起。"周光磊觉得心里难受，"在适当的时候，你的病情我要告诉文哥，特别是罗肖，他会有办法的。"

关琳没再反对周光磊的想法，其实关琳也希望罗肖知道。

到了四月下旬，周光磊来到罗肖的健康中心，咨询有关中医治疗调整血液方面的知识。罗肖得知关琳身体的最新情况后，来回奔跑着为关琳找专家找药方。没过多久，令狐文和令狐珊珊也知道了这事，纷纷赶到医院看望关琳。

关琳经过近一个月的治疗，病情得到了控制，大家终于松了一口气，想着下一步如何让关琳尽快地恢复起来。

这一切都在进行着，但是关琳始终没有让爸妈与罗肖正面接触，罗肖好像也在刻意回避着。周光磊则盼望着能早点儿见到儿子。

23

　　关琳提议周一带孩子跟周光磊去"月色阑珊"见面。周光磊悟出了这其中的含义，心生感动。

　　周一，局里要开局长办公会，周光磊所在的办公室就没开室务会。局长办公会后，周光磊麻利地将主任刚才交办的几件事安排好，然后给关琳打了电话说去接关琳。关琳不让接说从爷爷家直接去，要晚点到，先把儿子喂饱了，省得儿子折腾，也不让周光磊给她点吃的，也想在家吃完再去，关琳让周光磊自己点点儿先吃着，她和儿子陪他说说话就行了。周光磊想想也是，尽管希望和关琳再次共同吃他们过去经常吃的经典的鳕鱼牛排，但是这个地方还真没有适合关琳和孩子现在可吃的东西，也就没再强求。看下午没什么事，就跟主任请了假，回家拿上给儿子的礼物，把车放在了家里，打出租十一点一过就到了"月色阑珊"。点好了一瓶红酒，想了想还是点了鳕鱼和牛排，让服务生先将红酒上来，斟好了两杯，一个人慢慢地品着酒，想着什么。大约十二点半了，服务生问是不是可以上餐了，周光磊看看表点点头。

　　服务生走了，周光磊拿起手机犹豫着给令狐文发了个信息"如果一会儿能出来，接我一下可以吗？"没说什么时间，也没说去哪儿接。令狐文回信息问"去哪儿？什么时候？"周光磊一笑觉得两人都够有意思的，打个电话不就结了，发个信息还半句话地说，半句话地听，又发了一条过去"一会儿告诉你"。令狐文回了一条"嘿，那我就一直傻等？"周光磊看完不禁笑了起来回道："傻老婆就得傻等呗！哈哈！"

令狐文电话打了过来："你小子找抽？又闲着没事找乐是吧？"

不知什么时候关琳已经抱着儿子走到跟前了，周光磊看到关琳有些不知所措道："来，来了？！"然后对着电话说："不跟你说了，一会儿告诉你，撂啦。"周光磊赶紧站起来去迎关琳和儿子，有些激动地不知说什么了。

周光磊伸手去接儿子又缩了回来，又犹豫着伸手去接儿子。关琳奇怪，平时小家伙见生人就躲，今天儿子竟然两只大眼睛忽闪忽闪地看着周光磊，开始向关琳怀里扎，然后竟然让周光磊抱了。刚才来得太突然了，没来得及看看儿子，当儿子扑到周光磊怀里时，周光磊这才仔细地端详着儿子。这一刻，周光磊有点儿懵，这个小天使明明就是我儿子！我们见过！我们相识！周光磊的心被强烈震撼着！

周光磊轻轻地亲吻着儿子的额头，眼眶里的泪花粘到了儿子的脸上，周光磊赶紧腾出一只手擦去了。关琳也有些惊呆地看着周光磊和儿子，心里涌动着，远处关琳的妈妈站在不想让他们看到的地方看着这一切，也有些激动，没想到周光磊是这样的举动，心里有些发酸，为这两个孩子惋惜又庆幸。

"光磊，我们坐下吧？"

"对，对，关琳你快坐。"周光磊这才有些回过神来，抱着儿子傻笑着。

"来，妈妈抱，光磊，服务生都把鳕鱼上来了。"关琳伸手抱过儿子，周光磊有点儿舍不得。

"快坐，儿子，来。"周光磊还不习惯说"爸爸"两个字，伸手去抱儿子，其实关琳也还没有真的完全过了这关。

"一会儿让你抱个够，先吃吧，一会儿就凉了，又点牛排了？"

"我也点了牛排和红酒，今天是我们三个人共同的生日。你是牛排，我是鳕鱼，儿子就是红酒，有了他才是一顿盛宴，让我们陶醉了！"周光磊让关琳抱着孩子坐下。

关琳抱着儿子，脸贴着儿子的脸，听周光磊深情地说着，伸手端着另一只斟了酒的杯，也深情地说道："来，光磊，谢谢你，我们干了这一杯。今天，2008 年 5 月 12 日，是一个值得纪念的日子，是我们共同的生日，今后无论什么都不能阻止我们过生日。好吗？"

"好。来，儿子，一起和妈妈干杯。"周光磊也端起酒杯，两人碰了杯，周光磊又探身去亲了儿子一下，小家伙竟然看着周光磊，关琳幸福地看着儿子，两个人干了杯里的酒。

"光磊，赶紧吃吧。也给我切一块牛排，好久没吃这里的牛排了。"

"琳琳，我保证，为了你和儿子，每年的今天不变！"

"光磊我信。不说谢你了，让我们快乐地生活好吗？"

"我还不应该快乐吗？我什么都有了。对了，只顾着说话了，还没给儿子礼物呢。对了，你们怎么来的，你开车？"周光磊也高兴地一连串地问着。

"没有，是妈妈送我们来的。"

"哟，你怎么不让你妈进来呢，走了吗，在哪儿，我去。"

"没走，你别管了，她不想过来，就是让我们说说话的。"关琳笑着说。

"哎呀，那多不好。"

"没事的。一会儿再说，快吃吧。"

"关琳。"周光磊嘴上说吃，但是并没有加快吃，若有所思地叫了关琳一声。

"什么？"关琳见周光磊迟疑，知道周光磊是一个情感和心理都比较敏感的人，有些事不会真的轻易地放下："想说什么？"

"关琳，儿子。"周光磊有些迟疑着。

"儿子怎么了？"关琳心里一紧。

"我们好像见过，熟悉。"周光磊沉吟着，考虑是要说出自己的感觉还是不说，说了不知关琳怎么想，可还是说了。

关琳张着嘴看着周光磊，心想坏了，他会看出像谁吗？关琳不确定地否定着："你见过？你怎么会见过？儿子没离开过我，除了我们家还没带出来见过谁呢，今天你是第一个，你怎么会见过呢？"

"是呀，我怎么就觉得似曾见过帅儿子呢，这就是缘分？"周光磊也奇怪，然后自己摇摇头笑笑又说，"可能，他就是我心目中，那个像我这个爹一样帅的儿子吧？哈哈。"奇怪，小家伙这时也笑了，周光磊兴奋着声音都提高了："看，看，儿子也羡慕我这个爹帅了。"

周光磊的话，让关琳意识到那个孩子也给周光磊留下了深刻的烙印，看着儿子也随着周光磊笑了，关琳也有些惊奇："是呀，真是的，这小子在家可折腾呢，今天邪了，也喜欢帅哥呀。"

"就是嘛。对了，给儿子的礼物赶紧给儿子带上。"周光磊拿出长命锁探起身，关琳帮着给儿子戴在脖子上，儿子伸出小手抓着，五个月的小胖手还不能准确地找准目标。

"儿子，这可是爸爸第一次给你送礼物，可别把手弄破了。关琳，今天带相机就好了应该给儿子照张相片，我想用手机照一张儿子带着这个锁的行吗？"周光磊这回第一次说出"爸爸"两个字。

"光磊，既然今天让你见了，就照一张吧，但是现在最好还不要公开，好吗？"关琳想了想说道。

"我会的，我会的。来，儿子，笑一个。"周光磊高兴地逗着儿子，儿子好奇地看着周光磊的手机，小手乱抓着，照好了周光磊欣赏着兴奋："关琳，你看，太棒了！"周光磊把手机递给关琳看。

"臭小子，会讨好了。"关琳接过手机看着，又亲着儿子。

这时，周光磊的电话响起来了，关琳一看来电名字只是一个文字，看了一眼周光磊，把电话递了过去，周光磊一看是令狐文的电话，显得有些尴尬地看着关琳，好在关琳表现得并没有什么。

"有事吧？快接。"关琳催促道。

"没事，是刚才我说我没开车，问他一会儿要没事来接我一下。"周光磊没接。

"噢，光磊今天我们就到这好吗，儿子也困了，以后有的是时间呢。"

周光磊一看手表快两点了，便说："哟，真快，我还没来得及好好抱抱呢。得，儿子，改天爸爸带你去玩儿。"周光磊从包里拿出一个信封递给关琳："关琳，这是保险柜的钥匙，你替儿子拿着，到时再说。"

"还是你替儿子收着吧，到时你给就是了。"关琳犹豫着，周光磊坚持着，关琳想想："好吧，我先替你和儿子收着。我呢，也有一个保险柜的钥匙，我会给你，由你将来告诉儿子一切。"

"关琳，我想两个都先放在你那儿，你是妈妈，将来你说更合适。"

"光磊，我想让你说。"

"这样，将来我说，现在钥匙先放在你那儿好吗？今天不早了，一会儿文哥就回来了。"周光磊感觉到关琳内心的东西，也担心令狐文会找到这儿来。

"对了，你跟文哥说啦？"关琳有些不安地问。

"放心，谁都没说。赶紧先回去吧。来，儿子，爸爸再抱抱。"周光磊抱着儿子又亲了几下，"小家伙，真的不想让你走了，没办法，赶紧和妈妈回去吧。"说着抱着向外走。

周光磊对服务生说："别收，我先送一下就回来。"然后对关琳说："我去跟你妈妈见个面吧？"

关琳点点头，拿好带来的大包跟着周光磊，周光磊在前面抱着儿子，回头问关妈妈在哪儿，关琳向前方的一个座位示意着，这才发现坐在那里的关妈妈。周光磊赶紧打了招呼，不好意思地说："没看到，让您自己坐在这儿。"关妈妈实际上非常认可周光磊这个姑爷，总说希望周光磊有空来家里玩儿，说得周光磊挺内疚的。

周光磊送他们上了车，看着车子走远了，忽然想起没问儿子的生日和名字，心里骂自己高兴得颠三倒四的，尽管公证也做了，但是儿子叫什么、哪天生日得知道呀，赶紧拿出手机给关琳发了个信息，问儿子的生日和名字，然后目送着远去的那辆车，期待着，就好像能看到飘过来的关琳发出的短信。此刻，周光磊整个人还处在激动兴奋中有些不能自控，现在感觉到心脏快速跳动的速度了。

令狐文收到周光磊的短信，便给周光磊打了电话，开始觉得这小子不知又犯什么病了，让去接他又没说在哪儿。"月色阑珊"出现在脑子里。这都快两点了，午饭也该吃完了，干脆就先开车去那儿，不在那儿就再说。令狐文就这样开着车，在"月色阑珊"门口，看到了这一幕。

※　※　※　※　※　※　※

周光磊确实看到了远处的一辆车，那辆车再熟悉不过了。

愤怒夹杂着无助、怨恨，周光磊努力地挪动脚步，回到酒吧靠窗的座位，靠在坐背上，稍稍地好了一些，也听到了已经响了多次的短信提示音。周光磊掏出手机，脸本能地靠近窗子向外张望，那辆再熟悉不过的车和车里的主人还在那儿。

……

周光磊盯着发来短信的联系人名字，"关琳"，意识才猛然回来，迅速打开短信。"光磊：儿子叫关潇洲，小名三宝，2008 年 1 月 1 日出生。"

为什么小名叫"三宝"？三个人的宝贝？

潇洲？周光磊似乎从中读出了些什么。这个名字一定有意义，但具体是什么又说不清楚。

※　※　※　※　※　※　※

今天是罗肖培训中心第一期培训班毕业典礼，金城山一上班处理了一下手头的事，就给罗肖打电话祝贺，看看快十点了，正思量着去不去，接到通知，下午四点召开全体干部会，市局来人宣布局领导任命，具体涉及谁没说。金城山赶紧找苏秀君问什么情况，苏秀君寻思这两天眼皮又跳了，看来又要有事了就说问问。苏秀君就是厉害，十一点半一过就叫金城山来食堂，说有重要事宜。金城山估计是下午任命的事，两人坐定后，苏秀君神秘地告诉金城山，"市里给我们局里派来一个局长，郑局长改作书记，三点市局先开，给市局交流来一位副书记副局长来，因为伍湘源也是副书记副局长，虽然谁排在前面还不知道，大家猜测着这个时候调来副书记副局长，应该是一个不祥的征兆。金城山感到有些意外，和苏秀君分析这样的安排是什么用意，苏秀君感觉这样安排似乎对伍湘源不利。

"哎，你说奇怪吗，我测了好长时间了，只要是眼皮一跳，甭管好事坏事，很快就会听到涉及'鬼'的事。这两天又跳了，昨天我还和我老婆说呢。"苏秀君自己也纳闷着。

"对，秀才，你好像说过。"

"你看，你看，又跳了。"苏秀君指着眼睛让金城山看。

"哈哈，是在跳，你快成仙儿了。"

"仙儿也没用，也没降住'鬼'。"苏秀君两手一摊，做出没辙的样子。

还真让苏秀君给猜准了。九点半，伍湘源接到开会通知时，也不知道是这样的安排，凭借他的个性，什么事都必须要比市局党委提前知道，所以马上给弓东利打电话直接问是怎么个人事安排，知道了是这个结果，火腾地一下子冲破了肺管，强压着火气让弓东利向常书记汇报，说一会儿想跟常书记汇报北京来人调查事故案子的处理情况。然后，他立即给常继梓打电话也让常继梓捎话，说这事很急，需要立即向书记汇报，请书记给定个调，下午两点要给调查组回复。

下午两点半，市局又来通知了，干部会临时取消，改期。金城山又立即找苏秀君问怎么回事儿，这回苏秀君也一时丈二和尚摸不着头脑了，说赶紧找人问问。金城山多了个心眼儿，故意到权德利办公室看看，见权德利正在接电话没有注意到他，金城山就站在那里。

"老板，你太英明了，太及时了，不然还不好办了。好，好，我通知他们晚上六点半还在那儿，您放心，我先写着，晚上就能给你看。"权德利放了电话，嘴里得意地哼着小曲，没有注意到金城山。

金城山一想还是主动说话的好，别让他以为他在偷听，就说道："主任，什么事这么高兴？四点的会不开啦。"

权德利好像一惊骂道："你个王八蛋兔崽子什么时候进来的？偷听老子说话！"

"主任，没有，没有，这不刚进来吗，想告诉您四点不开会了。没听见您在说话，看您高兴地唱歌，就觉得有好事。"金城山赶紧解释。

权德利这才得意地说道："还用他们通知不开会了？老板早就知道了。他们的如意算盘打错啦，书记还不是听老板的。"

"老板早就知道今天不开会啦？"金城山故意不解地问。

"什么早就知道？中午老板才搞定。这才说明老板的厉害。想跟老板斗？还差点儿！书记支持老板。你兔崽子跟着老板走没亏吃，滚吧，我这儿还有事。"权德利更是得意起来。

金城山嬉皮笑脸的嘴上说着滚了滚了，从权德利办公室出来直接找到了苏秀君："仙儿，眼皮还跳吗？"

"什么意思？"

"佩服你，也佩服人家。真是厉害，人家一跺脚我们不跟着颤都不行。"金城山感慨道。

"这地不是那么好震的吧？你说完我就赶紧问了，还没确切消息呢。"苏秀君听金城山说完，可还是将信将疑。

果不其然，苏秀君很快从上层了解到，伍湘源听到消息后立即找到了常书记，后来组织部门就通知取消了这个会。

苏秀君给金城山发信息"果真，我们被震了！据有关大官们说，这是史上第一位副局长推翻了市委的决定。真是鬼成精了！"金城山回复"地震！"苏秀君回复"一座危楼塌了！"

上午，罗肖举行第一期培训结业典礼。中午中心聚会，罗肖给令狐文、周光磊、金城山、苏秀君，令狐珊珊和关琳都发了邀请，一上班大家都给罗肖打了电话祝贺，关琳说跟大家商量好了明天晚上去"心之恋"好好祝贺一番，罗肖一想也是，他们来了也不能好好照顾，他们和大家也不熟，就同意了明天晚上聚会。

大餐厅里，所有的学员和医生、教职员工都在，庆祝这第一期的圆满成功，罗肖还请来了学校的领导，和市里劳动人事培训及就业部门的领导，目的还是想为学员们的就业、创业创造机会。罗肖和几个创业者更是兴奋，一年多的努力终于开始走上正轨，大家轮流敬在座的支持他们的领导。

都两点多了，大家还不愿结束。这时，一个学员从外面跑进来说地震了，大家一时都惊呆了，不一会儿又有学员跑进来说，是四川地震了，八级多，一个叫汶川的县没了。罗肖第一反应，需要医疗救助。在大家议论纷纷的时候，罗肖拉着中心的另一位主任到了一边。

罗肖大胆地提议，我们这批学员延期毕业，进行社会实践，第一时间报名，全部奔赴灾区。这位主任听了，想想，点点头坚定地说同意，建议马上回去宣布，让大家报名。

罗肖两人回到大家中间，大家还在议论着，罗肖招呼大家静下来，宣布一个临时的号召也是决定，立即参加奔赴灾区的救灾医疗队和志愿者医疗队，用大家的知识和力量为灾区做贡献，这是我们医务工作者的责任。罗肖话音刚落，立即得到了大家的一致响应，在场的领导也很感动。然后罗肖说，"今天，我们这个活动就是我们奔赴灾区的动员会了，不用多说，也不用宣誓，我们到灾区去用行动宣誓"，大家呼声一片。然后罗肖做了分工，大家去准备。罗肖和前来的学校的领导又说了说自己的想法，想参加或带队去，然后罗肖给书记和校长打电话讲了自己的想法，书记和校长也接到了通知，正在一起研究，见罗肖主动提出，肯定了罗肖的做法，立即让罗肖回学校研究相关事宜。学校最后决定，罗肖代表学校参加市里的医疗队，作为学校派出的副领队和学校几名专家今晚就动身，罗肖的培训中心医务人员和学员，由其他的中心领导负责，随后编入救护队或志愿者队伍。

2008 年 5 月 12 日，这一天好像注定要发生让历史、让所有的人记住的事情，成为历史长河中刺眼的一瞬。

这一天，发生的一切都来得如此地突然，不给任何人以想想的时间，就在一瞬间发生了。

14 时 28 分，四川汶川县发生了 8 级地震，震惊全国和世界的事情发生了，造成四川、甘肃、陕西、重庆、云南、贵州、湖北等 8 省市不同程度的灾害。一瞬间，汶川消失了，全国震惊了，全世界在关注。全国总动员，中央和全国的工作中心都是汶川，从中央到地方电视台、电台和各种媒体，充满了惨烈、悲痛、坚强的画面、图片、声音和文字。胡总书记和所有的中央领导，不停地奔赴灾区，温总理依旧穿的是奔赴冰冻灾区时的那双鞋迅速赶赴灾区。全国动员起来，救援行动是最快的，国际上也伸出了救援之手。

罗肖来不及和家人商量，决定已下。他赶紧给老婆打电话说回家拿一些东西，所有的东西都要医疗队自己带，然后又给父母打了电话，说来不及回去了，回来再看他们。父亲和老婆都是医务工作者，他们知道这时候容不得半点儿拖延，这是医生的天职，他们嘱咐着。罗肖跟老婆说孩子就放在姥姥家吧，老婆说放心吧。一切都在紧张的准备中等待着出发的时间，已经快五点钟了，通知下来了，说晚上十一点出发。罗肖又赶紧打了一圈电话，这时想起得给令狐文打个电话告诉他一切，明天不能聚会了，回来再聚。

令狐文离开"月色阑珊"时，心里很是难受，觉得自己很失败。刚才虽然还没明白究竟是怎么回事儿，但是基本上断定是周光磊和关琳母子。可是，那不是自己想要和一直在努力的结果吗？怎么现在反倒是在吃醋？当罗肖给他电话后，他一时忘记了这件事情，更多地想了解罗肖那边的情况，为罗肖奔赴灾区而担心。

※　※　※　※　※　※　※

周光磊和令狐文来到"月色阑珊"。两人常坐的餐桌有其他的客人在，于是选择了另一桌坐下。

周光磊给两个人斟好酒，试探着说："哥，我们先喝一口，好吗？"

令狐文端起杯与周光磊碰了一下，喝了一口放下酒杯，看着窗外没说话。

"你说，罗肖他们会不会有危险？"

"肯定很艰苦。"令狐文微微地点点头，声音很低。

鳕鱼和牛排上桌来了，周光磊把鳕鱼放到了令狐文跟前。周光磊内心挣扎着："中午，我们见面了。"

"知道了。好好处，不要再错过了。"令狐文眼睛盯着桌子，尽量平静地说道。

"哥，不是你想象的那样，我们只是说点儿事。"周光磊没想到令狐文会这样想。

"我怎样想不重要，结果好就行了，那也是我希望的。"令狐文低头缓慢地咀嚼着。

"你怎么不听人解释呢！"周光磊有些急了。

"你要跟我解释？还有要解释的事？"令狐文抬头看着周光磊，那眼神如同一把刀子扎在周光磊心上。

"你！"周光磊气急又不敢大声喊。

"你要是听我的，就好好的，别让我太累了。"令狐文低下头，但是没再吃，愣在那儿。

"哥，真的不是你想象的那样。你的心思我懂，我答应你我努力，行了吧？可是，你为什么也这样？"周光磊听出令狐文心里的各种滋味。

"我的事我能处理好，关键是你。你说不是我想象的那样，那是什么样？"

周光磊一时卡壳了，"不能说呀，今天刚刚与儿子见面，还向关琳保证过。可现在令狐文咄咄紧逼的，不说更增加他的疑心，说了对关琳什么影响呢？"

"不想说就别为难了。"

"中午你看到了？"周光磊试探着问。

"你担心我看到了什么，是吧？放心，我不是跟踪你，我也不会说什么的。快吃吧，都凉了。"

"谁说你跟踪我了，有病。今天真是个地震的日子。我还以为……"周光磊低头自己嘟囔着。

"哼，谁说的跟踪你？"然后令狐文抬头发出一连串地问，"你说什么？谁有病？什么今天就是地震的日子？你以为什么？还有什么事情要发生？"

"反正总要地震的！你能保密吗？"周光磊好像被噎到了嗓子，猛咽了一下唾液，欲言又止，然后又狠狠地说。令狐文瞪大眼睛看着周光磊，周光磊不敢看令狐文，低下头。

"光磊，是不是谁又欺负你？"令狐文以为周光磊又出什么事了，急切地问。

"不是！告诉我，中午你看到了什么？！"周光磊抬头看着令狐文语气坚定地问道。

"我，哦，看到了关琳和她妈妈。"令狐文反倒被周光磊有些震住了，沉吟了一下又说，"还有，你抱个孩子。"

周光磊心里咯噔一下，无力地靠在了沙发背上，"完了，他什么都看到了"。

"光磊，我是无意的，不是想跟踪你，你没告诉我去哪儿接你，又觉得你不是在开玩笑，所以我就到这儿试试看你在不在，正好碰到你们出来上车。"

周光磊靠着沙发直勾勾地看着令狐文，嘴角不由现出诡异的笑容，心想，他这个样子是不是装的，难道真不是他的？自己呆呆的，然后竟然冷笑了一下，周光磊自己也没搞清楚这冷笑是对令狐文的，还是对自己怀疑是他的想法的冷笑。

"光磊？"令狐文瞪大眼吃惊地看着周光磊这会儿地不断变化的神情。

"你要为我祝福，更要保密，能保密一天是一天吧。那是我的儿子。"周光磊愣愣地说着，拿起手机找出中午照的照片递给令狐文。

"你，你的儿子？你们的儿子？"令狐文震惊地看着周光磊。

"不，是我的儿子。"周光磊的语调又在游离。

"你的儿子，又不是你们的，这是怎么回事儿？"令狐文一脸糊涂僵直地坐在那儿。

"你不明白？"周光磊这会儿那个奇怪的念头又出现了，不死心地问道。

"你什么意思？我明白什么？"令狐文茫然地反问。

"对，你明白什么？算了。告诉你，我现在有两个儿子了，明白吗？"周光磊也有些茫然了。

"不明白。"令狐文点点头。

"不明白？珊珊和关琳的，明白吗？算了，回头再跟你细说，哟，九点多了吧，他们快来了。跟你说，你得向我保证不许说出半个字！"周光磊又好气又好笑，发着狠地说道。

"我保证还不行吗！在没有人说之前我不会说出半个字。"令狐文看着周光磊很少流露出的凶样子，也是有些心虚了。

"还要像往常一样，不许流露出半点儿不对的表情！"周光磊不知哪来的狠劲儿。

"你还有完没完了。"令狐文自己也没明白怎么自己反倒被逼到墙角了，脑子乱乱的，有些委屈。

令狐文这时感到自己是那样的无助，呆呆地坐着。两人都试图想说点儿什么，可都没再说什么。还是周光磊像是对令狐文说也像是对自己说："我不在乎是谁的，我也不想知道，知道是我儿子就行了。哥，对不起。"

"什么？"

令狐文这一追问，周光磊反倒有些恨自己了。本来自己应该清楚了不是令狐文的，怎么又想这事了呢，说明自己还是希望什么，希望是他的？可惜恰恰不是。然后又骂自己醍醐，这样想对不起关琳。周光磊又摇摇头："没什么，对不起。"可不禁一笑自语道："要是真的就好了。"

"怎么了你？你到底想要说什么？啊？"

周光磊像被惊醒了一样，啊啊了两声道："别问了，是我不好，我不该瞎想。"

"你有病？！你瞎琢磨什么呢？啊？"令狐文这回似乎意识到周光磊想的是什么了，瞪大眼睛提高了声调。

"哥，你生气吗？"

"我为什么生气？有病。"令狐文没好气地说道。

周光磊越是不想再继续这个话题了，可嘴上就是控制不住："你不生气？真的不生气？那我说啦？你说的不生气啊？算了，我们说点儿别的吧，这事真的要保密呀？！"

"行，你要让我保密，行，不跟我说实话还让我保密？！行！"这会儿，轮到令狐文不依不饶了。

"怎么说话不算数呢！不说了行吗？我错了行吗？"周光磊有些

急了，令狐文两眼直视着周光磊不说话，周光磊不忍心了，怯生生道："就怕你不高兴，又怕让你难过，我不该那样想。"

这时，周光磊似乎看到了一张痛苦的脸，感觉令狐文似乎猜到了自己的想法，似乎这一想法击倒了这个痛苦的人。令狐文靠到了沙发背上，很累很疲倦地说："今天是一个什么日子呀。"

※　※　※　※　※　※　※

此后，大家每天都在不时地看电视，期望能在电视里看到罗肖，关琳更是如此。一连几天，大家都在相互地问着有没有罗肖的信息，也还是没有得到任何信息。从报道中知道很多地方通讯一时无法接通。第五天大家接到了罗肖的信息，互相转告着。

电视报道的情形，特别是看到了那么多失去了父母的孩子，强烈冲击着关琳，"孩子呀，你们还不懂这将意味着什么！"想到罗肖还在那危险艰苦的地方，关琳产生了当志愿者的想法，要去照顾这些还在襁褓中失去父母的孩子。关琳每天都给罗肖发信息，问情况，说要去做志愿者，但是除了那条报平安的短信就没有再接到回复，关琳担心着。跟父母说了想去做志愿者，父母担心她身体不行，但关琳坚持，父母也就先让她报了名。

第七天的时候，关琳接到了罗肖的回复，说明天回去筹集物资，然后带着志愿者再回灾区。

接到罗肖回来马上又要带志愿者走的短信的那一刻，关琳心里一阵悸动，一个大胆的想法跳了出来，这个想法一出现竟然是那样的强烈，而且关琳自己立即意识到了自己的想法或者是期盼，也许这辈子也就只能这几天能够和自己的爱人在一起了。不能犹豫，不能受任何干扰，立即行动，否则可能这辈子就没有机会了。关琳先跑到志愿者中心报了名，了解到后天也就是22日罗肖就要随队回去，关琳要求这次一起去。但是得到的答复是要等统一安排，这一期不一定能赶上，所以关琳这两天几乎每天上、下午都去志愿者中心。爸妈不同意，他们心里无限地担心，关琳软磨硬泡最后答应爸妈这两天去医院做一个全面检查，如果身体良好再说，又逼着爸爸通过关系找到了志愿者中心。关琳拉着妈妈去医院进行了体检，结果还不错，关琳担着的心终于放下了，又跟专家做了些咨询，医生嘱咐一旦身体不适不能强撑着。爸爸通过关系找到了志愿者中心，终于也得到了同意这批和罗肖一起去，首次预计十天。

当然，为什么关琳这么急着去，包括父母在内，原因只有关琳一个人知道。尽管父母感觉到有什么原因，可是也没搞清楚是什么。关琳在兴奋的同时，也有些紧张，铺天盖地的信息让她知道了自己所要面对的环境是多么艰苦，当然自己的身体能不能坚持下来是最大的担心，还有就是儿子有些放心不下，妈妈反倒让关琳不要惦记。不管怎样，信念和期盼就这样支撑着关琳，反倒感觉身体轻松精神饱满了。

大家知道了关琳要去做志愿者，也是很担心关琳的身体，周光磊不止一次地打电话，令狐珊珊这几天更是帮着关琳准备东西。罗肖心里隐隐地感觉到什么，虽然说不清楚，但紧张的准备也不容他多想，也就特意抽工夫跑去找了趟爷爷。

全国都在为救灾行动着，物资、人员、财政拨款与善款源源不断地运抵灾区。

当然，社会方方面面还在运行着，善的和恶的同样还在角力着。

※　※　※　※　※　※　※

5月22日，罗肖和关琳又要奔赴灾区，令狐文、周光磊、苏秀君和令狐珊珊来送，金城山没有来。周光磊偷偷地跟令狐文说不跟他们一车走，说要帮关琳的妈妈开车，关琳的妈妈要去送。令狐文心里明白周光磊是想带儿子一起送，于是拍了拍周光磊的肩，周光磊说谢谢哥，令狐文说放心不会说出去的。令狐文和苏秀君、令狐珊珊一车先走了，周光磊和关琳的妈妈抱着儿子一车，但是不管在哪儿，始终没有让大家发现关琳的儿子。关琳知道周光磊抱着儿子来送，心里既激动又担心，周光磊偷偷地告诉关琳放心，不会让儿子现在就曝光的，关琳趁和大家拥抱告别时，紧紧地拥抱着周光磊。

金城山没有去送罗肖和关琳。因为，这天一上班市局又来通知了，上午九点召开全局干部会，市里正式来宣布干部调整，要求全局干部参加，不能请假。郑局长改任书记，当然还是调来了一位局长，只是不是 5 月 12 日的那个人。金城山了解到市局并没派新人去。

这一结果，伍湘源依然是不满意，这几乎就不是调整。不仅没让姓刘的退休，还倒让姓郑的当了书记，又调进去一个不是自己的人，反倒加大了自己控制那儿的难度。这会不好明面地发作，也不好再去找常书记了。但是，伍湘源还是看到了希望，自己前面只有那个该退不退的，只要他一退，书记局长肯定都是自己的，而且伍湘源坚信，经过这一段时间的努力，已经和常书记保持着良好的关系，姓刘的都不可能经常直接向常书记汇报工作，自己可以随时见常书记，这是别人比不了的。这就是资源！伍湘源心中窃窃暗喜这就是大树。

伍湘源想接下来要做两件事：第一，要好好地把姓刘的和姓郑的材料整整，因为钱贵发的那张牌还没用完；第二，就是要借助书记市长的力量跟姓刘的摊牌，一定要分管你这个姓郑的，要牢牢地控制着那里。

会很短。一散会，金城山赶紧给苏秀君打电话问出发了吗，苏秀君说马上就出发去机场，问金城山什么结果。秀才听后感慨道："眼皮还在跳，说明'伟楼'依在，'鬼'心不死。"金城山说去机场送，然后金城山给罗肖打了个电话，告诉罗肖郑局长改任书记了，让罗肖方便的时候给郑局长打电话。

金城山与罗肖边通电话边往外走，放了电话似乎觉得还有什么事没做，停下了。今天 5 月 22 日，罗肖和关琳再次奔赴灾区，去帮着那里重建，是一个特别的日子。今天，我们这儿也是个特别的日子，郑局长改任书记，罗肖又是郑局长非常信赖的人，这俩人真是的，有事儿都要赶在一起！对，应该向郑局长祝贺，主要是告诉郑局长罗肖就要去汶川灾区了，没准儿郑局长还不知道呢。想着，金城山朝郑局长的办公室走去，金城山已经没有了顾忌，因为会一散，伍湘源那帮死党就跑到市局伍湘源那里去了。

金城山进了郑局长的办公室，郑局长亲切地问有事吗。金城山向郑局长表示祝贺，表态一定好好干。郑局长高兴地说谢谢，并给予鼓励。金城山告诉郑局长去送罗肖，郑局长这才看手机短信。"局长：祝福您！我去汶川了，回来去看您。保重！"

郑局长看后对金城山说："替我送送罗肖，告诉他，他是好样的！回来我给他接风。"

金城山激动地说："谢谢局长！我会转达的，我赶紧去了，回头向您汇报。"

金城山一溜烟地下了楼，奔赴机场。

2008年5月12日地震毁灭了汶川，2008年5月22日罗肖和关琳一同奔赴汶川；2008年5月12日周光磊第一次真正地与儿子相拥，2008年5月22日周光磊带儿子送关琳奔赴汶川；2008年5月12日"鬼"左右了市委的任命，2008年5月22日郑局长成为了党委书记……

图书在版编目(CIP)数据

雪之坐标/秋水著. －武汉：武汉大学出版社，2013.5（2019.10重印）
ISBN 978－7－307－10491－4

Ⅰ.雪…　　　Ⅱ.秋…　　　Ⅲ.长篇小说－中国－当代　　　Ⅳ.I247.5

中国版本图书馆CIP数据核字(2013)第027928号

责任编辑：陈　岱　　责任校对：马永旺　　版式设计：吕　伟

出版：**武汉大学出版社**　　（430072　武昌　珞珈山）
发行：**武汉大学出版社北京图书策划中心**
印刷：天津兴湘印务有限公司
开本：880×1230　1/32　印张：12　字数：310千字
版次：2019年10月第1版第2次印刷
ISBN 978－7－307－10491－4/I·651　定价：49.80元